KB017830

심훈 전집 4

직녀성(상)

엮은이 소개

김종욱 金鍾郁

서울대학교 국어국문학과 교수.
저서로는 『한국 소설의 시간과 공간』(2000), 『한국 현대소설의 서사형식과 미학』(2005), 『한국 현대문학과 경계의 상상력』(2012) 등의 연구서와 『소설 그 기억의 풍경』(2001), 『텍스트의 매혹』(2012) 등의 평론집이 있다.

박정희 朴旺熙

서울대학교 교수학습개발센터 연구교수.
대표적인 논문으로 「심훈 소설 연구」(2003), 「영화감독 심훈의 소설 『상록수』 연구」(2007), 「심훈 문학과 3·1운동의 '기억학'」(2016) 등이 있으며 편저로 『송영 소설 선집』(2010)이 있다.

심훈 전집 4
직녀성(상)

초판 1쇄 발행 2016년 9월 16일

지 은 이 심 훈
엮 은 이 김종욱 · 박정희
펴 낸 이 최종숙
펴 낸 곳 글누림출판사

책임편집 이태곤
편   집 문선희 · 박지인 · 권분옥 · 최용환 · 홍혜정 · 고나희
디 자 인 안혜진 · 이홍주
마 케 팅 박태훈 · 안현진

주   소 서울시 서초구 동광로46길 6-6(반포4동 577-25) 문창빌딩 2층(우06589)
전   화 02-3409-2055(편집부), 2058(영업부)
팩   스 02-3409-2059
등   록 제303-2005-000038호(2005.10.5)
전자메일 nurim3888@hanmail.net
홈페이지 www.geulnurim.co.kr

정가 40,000원
ISBN 978-89-6327-359-4 04810
      978-89-6327-355-6(전10권)

04

심훈 전집

직녀성(상)

김종욱 · 박정희 엮음

| 일러두기 |

1. 『직녀성』은 ≪조선중앙일보≫(1934.03.24~1935.02.26)에 연재된 것을 저본으로 삼았다. 연재가 끝날 때마다 [연재횟수. 연재년월일]의 형식으로 서지사항을 표기했다. 해당 연재일의 연재회수, 소제목 등의 오류는 '정정기사' 내용 등을 반영하여 바로 잡았으며, 오류 내용은 〈바로잡은 서지정보〉에 일괄 정리하였다.

2. 이 책의 맞춤법은 1988년 1월 19일 문교부 교시 '한글 맞춤법'에 따르는 것을 원칙으로 삼되, 작품의 분위기와 어휘의 뉘앙스 등을 해치지 않기 위해 방언이나 구어체 표현, 의성어·의태어, 외래어 등은 그대로 두었다.

3. 저본에서 사용하는 부호(×, ○, △ 등)를 그대로 따랐으며, 판독이 불가능한 경우 글자수만큼 □로 표시하였다. 다만 대화를 표시하는 부분은 " "(큰따옴표), 대화가 아닌 생각 및 강조의 경우에는 ' '(작은따옴표)를 바꾸어 표기했으며, 책 제목의 경우에도 『 』로, 시와 단편소설 등의 작품제목은 「 」로, 영화명·그림명·곡명·연극명 등은 〈 〉로 통일하여 표기했다.

4. 저본에서 한자를 괄호로 병기한 경우는 그대로 따랐으며, 한글 어휘와 한자의 음이 일치하지 않을 경우에는 [ ]로 바꾸어 표기하였다. 저본에 표시되지 않은 외국어(특히 일본어)는 [ ] 안에 번역문을 넣어 독자들의 이해를 돕고자 했다. 그리고 외래어의 장음 표시는 모두 생략하였다.

간행사

『심훈 전집』을 내면서

 심훈 선생(1901~1936)은 일본제국주의의 지배라는 아픈 역사를 살아가면서도 민족문화의 찬란한 발전을 꿈꾸었던 위대한 지식인이었습니다. 100편에 육박하는 시와 『상록수』를 위시한 여러 장편소설을 창작한 문인이었으며, 시대의 어둠에 타협하지 않고 강건한 필치를 휘둘렀던 언론인이었으며, 동시에 음악·무용·미술 등 다양한 예술분야에 조예가 깊은 예술평론가였습니다. 그리고 "영화 제작을 필생의 천직"으로 삼고 영화계에 투신한 영화인이기도 했습니다.

 그런데 오늘날 심훈 선생은 『상록수』와 「그날이 오면」의 작가로만 기억되는 듯합니다. 문학뿐만 아니라 언론과 영화, 예술 등 문화 전반에 걸쳐 있던 다채롭고 풍성했던 활동은 잊혀졌고, 저항과 계몽의 문학인이라는 고정된 관념만이 남았습니다. 이제 새롭게 『심훈 전집』을 내놓게 된 것은 다양한 분야에 걸쳐 있는 선생의 족적을 다시 더듬어보기 위해서입니다.

 50년 전에 심훈 전집이 만들어졌던 적이 있습니다. 1966년 사후 30주년을 기념하여 작가의 자필 원고와 자료를 수집하고 간직해 왔던 유족의 노력으로 『심훈문학전집』(탐구당, 전3권)이 간행되었던 것입니다. 여기에는 일기와 서간문, 시나리오 등등 여러 미발표 자료들까지 수록되어 있어 심훈 연구에 있어서 매우 뜻 깊은 사건이었습니다. 그런데, 세월이 흐르면서 이 전집은 일반 독자들이 쉽게 구할 수 없을 뿐더러 새로 발견된 여러 자료들을 담지 못한다는 아쉬움을 남기고 있었습니다. 그래서 심훈 선생이 갑작스럽게 세상을 뜬 지 80년이 되는 2016년에 새롭게 『심훈 전집』을 기획하기에 이르렀습니다.

이번 전집을 엮으면서 다음과 같은 점을 염두에 두고자 했습니다.

이 전집에서는 최초 발표본을 저본으로 삼았습니다. 그동안 우리가 쉽게 접할 수 있었던 여러 소설들은 대부분 단행본을 토대로 한 것이었습니다. 그런데 이 전집에서는 신문이나 잡지에 최초로 발표되었던 텍스트를 바탕으로 삼았으며, 필요한 경우 연재 일자 등을 표기하여 작품 발표 당시의 호흡과 느낌을 알 수 있도록 노력했습니다.

그렇지만 시가의 경우에는 작가가 출간을 위해 몸소 교정을 보았던 검열본 『심훈시가집』(1932)을 저본으로 삼았습니다. 비록 일제의 검열 때문에 출판되지 못했을지라도 이 한 권의 시집을 엮기 위해 노심했을 시인의 고뇌를 엿보기 위해서입니다. 그리고 최초 발표지면이 확인되는 작품의 경우에는 원문을 함께 수록하여 작품의 개작 양상도 함께 검토할 수 있도록 구성하였습니다.

마지막으로 영화감독 심훈의 면모를 최대한 담으려고 노력했습니다. 예컨대 영화소설 「탈춤」의 경우 스틸사진을 함께 수록하여 영화소설적 특성을 확인할 수 있게 했으며, 영화 관련 글들에 사용된 당대의 영화 사진과 감독·배우를 비롯한 영화인들의 사진을 글과 함께 수록했습니다. 그리고 무엇보다 그간 소개되지 않았던 심훈의 영화 관련 글들을 발굴하여 수록했습니다. 이를 통해 영화감독 심훈의 모습은 물론 그의 문학을 더 다채롭게 이해하는 계기가 되길 기대합니다.

이러한 의도와 목적이 실제 전집에서 어떻게 구현될 수 있는가에 대해서 편집자들은 여전히 두려움을 갖고 있습니다. 누구나 그러하겠지만, 전집을 간행할 때마다 편집자들은 자신들의 작업이 정본으로 인정받기를, 그래서 더 이상의 전집이 만들어지지 않기를 꿈꿀 것입니다. 하지만, 전집을 만드는 과정은 어쩌면 원텍스트를 훼손하는 과정이기도 합니다. 하나의 예를 들어보겠습니다.

심훈의 『상록수』에서, 인물들이 대화를 나눌 때에는 부엌을 '벅'이라고 쓰는데 대화 이외의 서술에서는 '부엌'이라고 쓰고 있습니다. 그리고 『대지』를 번역할 때에는 대화 이외에서 '벅'이라는 표현을 사용합니다. 여기에서 '벅'이나 '벽'은 특정 지역에서 사용하는 방언인데, 이것을 그대로 놓아둘 것인가, 일괄적으로 바꿀 것인가에 두고 오랫동안 고민했습니다. 처음에는 작가의 의도를 고려하여 그대로 살려두었는데, 현대 독자의 입장에서 다시 보니 전혀 낯선 단어여서 가독성을 현저히 떨어뜨리고 말았습니다. 결국 전집에서는 '부엌'으로 수정하게 되었습니다.

이런 예들은 무수히 많습니다. 원래의 느낌을 최대한 살리겠다는 원칙을 세워두긴 했지만, 현재의 독서관습을 무시하기도 어려웠습니다. 그래서 편의상 고어나 방언의 경우 『표준국어대사전』의 표제어로 실려 있으면 그대로 살려두긴 했지만, 이 또한 자의적이라는 생각을 떨쳐버릴 수 없습니다. 결국 원본의 '훼손'에 대한 책임은 전적으로 우리 두 사람에게 있습니다. 물론 이 책임을 덜기 위해서 주석을 활용할 수 있겠지만, 이번 전집에는 주석을 넣지 않았습니다. 실제 주석 작업을 진행한 결과 그 수가 너무 많은 것이 이유라면 이유입니다. 어휘풀이, 인명·작품 등에 대한 설명, 원본의 오류와 바로잡은 내용 등에 대한 주석이 너무 많아서 독서의 흐름을 방해했기 때문입니다. 대신 이 주석의 내용을 알아보기 쉽게 정리해서 『심훈 사전』으로 따로 간행하고자 합니다.

마지막으로 전집을 준비하는 과정에 도움을 주신 분들에게 감사한 마음을 전합니다. 새로운 자료를 소개해준 분도 있고 읽기조차 힘든 신문연재본을 한 줄 한 줄 검토해준 분도 계셨습니다. 권철호, 서여진, 유연주, 배상미, 유예현, 윤국희, 김희경, 김춘규, 장종주, 임진하, 김윤주 등. 이분들의 도움이 있었기에 이 전집이 나올 수 있었습니다. 이 자리를 빌어 다시 한 번 감사한 마음을 전합니다. 그리고 유난히도 더웠던 여름 내내 어수선한 원고 뭉치를 가다듬고 엮은이를 독려하여 이렇게 멋진 책으로 만들어주신 글누림출판사의 최종숙 대표님과 이태곤 편집장님께 다시 한 번 고마움을 전합니다.

2016년 9월 심훈의 기일(忌日)에 즈음하여
엮은이 씀

차 례

🙂 서지사항

『직녀성』은 1934년 3월 24일부터 1935년 2월 26일까지 ≪조선중앙일보≫에 연재된 작품이다. 연재 마지막 횟수가 313회로 되어있으나 오기를 바로잡으면 총310회이다. 이 작품은 한성도서주식회사에서 1937년 9월과 10월에 상권과 하권으로 나누어 발간되었다. 1937년에 단행본으로 간행될 때 신문연재본의 「달밤의 비극」부터 「끊어진 오작교」까지가 상권에, 「약혼」부터 끝까지가 하권에 수록되었다. 그리고 많은 부분 개작이 이루어졌다. 그러나 이번 전집본에서는 신문연재본을 두 권으로 나누면서 분량을 고려해 상권은 처음부터 「인간지옥」까지, 하권은 「약혼」부터 끝까지의 내용을 수록하였다. 한편 신문연재본 마지막(1935.02.26.)에 "1935.2.20"라는 탈고일이 기록되어 있다.

🙂 바로잡은 서지정보

연재일	정정 내용
1934.03.26	달밤의 비극 ② → 달밤의 비극 ③
1934.03.27	달밤의 비극 ③ → 달밤의 비극 ④
1934.04.20	인형의 결혼 ⑨ → 노리개와 같이 ①
1934.04.21	인형의 결혼 ⑩ 노리개와 같이 ②
1934.04.22	인형의 결혼 ⑪ 노리개와 같이 ③
1934.04.23	인형의 결혼 ⑪ → 노리개와 같이 ④
1934.05.22	유혹 ② → 유혹 ①
1934.05.23	유혹 ③ → 유혹 ②

1934.05.24	유혹 ④ → 유혹 ③
1934.05.25	유혹 ⑤ → 유혹 ④
1934.05.26	유혹 ⑥ → 유혹 ⑤
1934.05.27	유혹 ⑦ → 유혹 ⑥
1934.05.28	유혹 ⑧ → 유혹 ⑦
1934.05.29	유혹 ⑨ → 유혹 ⑧
1934.05.30	유혹 ⑩ → 유혹 ⑨
1934.05.31	유혹 ⑪ → 유혹 ⑩
1934.06.01	유혹 ⑫ → 유혹 ⑪
1934.06.02	유혹 ⑬ → 유혹 ⑫
1934.06.04	유혹 ⑭ → 유혹 ⑬
1934.06.05	유혹 ⑮ → 유혹 ⑭
1934.06.06	유혹 ⑯ → 유혹 ⑮
1934.06.07	유혹 ⑰ → 유혹 ⑯
1934.06.08	유혹 ⑱ → 유혹 ⑰
1934.07.15	은하(銀河)를 건너서 ⑦ → 은하(銀河)를 건너서 ⑧
1934.07.16	은하(銀河)를 건너서 ⑦ → 은하(銀河)를 건너서 ⑨
1934.07.17	은하(銀河)를 건너서 ⑦ → 은하(銀河)를 건너서 ⑩
1934.07.18	은하(銀河)를 건너서 ⑦ → 은하(銀河)를 건너서 ⑪
1934.07.19	은하(銀河)를 건너서 ⑦ → 은하(銀河)를 건너서 ⑫
1934.07.20	은하(銀河)를 건너서 ⑦ → 은하(銀河)를 건너서 ⑬
1934.07.22	망명가의 아들 ① → 망명가의 아들 ②
1934.07.23	망명가의 아들 ② → 망명가의 아들 ③
1934.07.24	망명가의 아들 ③ → 망명가의 아들 ④
1934.07.26	망명가의 아들 ④ → 망명가의 아들 ⑤
1934.07.27	망명가의 아들 ⑤ → 망명가의 아들 ⑥
1934.07.28	망명가의 아들 ⑥ → 망명가의 아들 ⑦
1934.07.29	망명가의 아들 ⑦ → 망명가의 아들 ⑧
1934.07.30	망명가의 아들 ⑧ → 망명가의 아들 ⑨
1934.07.31	망명가의 아들 ⑨ → 망명가의 아들 ⑩
1934.08.01	망명가의 아들 ⑩ → 망명가의 아들 ⑪

1934.08.02	망명가의 아들 ⑪ → 망명가의 아들 ⑫
1934.08.04	망명가의 아들 ⑫ → 망명가의 아들 ⑬
1934.08.18	인간지옥 ② → 인간지옥 ①
1934.08.19	인간지옥 ③ → 인간지옥 ②
1934.08.21	인간지옥 ④ → 인간지옥 ③
1934.08.22	인간지옥 ⑤ → 인간지옥 ④
1934.08.23	인간지옥 ⑥ → 인간지옥 ⑤
1934.08.24	인간지옥 ⑦ → 인간지옥 ⑥
1934.08.25	인간지옥 ⑧ → 인간지옥 ⑦
1934.08.26	인간지옥 ⑨ → 인간지옥 ⑧
1934.08.27	인간지옥 ⑩ → 인간지옥 ⑨
1934.08.28	인간지옥 ⑪ → 인간지옥 ⑩
1934.08.29	148회, 인간지옥 ⑫ → 146회, 인간지옥 ⑪
1934.08.30	149회, 인간지옥 ⑬ → 147회, 인간지옥 ⑫
1934.08.31	150회, 인간지옥 ⑭ → 146회, 인간지옥 ⑬
1934.09.01	151회, 인간지옥 ⑮ → 149회, 인간지옥 ⑭
1934.09.02	152회, 인간지옥 ⑯ → 150회, 인간지옥 ⑮
1934.09.04	153회, 인간지옥 ⑰ → 151회, 인간지옥 ⑯
1934.09.05	153회, 인간지옥 ⑱ → 152회, 인간지옥 ⑰
1934.09.06	154회, 인간지옥 ⑲ → 153회, 인간지옥 ⑱
1934.09.07	155회, 인간지옥 ⑳ → 154회, 인간지옥 ⑲
1934.09.08	156회, 인간지옥 ㉑ → 155회, 인간지옥 ⑳

직녀성(상)

작가의 말

누구나 모르는 사람이 없는 '견우'와 '직녀'의 로맨스를 상징하여 '직녀성'이란 제목을 붙였습니다. 이 소설은 회를 거듭하는 대로 그 내용이 여러분 앞에 전개되려니와 이제까지 아무도 취급하지 않은 어느 가정부인 하나를 중심으로 하여 최근 조선의 공기를 호흡하는 젊은 남녀들의 생활 이면을 묘사해가면서 눈물겨운 사실을 적어보려 합니다. 힘이 미치는 대로 연애, 결혼, 이혼 문제의 전반을 통하여 새로운 해석을 붙여보려 합니다. 그와 동시에 성애(性愛) 방면으로도 수난기(受難期)에 있는 그네들에게 나아갈 길을 보여줄 수가 있다면 다행이겠습니다.

《조선중앙일보》, 1934.03.03.

달밤의 비극

① 자정이 지난 지도 오래다. 붉은 전등을 켠 전차는 인적인 끊긴 한강통(漢江通)의 밤바람을 헤치며 속력을 놓아 달린다. 구용산(舊龍山)으로 가는 막차와 연락을 하기까지는

"연병장 앞이요— 구용산 방면은 갈아타시오—"

하고 차장은 졸린 듯한 목소리로 외치며 종을 땡땡 쳤다. 그러더니 다음 정류장부터는 승객이 두어 사람밖에 남지 않은 것을 보고

"내리실 분이 없으면 정거 안 합니다."

하고는 연방 신호를 한다. 집채 같은 뽀기차는 급행열차만큼이나 빠르다. 밤 깊어 더 한층 쓸쓸한 신용산 일대의 적막을 깨치며 무인지경을 달린다. 큰길 좌우에 드문드문 달린 전등불은 별똥처럼 뒤로 획획 흐르다가는 흩어진다.

"여보 어디루 가시오?"

차장은 운전대 가까이 탄 승객의 어깨를 흔든다. 검정 두루마기를 입은 승객은 옷고름을 풀어 헤쳤다. 언뜻 보기에도 방한모를 재껴 쓴 것이, 나잇살이나 먹은 노동자다. 전차가 커브를 돌 때면 고꾸라질 듯이 끔벅

하고 절을 한다. 그러나 차장이 다시 한 번 어깨를 잡아 흔드니까

"어?"

하고 입을 커다랗게 벌리며 개개풀린 눈을 번쩍 떴다. 그는 다시 푹 엎드리며 저의 집 아랫목인 듯 코를 드르렁 드르렁 골기 시작한다.

그 소리는 전차바퀴가 구르는 소리보다도 요란하다.

"여보 여보, 정신 좀 채류."

차장은 다시 한 번 술 취한 사나이의 목덜미를 꺼우르면서 꾸짖듯 한다.

그 통에 맨끝엣칸에 탄 여자승객이 놀라서 눈을 반짝 떴다. 꿈속에서나 소스라쳐 깬 듯, 차안과 창밖을 황급히 살펴보더니 다시 목도리로 얼굴을 휘차고 눈을 감아버린다.

이 여자는 어디서 탔는지 차장도 모른다. 시내에서 아직도 오르내리는 사람이 붐빌 때에 다른 승객과 뒤섞여서 온 듯, 아까부터 넓은 찻간에 동그라니 홀로 앉아서 손끝 하나 꼼짝도 아니한다. 얼떨결에 한강다리로 나가는 전차를 잡아타기는 했으되 자기 자신도 어디로 가는 셈인지를 모르는 눈치다. 검정 털목도리로 얼굴을 파묻었기 때문에 하―얀 이마와 까만 눈썹 밑으로 내리 깔은 눈이 반쯤 내어다 보일 뿐. 그러나 이따금 갑갑한 듯이 숨을 길게 몰아쉰다. 그러는 대로 젖가슴과 어깨가 들먹거리는 거라든지, 흰 고무신을 신은 발끝이 경련을 일으키듯 저절로 달달달 떨리는 것을 보면, 졸기는커녕 무엇엔지 극도로 흥분된 가슴을 아직도 진정치 못하는 것 같다.

술 취한 사나이를 깨우던 차장은 그 여자의 앞으로 다가와서 아래위를 훑어본다.

"여보슈. 어디꺼정 가슈?"

하고 물어보려다가 멈추고 물러서며 다시 한 번 그 여자를 흘금흘금 곁눈질을 해본다. 여자라 손을 댈 수 없거니와 자기 앞으로 차장이 옷깃을 스치고 지나갈 때, 다리를 조금 오그리는 것을 보고는

'설마 제가 내릴 데야 모를라구.'

하고 차장은 발꿈치를 돌렸다. 그러나 콧면도를 말쑥하게 한 나이 젊은 차장은 그 여자에게 대해서 매우 호기심이 움직인 눈치다.

체수는 작은 편인데 머리를 쪽진 모양이라든지 수수한 무색옷일망정 옷 입은 매무새가 어느 모로 뜯어보든지 결코 상스러운 여자가 아닌 것만은 분명하다. 차장은 그 여자가 저와는 아무런 상관이 있을 리 없으면서도

'이 밤중에 젊은 여자가 혼자서 어디로 가는 셈일까?'

'더군다나 한강교로 가는 막차를 타고….'

하는 의문이 뒤를 이었다.

그러는 동안에 전차는 종점에 와 닿았다. 운전이 거칠어서 전차는 별안간 뒤로 물러서는 듯 왈칵 정거를 하였다. 그 바람에 술 취한 사나이는 유리창 모서리에다 이마를 부딪치고 차 바닥으로 굴러 떨어졌다.

"여보 다 왔소 다 왔어. 어서들 움직이지."

하고 이번에는 운전수가 술 취한 승객을 꼭두잡이를 시켜 끌어 내렸다.

그러는 동안에 뒤에 탔던 여자는 가운데 승강대로 사뿐히 내렸다.

😊 001회, 1934.03.24.

② 술 취한 사나이는 운전수의 팔을 붙잡고 일어서며

"이 이왕이면 노 노들까지 태다줄 일이지."

하고는 무어라고 게두덜거리면서 간신히 내렸다. 앞을 가누지 못하고 두루마기 자락으로 길바닥을 휘쓸고 부라질을 하며 간다.

그 여자는 주정꾼의 앞을 서서 비슬비슬 걸어가는데

"여보— 표 주구 가우."

등 뒤에서 운전수의 목소리가 들렸다. 차장은 먼저 내려서 트롤리를 돌리다 말고

"저 여편네가 암만해두 수상헌걸."

하고 짓궂게 운전수에게 눈짓을 해 보였던 것이다.

맥이 풀린 걸음걸이로 몇 걸음 걸어가던 그 여자는, 난데없는 굵다란 남자의 목소리에 도망꾼처럼 잔지러지게 놀라며 돌아섰다. 머리를 푹 숙인 채 운전수의 앞으로 다가오더니 돌돌 말아서 쥐고 있던 전차표를 내주고는 잠자코 돌아선다. 돌아서서는 여전히 허전허전하게 발을 옮긴다. 될 수 있는 대로 제 몸이 사람의 눈에 띄지 않으려고 길옆으로 숨어서 걷는다. 누가 등 뒤에서 쫓아오는 듯 흘끔흘끔 뒤를 돌아다보면서….

"저 여편네 왜 얼이 빠진 사람 같을까?"

운전수는 군소리하듯 하며 찻간으로 올라갔다. 조금 있자 이—ㅇ 하고 전차 달리는 소리가 멀어질수록 처량하게 들렸다.

한강 인도교가 가까워오자, 먼동이 틀 때와 같이 불시에 천지가 훤해졌다 요염한 계집의 눈썹 같은 하현달이 여의도(汝矣島) 넓은 벌판 너머로 기울며, 어렴풋이 잠이 든 듯한 한강일대에다가 쌀쌀스럽고 쇠잔한 빛을 던지기 때문이다.

아득히 바라다 보이는 마포(麻浦) 일관은 얇은 하늘의 아기별들처럼

전등불이 깜빡거린다. 강 건너 노들편 쪽의 즐비한 인가는 몸서리가 쳐지리만큼 괴괴한 적막에 잠겨있다.

희멀끔한 허공 아래에 은하수가 내리깔린 듯한 것은 한강이다. 그 강 위에 가로 걸친 시커먼 두 줄기는 인도교와 철교다. 달빛은 대낮보다도 더 똑똑하게 철교의 윤곽을 공중에다 새겨 붙였다.

폭 넓은 인도교에는 사람의 그림자조차 없다. 여름날 같으면 시원한 바람을 쏘이며 거니는 사람도 이슥토록 끊이지 않고, 차도로는 참외바리가 뒤를 이어 문안으로 들어가느라고 쇠목의 방울소리가 들리고, 심동에는 얼음 위에 잉어를 낚는 썰매에 어화가 별같이 깔리는데, 요즘은 얼음이 풀릴 무렵이라, 벌써 초저녁부터 인적이 끊긴 것이다.

그 여자는 외로운 그림자를 기다랗게 이끌고, 인도교 첫 난간까지 왔다. 쌀쌀한 밤바람이 그의 치맛자락을 날린다. 바람이 가슴 벅차게 안길 때마다 흑흑 느끼며 발을 멈추었다가는 누가 등을 떠다 미는 듯이 갑자기 발을 떼어 놓는다. 그러나 꿈속에서 무서운 마귀에게나 사나운 짐승에게 쫓겨 달음박질을 하려 하나, 발이 땅에 들러붙은 것처럼 떨어지지를 않듯이, 그 여자는 마음대로 발길이 내키지를 않는 모양이다.

그는 쓰러질 듯 쓰러질 듯 하는 몸을 철교 난간을 의지하고 걸었다. 다리 한복판까지 이르자

"잠깐만 기다리시오."

라고 써 붙인 철판이, 묘표(墓標)와 같이 우뚝 그 여자의 앞을 막았다. 그는 비로소 목적지에 도달한 듯이 발을 멈추며 얼굴을 쳐들었다. 달을 우러러 보며

"휘유—."

하고 오장이 썩는 듯한 긴 한숨을 내뿜었다. 달빛에 드러난 그의 얼굴은 창백한 것을 지나 파랗게 질렸다. 정기 없이 멀건이 달을 쳐다보는 눈가에는 아직도 눈물 흔적이 마르지 않았다. 머리카락이 두어 가닥 흘어져 내려 눈썹을 가닥질하건만, 쓰다듬어 올리려고도 아니한다. 그는 여기까지 나오기 전에 두 눈이 붓도록 운 것이 틀림없다. 그러나 지금 와서는 눈물조차 말라붙은 듯 연거푸 한숨만 길게 내쉰다. 어린애가 울음을 그친 뒤에도 한참을 목젖을 껄럭이며 흐느껴 울 듯이, 그 여자는 찬바람을 들이마시는 대로 몸을 오들오들 떨면서 소리 없이 흐느낀다.

'그 무슨 설움일까?'

'아직도 꽃다운 청춘을 과연 이 강물에 던지려하는가?'

하늘도 땅도 모른다. 달도 별들도 또한 그 까닭을 알 리가 없다. 조그만 버러지처럼 땅 위를 기어 다니는 인생이, 빚어내는 비극쯤은 처음부터 알 필요조차 없다는 듯이, 밤만이 신비스러운 광채만을 허공과 대지 위에 무심히 던질 뿐….

                😊 002회, 1934.03.25.

③ 그 여자는 허리를 굽혀 다리 아래를 굽어본다. 강 위는 얼음이 풀려 수없는 얼음장에 버석버석 서로 부딪히며 흘러내린다. 다리 밑까지 와서는 큰 돌기둥과 충돌하는 대로 철컥철컥 부서진다. 부서진 얼음장은 다시 쏴— 쏴— 소리를 내며 철교 편으로 흘러내린다. 유리쪽 같은 얼음장은 눈이 부시게 달빛을 반사한다. 그 얼음장 사이로 시커먼 물결이 꿈틀거리며 굽이쳐 내린다.

생활에 쪼들려 주린 창자를 부둥켜 쥐고 마지막 길을 찾는 사람과, 한

많은 세상, 서글픈 사랑에 몸 둘 곳을 모르는 청춘남녀와, 철모르는 학생
이며 죄 없는 사람의 육체를 수없이 삼킨 악마의 한강!

인생의 온갖 원한과 억울한 죽음에 하소연 할 곳 없는 설움을 싣고 용
솟음치며 흘러내리는 저 층층한 물결!

그 여자는 전신에 소름이 쭉 끼치는 듯 한 걸음 뒤로 물러선다. 번득
이는 물결마다 다리 위를 향하여 손짓을 하며 산사람의 영혼을 부르는
듯하여 그는 다시 한 번 몸서리를 쳤다. 아찔하고 현기증이 나서 소매로
얼굴을 가리며 돌아섰다.

그러나 그 여자는 또 다시 사방을 둘러보고는 당장 뛰어 내릴 듯이 난
간으로 가까이 다가선다. 숙였던 고개를 쳐들자, 은실 같은 두 줄기 눈물
이 주르르 쏟아진다. 봄바람에 녹아내리는 다리 아래의 얼음과 같이, 억
색한 가슴 속에 깊이깊이 사무쳤던 설움이, 마지막으로 녹아내리는 것이
었다. 그 눈물은 씻어도 깨물어도 샘물처럼 쉴 새 없이 솟아 내린다.

그 여자는 입술을 앙 물고 안간힘을 썼다. 다시 한 번 마지막 결심을
한 것이다. 쇠 난간을 더듬어 잡고 기어 넘으려고 발돋움을 하는데

"화무십일홍이요 달도 차면은 기우나니."

혀 꼬부라진 노랫소리가 들려왔다. 뒤를 이어

"인생은 일장춘몽 아니나 놀고…."

노랫소리는 바람결에 실려 점점 가까워 온다.

그 여자는 이제야 그 노랫소리가 처음 들린 듯, 소리 나는 편으로 고
개를 돌렸다. 시커먼 것이 앞으로 다가오는 것을 흘낏 보자, 겁결에 몸을
솟구며 난간을 가로탔다. 그와 동시에

"사람 죽는다—"

23

"에구 사람 살리우—"

술 취한 사나이는 소리를 벽력같이 지르며 달려온다. 황급히 외치는 소리는 죽은 듯 고요하던 다리 위의 적막을 찢었다. 철교의 난간까지 처렁처렁 울렸다.

별안간 주정꾼이 호통을 하는 서슬에 그 여자는 얼떨김에 난간을 잡았던 손을 놓치고 말았다. 수십 길이나 되는 공중으로 거꾸로 뛰어져 시푸른 물속에 풍덩실 빠질 뻔하였다. 다행히 난간 안쪽으로 굴러 떨어졌던 것이다. 그는 인도 위에 모로 쓰러지며 그만 까무러쳤다.

"아무두 없소?"

"사람이 죽는데 아무두 없소—?"

술 취한 사람은 허겁지겁 달려와서 놓치면 큰일이나 날듯이 그 여자를 부둥켜안고는 노량진 인가 편으로 소리를 고래고래 질렀다.

찬 강바람에 차차 제정신이 들자, 흥이 겹게 노랫가락을 내뽑던 주정꾼은 뜻밖에 사람이 물로 뛰어내리려는 것을 발견하고 경동하듯 놀라서, 저녁내 마신 술이 번쩍 번쩍 깨었던 것이다.

주정꾼의 외치는 소리를 듣고 다리 건너 담배 가게에서

"게 누구요—?"

소리를 마주 지르며 두어 사람이 쿵쿵쿵 다리 위를 달려온다. 그러자

뽕— 뽕—

난데없는 자동차 소리가 신용산편에서 요란히 들려왔다. 헤드라이트를 휘둘러, 번갯불이 번쩍하는 순간처럼, 철교 위를 눈이 부시게 비추며 풍우같이 달려든다. 주정꾼은 자동차 앞을 막아서며 팔을 벌렸다. 자동차는 쓰러진 여자 앞으로 닥쳐오자, 브레이크 소리를 지겹게 내며 우뚝 섰다.

채 정거도 하기 전이다. 십팔구 세쯤 되어 보이는 여학생이 운전대의 문을 밀치고 급히 뛰어내렸다. 뛰어내려서는 이러한 변사가 생겼을 줄 미리 짐작했던 것처럼 엎드러지며 곱드러지며 그 여자의 곁으로 다가가서 무릎을 꿇었다.

🙂 003회, 1934.03.26.

④ "언니! 언니! 이게 웬일이유?"

여학생은 울음을 섞어 부르짖는다. 모로 쓰러진 그 여자의 어깨를 흔들다가 머리를 얼싸안아 일으킨다. 고개를 뒤로 젖히니 창백한 달빛에 더 한층 파랗게 질려 눈물로 뒤발을 한 얼굴은 살아있는 사람 같지가 않다. 이 여자의 넋은 이미 이생을 떠나 용궁 속에서나 헤매는 듯, 숨소리만 실낱같이 이었다 끊겼다 한다.

"에구머니 이를 어쩌나? 언니 언니, 정신을 차류. 정신을 좀 차려요"

떨려 나오는 여학생의 목소리는 울음으로 변했다.

그러자 술 취한 사람이 학생의 앞으로 다가서며

"아 내가 막 저편짝에서 건너오려니깐 두루 아 이 여편네가 백죄 물루 뛰어나릴려구 난간으루 기어오릅데다그려. 아 그래 연방 사람 살리라구 소리를 질렀더니만…"

하고 그는 그 여자를 에워싸고 어리둥절해서 서있는 자동차 운전수와 강 건너서 달려와 입을 벌리고 선 사람들을 둘러보면서 무슨 큰 공이나 이룬 것처럼 팔을 뽐내가며 한바탕 떠들어 제친다.

그 여자는 여학생에게 상체를 안겨서도 그저 정신이 들지를 않는 모양이다. 불시에 주위가 떠들썩하니까 멍하니 눈을 뜨고 기울어 떨어지는

25

달과 사람들의 얼굴을 멀거니 쳐다보더니

"후—"

하고 긴 한숨을 내쉬고는 고개를 떨어트리며 다시금 정신을 잃는다. 여학생은 간접으로나마 사람을 구해준 주정꾼에게

"미안합니다. 하마터면 큰일 날 걸….

하고 조금 머리를 숙여 치사를 하고는 운전수에게

"안됐지만 좀 거들어 주세요."

하고 벗겨진 고무신짝을 신긴 뒤에 머리맡으로 가서 초주검이 된 그 여자의 겨드랑이를 안아 일으킨다.

운전수는 잠자코 축 늘어진 여자의 다리를 번쩍 들고 여학생이 마주잡이를 하여 자동차 안에다 뉘었다.

"자 어서 문안으로 들어갑시다."

여학생은 운전수에게 나직이 명령하였다.

"온 재수가 없으려니깐 별꼴을 다 봤네."

"그런데 웬 계집엔 대관절 어떻게 알구 쫓아 나왔을까?"

하고 쑥덕거리는 몇 마디를 등 뒤에 남기고, 자동차는 엔진 소리 요란히 차머리를 돌렸다.

막 속력을 내며 다리 위를 달리는데 "스톱!" 소리와 함께 앞을 딱 막아서며 손을 드는 것은 한강교 파출소의 순사였다.

순사는 운전수와 승객 두 사람을 파출소 앞에서 끌어내렸다. 그 여자는 아직도 넋을 잃은 채 여학생에게 몸을 실리고 업히듯 하여 들어갔다. 유리창 문을 요란스럽게 닫히는 소리와 불 없는 난로에 순사의 환도가 절그럭하고 부딪는 소리에 놀란 듯 눈을 번쩍 뜨고 사면을 살펴본다. '여

기가 저승인가?' 하는 듯이.

그러자 자기를 부축하고 서있는 여학생을 그제야 발견하고 무어라고 입 속으로 부르짖으며 그의 두 손을 덥석 잡았다. 동시에 새삼스러운 눈물이 소리 없이 흘렀다.

"언니, 글쎄 어쩌자구…."

여학생도 눈물이 핑 돌면서 말끝을 맺지 못하고 입술을 떨었다. 차차 제정신을 회복하자 그 여자는 물에 빠져서 꼭 죽은 줄만 알았던 자기 몸이 뜻밖에 살아있는 놀라움과, 순사에게 붙들려 파출소로 끌려 들어온 부끄러움과, 꿈에도 생각지 않던 여학생을 이 자리에서 만난 반가움이 뒤섞여, 불시에 머릿속에서 들끓는 복잡한 감정에 몸 둘 곳을 모르는 모양이다. 그러나 머리카락을 쓰다듬어 올리고 옷매무새를 대강 고치는 것은, 평상시에 사람 앞에서 조심을 하던 버릇이리라.

순사는 윗수염을 꼬아 올리며 한참이나 두 여자와, 양수거지를 하고선 운전수의 아래 위를 몇 차례로 훑어보더니

"거기들 앉어."

하고 테이블 앞에 동그란 의자를 가리켰다. 여학생은 눈먼 사람을 다루듯 하야 '언니'라고 부르는 여자를 의자에 앉혔다.

🙂 004회, 1934.03.27.

⑤ "아무리 인적이 끊긴 밤중이기로 그렇게 규정 이외의 속력을 내면, 취체규칙의 위반이 되는 줄은 알았겠지?"

순사는 운전수부터 닦달질을 한다. 면허장을 내놓으라고 부리리고 자동차의 번호를 수첩에 적는 서슬에 운전수는 겁이 더럭 나서

"네 그저 잘못했습니다."

하고 죽을죄나 진 듯이 굽신거리면서

"사실인즉 손님을 모셔다 두고 빈차로 안국동 별궁 앞을 지나려니깐 입쇼 이 여학생이 손을 들고 달려와서 다짜고짜 운전대로 뛰어 오르더니만 '한강, 어서 한강철교로― 지금 사람이 빠져죽으러 나갔으니 빨리 빨리!' 하고 울며불며 '전속력으로 운전만 해주면 당신이 사람 하나를 살리는 셈'이라고 사뭇 나를 떠다밀면서 발을 동동 구르는 바람에, 무슨 까닭인 줄이야 모릅죠만 그래두 인정에 그렇지가 않아서 좀 마력을 냈습니다. 그저 이번 한 번만 용서해줍쇼"

하고 변명을 뿌옇게 한다.

실상 파출소 안에 들어앉았던 당직 순사는 철교 위에 소동은 몰랐었다. 경관을 무시하고 파출소 앞을 전속력으로 달려간 택시를 취체하려고 뛰어 나왔다가 뜻밖에 사건을 붙잡은 것이다.

"잔소리 말고 나가서 기다려."

순사는 눈방울을 굴려 위엄을 꾸미면서 소리를 질러 운전수를 밖으로 내보냈다.

순사는 테이블을 격하여 나란히 앉은 두 여자를 뚫어질 듯이 바라본다. 사십도 넘어 보이는 구년묵이 순사라, 이런 등사에는 경험이 많다는 듯이 그 태도가 매우 침착하다. 다른 순사의 교대를 할 때까지 혼자 앉아서 날밤을 세우기가 무료하던 차에 파적거리를 장만한 것이다. 순사는 꺼먼 수첩 펴들고

"집이 어디야?"

웅성깊은 목소리로 점잖게 묻기를 시작한다.

여학생이 말없이 머리를 들었다. 이글이글한 눈은 전등 빛에 유난히 영채가 돈다. 아직도 이슬 같은 눈물이 어리었기 때문이다. 상기도 되었으려니와 딸기빛같이 혈색이 도는 탐스러운 얼굴이다. 검정 교복 위에다가 수박빛의 단추 없는 재킷을 걸쳤다. 언뜻 보기에도 운동선수처럼 가슴이 넓고 다리가 길어서 미끈하게 발육이 잘된 육체다.

여학생은 순사와 시선이 마주치자 수줍은 듯이 다시 머리를 숙인다.

"주소가 어디냔 말야?"

순사는 목소리를 낮추어 자녀를 달래듯이 묻는다. 순사의 눈에도 그 여학생이 양가의 처녀로 보여, 마구 다루기가 어려웠던 것이다.

"왜 대답을 못하는가?"

순사는 거무튀튀한 얼굴을 내밀며 조급히 대답을 독촉한다.

"…"

여학생은 여전히 눈을 아래로 깔고 대답이 없다. 학생 역시 생후 처음으로 몹시 흥분이 되었던 끝에, 순사에게 시달림을 받기도 또한 난생처음이라 어쩔 줄을 모르는 눈치다.

"봄에는 매우 활발해 보이는 사람이 왜 시원스럽게 대답을 못하누. 경관의 책임상 한번 묻지 않을 수 없는 줄은 알 테지. 응? 주소가 어디야?"

그제야 여학생은 마지못해서

"소격동(昭格洞)이예요."

한다. 그 목소리는 방울이 굴러 나오는 것 같다.

"번지는?"

"○○ 번지야요."

"이름은?"

"…"

학생은 다시 주저한다.

"이름은 뭐야?"

순사는 갑갑한 듯이 목소리를 높인다. 학생은 기왕 주소까지 댄 다음에야 이름을 숨길 수 없는 것을 각오한 듯

"윤봉희야요."

하고 얼굴을 살짝 붉혔다.

005회, 1934.03.28.

6 "보아 허니 학생 같은데 어느 여학교에 다니노?"

"…"

학생은 또 다시 말문이 막혔다. 재킷자락만 매무작거리고 앉았다.

"어서 대답을 해야 얼핏 들어가지. 아까두 말했지만 내 직책상 묻지 않을 수가 없어 여러 말을 허게 되는 거란 말야. 학교의 명예는 조금도 상할 염려가 없으니…."

순사는 수첩을 접어놓으며 □담적으로 묻는 태도를 보인다. 학생은 "학교의 명예에는 상관없다"라는 말에 비로소 안심한 듯

"○○사범학교 실습과에 다녀요."

하고 이실직고를 하였다.

"응 그래."

순사는 고개를 끄덕이더니 얼굴을 돌려 곁에 앉힌 여자를 턱으로 가리키며

"그럼 저 여자허구는 어떻게 되는가?"

"우리 언니야요."

여학생은 서슴지 않고 대답을 한다. 순사는 두 여자의 얼굴을 비교해 보면서

'친형제면 모습이 조금이라도 닮은 구석이 있을 텐데.'

하고 의아한 빛을 띠우고

"어떻게 되는 언니야?"

하고 채쳐 묻는다.

"우리 오라버니댁이에요."

"주소는?"

"한 집에 있어요."

"이름은?"

"…."

봉희는 곁눈으로 올케의 눈치를 본다. 그 여자는 여전히 고개를 떨어 트린 채로 아랫입술만 자근이 깨물고 앉았다. 그러나 아직도 정신이 들 락날락 하는 듯하다. 순사는 직접 그 여자를 취조한댔자 시원한 대답을 듣지 못할 성싶어 봉희를 사이에 넣고 통역을 시키듯 한다. 봉희는 형의 눈치와 순사의 얼굴을 번갈아 보고

"이인숙이에요."

"나이는?"

"아마 스물여섯…이죠."

"그럼 언니의 남편은? 즉 학생의 오라버니의 이름은?"

순사의 질문이 떨어지자 인숙이는 금세 무엇에나 찔린 듯이 사지를 오 그리며 시누이의 얼굴을 힐끗 곁눈질 해 보인다. 봉희는 '이왕 이렇게 된

바에야 가르쳐주면 어떠우' 하는 듯이 형의 얼굴을 마주보며

"윤봉환…이예요."

"직업은?"

"어디 다니시는 덴 없어도 화가야요."

"화가라니? 그림 그리는 사람 말이지?"

"네."

봉희는 간단히 대답을 하면서도, 순사가 너무나 미주알고주알 캐는 것이 점점 불쾌해져서 눈살을 찌푸렸다.

순사는

'네가 아무리 말대답을 허기가 싫어도 물을 것은 다 물어 보고야 보내겠다'는 듯이 줄달아 질문의 화살을 던진다.

"아버지는 뭐 허시누?"

"별로 하시는 게 없어요."

잠깐 동안 두 편이 다 말이 끊겼다. 바람이 쏴—하고 유리창밖을 스치고 지나갔다.

봉희는 순사 등 뒤의 둥그런 시계를 쳐다보고 어른에게 응석하는 어조로

"인제 고만 가게 해주세요. 집에서 여간 궁금해 허지 않으실 텐데…."
하고 애원하는 듯 순사를 쳐다본다.

"자동차가 밖에서 기다리고 있으니까, 걱정 말어."
하고 순사는 이르더니

"정말 한 가지 물어 볼 것이 남았어. 그런데 이 오라범댁이 한강으로 죽으러 나온 것을 어떻게 알구 쫓아 나왔든가?"

"편지 써놓은 걸 보고 알았어요."

"응, 그럼 유언서까지 써놓고 나왔단 말이지? 그러면 점잖은 가정에서 시부모 시하에 살림을 하는 여자가, 더구나 남편까지 있는 몸으로 무슨 원한이 있기에 둘도 없는 목숨을 생으로 끊으려 했는가? 일이 이렇게 되기까지는 필시 무슨 곡절이 있겠지? 그 사정을 말해봐."

이번에는 인숙이 편으로 다가 앉으며 준엄히 묻는다.

"……"

봉희는 형의 눈치가 심상치 않은 것을 보고 머리를 폭 수그렸다.

"어떤 사정이 있었느냐 말야?"

순사는 목소리를 높여 대답을 독촉한다.

인숙은 그전과 같이 또랑또랑 정신을 차렸다. 고개를 번쩍 쳐들고 정면으로 순사를 쏘아보더니

"건 알어 뭐 허세요? 남의 집 여자의 사정을 훑으실 필요가 어디 있어요?"

맺고 끊는 듯 야무지게 한마디를 쏘아붙이듯 하였다. 그리고는 입을 꼭 다물어 버렸다.

006회, 1934.03.29.

33

각시놀음

1 신부를 태운 꽃 사인교가 한강 인도교를 건넌 지도 벌써 십여 년이 나 되었다. 그때도 해빙머리였고 그날 저녁도 달이 밝았었다. 인도교를 새로 놓은 지가 얼마 되지 않아서 다리 난간에 페인트칠 한 것이 기름을 바른 것처럼 윤이 흘렀다. 강 위에는 초저녁부터 바람이 일어서 교군꾼 의 흑의 자락이 깃발처럼 펄펄 날리고, 등불의 촛불이 자꾸만 꺼졌다. 그 것은 열네 살밖에 아니 된 신부, 인숙이를 태워가지고 문안 윤 자작의 집 으로 신부례를 하러 들어가는 행렬이었다.

그날 저녁에도 나이 어린 인숙이는 인도교를 건너며 울었다. 사인교 유리창으로 얼레빗 같은 반달을 내어다보며 소매를 적셨다. 자꾸만 앞으 로 숙는 칠보족두리를 몇 번이나 치켜 썼다. 그래도 눈물을 흘리면, 수모 가 정성껏 성역을 해준 두 뺨의 분이 지워질까봐, 원삼 자락으로 눈두덩 을 눌러가며 소리를 죽이다가는 흐느껴 울곤 하였다.

그러나 인숙이는 으스름한 달빛 아래에 출렁거리는 물결과, 사인교 발 에 부딪치는 파도소리 같은 바람소리를 듣고, 처량한 생각이 들어서 눈 물을 흘린 것이 아니다. 저를 길러내다시피 한 유모와 친오라버니가 든

든히 뒤를 따르는데 새삼스러이 외로운 생각이 들어서 운 것도 아니었다.

'이 다리를 언제나 다시 건너오나.'

'이번에 가면 졸연히 어머니 아버지를 뵐 수가 없겠구나.'

하는 생각이, 그야말로 인형 같은 인숙의 작은 가슴을 설움에 떨게 하였던 것이다.

"너 집 생각일랑 아주 잊어버려야 헌다."

"시집에 가서두 쭉쭉 울기만 하면 쫓겨온다."

하고 집을 떠나올 때에 사인교 채를 붙잡고 열 번 스무 번 당부를 하시던 어머니의 말씀은 잊어버린 듯이, 자꾸만 훌쩍이며 울었다.

그때의 그 설움은 오늘날까지 인숙의 마음속에서 떠나지 않았다.

"이제부터 정다운 부모의 슬하를 떠나거니" 하던 그 당시 소녀의 애상적(哀傷的)인 설움과, "아아 이 야속한 세상하고는 영겁이로구나!" 하는 후일의 절망적(絶望的)인 침통□□□□□□□□□□□□□□□□ 인숙이로 하여금 같은 달밤 같은 한강물 위에 피눈물을 뿌리게 한 것이었다.

…갑오(甲午)년 이후 이 땅을 뒤덮은 풍운이 점점 험악해 가는 것을 보자, 불원간 세상이 바뀔 것을 짐작한 인숙의 아버지 이한림(李翰林)은, 선영(先塋)이 있는 과천(果川) 땅으로 낙향을 하였다.

그러나 과연 세상이 바뀐 뒤로는 그곳에서 촌보도 옮겨 놓지 않았다. 세상은 물론 친구까지 끊고 지내었다.

과천 땅은 은둔한 지사가 풍월로 벗을 삼을 만치 산천이 명미한 고장은 아니었다. 그러나 매우 한적하고 아직도 고풍이 남아 있었다. 그곳 백성은 양반 상인을 분간할 뿐 아니라, 볏 백이나 하는 전장이 있었기 때문에, 과천으로 내려가 여생을 보낼 결심을 한 것이었다.

한림은 천생으로 서화에 특재가 있고 소시부터 음률에까지 출중하여, 그 중에도 거문고는 명수였다.

그러나 대(代)를 물려가며 어루만지던 거문고 복판을 주먹으로 깨뜨리고, 손때 묻은 통소를 무릎으로 꺾어 버렸다. 그 후로는 오직 아침저녁 필묵으로 벗을 삼아, 하루 몇 장의 종이를 물들이는 것으로 무료한 세월을 보냈다.

가선대부(嘉善大夫) 하나에 임금 얼마요 능참봉(陵參奉) 한 자리에 얼마니 하여, 위조지폐 같은 첩지 한 장에 명정거리를 장만하던 판국이건만 이 한림은 그 진흙 속에서 일찌감치 발을 빼었던 것이다. 자기 한 몸이나 깨끗이 지조를 지키다가 선조의 발치에 욕된 몸이 파묻히리라 하였다.

한림은 누구에게 대한 충성의 표적과 같이 머리를 깎지 않고 관을 썼다. 외아들인 경직(敬植)이는, 학교 공부를 시키기는커녕, 상투를 틀린 뒤에 사서삼경(四書三經)이며 좀이 쏠아 가는 케케묵은 책이 길로 쌓인 작은사랑 한 구석에다 무릎을 꿇려 두었다.

"다 망헌 세상에 신학문이란 무엇이고 행세란 다 무엇이냐 옛날 성현의 글이나 읽고 앉았으면 너 한 몸이나 편헐 테니 아예 '개화'니 '신학문'이니 하고 딴 생각일랑 염두에도 두지 말아라."

하는 것이 한림이 아들의 청춘을 생으로 감금시키는 구실이요, 또한 말버릇 같은 훈계였다.

인숙이는 그의 막내딸로 태어났던 것이다.

007회, 1934.03.30.

[2] 막내딸인 인숙이는 한림 내외의 귀염을 독차지하였다. 더 어렸을 때도 재롱이 비상하였거니와, 남 유달리 총명하여 부모의 눈치도 제일 잘 채였다. 그래서 한림 내외는 무엇을 보나

"우리 방울이, 우리 막내딸 방울이."

하고 '방울'이라고 별명을 지어 불렀다.

이 무릎에서 저 무릎으로 굴러다니듯 하며 재롱을 부리는 것이 방울 같고, 무어라고 재잘거리며 안방 건넌방으로 달랑거리며 드나드는 것이 방울 같고, 총기가 똑똑 띠는 새까만 두 눈이 놀라면 휘둥그레지는 것이 방울 같고, 새 된 듯하고도 가랑가랑한 목소리가 은방울을 흔드는 것 같고, 붙임성이 있어 누구에게나 착착 붙이는 것이 꿰어 차고 싶도록 귀엽다고 해서 방울이란 별명을 지어 부른 것이었다.

(인숙이란 이름은 여러 해 뒤에 어떠한 필요로 지은 것이다.)

인숙의 어머니는 현숙하기로 소문이 높은 부인네였다. 말하자면 너무 지나치게 얌전한 여자였다. 남편이 죽으라면 죽는 시늉까지는 하면서 시종이 여일하게 남편에게 순종해 왔다. 나이가 한림보다 세 살이나 위인데, 남편이 한창 혈기가 왕성할 때 친구 바람에 잠시 난봉이 나서 딸의 나이밖에 안 되는 기생 작첩까지 한 일이 있었건만

"그 어린 게 어디 제 몸치장이나 할 줄 알아야지."

하고 시앗의 머리를 빗겨주고 옷 뒤까지 거두어 주었다. 귀여워만 하면 기어오른다고 어떤 때에는 대수롭지 않은 일에 첩이 큰 마누라에게 불공한 말씨로 바락바락 대드는 것을 보다 못해서 한림이

"아서라, 버릇없이 그리 못허는 법이니라, 미천한 계집으로 더구나 나이 어린 것이…."

하고 혀를 차고 꾸짖으면

"그만 두슈. 아직 철이 안 나서 그렇구려. 제가 무슨 이문목견이 있단 말씀요"

하고 싸돌리고 흠을 덮어 주기까지 하면서 한 집에 거느리고 지냈다.

경직이 위에 아들이 있었건만 다섯 살 때에 쥐통에 잃었고, 경직이와 인숙이 사이에도 두 살 터울의 딸 형제가 있었건만 그 역시 불행히 역질의 희생이 되어 하루 동안에 꿈같이 없앴다. 그래서 경직이가 맏아들이 되고 인숙이가 막내딸이 된 것이다. 그런 까닭으로 근년에 와서 한림 내외의 사랑은 온통 인숙에게도 쏠릴 수밖에 없었다. 이미 장성한 아들보다도, 첫정이 들어가는 며느리보다도, 방울이라면 사지를 못 쓸 만치나 지나치게 귀여워하였다.

실상 귀양살이나 다름이 없이 무료한 세월을 보내는 한림 내외에게, 유일한 위안거리요, 웃음거리는 방울이밖에 없었던 것이다. 더구나 부모의 애를 태우지 않고 인숙이만은 무병하게 자라는 것이 더욱 신통하고, 커갈수록 오라비보다도, 죽은 형들보다도 재주가 비상해서 여간 대견해지지 않았다.

'계집애가 글을 하면 팔자가 사납다'는 말을 철칙같이 여기던 한림도, 이 막내딸만은 글을 가르쳤다.

"계집애도 기성명은 헐 줄 알아야 후일에 남편헌테도 업신여김을 받지 않으니라."

해가며, 아침이면 딸을 불러내어 진서를 가르치고, 저녁이면 어머니는 바느질을 가르쳤다. 워낙 문한가의 후손이라 혈통관계도 있겠고 오라비가 배우는 글을 어깨너머로 듣고 앵무새처럼 외는 것이지만, 인숙이는 일곱

살에 천자(千字)를 떼고 동몽선습(童蒙先習)을 읽었다. 달밤이면 마루 끝에 걸터앉아서 짧은 다리를 한들거리며

마상에 봉한식하니
동중에 속모춘을
가련강포망하니
불견낙교인을

하고 꾀꼬리 같은 목소리로 당음(唐音)까지 졸졸 외었다.
　"온 조거 일람첩기(一覽輒記)거든. 앙증스러 못 보겠군."
하면서 한림은 댓돌에 담배를 떨고는 뒷짐을 지고 달을 밟으며 안마당을 거닐었다.

🙂 008회, 1934.03.31.

　③ 인숙이가 여덟 살 되던 해 늦은 봄 어느 날이었다.
　"애 점례야."
　개나리로 산울을 한 뒤꼍 양지바른 장독대 앞에 선 인숙이는 행랑계집 애를 보고 손짓을 까댁까댁 하였다.
　"네―."
　인숙이와 소꿉동무인 점례는 부엌 뒤에서 바라진 대답을 하였다. 뜰안을 돌아 모지라진 댕기를 팔랑거리며 인숙에게로 깡충깡충 뛰어갔다. 나이는 두 살이나 더 먹었건만 덩치는 인숙이보다 잔졸하다.
　"작은아씨 또 각시놀음 헐라우?"

"그—래."

"어저께처럼 마님께 또 걱정을 들으면 어떡허우?."

"아니란다, 어저겐 골무 만들라시는 걸 잊어버렸으니깐 그랬지 얘."

인숙이는 장독대 앞에다가 칠성단처럼 조약돌을 주워다 쌓아놓았다. 그 앞에다 암기왓장을 제상처럼 고여 놓고 그 위에다가는 모시조개 껍질을 색색이 헝겊으로 부전을 붙인 소꿉을 나란히 벌려 놓았다.

냉이나 소루쟁이를 캐어다가는 어머니가 소싯적에 차던 은장도로 조그만 도마에다 썰어서 담아놓고 하루 한 번씩은 제사를 지내는 흉내를 내었다. 일 년에 여러 차례 제사 지내는 것을 눈여겨보았던 것이다.

"얘 각시풀이 오늘은 왜 이렇게 뻣뻣허냐."

"소금물에다 더 한참 절여둘걸. 아무려면 어떠우."

하며 점례는 작은아씨의 시중을 든다. 인숙이는 쇠비름 뿌리를 캐어가지고 "신랑 방에 불 켜라 색시 방에 불 켜라" 하듯이 뻣뻣한 각시풀을 부비며 길을 들인다.

동백기름을 약간 발라 곱게 땋아 늘인 인숙의 머리는 햇빛을 받아 핥아놓은 것처럼 윤이 흐른다. 타는 듯한 다홍 댕기를 전반같이 들였다.

머리가 치렁치렁하지는 못해도 숱이 적은 편은 아니다. 곱게 다듬은 노랑 저고리와 분홍치마를 입은 몸맵시가 언뜻 보면 벌써 색시꼴이 박힌 듯.

인숙이는 각시풀을 붓두껍에 끼어 점례에게 붙들리고 머리를 땋아서 손가락에 돌돌 감아쥐며 쪽을 쪄보다가

"얘 오늘은 당최 잘 쪽쪄지지를 않는구나."

하고는

"너 좀 쪽쪄 봐라."

하고 점례를 준다.

"난 손고락이 굵어서 잘 감겨져야죠. 머리숱이 너무 많구만요."

하면서도 점례는 쪽을 곱다랗게 쪽쪘다.

"인젠 새 옷을 입어야지."

인숙은 조그만 색상자 뚜껑을 열고 차곡차곡 개켜둔 치마저고리를 꺼
낸다.

"아이 어쩌문, 곱기두 해라."

간난이는 토끼처럼 깡충 뛰어오르며 손뼉을 친다.

"엊저녁에 밤새도록 꿰매서 인두질까지 쳤단다아."

이윽고 붓두껍은 파란 낭자를 얹고 노란 숙고사 저고리에 남스란치마
를 잘잘 끌리도록 입었다.

"아이 이뻐라. 그런데 작은아씨 신랑은 안 만들었우?"

"갠 별소릴 다 허네. 우리끼리만 놀지 그까짓 신랑은 만들어 뭘 하니?"

하고 인숙이는 각시를 제단 앞에다 세웠다.

"그럼 제살 지낼라우?"

"응."

"누가 저렇게 색색이 옷을 입구 제살 지낸담. 새아씬 제사 지내실 때
면 꼭 옥색 치마저고리를 갈아입으시던데."

"각시놀음이니까 그렇지, 그건 나두 안단다. 그럼 제산 지내지 말구우
우리 혼인을 헐까? 네가 수모라구 절을 좀 시키렴."

"신랑두 없이 누구헌테 절을 시킨단 말유?"

"그럼 이걸 신랑이라고 하자꾸나."

하고 인숙이는 나무때기에다가 솜방망이를 만들어 매고 헝겊 조각을 아무렇게나 입혀서 꽂아 놓았다. 그 신랑이란 것을 여불없는 논두렁에 선 허수아비 같아서

"아이 신랑을 왜 저렇게 껄렁껄렁해애."

하고 점례는 깔깔대고 웃으면서 뻣뻣한 붓두껍 색시를 절 한 번을 시켰다.

"애야 색시절은 네 번씩 하는 법이란다. 넌 그것두 모르는구나. 울 언니 하는 것두 못 봤니?"

인숙은 담박 무색옷을 입고는 제사를 지내지 않는다고 한 점례의 말에 오금을 박았다. 그러면서도 인숙이와 점례는 각시놀음에 재미가 나서 얼굴을 마주보며 방긋이 웃었다.

두 소녀의 머리 위에는 참새들이 꼬랑지를 깝죽거리며 재잘거렸다. 산울의 개나리는 한들 바람에 시달려 노란 꽃잎이 한 잎 두 잎 조그만 제단 위에 사뿟사뿟 내려앉았다.

009회, 1934.04.01.

④ 한낮이 겹도록 각시놀음은 끝날 줄 몰랐다. 바깥마당 대추나무 위에는 까치들이 모여 앉아서 각깍깍 짖었다. 마루 밑에서 낮잠을 자던 바둑이는 무엇에 놀란 듯 대문 밖으로 뛰어나가며 컹컹컹 짖었다.

"누가 오나보다."

인숙은 치마 앞을 털며 일어났다.

"오긴 누가 오우. 또 사냥꾼이 지나가남."

점례는 무심히 대답을 하는데 축동 밖에서 떠들썩하는 소리가 들렸다.

개 짖는 소리는 더욱 요란하다.

"얘 정말 누가 오나보다."

"그럼 나가 볼까요?"

"그래 얼핏 들어와 응."

"네에."

점례는 다시 댕기꼬리를 내저으며 바깥마당으로 뛰어나갔다. 그때부터 인숙이는, 담 밖으로 나다니며 놀면 어른의 꾸지람을 들었던 것이다.

바깥이 떠들썩하니까 인숙이는 뒤껼으로 돌아 담 보통이로 가서 앵두 나무 가지를 휘어잡고 올라서서 담 밖을 갸웃이 내어다 보았다. 앞뒤 패를 지른 인력거 한 채가 대문 밖에 와 닿았다. 휘장을 씌워서 탄 사람은 보이지 않는데 동네의 떠꺼머리 아이들이 큰 구경거리나 난 듯이 인력거를 에워싸고 쫓아 들어오다가

"예—라 이놈들. 물렀거라."

하는 인력거꾼의 호통에 엎드러지며 곱드러지며 쫓겨 나갔다.

인력거는 대문 안에 들어와 섰다. 뒤에서 헐떡거리며 인력거를 따라오던 별배가 휘장을 걷었다. 오십이 훨씬 넘어 보이는 수염이 숱하게 난 사람이 부대한 몸을 별배에게 부축이 되어 내렸다.

인숙이는 그 사람들과 눈이 마주치자 급히 뛰어내리다가 앵두나무 가지에 치마 앞자락을 북 찢겼다.

"에구머니 이를 어째?"

인숙은 가슴이 달랑하고 내려앉았다. 지난 정초에도 널을 뛰다가 새 치마를 밟아서 찢고는 종일 울다가 어머니에게 매까지 얻어맞았었다. 그래서 어머니에게 또 꾸지람을 들을 걱정을 하면서 새빨개진 얼굴을 너덜

거리는 치맛자락으로 뒤집어쓰듯 하고 뒤란으로 뛰어갔다. 그러나 마주
달려오는 점례와 딱 마주쳤다.

"아이 난 깜짝 놀랐다."

"아이구 저를 어쩨. 어쩌다 저렇게 치마를 찢었수?"

"손님 오는 걸 내다보려구 앵두나무엘 올라갔다가 그랬단다."

인숙의 목소리에는 울음이 섞였다. 구슬 같은 눈물이 한 방울 발등 위
에 똑 떨어졌다.

"어쩌문. 서울서 손님이 오시자 저렇게 치마를 찢으셨담."
하고 점례깐에도 보기에 딱해서 혀를 끌끌 찼다.

"그래 손님은 누구시라든?"

"무슨 대감이시래요."

"그래 나리마님이 나가셨니?"

"나가시긴 되레 손님이 오셨단 말씀을 들으시고 안으로 들어오시던데
요."

손님이 왔는데 아버지가 나가서 맞지를 않고, 안으로 들어왔다는 것이
궁금해서 인숙은 어머니 눈에 들키지 않으려고 치마폭을 휩싸 쥐고 마루
뒷문으로 살그머니 들어갔다.

"온 그 사람이 내 집엘 찾아오다니 천만뜻밖인걸."

마루로 나오는 한림은 갓끈과 아랫수염을 얼러서 쓰다듬어 내리며 사
랑으로 나갔다. 의관을 하고야 볼 손님이라, 안에 들어와 지체를 하다가
나가는 모양이다.

인숙의 어머니는 손수 행주치마를 두르고 반빗간으로 내려서며

"별안간 손님이 오니 뭘루 대접을 헌다니. 시골 쳐놓고 이렇게 막막헌

데는 없을 거야."

하고 며느리와 아랫것들을 지휘한다. 그리고 일변 읍내로 고기와 술을
사러 전인을 하느라고 안팎이 부산하다. 서울서 이따금 손이 내려오기는
했어도 이번처럼 법석을 하는 것은 인숙이가 보기에도 처음이었다.

　어머니는 안방 지게문에 가 기대서서 실심을 하고 서있는 딸을 보고
　"넌 왜 저렇게 실쭉해 서있니?"

하고 나무라듯 하였다. 실상 인숙은 치마를 찢은 것이 큰 죄나 진 것 같
아서 어머니 눈에 띌까 봐 여간 겁이 나지 않았던 것이다.

⊙ 010회, 1934.04.02.

　⑤ 닭을 잡고 수란을 뜨고 미나리강회에 탕평채를 곁들이고 여간해서
는 구경도 할 수 없는 생선까지 구해다가 회를 쳐서 내갔다. 주안상이 나
간 뒤에 사랑에서는 명랑한 웃음소리가 들렸다. 노상 절간과 같은 한림
의 집에서 그렇게 큰 웃음소리가 터져 나오듯 하기는 오래간만이요, 인
숙의 기억으로도 안에까지 들리는 아버지의 큰 웃음소리를 듣기는 처음
이었다.

　그 대감이라는 손님을 모시고 온 인력거꾼과 하인들까지도 흐뭇하게
먹었는지 행랑채까지 떠들썩했다.

　인숙이는 손님 덕분에 고기반찬을 해서 점심을 먹었다. 먹으면서도 치
마 찢어진 것을 들킬까 보아 쪼그리고 앉아서 분주히 드나드는 어머니의
눈치만 할끔할끔 보았다. 다른 때 같으면 건넌방으로 건너가서

　"언니 이것 좀 꿰매주."

하고 오라범댁에게 넌지시 청을 해서 감쪽같이 꿰매 입고 나올 터인데,

그날은 손님 치다꺼리에 눈코 뜰 사이도 없는 사람을 끌어들여갈 재주가 없었다. 그래서 찢어진 치마에만 정신이 쏠려, 윗간 한 구석에 가 한걱정을 하고 앉았는데

"에헴 에헴."

하고 마른기침을 하며 한림이 들어왔다. 평소에는 별로 즐기지 않던 술이 거나하게 취했다. 얼굴이 뻘겋고 망건을 쓴 관자놀이의 힘줄이 펄떡펄떡 뛰었다. 한림은 전에 없이 화기를 띠우고

"여보 날 좀 보오."

하고 마누라를 손짓해 불렀다. 내외는 안방으로 들어가서 무어라고 단둘이서만 수군수군한다. 마누라는 연방 고개를 끄떡여 보이더니

"그럼 내보내죠. 먼점 나가시구려."

한다. 한림은 수염을 쓰다듬으며

"그 친구하고 세교관계로 보드래도 그만 소청을 안 들을 수 있소 옷이나 갈아 입혀 내보내."

하고는 윗간에 도사리고 앉은 딸을 흘낏 보고

"흥 옷은 미리 갈아입었구나."

하고 껄껄 웃으며 나갔다. 어머니는 윗간으로 대고

"방울아."

하고 딸을 불렀다.

"네?"

인숙이는 간신히 머리를 들었다.

"서울서 내려오신 손님이 널 좀 보자구 허신다는데 나가 뵈어라."

명령이 내리자 조그만 가슴이 또 덜컥 내려앉았다. 역시 치마가 걱정

이 되어서

'이 꼴을 허구 어떻게 나간담.'

하고 가슴이 내려앉았던 것이다.

"나가서 곱다랗게 절을 허구 얌전히 섰다가 들어가라고 허시건 들어오너라."

어머니의 명령은 두 번째 떨어졌다.

그러나 인숙이는 암만해도 치마가 찢어졌다는 말을 할 용기가 나지 않았다.

"왜 그러구 앉었니? 어서 나가잖구."

하고 타이르듯 해도 안차게 꼼짝도 안하고 앉아 있는 딸을 보고 어머니는 좀 역정이 나서 언성을 높였다. 그러자 인숙의 눈에는 눈물이 갈쌍갈쌍하게 고였다.

"아 애야 손님이 보자시는데 방정맞게 울긴 왜 우니?"

어머니는 꾸짖듯 하며 딸의 손을 잡아 일으킬 듯이 앞으로 다가앉는다. 마루 끝에 섰던 점례가

"마님 작은아씨가 치마를 찢었답니다."

하고 고자질을 하려다가 작은아씨에게 눈총을 맞을까 보아 겁이 나서, 입 밖으로 굴러 나오는 말을 꿀떡 삼켰다.

"애 좀 일어서라."

어머니는 역정을 더럭 내며 딸의 겨드랑이를 잡아 일으키자

"어머니 치마…"

하고 인숙이는 목멘 소리로 말끝을 맺지 못하고 폭 엎드리며 손으로 얼굴을 가리고 울었다.

"아—니 어쩌다 오늘 아침에 갈아입은 치마를 또 찢었단 말이냐."

어머니는 딸의 치맛자락을 들추어 보더니 뜻밖에 크게 걱정은 아니하고 머릿장에서 다른 치마를 꺼내 던지며

"어서 갈아 입구 눈물이나 씻구 나가거라."

하고 어서 나가기만 재촉한다.

인숙이는 훌쩍거리며 일어섰다. 어머니는 딸의 머리에 군빗질을 하고 눈물 흔적을 지워주고는 치마까지 입혔다.

인숙이는 마당으로 내려섰다. 저고리 옷고름으로 자꾸만 눈을 부비며 내키지 않는 걸음걸이로 사랑으로 나갔다. 무슨 일인지도 모르고 울고 나가는 조그만 딸의 뒷모양을 마루 끝에서 내려다보며

"온 재가 하필 오늘 또 치마를 찢고 저럴까."

하고 눈살을 찌푸렸다.

😊 011회, 1934.04.03.

⑥ 사랑 윗간에는 경직이가 양수거지를 하고 서 있다가 미닫이를 열고 누이를 맞아들였다.

"너 이 어른께 절해라."

아랫목에서 아버지가 곁에 앉은 손님 편으로 고개를 돌렸다. 아버지보다도 더 뻘겋게 술이 취한 뚱뚱한 손님은 눈을 흐릿하게 뜨고 인숙을 건너다본다.

인숙이는 나비같이 곱다랗게 절을 하고는 고개를 다소곳이 숙이고 조금 물러섰다.

손은 반백이 된 윗수염을 쓰다듬어 올리며

"어 매우 숙성허군."

하고 술 취한 눈이 몽롱하여 인숙을 자세히 뜯어보려고 연방 눈시울을 끔벅끔벅한다.

"나이는 열 살이나 가까운 게 온 미거해서 아주 아무 분간이 없네."

"천만에, 겸사의 말이지 그야 아직 나이가 있으니까… 허나 잠시 보매 두 퍽 총명해 보이는군."

주객은 어린 인숙이를 눈앞에 세워 놓고 번차례로 품평을 한다.

"계집애가 재주가 있으면 뭘 하겠나만 저건 글재주 하나는 맹랑하거든. 당음을 한 권을 졸졸 외니까."

아버지는 술김에 어느덧 막내딸의 칭찬이 나왔다.

"허 이건 자화자찬(自畵自讚)일세그려."

하고 손은

"헛 허허허허."

하고 너털웃음을 내놓는다. 그러고는

"좀체로 문밖엘 나서지 않는 내가 설마 별러서 헌 이번 출입에 헛걸음이야 허겠나."

하고 주인을 돌아보며 자못 만족한 웃음을 웃는다.

"글쎄 자네처럼 안고(眼高)헌 사람이 한미헌 내 딸이 눈에 차겠나."

하고 한림은 손을 놀린다.

"허— 그 사람 또 그런 소릴 허네 그려. 오늘의 부귀라는 게 내게는 다 욕다운 걸세. 본심에 없는 대감을 바치게 된 사정을 자네가 다 아는 바에 구구히 변명은 해 뭘 하겠나만 어쨌든 규수는 극가허이. 두말헐 게 없네."

손은 다시 눈을 끔벅인다. 눈뜨기가 거북하니까 문갑 위에 벗어 놓았던 연경을 집어 콧등에 느슨히 걸고 망원경 속으로 내다보듯이 인숙의 아래 위를 또 다시 훑어본다.

"고만 데리구 들어가거라."

한림은, 여전히 두 손길을 마주 잡고 서 있는 아들을 쳐다보며 눈으로 딸을 가리켰다. 인숙이는 무슨 영문인지도 모르고 고개를 다소곳이 수그리고 서 있다가 다시 절을 납신하고 돌아섰다. 손은 인숙이가 들어가는 걸음걸이며 뒷맵시까지 유심히 보느라고 다붙은 목을 자라처럼 내밀었다.

그러자 장죽에 담배를 붙이는데 팔이 모자라는 것을 보고, 경직이가 냉큼 내려와서 성냥을 그어 대었다. 손은 담배를 퍽퍽 빨며

"규수는 눈에 차네만 인제 내 자식놈도 자네 눈으로 봐야 허지 않겠나. 아직 숙맥불변일세만…."

하고 주인을 돌아다본다.

한림은 그런 말을 할 줄 알았던 것처럼

"보나 마나 어련하겠나. 내야 한평생 문안에 발을 들여놓지 않기로 결심한 사람이니까… 개천에서 용이 날 줄만 믿을 밖에."

하고 친구의 무릎을 가볍게 치며 껄껄껄 웃는다.

"허 며느릿감을 보러 왔다가 봉욕을 했군."

손도 주인을 따라 그 독특한 헛청웃음을 웃었다.

해가 저물도록 주객은 술상을 물리지 않고, 그리웠던 회포를 풀었다. 행랑채에 저녁연기가 두어 줄기 서리어 오르고 참새들이 추녀 끝으로 날아들어 지저귈 때야 앞뒤 패를 지른 인력거는 한림의 집 대문간을 굴러

나갔다.

⑦ 한림의 집을 찾아 왔던 손은, 윤 자작이었다. 그는 한림과 서울 회동(會洞)서 이웃을 하여 자라났다. 어려서부터 그는 한림의 아버지에게 십여 년이나 글을 배웠고 장가까지 한림과 같은 해에 들었을 뿐 아니라, 피차에 선비시대에는 지기가 상합하였다. 그야말로 죽마고우다. 막역하게 지내던 사이였다.

한림의 선친도 아들의 동접을 매우 사랑하여

"윤 아무개는 위인이 제법이거든. 언제든지 제 구실은 하구 말게야."

하고 일상 칭찬을 하였었다. 그 당시 윤 씨의 가세는 청빈한 것을 지나 조반석죽도 간 데 온 데가 없을 때가 많았다. 그럴수록 그는 열심히 수학하여 약관(弱冠)을 겨우 지나며부터 문필이 얌전하다는 소문이 높았다. 외화도 준수하거니와 대인접물에 매우 신중하고 사소한 가정사를 처리하는데도 남자의 도량이 보여 누구에게나 흠모를 받았다.

그 소문을 들은 왕가의 근척인 ○○궁의 윤 판서는 오십이 넘도록 무후하던 터이라, 예를 후히 하여 양자를 삼았다. 물론 동성동본이나 촌수로 따지면 근 이십 촌이나 되는 먼 일가였다.

윤 판서는 양자를 한 지 불과 삼 년 만에 세상을 떠났다. 그가 생전에 받았던 작(爵)이라, 그의 양자가 습작을 하게 되었다. 그러나 그는, 원체 빈한한 선비의 후예일 뿐 아니라, 여러 가지 의미로 "내가 자작이로다" 하고 귀족 행세는 하지 않았다. 다만 주위에서 '자작'이니 '대감'이니 하고 떠받드는 대로 내버려 두었을 뿐이었다.

51

그의 양가에는 팔십이 넘은 조모와 육십이 가까운 계모가 있었다. 노대방 마누라는 아들을 앞세우던 해부터

"아이고 인제 증손부나 하나 더 보고 죽어야 할 텐데…."

"내가 이생의 마지막 소원은 그것뿐이다."

하고 양손을 보는 족족 성화를 하였다. 나중에는 노망이 나서 몸이나 좀 불편하면 콧물을 졸졸 흘리는 막내 증손자 봉환(鳳煥)이를 불러다 앞에 앉히고

"네가 장가드는 걸 못 보구 내가 죽는구나."

하고 질금질금 울기까지 하였다. 그러면 계모도 덩달아

"어머님께서는 날로 엄엄허신데 증손부 하나 맞아보시기를 저다지 소원이시니 속히 혼처나 정해 둬야지."

하고 마주 성화를 하였다. 자기 역시 큰 손부 작은 손부가 눈에 들지 않아서 하루바삐 막내 손부의 재미를 보고 싶었던 것이다. 그럴 때마다 자작은

"졸지에 의합한 혼처도 없지만 인제 겨우 여섯 살 먹은 걸…."

하고 우물쭈물 시원한 대답을 아니 하면

"아 네 어른이 살았드면 입때 있을 줄 아니? 내 생전에 성례는 시키려고 들었을 게다."

하고 대방마누라는 역정을 더럭 내며 밥상을 받았다가도 수저를 던질 때까지 있었다.

자작은 더 고집을 세울 수가 없었다. 자기의 자식을 가지고 자기의 마음대로 못할 것은 아니로되, 남의 집의 손을 이어주기 위해서 들어온 터이라 부득부득 자기의 주장만 세울 수도 없는 형세였다.

자작은 생각다 못해서 사람을 놓아 각처로 아들의 혼처를 구했다. 그러다 마침 동문수학을 하던 이 한림이 막내딸을 두었다는 소문을 들었다. 그 친구와는 장근 십 년이나 격조하였던 터이라, 낙향을 한 인사도 못한 사과도 할 겸, 손수 심방하여 직접으로 통혼을 한 것이었다.

한림은 원체 성미가 깔끔할뿐더러 아직도 서울서 '대감'을 바치고 호화로운 생활을 하는 자기에게 대해서 자격지심도 가지고 있을 것이 틀림없으리라 하여, 자작은 처음부터 자신을 가지고 찾아간 것은 아니었다. 그렇건만 한림은 의외로 옛 친구를 반겼다. 대접이 자못 융숭하였다. 머리에 백발이 거듭할수록 인생의 적막을 느끼던 한림은, 천만의외에 막역하던 친구를 대하니 무조건하고 반가웠던 것이다. 지나간 옛날의 회포가 가슴에 가득하여 일금하던 술을 취토록 대작하였다. 뿐만 아니라, 어찌 되었든 자기보다는 지체가 높은 사람이 몸소 먼 길을 전위해서 와준 것이 고맙기도 한 김에 두말없이 친구의 소청을 들었다.

"인제부턴 내 딸을 자네 며느리로 알겠네."

라고까지 하여 단박에 약혼을 허락을 하였던 것이었다.

😊 013회, 1934.04.05.

⑧ 그날 밤 인숙이는 잠결에 이러한 이야기를 어렴풋이 들었다.

"그렇지만 조걸 어느새 내 놀 수는 없어. 조것마저 내 노면 더 쓸쓸해 살 수가 있나."

하고 한림이 노후의 적막을 탄식하면서

"어느 때구 한 번은 남의 자식이 되고 말걸. 그렇게 딸자식이란 앨 써 길러도 크나 작으나 남의 존 일이죠. 허지만 정혼만 했지 어느새 혼인 재촉이야 할라구요."

하고 마누라가 위로하듯 하면

"하여간 일은 잘됐소 장성헌 딸을 두고 치지를 못 해서 애를 쓰는 사람도 많은데 좋은 자리에 일찌감치 작정이 됐으니까. 구헌들 그만 자리를 고르기가 쉽소 제 평생 의식걱정은 안 헐 테니 그만해두 제 복이지."

"아무럼요, 윤 씨 가의 양반은 부러울 게 없죠만, 쟤가 아무 견문이 없어서 크나큰 집에 들어가 층층시하에 숭이나 잡힐까 보아 지금부터 걱정인 걸요."

"그야 마누라가 다잡아 잘 가르치면 될게 아뇨 위인은 총명허니까…."

"아직은 제 버선 하나 기위 신을 줄 모르는걸."

"그럼 여덟 살 먹은 게 제 아무리 숙성허면 도포나 창의를 지을 줄 알겠소?"

"뭐구 뭐구 간에 당자는 한번 보셔야 허지 않겠어요"

"보나 마나지. 그 친구가 병신자식을 가지구 내게 청혼을 하러 왔겠소? 남편감을 잘 만나고 못 만나는 거야 인젠 제 팔자소관이지."

"그래도 백판 얼굴도 못 보구서 혼인을 하게 되면 우리가 넉넉지 못허니까 감지덕지해서 허는 줄만 알지 않겠어요?"

"그럼 회사두 헐 겸 경직이나 한번 들여보냅시다 그려. 그땐 매부 재목을 보여 주겠지."

"막상 성례를 허게 된대도 걱정이에요. 우리 집엔 아무 준비도 없는데."

"아따, 마누라는 별걱정을 다허는구려. 혼인이란 신랑 있구 색시 있으면 되는 게지. 기구 있게 차려 보낸 딸이 더 잘 산답디까? 우리네 규모에

아주 불성모양만 아니면 흡족허지."

"허긴 그래요. 딸은 형세 난 데로 보내는 게 좋긴 허지요. 며느리는 없
는 집 색시래야 쓰지만…."

인숙의 머리맡에서 한림 내외의 주고받는 말은 밤이 이슥하도록 끊이
지 않았다.

인숙이는 졸지에 이마가 선뜩한 것을 깨닫고 이불 속에서 몸을 웅숭그
렸다. 아버지가 사랑으로 나가다가

"방이 너무 더운가 보우."

하고 땀이 촉촉이 난 딸의 이마를 찬 손으로 짚어 보았던 것이다.

인숙이는 머리맡에서 두런두런하는 이야기소리를 꿈속같이 들었다. 듣
기는 들었어도 무슨 뜻인지는 알 듯도 하고 모를 듯도 하였다. 저를 두고
하는 말 같기는 하나 똑똑히 귀에 들어가지도 않았거니와 귀담아 들었다
손 치더라도 설마 '내가 혼인을 하게 되나 보다' 하는 짐작조차 하였을
리가 없었다. 다만 의식이 몽롱한 가운데

'오늘밤엔 어머니 아버지가 무슨 이야기를 저렇게 허시나.'

하고 졸음이 들락날락하는 대로 어른들의 목소리가 가까워졌다 멀어졌
다할 뿐이었다.

그러다가 인숙이는 인력거를 탔다. 새언니처럼 족두리를 쓰고 새 옷을
입고 바퀴가 번쩍번쩍하는 인력거 위에 올라앉았다. 점례는 아래 바탕을
탔는데 동네 아이들이 벌떼처럼 모여 들어서 끌어 다리는 놈에 뒤를 떠
다미는 놈에

"예라 이놈 물러꺼라."

하고 호령하는 흉내를 내며 바깥마당은 야단법석이다.

인력거는 대문 밖으로 뚤뚤뚤 굴러 나간다. 처음 타보는 거라 높다랗게 올라앉은 인숙이는 어질어질해서 점례의 저고리 뒷고대를 움켜쥐었다. 그러나 앞에서 끌던 장난꾼이가 발끝에 돌부리가 채여 무릎을 꿇고 엎드러지며 인력거 채를 놓았다. 인력거는 앞채가 번쩍 들리며 홀떡 뒤로 넘어 박히려 한다.

"에구머니나!"

하고 인숙이가 새되게 외치자

"얘야 무슨 잠을 이렇게 험하게 자니?"

하고 곁에 누웠던 어머니는 잠꼬대를 하며 이불 밖으로 튀어 나온 딸을 안아다 눕히고 이불을 다시 덮어주었다.

⑨ 그럭저럭 한 달이나 지났다. 어느 날 경직이는 한림의 대신으로 문안 출입을 하였다. 윤 자작의 집을 심방하여 매부감의 선을 보고 나왔다. 경직이는 서울 태생이나 과천에 내려와 장성하였을 뿐 아니라, 아버지와 함께 두문불출을 하였기 때문에 문안에 들어가서는 그야말로 촌계관청 격으로 어릿어릿하였다. 그러나 아버지에게

"그런 궁가에서는 눈이 여럿이라 보는 구석이 많으니 행여 실수하지 말아라."

하고 이리저리 하라는 부탁을 단단히 받은 터이라 매사에 각별히 명심하였다.

그래서 경직이가 다녀 나간 뒤에 윤 자작이

"행동거지며 언어 범백이 제법이야. 시체 젊은 애들과는 다르거든. 제

어른만 못지않겠는걸."

하고 늙은 청지기를 돌아다보고 입에 침이 마르도록 칭찬을 하였다. 경직이는 그만치 사돈될 집에 가서 행세를 얌전히 하고 나왔다.

경직이는 비록 신학문에는 근처도 가보지 못하고 새로운 풍조(風潮)와는 담을 쌓고 지냈건만 한림의 내력으로 재주가 있어서 매우 해사한 선비의 풍도가 있었다. 비록 단련은 없으나 여간내기가 상투쟁이로 알고 업수이 여겼다가는 코를 떼일 만치나 내명(內明)하고 경위가 분명한 청년이었다. 아래 윗수염을 자라는 대로 내버려 두어서 스물이 넘은지 몇 해 안되었건만 한 삼십이나 된 듯 매우 노성해 보였다.

"그래 대관절 네 매부감이 어떻든?"

하고 한림 내외는 아들이 마루에 올라서자마자 물었다.

"인제 겨우 여섯 살이니까 무슨 분별이야 있겠에요만 언뜻 보기에도 퍽 총기가 있어 보이더군요. 인물은 방울이버덤두."

하고는 말끝을 무지르고 무슨 이야긴 줄 아는 듯 모르는 듯 눈을 깜박깜박하고 오라비의 얼굴을 쳐다보고 앉은 누이를 흘낏 보고나서

"나으면 낫지 못허든 않겠어요 내후년에는 학교엘 들여보낼 텐데 그 전에 한문 공부를 시켜야 헌다구 지금 독선생을 앉혔더군요 저의 어르신네가 부르시니깐 큰사랑으로 더펄거리고 들어오더니 시키지도 않은 절을 넙신하구는 연방 두 손 버무리로 콧물을 씻는 것을 보고 '저게 매부감인가' 허구 속으로 웃었에요. 그저 흙장난을 허는지 옷주제하구…."

하니까

"애야 도련님 주접은 재상가에두 있단 말을 못 들었니? 선머슴애들이란 다 마찬가지지."

하고 어머니는 여섯 살 먹은 사윗감을 두둔하듯 한다.

경직은 점심 대접을 평생 처음으로 떡 벌어지게 받았다는 것과 사장 재목이 꼭 지켜 앉아서 권하는 바람에 거북해 죽을 뻔했다는 것과 "날이 저물면 나가기 어려우니 묵어가라"고 굳이 만류하는 것을

"시하정지로 이제껏 하루도 혼정신성(昏定晨省)을 거르지 않았다."

고 자작에게 작별인사를 올렸다는 것과 한사코 마다고 해도 자기가 타는 인력거에 구종까지 딸려 내보내는 걸 너무 고집을 세우면 어른 대접이 아니기에 타고 나왔다는 보고를 저저이 하였다.

한림은 만족한 듯이

"그러면 그렇지, 그 사람이 너를 걸려 내보내겠느냐. 하여간 잘 다녀나왔다."

하고 담뱃대를 들고 사랑으로 나왔다.

아버지가 나간 뒤에 경직이는 어머니를 보고

"아 그 집은 대궐처럼 넓은데 식구도 숱하게 많습니다. 안채 바깥채에서 우글우글 끓는데 이 구석 저 구석에서 수군거리며 내다보는 게 온 면 구스러워서, 더군다나 그 사람들이 모두 내가 그저 상투를 단 걸 보구 손가락질을 허는 것 같아서 창피해 죽을 뻔했어요. 제—길 나 혼자 이 시골구석에서 여태 머리도 못 깎구…."

하고 새삼스러이 평소의 불평을 토한다.

"남 못 가지는 귀물을 달고 새 사돈집엘 갔으니 오죽이나 자랑스러우냐."

어머니는 아들이 시골서 썩는 불평을 말할 때마다 상투를 귀물이라 부르고

"한문이 귀해가는 세상이니까 네 앞에 와 무릎을 꿇을 사람이 있을 테니 두고 봐라."

하고 위로를 해주는 것이었다. 실상 경직이는 그날 누이와 일생 배필이 될 매부 재목을 보러가서 하루 종일 상투 달린 고민과 수치만 느끼고 나왔던 것이다.

015회, 1934.04.07.

⑩ 하루는 저녁때 인숙이가, 올케가 바느질을 하는 건넌방에서 조각보를 모으고 앉았으려니까 점례가 달랑거리고 들어왔다. 점례는 그동안 작은아씨와 마주 앉아 놀기는커녕 이야기할 사이조차 없이 지냈다. 한림의 집에는 대엿 마지기 재미로 짓는 문전의 논이 있어 벌써 그 농사 뒷바라지를 할 때가 되었고 안에 사람이 없기 때문에, 점례는 부엌 구석이 아니면 들판으로 밥을 해 나르느라고 안에 들어와 놀 틈이 없었다.

점례는 오늘이야 인숙이가 혼인을 정했다는 말을 주워듣고 반가운 듯, 조금 놀리는 듯한 말씨로

"작은아씨 혼인 정했다죠? 참 좋으시겠구려."

하고 인숙의 얼굴을 턱 밑에서 쳐다본다. 인숙이는 얼굴을 조금 붉히며

"왜 너 샘나니?"

하고 톡 쏘았다.

"아이 작은아씨두."

점례는 무색해서 고개를 숙였다.

"너 그렇게 작은아씨를 놀리는 법이 어디 있니? 그런 말을 들었더라도 계집애가 들은 척 만 척 허는 게 아니라."

59

이번엔 경직의 댁이 바늘을 놓으며 점례를 나무랬다. 경직의 댁은 나이가 남편보다 세 살이나 위인데 얼굴에는 아무 특색이 없으나 키가 멀쑥하게 컸다.

그래서 경직이는

"키는 뭘 먹자구 저렇게 멀숙허게 커."

하고 입버릇처럼 흉을 보았다.

그는 시집온 지가 벌써 여러 해건만 당초에 말이 없는 여자다. 겨우 벙어리란 말을 아니 들을 만큼 입이 무겁다. 그것은 선천적으로 말 수효가 적기도 하지만, 친정의 문벌이 한림의 집보다 얕은 것과, 형세가 없어 시집에서 싸 데려오듯 한 것과, 또 한 가지는 자손이 귀한 집안에 아직 자녀 간 생산을 해 바치지 못한 것과, 또 그리고 남편과 금슬이 좋지 못한 여러 가지 원인이, 경직의 아내로 하여금 시부모와 남편 앞에 머리 들지 못하고 생으로 벙어리가 되게 한 것이었다.

이 가정에 있어서 그의 지위는 반빗아치나 침모의 조금 웃길로, 누구나 "이래라" 하면 이러고 "저래라" 하면 저럴 뿐이었다.

그날도 점례가 한 말을 탄한 것이 아니었지만, 평소부터 점례가 자기에게도 너무 무람없이 굴던 터이라, 시누이에게 한 말이 귀에 거칠어서 한 마디 한 것이었다.

경직의 댁은 미닫이를 열어 안마당에 해가 기운 것을 보고 바느질하던 것을 주섬주섬 걸어 반짇고리에 담은 뒤에 행주치마를 두르고 저녁쌀을 내러 나갔다.

오라범댁이 나간 뒤에 인숙이는

"너 성냈니?"

하고 다가앉으며 뾰로통해 앉은 점례를 달래듯 한다. 점례가

"아—뇨"

하니까

"언닌 괜히 그러더라."

인숙이는 밖으로 대고 입을 삐쭉해 보인 뒤에

"애 그런데 인젠 각시놀음도 못허게 됐단다. 어머니가 자꾸 바느질만 배우라구 허시니 어떡하니? 난 갑갑해 죽겠다."

"그래두 작은 아씬 새 옷 입구 가마 타구 남들이 죄다 쳐다보구 헐 테니 참 좋지 뭘 그래요."

"듣기 싫다. 내가 언제 혼인허겠니? 아버지허구 어머니허구 자꾸만 수군수군 하시더니만, 접때는 어머니가 머리를 빗기면서 인제 넌 몇 해 아니면 시집을 갈 테니 몸을 조신허게 가지구 점례허구 장난도 말구서 날마다 바느질을 배우라고 허시겠지. 그러니 날마다 바느질만 어떻게 허니? 난 싫어 난 시집 안 갈 테야."

하고 고개를 살래살래 흔든다.

"그래도 작은 아씬 좀 좋우. 이댁버덤두 더 큰 부자댁이라던데."

하고 점례는 인숙을 빗대어 놓고 제 신세를 한탄하듯 한다.

"그건 또 어서 들었니? 그렇게 부럽거들랑 네가 대신 시집을 가렴."

"아이 작은아씨두. 그런 댁에서 내까진걸 데려나 간답디까?"

점례의 조그만 얼굴에는 금세 수심이 낀다.

"정말이다. 너 먼첨 가거라, 그렇게 혼인이 허고 싶거들랑. 난 됐다됐다 갈게 응."

두 소녀가 귀둥대둥 한참이나 이야기를 주고받고 앉았는데 앞마당에

서 두런두런 하니까 마루 밑에서 바둑이가 컹컹 짖다가 중문간으로 내달으며 길길이 뛴다.

인숙에게 가장 반가운 사람이 왔던 것이다.

016회, 1934.04.08.

11 "유모—."

하고 외치며 인숙이는 한달음에 마루로 내달았다. 유모는 마주 달려와서 버선발로 뛰어내리려는 인숙의 손을 덥석 쥐고

"작은아씨 잘 있었수? 그동안이 일 년이나 된 것처럼 어떻게 보고 싶은지 눈이 짓무를 뻔했다우."

하고 마루 위로 올라와 식구들에게 수인사를 한다.

"왜 인지 왔우? 꼭 열 밤만 자구 온다더니."

인숙이는 반가움에 겨워 눈물까지 글썽글썽해졌다.

"그래 집엔 별고나 없던가? 당최 소식이 없어서 퍽 궁금했었네."

하고 주인마누라도 반가이 맞는다.

인숙의 어머니는 막내딸을 낳은 뒤에 젖이 없어서 이 유모를 대었다. 유모는 본시 인숙의 외가에서 자라난 사람이라 한집안 식구와 다름이 없었다. 근자에는 인숙의 뒤나 거두어 주고 안잠자기 노릇을 하여 주인과 같이 늙어가는 터였다.

인숙이는 어머니보다도 이 유모를 더 따랐다. 유모는 그동안 과천서 한 오십 리 밖에 사는 아들의 집을 다니러 갔다가 달포만에야 왔던 것이다.

인숙이는 안방 윗간에 가앉은 유모의 무릎으로 깡충 뛰어오르며 큰 자

랑이나 하듯

"유모, 나 혼인 정했다우."

하고 금세 눈을 커다랗게 뜨는 유모의 얼굴을 쳐다본다.

"뭐요? 혼인을 정허다께?"

유모는 놀라며 고개를 아랫목으로 돌려 마님의 눈치를 본다.

"그랬다네."

주인의 말이 끝나기 전에

"어디룹쇼?"

하고 유모가 채쳐 물으니까 인숙이가

"서울 ○○궁이래. 아주 큰 부자라겠지."

하고 어머니가 말하려는 것을 가로채어 가지고 대답을 한다.

"어쩌면, 그동안에 혼인을 정하시다니. 그래 신랑 되실 도련님을 누가 들어가 보셨겠습죠?"

하니까 인숙이가 여전히 막아 앉으며

"오빠가 들어가 봤는데. 나이는 저— 인제 여섯 살이구 그저 콧물을 줄줄 흘리더라나. 에이 더—러."

하고 콧마루를 찌푸린다.

"온 계집애두 조신하지가 못하고 저렇게 부끄러운 줄을 몰라서 어떡 허니?"

어머니는 속으로 웃으면서도 혀를 끌끌 차 보인다.

"부끄럽긴 뭐 부끄러워. 어머닌 시집 안 오셨담? 울 아버지허구 혼인 을 했으니깐 날 낳았지 뭐."

하고 인숙이는 고개를 외로 꼬더니

"유모가 없으니까 어머니가 요샌 자꾸 걱정만 허신다우. 하루 종일 바느질만 하라셔서 아주 갑갑해 죽겠어. 이걸 좀 보우 골무 하나가 다 헤졌어."

인숙이는 손가락에 끼고 있던 골무를 보이면서 유모에게 응석 비슷이 하소연을 한다.

"아이 가엾어라. 마님께서두 이담에 바느질 솜씨가 있으라구 그러시지 않우."

하고 유모는 인숙의 손가락에서 피나 난 것처럼 호—호— 하고 입김을 쏘여 준다. 그러고는 끼고 온 보퉁이를 끄르고 신문지에 싼 왜떡 한 봉지와 성냥 한 통을 꺼내 놓으며

"큰 자식두 이제나 저제나 셈 펼 날이 없어오니까. 저희 식구 입치다꺼리나 간신히 하니까 어디 용돈이나 달랄 수가 있어얍죠"

하고 설궁을 한다.

"그렇겠지 남의 땅마지기나마 그래두 오래 붙잡구 있으니 다행이지. 옹색헌데 뭘 그런 걸 다 사가지구 왔나?"

주인마누라는 몇 푼어치 안 되는 것이나마 유모가 사가지고 온 것을 미안쩍게 생각하는데, 인숙이는

"이건 아버지 드리구 이건 어머니 몫이구 요건 오빠 주구."

하면서 반기를 놓듯 왜떡을 나누기 시작한다.

그러자 저녁상이 들어왔다

"나리마님 진지 여쭤라. 서방님은 점심두 변변히 안 먹었는데."

"네—."

부엌에서 점례가 긴대답을 하고 사랑으로 나갔다. 한참만에야 점례가

허겁지겁 뛰어 들어오더니

"사랑에 손님이 오셔서 이야기를 합셔요"

한다. 마님은 쌍창을 열고 내다보며

"다 저녁때 누가 왔누? 첨 보는 손님이더냐?"

"양복을 입구 뻔쩍뻔쩍허는 안경을 썼는데 아마 서울서 나오셨나 봐
유."

인숙이는 점례의 말을 듣고

"누가 나허구 또 혼인을 허자구 왔남."

하고 유모의 넓적다리를 손가락으로 꼭 찔렀다.

😊 017회. 1934.04.09.

⑫ "서울서 저물게 손이 왔으면 누가 왔는지 알아서 저녁 대접을 해야
허지 않니? 나가서 서방님 좀 들어오시래라."

인숙의 어머니는 점례를 또 사랑으로 내보냈다. 조금 있자 경직이가
들어오더니

"저 윤 자작의 사촌 되는 사람이 왔는데요. 내일이 자작의 생일이라나
요. 그래서 새 사돈 될 분허구 아침이나 같이 먹고 싶다구 아버지께 꼭
들어와 줍시사는 편지를 가지고 나왔구먼요."

한다.

"그래 들어가신다든?"

"장인이 돌아가셔도 안 가신 어른이 사돈 재목 생일엔 들어가시겠어
요."

"어쨌든 저녁 대접은 해야지. 애 거기 있니?"

하고 며느리를 찾는다.

"오늘은 못 들어갈 모양이니 천천히 나허구 겸상을 해 내보내시구려. 동경까지 가서 공부를 허구 나왔다는 양복쟁이라 온 수작허기가 거북해서…."
하고 경직이는 관을 바로잡아 쓰며 나갔다.

손은 작은사랑에서 하룻저녁을 묵게 되었다. 청좌를 받은 한림은

그와 같은 성언에 나 같은 사람까지 청한 것은 감사하나 근일 고질인 변두통이 심하여 바람을 쏘이지 못하고 구십춘광을 창밖에 두고 침울한 방안에 칩거한 몸이라, 형의 뜻을 드대지 못허니 천만 미안하다.

는 순한문 편지를 간지에 정중히 써서 손소 윤 자작 사촌 되는 사람에게 주고 안으로 들어갔다. 아버지가 들어오는 줄을 모르고 인숙이가

"그것 봐. 나구 혼인하자는 집에서 나왔지? 그렇지 유모?"
하고 출랑거리다가

"엣 고년. 계집애년이 잠자코 있들 못하구서. 온 저 철없는 걸 혼인을 정하다니."
하고 다른 사람이 한 일처럼 혀를 끌끌 하며 아랫목으로 내려가 저녁상을 받았다. 인숙이는 얼굴이 빨개가지고 돌아앉았다. 조그만 입을 뾰족하게 내밀었다.

그날 밤 작은사랑에서는 윤보영이라고 부르는 양복쟁이와 경직이가 흐릿한 등잔불을 격하여 앉아서 밤늦도록 이야기를 하였다. 넥타이를 매고 하이칼라를 한 신식의 대표자와 아직까지 상투를 달고 관을 쓴 구식

의 대표자가 나이는 자칫 동갑이다. 그러나 두 청년의 사이에는 적어도 이십 년이나 되는 시대가 앞서고 뒤떨어진 만치 기분과 이야기가 서로 어울리지를 않았다. 양복쟁이는 신문명의 공기를 저 혼자 호흡한 듯한 자랑과 자존심을 가지고 안경 밖으로 상투쟁이를 넘겨다 하고, 상투쟁이는 완고한 가정에 태어나서 우물 안 개구리로 자처해서, 자격지심과 국축된 감정으로 양복쟁이를 대할밖에 없었다.

경직이는 무슨 이야기를 들으나 그저

"네 네."

하고 앉아서 손의 일동일정을 살펴볼 뿐이었다.

경직이는 서울 이야기와 동경이 얼마나 번화하더냐는 것과, 세상이 돌아가는 형편을 두 손길을 부비며 공손히 물었다.

보영이란 청년은 평생에 볕을 한 번도 쏘여 보지 못한 듯이 얼굴이 희고 손도 허물 벗은 게발같이 가늘었다. 금년 봄에 동경 어느 대학의 법과를 졸업하고 왔다는데 처음에는 경직이를 깔보는 태도가 분명했으나, 차츰차츰 수작을 해보니, 경직이가 사람이 매우 똑똑할 뿐 아니라, 세상 형편을 열심히 알려고 들고, 새로운 지식에 목말라 하는 순진한 태도에 감동이 되었다. 그래서 제가 견문한 대로는 자세히 이야기를 해 들려주었다.

"어쨌든 지금 세태가 나날이 험해가고 대낮보다두 더 밝아가는 판인데 이렇게 시골구석에 들어앉아서 케케묵은 유교사상(儒敎思想)에 젖어서 양반 노름만 하고 들어앉았을 때가 아니요 앞으로 몇 해만 지나면 노형이 이렇게 들어앉아 있고 싶어도 있을 수가 없게 되리다. 벌써 늦었지만 지금부터라도 묵은 탈을 벗을 단단한 각오를 허지 않으면 크게 후회

할 날이 멀지 않으리라.”

하고 격동을 시켰다. 경직이는 그 사람의 말을 구절구절이 머리에다 새겼다. 크게 흥분이 되어 앞 논의 개구리 소리를 베개 삼고 누워서 엎치락 뒤치락하며 별별 궁리를 다하다가 늦은 봄의 짧은 밤을 길게 밝혔다.

018회, 1934.04.10.

인형의 결혼

① 인숙이가 바느질을 배우고 음식 만드는 법과 큰일 치르는 절차를 견습하고 한편으로는 규감(閨鑑)이니 내칙(內則)이니 열녀전(烈女傳)이니 하는 책을 읽어 시집갈 준비를 하는 동안에 세월은 꿈결같이 흘렀다.

그동안 한림의 집은 지붕에 이끼[苔]가 더 끼어 더께가 앉고 기왓장 틈을 비집고 돋아난 잡초만 우거졌다 시들었다 하여 해가 거듭할수록 집이 점점 후락해 갈 뿐 인숙의 신변에는 별로 큰 변화는 없었다.

사오년이나 두고 온 세계가 들끓던 구주대전(歐洲大戰)의 피비린내 나는 비바람도 한림의 집에는 무풍지대(無風地帶)와 같이 조그만 여파도 끼치지 않았고 고양이의 눈동자처럼 시시각각으로 변해가는 세태와 조선의 환경에서도 몇 만 리나 떨어진 듯, 한림의 집만은 대낮에 닭 우는 소리를 듣는 듯한 한가롭고 평화스러운 세월이 흘렀다.

그러나 이삼 년 전부터 한림의 집에도 풍랑이 일기 시작하였다. 이 집의 주춧돌이요 기둥이라고 할 만한 외아들인 경직이가 부모와 처자를 (그는 그동안 딸을 하나 낳았건만) 버리고 돌연히 집을 떠났다.

불초의 자식은 각오한 바 있어 슬하를 떠나옵나이다. 이제까지 지내온 소자의 생활이 감옥살이와 같았다하여 양위분의 탓은 하고자 아니하오나 두 번 돌아오지 못할 청춘을 언제까지나 과천 구석에서 썩히기는 너무나 애석하여 여러 해를 두고 고민하던 끝에 단연히 집을 떠나고자 결심한 것이오니 소자의 고통을 통찰하여 주시옵소서. 무슨 사업이고 성취하기 전에는 걸식을 하는 한이 있더라도 귀가치 않겠사오니 내내 내외분 기체후 만강하옵시기만 복망하옵나이다. 한 가정의 부모보다 더 큰 우리의 부모를 섬기기 위하여 일신을 바치고자 하는 것이 소자의 소원이로소이다.

대개 이러한 사연의 순한문 편지를 유서처럼 써서 문갑 위에 얹어놓고 어느 날 밤 경직이는 과천을 떠나 종적을 감추었다.

윤 자작의 사촌 되는 양복 입은 청년에게 크나큰 감동을 받은 그날 밤 이후로 경직의 마음은 달뜨기 시작하였다. 당장에 상투를 자르고 관을 찢어 버리고 길로 쌓여 좀이 쏘는 서책에 불을 지를 용기는 나지 않았을 망정

'에잇 이 구석에서 내가 영영 썩는단 말이냐.'

'다 같은 청년으로 누구는 민족을 위하여 몸을 바쳐가며 일을 하며 사회에 나서서 명예 있는 사업을 하는데 그래 나 혼자 멀쩡한 사지를 동여매고 앉아서, 요 모양으로 늙어 죽어야 옳단 말이냐?'

하고 밤중이면 일어나 앉아서 주먹으로 가슴을 치고 방바닥을 두드리며 부르짖었다. 그러는 한편으로 아버지 몰래 작인의 집에 부탁하여 신문을 보고 윤보영에게 간청하여 잡지며 새로운 서적을 빌려다 읽었다. 그러나

윤 자작이 생가의 외간상을 당해서 한림의 대리로 누차 서울 출입을 하게 되자 경직이는 그 양복 청년의 집에서 수일씩 묵고 나왔다. 그와 그의 친구들에게 감화를 받은 정도가 깊어갈수록, 경직의 마음에는 뜻하지 않았던 파도가 거칠게 일었다. 윤보영이는, 몇 백 년이나 묵어 썩은 물이 고인 것과 같은 경직의 머릿속에다 불시에 큰 돌멩이를 던졌던 것이다.

그리하여 새로운 문명에 대한 동경과, 구름이라도 움켜잡을 듯한 의기와, 나서기만 하면 무슨 사업이든지 이루어질 듯한 허영심이 상투쟁이 청년 하나를 충동여서, 제 고향과 부모처자를 일조일석에 헌신짝과 같이 버리게 한 것이었다.

아들의 편지를 본 한림은 너무나 뜻밖의 일이라, 어안이 벙벙하여, 얼마동안은 벙어리가 된 듯이 말을 못하였었다. 실신한 사람처럼 멍하니 먼 산만 바라보고 앉아서 혓바늘이 돋도록 애꿎은 담배만 태웠다. 그러다가는 아들이 죽어나 나가듯이 애절초절을 하는 마누라를 불러 앉히고

"내가 왜 진작 죽지를 못 했더란 말요? 그해에 그 친구가 사당에 고유하고 자결했다는 부고를 받았을 때 왜 내가 뭘 보자구 이 목숨을 끊지 못허구 구구히 살아 왔더란 말요? 그 자식 하나를 의지하고 우리 내외가 늙다가…."

하고는 너무나 절통하여 목이 메어 말을 잇지 못하고 몇 번이나 흑흑 느끼며 엎으러졌다.

마누라의 눈물겨운 위로로 간신히 마음을 가라앉혔다가도 놀란 듯 벌떡 일어나 작은사랑 편으로 대고

"이놈, 경직아!"

하고 떨리는 목소리로 부르짖고는 흰 머리털을 한 움큼씩이나 쥐어뜯었

다.

그 후로 몇 달을 두고 각처로 사람을 놓아 수소문을 하였건만 경직의 종적은 알 길이 없었고, 뒤를 이어 또 한 가지 놀라운 일이 탄로되었다.

👤 019회, 1934.04.11.

2 경직이가 종적을 감춘 지 얼마 뒤에야 한림의 집 마름을 보는 사람이 맡아둔 동네 곗돈 사백 원이 없어진 것이 탄로가 났다. 마름은, 저의 집이 허술해서 큰돈을 맡아 두기가 조심스럽다고 얌전하기로 소문이 난 경직이를 신용하고 몰래 맡겨 두었던 것을 몽땅 집어넣고 밤을 타서 도망을 한 것이었다.

"아이구 몹쓸 자식!"

하고 한림은 복장을 찢었으나 아들이 공금을 횡령한 죄를 범하고 잡혀 와서 징역살이를 하도록 내버려둘 수는 없었다. 한림은 쉬—쉬— 하고 그 돈 사백 원을 무리꾸럭하느라고 빚을 얻었다. 금융조합도 설시가 되지 않았을 때라, 일이 급하니까 읍내서 고리대금을 하는 사람에게 문전의 옥답 열 마지기를 잡히고 서 푼 변을 얻어 갚아 주었다.

아들을 잃은 데다가 갚을 길이 없는 큰 빚을 진 한림은 노심초사한 끝에 불과 일 년 만에 한 십년이나 나이를 곱질러 먹은 듯이 바싹 늙었다. 문득문득 심화가 나면 적덩이가 치밀어 오르는 것처럼 아랫목에서 사뭇 구르는 때도 있다.

의종은 마누라도 따라서 근력을 못 차리고 자리보전을 하고 눕는 날이 많았다. 늦게 난 손녀가 귀여운 줄도 모르고 나중에는

"그 애가 제집을 버리구 나간 게 무엇 때문인 줄 아니? 내외간에 의취

가 맞질 않아서 부모까지 버린 게지 뭐냐?"

하고 그렇지 않아도 밤이면 눈물로 베개를 삼으며 벙어리 냉가슴 앓듯 하는 며느리 탓까지 하였다. 원체 말이 없는 경직의 댁은 오장이 없는 사람처럼 말대답 한마디 아니하고 속으로만 애매한 눈물을 흘릴 뿐이었다.

마누라는 며칠 걸러 식음을 전폐하고 머리를 싸매고 누워서

"경직아 응. 경직아!"

하고 잠꼬대를 하다가는 눈을 홉뜨고 일어나 앉아서는

"아이구 저 애가 벌겋게 피를 주르르 흘리구 쓰러졌구나. 저 저것 좀 봐."

하고 천정으로 대고 헛손질을 할 때도 있었다. 그러면 인숙이가 어머니를 껴안고

"어머니, 어머니! 정신 차리셔요. 누가 피를 흘렸다구 그러셔요. 오빠 인제 올 걸요. 낼 모랜 꼭 돌아올 테니 제발 정신을 차리셔요."

하고 정성껏 위로를 해도 여전히 딴전을 하며 아들만 찾는다. 인숙이는 보다 못해서

"그러다간 오빠는 보지도 못허구 어머니 먼저 돌아가시겠수."

하고 소리를 바락 지를 때도 있었다.

"자식 좋다는 게 뭐냐. 집안을 이 지경을 만들어 놓고 에이 몹쓸 놈, 어쩌면 일 년이 넘도록 편지 한 장이 없단 말이냐, 어디 가 죽었길래 그렇지."

할 때마다 인숙이는 정말 시집이나 가고 싶었다.

집안 꼴이 하도 말 아니어서 뒤틀려만 가는데 친부모라도 너무나 지나치게 오라비 생각만 하니까 나중에는 어린 소견에 반감이 생길 지경이었

다.

"진정이지 아버지 어머니 보기 싫어 어디로 훨훨 가기나 했으면 좋겠어."

하고 올케에게 하소연을 하면

"작은 아씬 뭘 그러우. 나 같은 사람도 죽지 않고 사는데. 내 속이 얼마나 타는 줄이야 이 세상에 누구 하나나 알아주는 사람이 있는 줄 아우? 그저 이 젖먹이만 없으면…"

하고 어린 딸을 재우다가도 포대기 자락에 뜨거운 눈물을 씻기도 한두 번이 아니었다.

그러다 하루는 경직에게서 편지가 왔다. 우표딱지가 이상한 등기편지가 왔다. 죽었던 자식이 살아온 것처럼 집안은 발끈 뒤집혔다. 식구마다 다투어 가며 피봉을 뜯었다.

한림의 떨리는 손에 잡힌 편지 겉봉에는 상해(上海) 두 글자가 뚜렷이 써 있었다.

"이 자식이 상해로 갔구려."

한림은 다시금 놀랐다.

"상해라니요?"

마누라는 편지 겉봉을 아들의 얼굴이나 들여다보듯 한다. 편지 사연은 간단하였다.

"무단출가하여 죄송한 말씀은 이루 형언할 길조차 없다"고 한 끝에 "만 리 이역에 우연 득병하여 입원 치료코자 하오니 돈 이백 원만 급송하여 줍소서" 한 것이 편지의 요령이었다.

020회, 1934.04.12.

③ 아들의 기막힌 편지를 받은 한림의 내외 뿐 아니라, 온 집안 식구가 초상난 집처럼 모여 앉아서 고스란히 하룻밤을 밝혔다.

이튿날 한림은 읍내로 들어갔다. 대서인에게 수속을 시켜서 이번에는 들어있는 이십여 간 기와집을 역시 고리대금업자에게 단 돈 이백 원에 잡혔다.

네가 살아있다는 소식이나마 전하니 반가우나 운표 만리에 병보를 접하니 놀랍기 측량없다. 병이 위중치 않으면 돈을 받는 즉시로 귀국해라, 너의 어머니가 심려 끝에 위석하여 식음을 전폐한지도 오래니 마지막으로 인자의 도리를 차리기만 바란다.

는 편지와 돈표를 동봉하여 등기로 부쳤다. 다심한 한림은 돈이 중도에 서슬될까 염려가 되어 몸소 우편국까지 가서 돈 받을 날짜까지 단단히 다진 후에 땅이 꺼질 듯한 한숨을 앞세우고 간신히 지팡이를 의지하여 집으로 돌아왔다. 아들의 생사가 염려도 되거니와 풍년이 들어야 볏 백이나 바라보는 처지에 육백 원이나 되는 돈을 더구나 중변으로 덜컥 져놓았으니 별안간 큰 바윗돌에나 엎눌리는 듯 어깨가 무거웠다.

한편으로 이러한 사정을 모르는 윤 자작의 집에서는 인숙의 혼인 재촉을 성화같이 하였다. 자작이 그동안 생가의 내외간 상을 연거푸 당해서 비록 집상은 친히 하지 않았으나 상중에 아들의 혼인을 시킬 수는 없었다. 그러나 탈상을 하자마자

"인제도 봉환이 성례를 시키지 않을 테야? 난 더 기다릴 수가 없다."

하고 그동안 중풍으로 반신불수가 되어 누워 지긋지긋이 목숨을 끌어가

는 대방마누라가 양손이 눈앞에 띄기만 하면 봉환의 혼인 재촉을 한다.

그는 입까지 삐뚤어져 말을 똑똑히 어울리지를 못하고 반벙어리 모양으로 징징거리는 것이었다.

밥도 자기 손으로 떠먹지 못하고 누워서 뒤를 받아 낸 지도 오래였다. 그렇지 않아도 대소가의 말썽이 많은 터이라 자작은 몇 번이나 한림에게 사람을 내보냈다. 보영이란 양복 청년이 다시 나갔을 때는

"내 자식을 꾀어낸 놈. 멀쩡한 사람을 바람을 맞힌 놈. 그놈은 원수다."
하고 한림은 안으로 피해 들어가서 보영이는 보지도 않았다. 경직이가 보영이와 추축을 하던 것을 나중에야 알았기 때문이다. 그러다가 다시 한 번 윤 자작의 심방을 받고서야 경직이를 직접 상해까지 꾀어 낸 사람이 보영이가 아니요, 다른 사람이었던 것을 알고서야 오해를 풀었다.

윤 자작이 시급히 혼인을 하여야만 할 사세를 누구이 말해도 한림은

"자네두 알다시피 시방 혼인이고 무엇이고 아무 경황이 없네. 단지 하나밖에 없는 자식의 생사조차 모르고 앉아서 막내딸마저 내어 놓을 수는 없네."
하고 친구의 간청을 군이 물리쳤다. 그러면 자작은 입에 침이 말라서

"자네의 사정도 매우 딱허이만, 나 역시 남의 집에 양자로 들어간 터에 대소가의 시비가 시끄러울 뿐 아니라 다 늦게 불효하다는 말을 들을 수 없고 시각을 다투는 노인의 마지막 소원을 좇지 않았다가는 후회막급일 게니 자 너무 고집하지 말게. 자제야 한번 풍상을 겪었으니 곧 돌아올 걸세."
하고 부득부득 졸랐다. 그래도 한림은

"그뿐 아니라 난 지금 빚더미에 가 올라앉았네. 혼수 한 가지 변변히

할 수 없는 처질세. 그렇다구 너무 불성모양으로 할 수도 없구….”

하고 여전히 고집을 세웠다. 자작은

“어쨌든 이거나 손수 전하고 가네.”

하고 아들의 사주를 처맡기듯 하고 들어갔다.

　그런 지도 한 달이나 지난 뒤의 경직에게서 “불원간 귀국하겠으니 노자나 보내 달라.”는 편지가 왔다. 반가운 바람에 한림은 점잖은 터에 너무 고집을 할 수 없다하여 인숙의 혼인 택일을 해서 문안으로 기별을 하였다.

　④ 인숙의 혼례는 경직이가 돌아온 지 십여 일 앞으로 닥쳐왔다. 아들을 본 한림 내외는 폭양에 시들었던 풀잎이 단비를 만난 듯 조금 생기가 났다. 그러나 경직이가 거적대죄를 하고

“인제는 내외분 생전에 집을 떠나지 않겠습니다.”

하는 다짐을 받은 뒤에도 한림은 아들이 머리를 깎아 반지르르하게 갈라 붙이고 아직도 이마의 망건자국이 지워지지 않은 것을 볼 때마다

“에잇 대가리꼴 보기 싫어.”

하고 눈살을 찌푸렸다.

　양복을 입고 문안으로 혼수 흥정을 하러 다니는 것도 마땅치 않아서 외면을 하였다.

　경직이는 거의 이태 동안이나 해외의 거칠은 바람을 쏘여서 귀국한 뒤에도 물 위에 뜬 기름 모양으로 마음의 안정을 잃고 지냈다. 윤보영의 친구의 감언이설로 큰 희망을 한 아름 안고 둘이 상해로 달아나기는 했으

나, 경직이가 훔쳐낸 곗돈 사백 원은 만져도 보지 못하고 같이 간 사람의 주머니에서 녹아버렸다.

막상 상해에 다다라 형편을 살펴보니 듣는 바와는 딴 판이었다. 무슨 운동이나 민족을 위하여 활동을 하겠다던 크나큰 공상은 집을 떠난 지 불과 몇 달 동안에 물거품보다도 허무하게 깨어지고 말았다.

눈앞에 닥쳐오는 것은 기한인데 그곳에 재류하는 동포들에게는 '남산골 샌님'이니 '애늙은이'니 하는 모욕에 가까운 별명을 얻었을 뿐. 실제 운동에 들어서 아무짝에도 쓸모가 없는 경직이를 상대해 주는 사람이 없었다. 그러나 요행히 한림과 교분이 있던 ○○당 거두의 집에서 식객 노릇을 하였다.

그동안에 한 일이라고는 불란서공원 잔디밭에 누워서 날마다 길고 짧은 한숨으로 벗을 삼은 것과, 황포탄(黃浦灘) 달 밝은 밤에 고향의 하늘을 우러러 보다가 몇 번이나 물에 빠져 죽을 생각을 한 것과 국제도시의 번화한 것이며 색다른 인종들이 활동하는 무대를 보아, 마음이 한껏 커지고 눈이 고작 높아진 것밖에 없다. 동시에 이태 동안의 소득이라고는 홧김에 담배와 '마작'을 배운 것과, 불평객 틈에 끼어서 술을 마시기 시작하여 독한 배갈을 두어 근이나 먹어도 끄떡도 안할 만한 주량을 얻은 것뿐이었다.

경직이는 고생을 견디다 못해서 병으로 입원하였다는 급보를 하였으나 눈이 까맣게 기다려도 집의 소식은 꿩 구워 먹은 자리었다.

아버지의 노염이 편지 한 장으로는 풀리지 않아서 아들의 생사조차 모르는 체 하는 것이거니 하고 감히 재촉도 못하고 있던 차, 같은 집에 유숙을 하다가 종적을 감춘 청년으로부터 동지여, 천만 미안하나 동지에게 온 돈 이백 원은 마침 내가 받았다가 찾아가지고 비행학교에 입학코저 광동(廣東)으로 왔으니, 결코 사사로이 소비하려는 것이 아니나 동지의 은혜는 후일 갚을 날이 있을 것이니 장래의 일꾼 하나를 양성해 주는 셈치고 너그러이 용서하시오.

하는 편지를 받았다. 경직이는 열병에 걸린 사람처럼 펄펄 뛰었으나 그 돈을 찾을 도리는 없었다. 그리하여 '동지'라는 칭호 한 마디에 이천 원보다도 더 긴급히 쓸 돈을 감쪽같이 빼앗기고만 것이었다.

경직이는 집에 돌아와서 그 말은 입 밖에 내지도 못하였다. 그러나 한 번 건공중에 뜬 마음은 가라앉힐 길이 없었다. 집의 형편만 웬만하면 좀 더 큰돈을 움켜쥐고 다시 해외로 뛰어 나갈 결심을 하고 돌아왔기 때문이다. 두 번째 웅비(雄飛)할 기회를 엿보는 동안에는 전보다도 더한층 부모에게 순종하는 태도를 보이려고 애를 썼다. 그래서 한림 내외가 이래라 해도 "네" 하고 저래라 해도 "네" 하는 것이었다.

경직이는 오래 집을 떠나 있었건만 돌아오던 날 잠시 아내의 방에 들었다가는 줄곧 작은사랑에서 통이불을 하고 잤다. 아내와의 금슬은 전보다도 더 나빠졌을 뿐 아니라 고물고물하는 어린것까지 본체만체하였다. "아빠, 아빠" 하고 팔을 벌리고 달려들어도 남의 자식처럼 거들떠보지도 않았다. 인숙이가 어린애를 안고 나와서

"어—디 아버지허구 어디가 닮았나 보—자."

하고 얼러주면 경직이는 딸의 얼굴을 물끄러미 들여다 보다가

"제 어미 닮았지 누굴 닮았겠니?"

하고 일어서 홱 나가버리곤 하였다.

경직의 댁은 워낙 남편보다 삼년이나 손위지만, 돌아와 보니 벌써 늙을 고비에 든 것처럼 바싹 바스러졌던 것이다. 그러나 아내가 그동안 누구 때문에 얼마나 속을 썩혔는지, 무엇 때문에 그렇게까지 늙었는지, 경직이는 그 까닭을 알려고도 아니하였다.

😀 022회, 1934.04.14.

⑤ 인숙의 혼인날은 아침부터 부슬비가 내렸다. 사랑 마당가에 외따로 선 벽오동나무가 촉촉이 비에 젖어서 나무껍질이 초록색 물을 끼얹은 듯. 고목이 다 되어 구렁이 꺼풀 같은 감나무 가지에도 새 잎새가 파릇 돋아났다. 그러나 낮이 겨우면서부터 북풍이 일어서 봄날답지 않게 음산해졌다.

안팎으로 모여드는 손들의 옷자락이 비를 맞아 후줄근하게 늘어졌다. 안마당이 질척거려서 부엌에서 떡시루를 들고 나오던 더부살이가 미끄러지며 그만 깻박을 쳤다.

"에구머니…."

하고 점례는 질그릇 깨어지는 소리와 함께 무명을 찢는 듯한 소리를 바락 질렀다. 그 통에 안방에서 성적을 하던 인숙이도 놀라서 감았던 눈을 반짝 떴다.

"왜 조심들을 못허구 저걸 어쩐단 말이냐? 떡 한 시루를 다 버렸구나."

주인마누라는 쌍창을 열고 내다보며 꾸지람을 한다.

"그만 둡쇼 마님. 오늘 같은 날 사위스럽습니다."

"어서 쥐들 담어. 하필 신랑상에 놓을 꿀편을…."

하고 수모와 유모가 번차례로 혀를 찼다.

머리에 커다란 낭자를 얹고 분을 횟박같이 뒤집어쓰고, 새빨갛게 연지 곤지를 찍고 품과 화장이 넓은 활옷을 입고 눈을 곱게 감고 앉은 인숙이는 멀리서 보면 여불없는 인형이었다. 몇 해 전까지 뒤꼍 장독대에서 점례와 같이 만들어서 절을 시키던 각시보다 덩치만 큰 각시였다.

"그러구 앉았으니깐 아주 엄전하구나. 제법 새색시다운 걸."

"이건 신랑도 오기 전에 눈을 감고 앉았나?"

"초례청에서 누가 웃기더래도 웃지 마라."

하고 일가 마누라와 젊은 댁들이 웃겨도 인숙이는 입을 꼭 다물고 앉았다. 수모가 붙들어 일으키면 일어서고 붙들어 앉히면 앉고 하여 두 번이나 습례를 하였다. 밖에서는 한림이 좌불안석을 하며

"낮이 겨웠는데 어째 그저들 안 나오누."

하고 문안의 소식이 궁금하여 몇 차례나 신작로로 사람을 내보냈다. 그러자 동네가 떠들썩하더니 쌍우산을 받고 등롱꾼을 앞세운 사인교와 그 뒤를 따르는 인력거 서너 대가 축동 밖에 나타났다.

"내 형세로는 억지로 허는 혼인이니 될 수 있는 대로 제례를 허세."

하고 한림이 사돈과 약속을 단단히 하였기 때문에 혼행도 간단히 차려가지고 나왔다.

여러 사람의 눈은 경직의 팔머리로 들어와 전안을 하고 나서 초례청에 올라선 신랑에게로 쏠렸다. 사모와 목화는 커서 헐렁헐렁해 보이나 조복에 관대는 따로 맞춘 듯 몸에 맞았다. 키는 날씬하게 커서 열두 살로는 매우 숙성해 보이는데 얼굴은 밀동자처럼 희다. 온실에서 자라난 화초라 할까, 응달에서 큰 버섯 같다고 할까 한 군데 맺힌 구석이 없다.

그러나 두리번거리며 사람을 둘러보는 까만 눈동자에는 영채가 돌아

총기가 있어 보인다.

한림도 사위 재목을 대하기는 처음이라, 유난스럽게 들여다보는 체는 아니 하면서도 슬금슬금 신랑의 얼굴을 이모저모 뜯어보았다.

"어쩌면 저렇게 분을 파고 넣은 것처럼 살결이 흴까."

"작은아씨버덤은 두 살이나 아래라는데 키는 더 큰가 분데."

"저것 봐. 빙글빙글 웃네."

하는 것은 마당에서 아랫사람들의 소곤거리는 소리였다.

이윽고 신부가 수모에게 부축이 되어 긴 치맛자락을 끌고 나왔다. 이번에는 마루 위와 뜰아래에 가득히 들어 선 사람들의 시선이 신부에게로 몰렸다.

신랑은

'저게 내 색신가.'

하는 듯 두 눈을 말똥말똥 뜨고 제 앞으로 조심스러이 다가오는 신부의 얼굴을 바라본다. 무슨 색스러운 물건이나 구경하는 듯 호기심에 빛나는 눈으로—.

그러자 안방에서 끼—룩 끼—룩 하는 이상한 소리가 들렸다.

023회, 1934.04.16.

⑥ 주당살이 장모에게 닿아서 장모는 굴뚝 뒤로 가 숨었는데, 초례가 지나면 들어와서 국수를 먹이려고 안방 아랫목에 시루를 씌워 두었던 전안 기러기가 뜨거운 방바닥에 꽁무니를 데웠는지 푸드득거리며 끼룩거리는 소리였다.

유모는 기러기를 꺼내서 기럭아범에게 내어주고 초례청으로 나왔다.

신부는 활옷 소매를 모아 먼저 큰절 네 번을 곱게 하였다. 그래도 신랑은 신부가 하는 양만 빤히 보고 섰으니까

　"압다, 새 아씨 얼굴에 구녁이 뚫어지겠구려. 한평생 두구 보실 걸 고만 쳐다보구 절이나 허슈."

하고 수모가 위였다. 신랑의 후행으로 온 자작의 큰아들도 구식혼인을 했건만 저 역시 어려서 지낸 일이라 어찌 했으면 좋을지 절차를 모르고 뻣뻣이 서 있다가 수모의 말을 듣고서야 아우의 팔을 거들어 절을 시켰다.

　신랑은 껍죽껍죽 절 두 번을 하였다. 이번에는 청실홍실로 끈을 꿴 나무 술잔이 신랑의 입에서 신부의 입으로 왔다 갔다 한다.

　"이 술 한 잔을 잡수시면 아드님 일곱에 고명딸 셋을 낳으시고 백세동락을 하시리다."

하고 수모가 신랑의 입에다 술잔을 대고 호르륵 소리를 내니까 신랑은 그 술 한 잔을 홀딱 들이마셨다.

　"어이구 새 서방님이 이태백이를 닮으셔서 글을 잘 하시겠군."

하고 수모가 또 놀렸다. 마루 위의 여러 사람도 웃었다.

　수모는 초례상에 놓인 대추와 생률을 집어서 신랑의 소매에 넣어 주고 하여 그럭저럭 초례는 끝이 났다.

　신랑과 신부를 신방으로 꾸며놓은 건넌방으로 안내하여 모본단 방석 위에 잠시 앉혔다가, 신부가 나간 뒤에 신랑의 사모관대를 벗겼다. 신랑은 제 손으로 옷을 훌떡훌떡 벗으며

　"어이 갑갑해 죽을 뻔했네."

하고 평복으로 갈아입었다. 사랑으로 나가서는 책상다리를 하고 앉으며

형더러

"언니 나 배고파 응 아침에 국수 조금밖에…."

하고 조르듯이 하니까

"얘. 가만있어."

하고 형이 아우의 말을 가로 막으며

"인제 큰상 나온다. 초례청에선 이른 대로 곧잘 허더니만…."

하고 귓속으로 한다. 곁에 섰던 경직이가 돌아서며 씩 웃었다.

"자, 그럼 장인을 가 봬야지."

하고 큰사랑으로 데리고 가려니까 신랑은

"언니 그이 보고두 아까처럼 또 절을 허우?"

하며 일어섰다.

"아무렴 허구 말구."

경직이와 후행이 앞을 섰다. 봉환이는 아랫목 보료 위에 앉은 한림에게 절을 끔벅하였다. 초례청에서 하던 대로 절을 하고 나서 또 한 번을 하려고 허리를 구부리는 것을 보고 형이

"한 번만 허는 법이다."

하니까 신랑은 응석조로

"아까처럼 허느냐니깐 그러라구 그러구선."

하고 입을 삐죽해 보인다. 형은 말없이 얼굴을 붉혔다.

"게 앉어라."

장인은 웃음을 띠우며 점잖이 자리를 가리켰다.

봉환은

"네."

하고 넉살좋게 펄썩 주저앉는다.

"온 너무 미거해서…."

하고 봉환이의 형이 손을 부비니까

"나이가 있네 그려. 너무 숙성하면 되려 못쓰느니 대기(大器)는 만성(晩成)하는 법이거든."

하고 한림은 사장의 체모를 차린다.

"그래, 너의 어르신네 안녕허시냐."

"네."

"대방에서 병환이 계시다던데 근자엔 좀 차도가 계시냐."

"우리 지밀 할머니요? 날더러 자꾸만 장가를 들라구 우셔서… 그래서 왔어요."

하고 서슴지 않고 시키지 않은 말까지 한다. 한림은 그만 입을 다물었다. 할 말이 없어서가 아니라 만좌중에 어린 사위의 입에서 무슨 주책없는 말이 또 새어 나올는지 몰랐던 것이다.

024회, 1934.04.17.

⑦ 큰 상을 받은 신랑은, 국수 한 그릇을 감치듯 하였다.

"거 식품이 좋군."

장인이 칭찬을 해주는 바람에 봉환은 실과 접시를 닦아 놓고 밤이랑 사과랑 걸터듬을 해서 어기어기 먹고 나서는 어린애가 턱배기를 털 듯 휘건 자락을 턴다.

"난 김치 안 먹어요"

하고 냄새도 맡기 싫은 듯이 김치 그릇을 밀어 놓는다.

"이 앤 식성이 괴팍해서 장조림하고 생률만 먹는답니다."

하고 후행이 변호하듯 한다. 봉환이는 더 어려서부터 김치나 깍두기를 먹으면 구역을 해서 고기와 과일만을 먹고 자라났다. 그래서 집안에서 다람쥐라는 별명까지 들었다. 경직이는 매부가 웬만하면 데리고 앉아서 수작도 붙이고 남매간이 되었으니까 정다이 이야기도 하겠지만 제가 보기에도 봉환이는 몇 해 전에 보던 때처럼 콧물만 흘리지 않을 뿐이지 여전히 구생유취로 보였다. 그래서 실실 웃기만 하면서, 저 역시 철나기 전에 장가를 들러 가서 향방 없이 굴던 것과, 첫날밤에 색시 옷을 벗기다가 낭자를 떨어뜨린 것과, 여편네들이 창구멍을 뚫고 들여다보며 낄낄대던 생각이 났다. 그렇게 혼인을 한 결과가 지금 와서는 큰 고통거리인 것을 생각하고

'온 조 어린 것을 어느새 장가를 들리지 못하여 성화를 할 필요가 어디 있나. 이게 무슨 망할 놈의 습관인고'

하며 눈앞에 촐랑거리고 앉은 어린 매부가 딱하기도 하고 한편으로는 가엾어도 보였다.

경직이와 마찬가지로 오늘 아우의 후행을 온 봉환의 장형도 외국까지 가서 신학문을 닦고 돌아온 사람으로 이러한 인형놀음 같은 결혼을 볼 때마다

'에잇 다시 더 망할 장본이다. 인간을 장난감으로 취급하는 야만의 제도다.'

하고 경직이 이상으로 분개하면서도 아버지의 명령을 거역하지 못할 사정이 있어서 처음에는 반대를 하다못해 아우를 데리고 나온 것이었다. 그 사정이란 어느 신문사에 관계를 해서 행세를 하고 싶은데 그 신문사

의 주(株)를 적어도 몇 백 주 가량은 사야만 떡 버티고 앉을 만한 지위를 차지하게 된다. 그래서 만일 아버지의 비위를 건드렸다가는 큰 계획이 깨어지고 말 것이라 그 역시 표면으로 부모에게 순종을 하는 것이었다.

날이 저물자 초저녁부터 신랑은 신방에 들었다.

"먼 길에 어린애가 휘둘려 와서 고단할 테니 일찌감치 재우도록 해라."

하고 장인이 명령을 하였던 것이다. 후행 왔던 형은 그날 밤 서울에 긴급한 볼일이 있어서 저녁 전에 문안으로 들어갔다.

"언니, 나두 같이 가아. 응 언니이."

하고 봉환이가 따라 일어서는 것을

"내일 꼭 나올 테니 이른 대로 잘 해. 숭 잡히지 말구. 그러구 음식 조심해라. 배탈 날라."

하고 형은 몇 번이나 타일렀다. 처남도

"오늘은 우리 집에서 자야 허는 법일세."

하고 봉환이를 간신히 붙들어 앉혔다.

밤잠이 지난 후 뻔쩍뻔쩍하게 닦은 유기 촛대에 홍초가 거진 반이나 닳은 뒤에 신부가 들어왔다.

"성적을 지우니깐 새아씨가 더 이쁘시죠."

하고 수모는 신랑과 신부를 마주 앉혔다. 신부는 여전히 실눈을 곱게 떠서 내려 깔고 그림같이 앉았는데 밀기름까지 발라서 온종일 감았던 속눈썹이 뻑뻑해서 안질이 난 것처럼 자꾸만 눈을 끔벅인다. 낭자가 무거워 고개가 아프고 머리카락이 당겨서 여간 거북하지가 않은 눈치다. 성적을 지운 민얼굴이 초례청에서 보는 것과는 딴판이라, 신랑은 두 눈을 깜박

깜박하고 색시의 얼굴을 쳐다본다.

"자 인제 오늘 밤버텀 두 분이 백년해로를 허실 테니 첫아들 낳으실 이야기나 허시구려."

능갈친 수모가 하는 양을 보려고 말을 건네니까, 신랑은

"우리 집에서 아무 말도 허지 말랬어, 괜히 남 숭볼려구."

하면서 신랑은 수모에게 눈을 흘긴다. 신부는

'어쩌면 저이 집에서 허지 말란 말꺼정 다 헌담.'

하고 속으로 웃었다.

"그럼 새아씨를 데려 내갈 테요."

하고 수모는 번연히 합례를 시키지 않을 줄 알면서도 짓궂게 한마디를 하고 신부를 일으켜 세웠다.

신랑은 옷도 제 손으로 잘 벗지 않는 것을 경직이가 꾀송꾀송하여 데리고 잤다. 밤이 깊으며 바람은 더 일고 비가 주루룩주루룩 쏟아졌다. 대문 중문이 삐걱거리고 신방의 덧문이 왈카닥거리는데 방안에서는 훌쩍거리며 우는 소리가 들렸다.

"나 우리 집에 갈 테야. 할머니허구 잘 테야"

하고 봉환이는 자다 말고 일어나서 수병풍을 북북 긁으며 울었다. 나중에는

"할머니 할머니!"

하고 발버둥질을 치며 안방에까지 들리도록 소리를 내어 울었다.

☺ 025회, 1934.04.18.

⑧ 이튿날도 신랑은 아침도 안 먹고 집으로 보내 달라고 더럭더럭 떼

를 썼다. 장모와 유모와 수모가 번차례로 달래고 타일러도 막무가내로 어머니 할머니를 부르면서 울었다. 장인이 보다 못해서,

"아침이나 먹어라. 곧 들어가게 헐게시니."

하고 빌다시피 하여 입매만 씻긴 뒤에 경직이를 불러 세우고

"네 매부를 데리고 들어가거라. 사돈에게 삼일을 치루지 못한 사유를 고하고 후일 재행이나 데려다 오래 있게 하겠노라고 여쭙고 나오너라."

하고 분부를 하였다. 그래서 봉환이는 하루 동안 주접만 떨다가 집으로 들어갔다.

인숙이는 생으로 장님이 되어 아직 한 번도 신랑이 어떻게 생겼는지 보지를 못했건만 신랑이 너무 미거하게 울기만 한다는 말을 듣고 (말뿐이 아니라 제 귀로도 남편감이 엉엉 우는 소리를 들었다.)

"울긴 왜 울어. 어린애처럼 누가 뭐랬나."

하고 유모를 보고 어른처럼 혀 차는 흉내를 내었다.

"그러게 작은 아씬 시댁에 들어가 백사에 정신을 차려서 칭찬을 받으셔야만 허우. 나두 따라 가겠지만."

"그럼 하라는 대로야 못헐라구."

하고 인숙은 고개를 외로 꼬며 시집살이 잘할 자신을 보인다.

사흘 되는 날도 아침부터 날은 궂었다. 일찌감치 신부례를 시킬 채비를 다 차려놓고도

"날이 저렇게 꾸물거리는데 길에서 큰 비나 만나면 어쩌우."

하고 인숙의 어머니는 잠시라도 딸을 더 데리고 있고 싶은 듯이 붙잡으니까

"어쨌든 들여보냅시다. 늦기는 했지만 들어가다가 날이 저물더래두 오

늘 안으로 현구고를 시켜야 하지 않소?"

그 말을 듣자 마누라는 새삼스러이 더 섭섭한 듯 질금질금 울기를 시작한다.

한림은

"마누라버텀 저러면 어떡헌단 말요? 시집살이를 하러가는 조 어린 것도 있는데."

하고 위로한다. 한림 내외는 딸을 불러 앉히고

"워낙 지체가 높은 사람의 집이요, 층층시하라 견문이 적은 네가 실수하기 쉬우니 첫째 어른들께 공손하고 매사에 조심해라. 옛날 범절을 잘 아는 유모를 안동해 보낼 터이니 무엇이든지 유모더러 물어봐라…"

하고 점잖은 딸에게나 이르듯 하기도 하고

"친정 생각이 난다고 지각없이 쪽쪽 울기만 허면 아랫것들헌테도 숭을 잡힌다. 남편이야 아직 어리니깐 차차 나이 먹으면 위할 줄 알겠지만…"

하고 어머니는 남편의 말에 부연을 달았다. 인숙이는

"네 네."

하고 입 속으로만 대답을 하면서도 "네 남편"이니 "네 신랑이니" 하는 말이 귀에 거칠다느니보다도 듣기에 거북하고 이상스러웠다. "새아씨"니 "새댁"이니 하는 말도 저를 가리키는 것이 아니요 올케나 그렇지 않으면 다른 집 색시를 보고 하는 말만 같았다.

"남편? 내 신랑? 새댁?"

하고 인숙은 입 속으로 뇌어도 보았다.

인숙이는 저녁때나 되어서 저를 낳아서 길러주신 부모와 십여 년이나 정이 든 고향산천을 뒤에 두고 남의 사람이 되는 첫 걸음으로 사인교를 탔다.

인숙이가 집을 떠나는데 제일 섭섭해 하는 사람은 어머니보다도 아버지보다도 경직의 댁이었다. 그는 사인교 채를 붙잡고

"작은아씨 잘 들어가우."

하자 눈물이 비 오듯 쏟아져서 소매로 얼굴을 가리고 돌아서며 흐느껴 울었다. 남편이 거들떠보지도 않아서 가뜩이나 외롭게 지내는 경직의 댁은 이 시누이마저 보내고는 쓸쓸해서 살 수가 없을 것 같았던 것이다.

점례는 행주치마 자락으로 연방 눈을 부비면서 신작로까지 따라 나왔다. 바둑이까지 꼬리를 살래살래 흔들며 행렬의 앞장을 섰다. 그러나 인숙이는 입술을 꼭 다물고 눈물 한 방울 안 흘리다가 한강철교를 건너다 달빛을 우러러보자 참고 참았던 울음이 터졌던 것이었다.

😀 026회, 1934.04.19.

'노리개'와 같이

① 그 이튿날부터 인숙의 시집살이는 시작되었다. 이른 아침 전깃불이 나가기 전부터 일어나 세수를 하고 분을 바르고 유모가 머리를 빗겨 쪽져주면 족두리를 쓰고 치마를 늘이고는 시증조모로부터 시조모, 시아버지, 시어머니에게 차례차례 문안을 드린다. 지밀로 별당으로 산정으로 유모와 안잠재기의 후위로 드나들며 그네들이 기침하기를 기다려 절을 하고 한참씩이나 문밖에 시립을 한다.

그네들은 자고 일어나는 것이 일정한 시간이 있는 것이 아니라 반신불수인 시증조모는 새벽부터 깨어서

"새아씨 잘 주무셨나 가보아라."

하고 한 집안에서 전갈하님을 내보낸다. 시아버지는 산정에서 친구들과 밤늦도록 바둑을 두거나 술상을 벌이다가 새벽녘에야 취침하면 이튿날 오정 때나 되어야 상노가 침방의 덧문을 연다.

인숙이는 그때까지 아침을 못 먹고 족두리를 쓴 채 기다렸다가 문안을 드려야만 한다. 조반상을 벌려 놓고도 한 시간 동안이나 늘어 잡고 떠넣어야만 먹는 증조모가 상을 물릴 때까지 장지 밖에 꼿꼿이 서야 한다.

그 다음은 시할머니의 밥상머리로 옮겨가서 시중을 들고 다음 차례로 거의 점심때에야 아침상을 받는 시아버지의 식사가 끝이 날 때까지 꼼짝 못하고 기다려야 하는 법이었다. 그 뒤에야 제 방으로 돌아와서 족두리를 벗으며

"아이 배고파. 어찔어찔해 쓰러질 것 같어."
하며 인숙이는 유모의 어깨에 이마를 부비며 한참이나 진정을 할 때도 있다.

"그러길래 고추당초 맵다지만 시집살이가 더 맵다지요. 큰아씨 둘째아씨도 다 한 번씩은 작은아씨처럼 치르셨을걸. 처음이니깐 고되기는 허겠지만 백판 아무것도 없는 우리네 집의 며느리버덤은 좀 호강스러우?"
하며 유모는 인숙의 옷을 갈아입히고 그제야 반빗아치에게

"새아씨 진지 잡셔와."
하고 아침상을 재촉한다. 인숙이는 부잣집으로 시집을 온 덕택에 생후 처음으로 배고픈 것을 알았다. 밥상머리에서 침을 삼키면서 배고픈 것을 참기가 얼마나 어려운 것을 깨달았다.

허기가 지도록 시장했던 김에 급히 밥을 떠먹고 나면 머리가 지끈지끈 아팠다. 그러나 인숙이는 잠시도 드러누울 수가 없었다. 동서들이 드나들고 시누이가 들어와서 한바탕 부산을 떨고 또 조금 있으면 대방이나 산정에서 손님이 왔다고 꺼둘려가서는 하루도 절을 수십 번씩이나 한다. 앉았다 일어섰다 하기에 오금이 아팠다.

백여 간 넓은 집에 식구도 많아 우글우글 끓거니와 대소가며 일가친척이 어쩌나 많이 드나드는지 정신을 차릴 수가 없다. 나중에는 인이 둘려 골치만 횡횡 내둘렸다.

'아이고 이게 시집살인가?'

하는 탄식이 인숙의 조그만 입으로 저절로 나왔다.

그러다가 밤에나 편히 쉬게 되느냐 하면 저녁 문안도 해야 하지만 으레 자정이 넘어서야 겨우 제 방으로 돌아오게 된다.

"애 새아씨 불러라."

노새대방 마님의 반벙어리 소리 같은 명령이 한번 내리면 언제든지 첩지를 하고 납치마를 입고 있는 늙은 내인이 인숙을 데리러 나온다.

인숙이는 운신을 못하고 누워 있는 시증조모 곁에서 『옥루몽』이니 『사씨남정기』니 하는 이야기책을 읽어 들려주는 것이 밤마다 하는 일이다.

"온 고 목소리 곱기도 해라."

"어쩌면 저렇게도 꾀꼬리 소리 같습니까."

"저 어려운 책을 한 자 서슴지 않고 졸졸 내려 읽으시니… 큰아씬 문안 편지도 망측허게 쓰셨는데."

곁에 앉은 내인들과 늙은 여편네들이 번차례로 새아씨의 칭찬을 늘어지게 한다.

인숙이는 저를 칭찬하는 소리가 듣기 싫지는 않으면서도

'인제 그만 가 자기나 했으면.'

하는 생각만 앞을 섰다. 갑갑한 것과 졸린 것을 간신히 참고, 눈이 아물아물하도록 책을 읽는데 시증조모는 책 읽는 소리를 듣는 둥 마는 둥 눈을 감았다 떴다 하다가는 코를 골기 시작한다. 그러다가도 책 읽는 소리가 그치면

"어서 읽어."

하고 눈을 번쩍 뜨고 손짓을 한다. 그래서 또다시 읽기를 시작하면 대개

자정이 넘어서야 "고만 물러가 자라"는 처분이 내린다.

　인숙이는 비록 입속일망정

　"내가 얘기책을 보러 시집을 왔나 뭐."

하는 말이 저절로 나왔다.

027회, 1934.04.20.

　② 인숙이는 시집온 지 사흘만에야 봉환의 얼굴을 처음 보았다. 그것도 정면으로 똑똑히 보지는 못했다. 이종이니 외사촌이니 하는 젊은 축들이 와서

　"신랑 신부를 붙잡어다 나란히 앉혀보자."

　"우리 한데다 묶어 놀까 어떡허나 보게시리."

하고 장난들을 하는 바람에 몇 번이나 피하다 못해서 꺼들려 다녔다. 시어머니가

　"아서라. 상 없이 장난들 말아. 그까짓 어린애들을 가지고"

하고 소리를 질러도 장난꾼들은 극성스러이 인숙이와 봉환이를 끌어다가 허리띠로 묶어 놓고 놀렸다.

　봉환이는

　"아야야. 내 하라는 대루 허께."

하고 엄살을 하면서 인숙의 무릎 위에 올라앉기도 하고 석류꽃처럼 빨개진 인숙의 얼굴에 제 뺨을 부벼도 보았다.

　인숙의 피부에 이성(異性)의 살이 닿기는 처음이었다. 그러나 인숙은 얼굴이 모닥불을 분 것같이 화끈거리고 가슴이 뛰놀았을 뿐이요, 남편이라는 사람의 살이 제 몸에 닿아도 여자로서의 이상한 감촉은 느끼지 못

하였다. 다만 머리를 들 수 없이 부끄러울 뿐이었다.

봉환이가 제 방에 들어오는 일은 없어도 별당 할머니와 꼭 겸상을 해서 밥을 먹기 때문에, 조석으로 밥 먹는 모양을 등 뒤에서 볼 수 있었다. 그러다가 대청에서나 복도에서 서로 마주치면 바로 쳐다보지를 못할 사람같이 얼른 시선을 돌리며 고개를 숙였다.

봉환이 역시 다른 사람에게는 응석도 부리고 군것질을 못해서 떼를 쓰다가는, 인숙이가 곁에 있으면 움찔하였다.

"색시헌테 치신을 잃으면 못 쓴다."

고 하도 여러 사람이 타일렀기 때문에 봉환에게는 제 색시의 존재가 거북살스러웠다. 전처럼 체면 사납게 몸을 가질 수도 없는데 더군다나 다락이나 벽장을 뒤져 주전부리나 하다가 들키면

"저건 왜 자꾸만 날 따라댕겨."

하고 입 속으로 중얼중얼하면서 인숙의 곁을 슬금슬금 피했다.

그러다가 봉환이는 며칠이 지난 뒤부터 옥색 숙고사 겹두루마기를 입고 그동안 쉬었던 학교에를 다녔다. 한문을 가르친다고 늦게야 입학을 한데다가 이학년에서 낙제를 했기 때문에 올해야 겨우 보통학교 사학년이었다. 아직도 청지기가 데려다 주고 점심때에는 계집하인이 고기반찬에 더운 점심을 담은 찬합을 날랐다. 하학한 뒤에도 상노나 청지기가 가서 앞을 세우고 온다.

인숙이는 봉환에게 대해서 '저게 내 남편이거니' '내가 위해 줄 사람이거니' 할 뿐이었다. 봉환이가 학교에 다녀와서는 책보를 내어 던지고 안마당에서 행랑 아이들과 비사치기나 사방치기를 하느라고 깡충깡충 뛰거나, 아직도 세 바퀴 자전거를 타고 돌아다니는 것을 분합 유리창으로

내다보고는

　'왜 저렇게 아주 어린애 같을까? 좀 점잖았으면.'

할 따름이요, 남남 간처럼 언제까지나 친해질 것 같지는 않았다.

　큰동서는 체수가 작고 외화는 볼 것이 없으나 매우 얌전해 보이는데

　"처음 공고라 퍽 어렵겠네. 시장헐 때도 많으니."

하고 어린 동서를 동정해 준다. 작은동서는 생김생김이 좀 변덕스럽겠는데 만삭이 되어서 제 방에서 별로 나오지를 않는다.

　식구 중에 인숙에게 제일 붙임성스럽게 구는 것은 유치원을 졸업하고 금년에 여자보통학교에 입학한 시누이 봉희였다.

　봉희는 피어오르는 모란송이 모양으로 어글어글하게 생겨서 첫눈에 반가웠다.

　"언니, 우리 새언니."

하고 인력거를 타고 학교에 갔다 와서는 잠시도 인숙의 곁을 떠나지 않는다.

　"나 새언니허구 잘 테야."

하고 떼를 쓰기도 몇 번이나 하였던 것이다. 그래서 잠도 같이 자고 시간상치만 안 되면 조석도 겸상을 해서 먹었다. 인숙이 역시

　"작은아씨, 봉희 아가씨."

하고 시누이를 친동생처럼 귀여워해 주었다. 그리하여 인숙이가 시집에 와서 첫정이 든 것은 봉환이가 아니요, 봉희였다.

028회, 1934.04.21.

　3 그러는 동안에 날이 바뀌고 달이 가셨다. 인숙이가 시집온 지 처음

얼마 동안은 하도 몸이 고되고 얼떨떨해서 아무 생각을 할 겨를이 없었다. 온종일 층층시하에 시중을 들고 그 넓은 집이 좁아라고 잔걸음을 치고 숱한 인사를 치르고 밤늦도록 이야기책을 보다가 제 방으로 돌아오면 유모나 봉희를 보고도 말 한마디를 할 기신이 없었다. 사지가 솜같이 풀려서 한번 쓰러지면 새벽녘까지 꿈 한번 아니 꾸고 내쳐 잤다.

그러다가 차차 시집 형편도 알아지고 날마다 하는 일이 익숙해질수록 틈틈이 친정 생각이 문뜩문뜩 났다.

"새언니 집에 가구 싶지 않우?"

하고 봉희가 위로하듯이 정다이 물으면

"아—니."

하고 가벼이 머리를 흔들어 보였다.

"그래두 어머니 생각은 날걸 뭐."

하고 동의를 구하면

"그렇게 어머니 생각이 나서 어떻게 살우? 여기두 어머님이 계신 걸."

하고 집 생각을 하는 사색도 보이지를 않았다.

그러나 시누이가 일부러 일깨워 주듯 할수록 어머니의 생각이 나는 것은 억제할 수 없었다.

"끝에 며느리는 더 바랄나위 없거든."

"제 나이로는 지나치게 숙성해요. 인사범절이며 몸 가지는 게 한군데 나무랄 구석이 없어요. 유모의 말을 들으면 눈썰미가 있어서 바느질두 곧잘 한다는구려."

하고 시부모는 흐뭇해서 며느리가 듣는 데까지 칭찬을 하였다. 직접 상관이 없는 하인배까지도

"저 선머슴 같은 도련님이 장가는 썩 잘 들었어."

하고 뒷공론을 하는 소리를 귓결에 들었다. 그러나 인숙이는 기쁜 줄을 몰랐다. 그다지 자랑스럽지도 않았다. 그네들이 위해 주고 칭찬을 하는 것보다는 무엇이든지 조금만 잘못하면

"미구불원 시집을 갈 년이 그렇게 분간이 없어서 뉘 속을 태우려느냐."

"너 그렇게 네 고집만 세우고 일에 꾀를 부리다가는 시집 간 지 한 달 두 못돼서 쫓겨 올라."

하고 걱정을 하시던 어머니의 꾸지람을 듣느니만치 정답지 못했다.

부드러운 비단 금침에 자는 것보다는 포대기 자락을 깔고 어머니 곁에 누웠던 때가 그리웠다. 끼니마다 상에 놓이는 고기반찬보다는 어머니와 겸상을 해먹던 나물 한 가지에 된장찌개가 맛이 있었다.

'아버지는 요새 화나 내지 않으시나?'

'오빠는 왜 한 번도 안 들어오실까? 또 어디로 가지나 않으셨나?'

'언니가 혼자서 얼마나 속이 상헐까?'

하고 궁금한 생각이 들기 시작하니까 마음이 들썽들썽해서 가라앉힐 수가 없다.

그러다 나중에는 점례 생각이 나고 사인교를 따라 나오던 바둑이까지 보고 싶었다. 마루 밑으로 대고 "오래 오래" 하고 불러 함치르르한 털을 쓰다듬어 주던 강아지가 그동안 퍽 자랐겠지 하였다.

늦은 봄의 깊어가는 밤은 더 한층 고달팠다. 불을 끄고 누웠으려면 곁에서 봉희가 씩씩하고 자는 숨소리만 들린다. 서헌에 기우는 달이 영창을 물들여 묵화 같은 화초나무 그림자는 물속에 풀잎처럼 움직인다. 인

숙이는 돌아누우며 한숨을 나직이 쉰다. 이불자락을 끌어안으며

"어머니! 어머니!"

하고 부르다가는 뜨거운 눈물을 베개에다 으깨었다.

제가 우는 것을 혹시 시집 사람에게 들킬까 보아 이불을 뒤집어쓰고 숨을 죽이며 억지로 잠을 청하였다.

보슬비가 촉촉이 창밖에 내리는 아침에는 더욱 서글펐다. 머리를 빗자면 경대의 거울이 몇 번이나 흐렸다 개었다 하였다.

'어머니 아버지가 왜 어느새 나를 시집을 보냈나?'

'이 집에선 뭘 허려고 나를 데려 오지 못해서 그렇게 성화를 했나?'

하고 생각할수록 알 수 없는 일이었다. 그와 동시에 봄바람같이 가볍고 보드라운 한숨이 저도 모르는 겨를에 꼭 다문 입을 새어 나왔다.

😊 029회, 1934.04.22.

④ 날이 갈수록 인숙이는 근친을 하고 싶은 생각이 더욱 간절하였다. 그러다

"집에 가서 더두 말구 하룻밤만 자구 왔으면."

하고 제 속생각을 이야기할 사람은 이 집에서 아무 권리가 없는 유모밖에 없다.

"오죽 가구 싶겠수. 입때꺼정 잠시 잠깐두 양위분 슬하를 떠나지 않던 터에 겨우 전갈만 듣구 지내니."

하고 유모도 빈 대답만 할 뿐이다. 그렇지 않아도 시부모는

"고만 근친을 한번 시킵시다. 어린 게 오죽 저의 집이 그립겠소"

하고 책력을 보고 날짜까지 정한 것을 별당에서 듣고

"친정엘 자주 다니면 못쓰느니라. 출가외인이라니. 대방에서 병환이
더 위중하신데 아직 못 간다."
하고 반대를 하였다. 집안일은 거들떠보지도 않고 별당에서 조석으로 향
불을 피워놓고 불공만 드리며 연화대 길을 닦기에만 정신이 없는 시할머
니는 이런 일에만 출반주를 하는 것이었다.

사실 시증조모는 날로 병세가 더 위중해 갔다.

양약은 입에 대지도 않고 더구나 침 맞는 것은 딱 질색인데 값진 한약
을 수십 제나 써오건만 조금도 차도가 없었다. 워낙 팔십도 넘은 노인의
중풍병이라 화타 편작이가 와도 손을 댈 수 없을 것이다.

기름이 졸아붙은 등잔불처럼 끔벅끔벅하면서도 깜박 하고 꺼지지도
않는다.

"인제 회춘을 못허실까 보다."
하고 수의며 관재의 준비까지 말끔히 해 놓은 지가 여러 해나 되었고

"대방에서 오늘 해를 못 넘기신다."
고 온 집안이 수성수성하다가도 목구녕에 끓이던 노인네가 기적과 같이
살아나기를 몇 번이나 하였다.

그럴수록 노망까지 난 시증조모는 자기의 아람치 며느리로 정한 인숙
이가 눈에 띄지만 않으면

"새아씨를 불러오라."
고 잠꼬대하듯 하다가 무슨 처량한 생각이 드는지 눈물을 질질 흘리며
울기까지 한다.

그래서 인숙이는 잠시도 지밀을 떠날 수가 없었다. 나중에는 밥까지
인숙이가 떠 넣지 않으면 먹지를 않는다. 어떤 때에는 사레가 들어서 인

숙의 얼굴에다 씹던 음식을 확 내뱉는다. 그렇건만 인숙이는 눈살 한번 찌푸리지 않고 수건으로 얼굴을 닦았다.

그뿐 아니라 요새 와서는 더러운 것을 받아내는 요강 시중까지 들었다. 앉혀놓고 먹이는 여편네야 수두룩하지만 일으켜 앉히고 드러눕히는 것까지 인숙이가 해야만 한다. 기대는 안석이 되어서 종일 꼬박이 앉았으려면

'내가 이 노인네의 병구완을 허러 시집엘 왔나?'
하는 생각이 저절로 났다.

강아지나 고양이를 고기반찬을 먹여가며 어루만지는 유한부인(有閑婦人)과 같이 마찬가지로, 이 늙고 병든 시증조모는 인숙이를 언제까지나 각시처럼 눈앞에 앉혀놓거나 동자처럼 잔심부름을 시켜야만 직성이 풀리는 것이었다.

별당에서나 산정에서도 그러고 싶은 생각은 간절하지만 아직 인숙이가 자기네의 차례에 가지를 못할 뿐이었다.

한편으로 봉희는 무시로 "우리 새언니를 할머니가 뺏어만 간다"고 울며 떼를 쓰기까지 하였다. 그러나 증손녀쯤이 그런다고 할머니가 벼르고 별러서 얻어 찬 귀여운 노리개를 손쉽게 내어 놓을 리가 없었다.
그러자 어느 날 저녁때였다. 인숙이가 여전히 대방에서 안석 노릇을 하고 앉았으려니까 상노가 들어오더니 뜰아래서

"대감께서 새아씨를 잠깐 작은사랑으로 내보내시랍니다."
하고 손길을 부비며 전갈을 하였다.

@ 030회, 1934.04.23.

⑤ "과천 댁에서 서방님이 들어오셨나 보우."

유모가 대뜸 누가 온 줄을 알아 차렸다. 그렇지 않아도 그동안 여간 궁금히 지내지 않았고 꿈자리까지 뒤숭숭하던 터이라

"응? 정말 오빠가 오셨을까?"

인숙이는 치맛자락을 휩싸 쥐고 봉환이가 공부를 하는 작은사랑으로 나갔다. 남편이 쓰는 방이라고 들어와 보기는 처음이라 공연히 가슴이 두근거렸다.

상노가 요릿집 보이처럼 장지를 여는데 과연 경직이가 들어와 있었다. 큰사랑에 다녀나와서 봉환의 큰형과 악수 인사를 하고 앉았다.

오라비를 보자 인숙의 속눈썹에는 금세 이슬방울 같은 눈물이 맺혔다. 그것은 반가움에 겨워 저절로 솟아오르는 우애의 결정이었다.

그러나 이집에서 제일 시스러운 시아주버니가 곁에 앉아 있기 때문에 "오빠!" 소리를 겨우 입 속으로 하고 절 한 번을 하였다.

"잘 있었니?"

할밖에 경직이도 할 말이 없었다.

"네."

인숙이는 나직이 대답을 한다.

"아버지 내외분은 다 안녕하시구 집안에 큰 연고는 없다."

하고 경직은 누이가 묻기 전에 집의 안부를 전했다.

남매간에 오래간만에 만났는데, 감옥에서 면회를 할 때 간수가 입회를 하는 것 같아서 봉환의 형은 남매가 거북해 하는 눈치를 채고

"그럼 이야기를 하시게."

하고 밖으로 나갔다.

시아주버니가 나간 뒤에야 인숙의 눈에 맺혔던 눈물이 한 방울 치맛자락에 똑 떨어지며 구슬처럼 버선등으로 굴러 떨어졌다.

"어쩌면 그렇게 한 번두 안 들어와 보신단 말유. 벌써들 날 잊어버리셨수?"

하고 인숙은 폭백하듯 하였다.

"이왕 남의 집 사람이 된 걸 자주 와 보면 뭘 허니? 차차 친정 생각은 잊어버려야지. 피차에 별고나 없는 줄 알구 지내면 고만이 아니냐."

경직의 말은 뜻밖에 냉정하다. 무슨 다른 근심이 첩첩한 듯, 워낙 희색이 없는 얼굴에는 누이를 그다지 반기는 기색조차 없다.

'시집이라고 한 번 오면 친남매 간에도 이렇게 남남 간처럼 되나 보다.'

하고 인숙은 오라비의 태도가 매우 섭섭하였다.

그러자 큰사랑으로 통한 복도에서 쿵쾅거리며 뛰어 오는 발자취 소리가 들리더니

"처남 왔다지?"

하고 책보를 둘러맨 봉환이가 작은사랑 문을 활짝 열고 토끼처럼 껑충 뛰어 들었다.

인숙은 깜짝 놀란 듯이 일어섰다.

"남편이 들고 날 때면 으레 기거를 허느니라."

하고 어머니가 일러 주었기 때문에 봉환이가 무상시로 펄렁거리고 드나들 때마다 일어섰다 앉았다 하는 것이 습관이 되었다.

"잘 있었나?"

하고 경직이가 인사를 하니까

"응."

하고 인숙을 흘깃 보더니 방 한복판에 가서 펄썩 주저앉는다. 제 딴에도 첫날 저녁에 처남과 같이 자면서 울며 괴팍을 부리던 생각이 나서 부끄러운지 "응" 하는 대답 한마디를 하고 나서는 말이 나오지를 않는 눈치다.

"지금 학교에서 나오나?"

"응, 소지꺼정 하구 왔어."

하고 제 책상에다 책보를 던진다.

셋이 다 할 말이 없어서 점적하게 앉았는데 유모가 나오더니만

"아이 서방님 오셔겝쇼?"

하고 반색을 하고 수인사를 한바탕 늘어지게 하더니

"새아씨 방 구경허러 들어가시죠 마님께서 모시구 들어오라 합시니…."

하고 앞을 선다. 경직은 잠자코 일어섰다. 인숙이와 유모가 앞을 서고 경직이가 뒤를 따라 사랑마당을 돌아 연방

"에헴 에헴."

하고 헛기침을 하면서 넓은 안마당의 즐비한 집채를 끼고 숨바꼭질을 하듯 해서 인숙의 방으로 들어갔다.

⑥ 경직이는 인숙의 방으로 안내되었다. 봉환이는 주인이 아니라, 경직을 따라온 아이처럼 겉묻어 들어갔다.

장지도배에 각장장판이 얼굴이 비취는데 삼층 자개장이며 화류 의걸

이며 머릿장에 사방탁자가 즐비하게 놓인 으리으리한 방 치장을 둘러보며, 경직이는 속으로

'가난한 선비의 딸이 쓰는 방으로는 과분하다.'

하고 이 방의 주인인 어린 내외의 얼굴을 번갈아 본다.

조금 있자 술상이 떡 벌어지게 들어왔다. 봉환이는 술도 한잔 따를 줄 모르고 처남이 젓가락도 대기 전에 두매한짝으로 실과를 집어 먹는다. 인숙은

'어쩌면 저렇게 체통이 사납게 굴까.'

하면서 속으로 혀를 찼다.

"요새두 약주 많이 잡서곕쇼?"

하고 유모가 은주전자를 드니까, 인숙이가 잔대를 받쳐 들고 술을 권하였다.

경직은 따끈한 술 한 잔을 쭉 빨고 나서

"거 준한걸. 가양인 게로군."

하고 구자 국물을 뜬다.

"자네 아직 술은 못 먹겠지?"

마주 앉은 매부에게 한마디 아니할 수가 없어서 어쩌나 보려고 잔을 내미니까, 봉환이는 술 주기를 바랐던 것처럼

"주면 먹지 왜 못 먹어."

하고 넉살좋게 술 한 잔을 받아 홀짝 마신다.

"새서방님 그러다 얼굴이 붉으면 어찌 허실료?"

하고 유모가 말리듯 하니까 봉환이는 금세 실쭉해서

"고만둬. 난 나가 놀 테야."

하고 발딱 일어서더니 인사도 없이 방문을 탁 닫고 나간다. 남매는 말없이 봉환의 나가는 뒷모양만 보는데

"그저 귀엽게만 자라나셔서 안직 아무 분간이 없으세요. 인제 몇 해 지내셔얍죠."

하고 유모가 봉환의 행동을 변호하듯 한다. 인숙이가 다가앉으며

"어떤 때는 남 부끄러울 때가 있어요."

하고 오라비에게 귓속하듯 한다.

"넌 뭘 안다구 어느새 남편 숭보니?"

하고 경직이는 연거푸 술을 마신다. 도토리만한 잔으로 입맛만 다시는 것이 신에 붙지 않아서 공기에다 주르르 따라가지고 단숨에 쭉 들이키며

"요샌 이게 내 친구다."

하고 안주 대신에 궐련을 붙여 문다.

"화나는 일이 계시더래도 과음을랑 허지 마서요. 요샌 언니허구 말씀이나 허세요? 그 애도 재롱이 퍽 늘었을걸요."

하고 인숙이는 유모까지 밖으로 나간 뒤에야 올케의 안부를 물었다.

"말은 무슨 말. 집에 있기나 허드냐."

"네?"

인숙의 눈은 동그래졌다.

"집에 없어."

"어디루 갔어요?"

"제 집으로 쫓아 보냈다."

"어린애두요?"

"응."

"왜요? 쫓아 보냈다구요?"

"보기 싫으니깐 쫓아 보냈지. 음식 싫은 건 개나 주지만 사람 싫은 거야 어떡헌다니? 나두 홧김에 또 어디로든지 갈 테다."

하고 나서 어지간히 술기운이 돌았는데도 인음증이 나서

"술이나 좀 더 내 오너라."

하려다가 차마 말을 입 밖에 내지 못하고 빈 주전자를 상 밑으로 굴리듯 하였다.

인숙이는 말없이 고개를 떨어뜨렸다. 오라비 내외가 성질이 맞지 않고 금슬이 없어서 불상견으로 지내는 것을 잘 아는 인숙이는 무어라고 말이 더 나오지를 않았다.

상해서 돌아온 뒤에 허구한 날 술로만 화풀이를 하는 경직은 툭하면 만만한 제 아내를 들볶았다. 그러다가 어느 날은 생트집을 잡아가지고 "이년 저년" 하고 상스럽게 년 자까지 놓아 가면서

"너 때문에 매사불성이다. 이년 가거라."

하고 머리채를 잡아 낚아챘다. 굼벵이도 밟으면 꿈지럭거린다고 경직의 아내도 참다못해서

"왜 나 때문이야요? 내가 뭐랬길래 손찌검까지 해요."

하고 평생 처음으로 마주 대들다가 친정으로 쫓겨 갔다.

그 통에 집안은 난가를 이루었건만 인숙은 까맣게 모르고 있었다.

"그럼 어머닌 어떡허세요?"

하고 인숙이는 오라비의 무릎에다 이마를 부비며 울었다.

032회, 1934.04.25.

7 경직이가 공복에 술이 취해서 주인에게 인사도 못하고 나간 지도 십여 일이나 지났다. 인숙이는 집의 일이 하도 궁금해서 유모의 아들이 앓는다는 핑계를 하고 유모를 친정으로 내보냈다.

대방의 병세가 여전히 침중해서 근친할 상의도 못하고 간호에만 정신이 없었다. 그러나 밤이면 밤마다 꿈이면 꿈마다 고향의 산천과 어버이의 생각이 잠시도 인숙의 머리를 떠나지 않았던 것이다.

유모는 그 이튿날 점심때에 들어왔다. 밤잠도 잘 못자고 급히 다녀 들어와서 눈이 할딱하게 달리고 입술이 허옇게 말라가지고는

"나리마님께서 병환이 대단허신데 약두 잡수지를 않으시니 오늘 밤에라두 나가 뵈야겠습디다. 서방님은 예서 나가시던 이튿날버텀 어디로 가셨는지 소식이 없구 아씨는 애기를 업구 친정댁으로 가신 뒤에 문안 편지 한 장두 안 허신다는데 온갖 시중을 마님 혼자서 허시니 그러다간 두 분이 한꺼번에 돌아가시겠습디다. 온 집안이 쓸쓸하기란 도깨비가 꾀겠어. 안엔 더부살이허구 점례만 있으니 그까짓 것들이 뭘 알우. 그 만가허던 댁이 어쩌면 몇 해 동안에 그 꼴이 된단 말요?"

유모는, 눈물을 질금질금 흘려가며 운다.

인숙은 너무나 놀라운 소식에 말도 못하고 아랫입술만 깨물며 울음을 참는다. 이 집안에 있어서 인숙이보다는 유모가 울 수 있는 자유나마 있었던 것이다.

인숙이는 마침 시증조모가 까무러친 듯이 잠이 든 사이에 잠깐 볼일이 있어 제 방으로 왔었기 때문에

"유모 그럼 어머님께 가서 자세헌 말씀을 여쭙구 집엘 좀 가게 해주."
하고 유모의 치맛자락에 얼굴을 파묻고 목소리를 죽여 가며 울었다. 인

숙은 그 이상 집 소식을 묻지 않았다. 물어보지 않아도 모든 것이 눈에 선하였다. 그러나 아버지가 돌아가시게 되어도 저를 잊어버린 듯이 내다 버린 자식처럼 알려 주지도 않은 어머니가 더 야속하였다.

그다지 외로이 지내시는 부모를 버리고 또 다시 종적을 감춘 오라비가 미웠다.

"어쩌면 어머니가 나를 잊어버리신단 말요? 유모가 다녀오지 않았다면 아버지가 돌아가서도 모를 뻔했구려."

인숙이는 가뜩이나 몸 둘 곳이 없이 서러운데 야속한 생각까지 뒤를 받쳐 참고 깨물었던 울음이 올 그만 터지고 말았다. 이 집 식구가 보고 흉을 보아도 겁날 것이 없다는 듯이 유모를 할퀴며 쥐어뜯으며 울었다.

"아씨, 이러지 마우. 어서 진정을 허우. 나리마님이 정말 돌아가시면 어떡헐료? 내 산정에 다녀올게."

하고 유모는 인숙의 팔을 뿌리치듯 하고 소매로 눈을 부비며 일어섰다.

새아씨의 근친 허가를 맡기에는 수속이 복잡하였다. 우선 산정에 가서 직계존속(直系尊屬)인 시부모에게 품달을 해야 한다. 유모가 울음을 섞어 가며 가정 이야기를 하니까

"어차피 한번 보낼 게니 내일이라두 차비를 차려 보냅시다. 이따가 마누라가 대방에 가서 여쭙구려."

하여 자작의 허가는 당장에 맡았다. 그 다음에는 한층 더 올라가서 별당 마님이다.

"친환이 대단해서 간다는 거야 인정에 막을 수가 있느냐 임종도 못허면 유한이 될 테니 한 사흘만 말미를 줄밖에…"

하는 특별한 시조모의 허락까지 맡아가지고 유모는 인숙의 방으로 돌아

갔다. 인숙은 좋은 일로나 친정에 가는 듯

"정말? 가라구 그러셔?"

하고 반색을 하며 눈물을 거두었다.

그러나 가장 큰 난관(難關)이 남아 있다. 그것은 무슨 일이 있든지 중손부를 '노리개'처럼 꿰매어 달고 내놓지 않으려는 노망한 대방마님의 처분이다.

저녁이 지낸 뒤에 인숙이는 전날과 같이 시증조모의 약 시중을 하고 그 곁에 앉아 이야기책을 읽으면서

'내일은 정말 가게 되나? 왜 그저 아무 말이 없을까?'

하고 어른들의 눈치만 보았다.

얼마 뒤에 시어머니가 들어왔다. 시조모가 혼몽하게 잠이 든 듯이 눈을 감고 누운 것을 보고는 한참이나 섰다가 아무 말도 못하고 나가 버렸다.

033회, 1934.04.26.

⑧ 인숙은 눈이 붓도록 울며 밤을 새웠다. 곁에서 자던 봉희가

"언니, 왜 울우?"

하고 몇 번이나 깨어서 물어도 대답을 아니 하였다.

이튿날 아침에도 여전히 대방으로 불려가서 시중을 들고 있는데 시어머니께 문안차로 들어왔다. 인숙은 애원하듯 시어머니의 눈치만 보았다.

"저 애가 친환이 위중허다는데 며칠 다녀오게 허셨으면 좋겠습니다."

하는 손부의 특청을 듣자마자 시조모는 머리를 좌우로 흔들었다. 그리고 자기의 목을 가리키며 알아들을 수 없는 소리로 징징거린다. 자기가 먼저 숨이 넘어간다는 말인 듯 시어머니는 두말 못하고 물러갔다. 여러 말

을 하다가 심화를 돋우면 병이 더칠까 보아 겁이 났던 것이다. 더구나 한 번 말이 떨어지면 콩으로 메주를 쑨대도 곧이를 듣지 않는 성미를 아는 터이라, 도리어 꾸지람만 들을 것을 알기 때문이었다. 그래서 모처럼 층 층으로 승낙을 맡아 올라가던 인숙의 근친 문제는, 이 집의 최고 권위자 에게 그만 부인을 당하고 말았다.

인숙은 억지로 참았던 눈물이 쉴 새 없이 떨어졌다.

시집온 뒤에 처음으로 "고만 물러가"라는 분부가 내리기 전에 일어서 나갔다. 마루 위에 방울방울 떨어지는 눈물을 버선발로 밟으면서 어름어 름 제 방으로 내려갔다. 방바닥에 가 펄썩 주저앉아 발버둥질을 치며

"난 집에 갈 테야. 왜 못 가게 해. 누가 날 못 가게 해. 아버지가 돌아 가시겠다는데. 벌써 돌아가셨는지 누가 아나. 유모, 날 데려다 줘. 어서 안 데려다 줄 테야."

하고 사뭇 유모의 치맛자락을 물어뜯는다.

"참우, 참어요. 안 보내시는 걸 낸들 어떡허우. 입때꺼정 색시 노릇을 참답게 허다가, 이러면 숭 나우 숭 나요."

하고 어루만지면

"누가 숭을 봐. 숭 잡히면 어때. 누가 얘기책 보러 시집 왔나. 보지두 못하던 늙은이 더러운 것꺼정 치워 줄려구 시집 왔나."

하고 발악을 하니까 유모가 인숙의 입을 막듯하며

"글쎄 왜 이러우? 밖에서 누가 들으면 어쩔라구 차차 보내 주실 걸."

"아버지가 돌아가신 뒤에 가면 뭘 해. 멀쩡한 날 눈을 감겨서 태다 놓 구선 왜 못 가게 해."

하고 지밀에까지 들리도록 점점 목소리가 새되게 나온다. 너무나 설고

극도로 야속한 생각에, 인숙이가 이제까지 억지로 뒤집어쓰고 있던 어른의 탈이 벗겨지고 말았다. 이 집의 며느리도 아니요 손부도 아닌 다만 열네 살 먹은 소녀의 감정으로 돌아간 것이다.

이 집 식구에게 숭을 잡히거나 꾸중을 듣거나 겁낼 것이 없었다. 그저 일시가 급하게 돌아가시게 된 아버지의 얼굴이 보고 싶었고 어머니를 붙잡고 실컷 울면서 하소연이나 하고 싶었다. 담 하나를 격한 바깥마당에서는 봉환이가 벌써 학교에서 돌아왔는지, 방망이를 딱딱하고 공을 치는 소리가 들린다. 아이들이 법석을 하며 몰려다니는 소리가 들린다. 스트라이크이니 세이프니 하는 것은 분명히 봉환의 목소리다. 근자에 유행하기 시작한 베이스볼 장난을 하는 모양이다.

그 소리를 들은 인숙은 느껴가면서

"저건, 저건, 허고헌 날 공만 치나? 아무것두 모르구서 장난만 허면 제일인가?"

하고 제 남편인 봉환이를 이것저것 해가며 담 너머로 대고 입술을 떨었다.

신랑이 첫날 저녁에 울며 괴고를 부릴 때부터 인숙은 봉환이를 우습게 보았다. 이 집에 와서도 찬간이나 다락으로 오르내리며 주전부리를 하다가 동자치에게 지청구를 맞고, 구지레한 행랑애 녀석들과 흙장난이 아니면 공이나 치는 봉환이가 눈에 차기는커녕

'저것도 내 남편인가.'

하는 생각이 들어서 딱해 보이는 때가 많았다.

유모는 인숙이가 남편까지 꾸짖고 야단을 치는 것을 보다 못해서

"그럼 꾸중을 듣더래두 내가 다시 한 번 여쭤 보리다."

하고 대방으로 올라갔다.

조금 뒤였다. 누군지 방문을 벌컥 열고 들어오는 소리가 들렸다.

😊 034회, 1934.04.27.

⑨ 방바닥에 엎드려 우느라고 어깨만 들먹거리던 인숙이는 문 여는 소리에 고개를 조금 쳐들었다. 유모의 발자국 소리가 아닌 것만은 귀로 진검할 수가 있으나, 누군지도 모르고 눈물이 번질번질한 얼굴을 들어 쳐다볼 수가 없었다.

등 뒤에서는 한번 문 여는 소리가 난 후에 아무 기척이 없다.

'누가 들어왔을까?'

하고 인숙이는 저고리 고름으로 눈두덩을 누르며 실눈을 뜨고 체경 편으로 곁눈질을 했다. 체경에 비친 것은 봉환이었다.

인숙이는 오금에다 용수철을 댄 것처럼 발딱 일어섰다.

남편을 보면 기거를 하는 것이 습관이 되었던 것이다.

경직이가 다녀간 뒤에 봉환이가 제 방에 들어오기는 처음이었다.

'왜 저렇게 아무 말도 않구 섰을까?'

하고 궁금하지만 정면으로 쳐다보지는 못하고 여전히 곁눈으로 봉환의 아랫도리를 흘려보자, 인숙이는 깜짝 놀랐다. 봉환의 왼편 바짓가랑이에는 시꺼먼 더러운 물이 주르르 흘렀다.

시크무레한 냄새가 인숙의 코를 찔렀다.

봉환이는 공을 치고 나서 허겁지겁 달음질을 하다가 행랑아이에게 떠다밀려 발을 접지르고 사랑마당 귀퉁이에 있는 수챗구멍에 다리를 빠뜨렸던 것이다.

인숙이는 눈을 동그랗게 뜨며 부지중에

'아 웬일이서요?'

하려고 말이 혀끝까지 날름날름 하는데 봉환이는 눈물이 글썽글썽해서

　"나 옷 주."

하고는 고개를 푹 숙인다. 이 말 한 마디가 봉환이가 인숙에게 맨 처음 한 말이었다. 인숙이는 잠시

'어쩔까?'

하고 말없이 섰다가 머릿장 서랍에서 열쇠 꾸러미를 꺼내어 재빠르게 삼 층장 문을 열고 차곡차곡 개켜둔 옷 중에서 바지를 꺼내고 아랫장을 열 고 버선을 꺼냈다. 그 바지와 버선을 얼핏 보료 밑에다 넣고는 일변 일어 서서 급히 방 문고리를 안으로 걸었다. 그리고는 옷을 벗는 봉환이가 마 주 보이지 않게 윗목에가 반쯤 돌아섰다.

그동안이 불과 몇 초 동안밖에 아니 될 만치 인숙의 동작은 빨랐다.

인숙이는 봉환이가 바깥마당에서 공을 치느라고 몰려다니며 떠드는 소리를 들었기 때문에 허방을 빠진 것을 얼른 짐작할 수가 있었다.

아직 봉환의 옷 뒤는 거두지 않지만 두 집에서 해준 새 옷은 전부 맡 아서 제 방에 있는 장 속에 넣어둔 터이라 얼른 내놓을 수가 있었다.

인숙은 봉환이가 아랫목에 돌아앉아서 옷을 갈아입느라고 부스럭거리 는 소리를 들으며 육년 전에 자작이 처음 저의 선을 보러 나오던 날 인 력거를 내다보느라고 앵두나무에 올라갔다가, 치마를 찢기고 울던 생각 이 났다. 어머니에게 걱정을 들을까 보아 겁이 나서 저 혼자 쩔쩔매던 생 각이 바로 어제런 듯 났다. 그와 동시에 수챗구멍에 발을 빠뜨리고는 어 쩔 줄을 모르다가 제 방으로 뛰어 들어와 "나 옷 주" 하는 봉환의 속이 빤히 들여다보이는 듯 동정에 겨웠다. 더구나 "나 옷 주" 한 마디— 남편

115

이라는 사람이 저에게 맨 처음 던진 그 응석 비슷한 어숭구레한 말이 여간 구수하고 정답게 들리지를 않았다.

조금 전에 이것저것 해가며 푸념하듯 꾸짖던 생각은 잊은 듯 제 손으로 옷을 꺼내 입힌 것이 어쩐지 기쁘기도 하고 자랑스럽기도 하였다.

봉환이는 바지를 갈아입고 일어섰다. 그제야 안심을 한 듯이 허리띠를 매느라고 몸을 추스르며, 벗어놓은 바지와 버선을 장 밑으로 걷어차고는 뒤통수를 긁고 섰다가

"수복이란 놈의 자식을…"

하고 주먹을 쥐고 벼르며 나간다. 문을 걸어 놓은 줄 모르는 봉환이는 어깨로 방문을 떠다밀고 나가려다 문설주와 이마뚝을 하였다. 인숙이는 약빨리 문고리를 벗겨 주려는데 문을 마주 잡아 당기며

"문은 왜 걸었어."

하는 소리가 밖에서 들렸다.

035회, 1934.04.28.

⑩ 봉환이는 한걸음 물러섰다. 인숙이는 분명히 아는 목소리언만 무슨 은밀한 짓이나 하다가 들킨 듯 가슴이 달랑하였다. 문고리를 벗기자

"문을 걸구서 뭣들을 허우?"

하며 봉희가 들어와 오라비 내외의 얼굴을 번차례로 본다.

"오늘은 좀 늦었구려."

하고 인숙은 얼굴을 조금 붉히며 시누이의 책보를 받았다.

봉환이는 누이와 교대하여 안마루로 발꿈치 소리를 쿵쿵 내며 나갔다.

봉희는 인숙의 얼굴을 말끄러미 쳐다보더니

"언니, 울었구려?"

하며 앞으로 다가선다.

"아—니."

인숙은 눈꼽을 떼는 것처럼 손끝으로 눈을 부볐다. 인숙은 그동안 아버지의 병환을 잊었었다. 근친할 생각도 달아나고 오직 남편의 옷을 갈아입히기에만 정신이 쏠렸었다. 그러다가는 봉희가 "왜 울었느냐"고 묻는 말에 다시금 마음이 친정으로 돌아갔다. 그때에야

'유모는 입때 뭘 허나.'

하고 체경 앞으로 가서 분첩으로 콧등과 눈두덩을 가벼이 두드린다.

"새언니 정말 울었지?"

봉희는 책보를 끌러 책꽂이에 꽂으며 올케를 쳐다본다.

"글쎄, 내가 울긴 왜 울우."

"거짓말 엊저녁에두 우는 소리를 들었는데. 밤새두룩 울구선 뭘."

하고 똑바른 대답을 듣고야 말려는 듯이 다가앉는다. 지난밤에 울며 밝힌 것까지 아는 봉희를, 더 속일 수가 없어서 인숙이는

"속이 상허니깐 울었지. 작은아씨가 내 속을 알겠수?"

하니까 봉희는

"옳—지."

하고 고개를 끄덕이더니

"그럼 오빠가 뭐라구 헌 게로구려?"

"오빠가 뭐라긴. 옷을 버리고 들어와서 갈아입고 나갔는데."

하고 장 밑에 쭈그려 넣은 바지를 가리키다가

"참 아무한테두 이르지 마우."

117

하고 눈을 꿈적여 보였다.

봉희는

"응."

하고 고개를 까딱이더니

"그럼 뭐 그렇게 속이 상해서 자꾸만 울었수? 난 알구야 말걸."

하고 자꾸만 조른다. 인숙이는 말을 할까 말까하고 망설이다가

"우리 아버지가 병환이 대단허시다우. 그동안 돌아가셨는지도 모르는데 대방할머니께서 못 가게 허시니 어떡허우."

하고 야속하고 어색한 김에 저보다도 어린 시누이에게 구원이나 청하는 듯이 하소연을 하였다.

인숙의 눈에는 금세 또 눈물이 맺혔다.

"아 정말?"

봉희는 인숙의 치맛자락을 잡아당겨서 다가앉히며

"그럼, 아버지가 좀 보구 싶겠수?"

하고 올케를 동정하는 눈물이 갈쌍갈쌍하게 괴었다.

인숙이는 시누이가 고 어여쁜 눈에 눈물까지 담아가지고 저를 동정해주는 것이 고마워서 또 다시 두 뺨에 두 줄기 은실을 늘였다.

"어쩌문 할머니두. 남의 아버지가 죽겠다는데 안 보내신담."

하고 봉희는 눈두덩을 부비고 손수건을 꺼내서 올케의 눈물을 씻겨주며

"새언니 울지 마우, 내가 가서 막 떼를 쓰구 올 테니."

하고 일어선다. 인숙이가

"고만 두, 유모가 또 갔는데."

하고 붙들어 앉히려니까

"아냐, 내 오빠허구 둘이 가서 막 야단을 치구 올 테야."

하고 봉희는 인숙의 손을 뿌리치고 나갔다.

😊 036회, 1934.04.29.

11 봉희는 바깥마당으로 나가서

"이놈의 자식 네가 날 떠다밀었지."

하고 수복이란 구중의 아들의 멱살을 붙잡고 발길로 걷어차는 오라비에게 매어달리며

"오빠 이게 무슨 짓이유. 큰일 났수. 어서 들어갑시다."

하고 호들갑을 떨면서 지밀로 끌고 들어갔다. 분합문 밖에서

"새언니 아버지가 다 죽게 됐다는구려. 그래서 언니가 자꾸만 운다우. 좀 가구 싶겠수. 우리 집으로 보내주두룩 할머니를 막 조릅시다."

하고 먼저 귀를 불어두고 대방으로 들어갔다.

"할머니 새언니 아버지가 병이 아주 대단허다는데 집에 가게 해주세요 네? 네?"

하고 봉희가 먼저 조르기를 시작했다. 봉환이는 장인의 위중하다는 것은 제 고뿔만치도 걱정될 것이 없지만 제 댁이 아무도 몰래 새 옷을 입혀준 것이 속으로 여간 고맙지가 않았다.

하마터면 어머니에게 꾸중을 톡톡히 들을 것을 모면한 생각을 하니 봉희의 청이 아니라도, 고마운 사람의 소원을 풀어주고도 싶었다. 그래서 '무어라구 할까' 하고 손가락을 입에다 물고 한참 머뭇거리다가

"할머니."

하고 입을 열었다. 증조모는 머리를 조금 들고

"왜 그러니?"

하는 듯이 봉환을 쳐다본다.

"저…"

하고 봉환이는 제 댁을 무어라고 부를지 몰라서 주저주저하다가 인숙이가 쓰는 방편 쪽으로 얼굴을 돌리며

"보내 주세유."

하였다. 그러자 곁에 앉았던 내인들이 노마님의 눈치를 보다가

"마님 그래두 새서방님 생각이 제일이신데 보내도록 처분을 내립쇼."

하고 좌우에서 권하였다.

봉희는 이 기회를 놓치지 않으려고 증조모의 앞으로 바싹 다가앉아 어깨를 흔들며

"할머니, 보내주세요 네. 오빠꺼정 저렇게 보내구 싶어 허는데요."

하고 바득바득 대답을 재촉하였다.

증조모는 봉환의 남매를 물끄러미 쳐다보더니 한참만에야 빙긋이 웃으며

"응."

하고 턱을 끄떡였다. 철없는 증손자가 그래도 제 아내의 사정을 생각하는 것이 기특하고 신통하였던 것이다.

"그것 봅쇼 쇠뿔도 각각이요 염주도 몫몫이라구 새서방님이 아니면 새아씨의 사정을 아시겠수?"

하고 내인들은 봉환을 추켜 주었다.

그리하여 간신히 근친 가는 허락을 맡았다. 봉환의 남매는 손을 붙잡고 춤을 추듯 하며 인숙의 방으로 내려갔다.

근친 가는 허락이 내렸다는 말을 듣고 인숙이는 뛰고 싶도록 기뻤다.

"작은아씨 고마우."

하고 이번에는 기쁨에 겨운 눈물이 핑그르르 돌았다.

그러나 봉환에게는 무어라고 치사를 할 말이 없어서 눈으로만 고맙다는 표정을 보였을 뿐이다.

인숙이가 산정으로 가서 시부모에게 절을 하고 대방의 허락이 내리셨다고 하직을 고하니까

"과히 위중치만 않으시거든 여러 날 묵지는 마라. 나도 한번 문병을 나가야겠다마는."

하고 청지기를 불러 인력거를 내놓으라고 일렀다.

인숙이는 가벼운 걸음걸이로 별당채로 건너가는데

"새아씨!"

하고 유모가 숨이 턱에 닿아서 쫓아오더니

"나리마님께서 밤새 병환이 더 대단하시니 곧 나오시라구 점례 아범이 들어왔군요."

한다. 인숙은 대답할 경황도 없이 별당으로 들어가서 하직을 고했다.

시조모는 만지작거리고 앉았던 염주를 내놓고

"그래 오늘 간단 말이냐?"

하고는 책력을 펴놓고 안경을 쓰고 일진을 꼽아 보더니

"거 온 공교롭다. 오늘이 네 절명일이로구나. 어쨌든 첫 번 근친에 택일이야 안할 수 있니? 내일은 길일이다마는…."

하고 머리를 체머리 흔들듯 하였다.

037회, 1934.04.30.

121

임종(臨終)

□1 한림의 목숨은 시각을 다투었다. 경직이가 귀국한 후 조금 생기가 나서 딸의 혼인을 보살펴주던 그는 또 다시 집과 발을 끊은 아들 때문에 병이 났다. 경직이가 서울서 노는계집을 얻어가지고 셋방살림을 한다는 소문이 들렸다. 그뿐 아니라 고조와 오대조의 산소가 있는 여수(麗水) 땅의 이만 평이나 되는 산림을 가도장을 해서 팔아먹은 것이 묘지기의 입으로 탄로가 났다. 또 한편으로는 고리대금업자가 격일 해 와서 서투른 조선말로

"이자도 그저 내지 않으니 들어있는 집과 세간까지 차압할 테요."

하고 위협을 하였다. 그러나 한림은 다시 다른 곳에 빚을 얻을 도리도 없었다. 이래저래 한림은 울화병이 폭발하였던 것이다.

"죽일 놈. 봉분만 남기고 선영을 팔어 먹어. 인젠 다 망했다. 그것두 유위부족해서 또 얼마나 엄청난 빚을 져다가 복장을 안길 텐고"

하고 한림은 대낮에도 잠꼬대하듯 하며 가슴을 짓찧었다.

"그까짓 자식이 집에 들어오면 뭘 해. 부모 조상을 모르는 자식은 뒈져도 좋다."

하고 이번에는 아들을 찾으려고도 아니하였다. 그러나 한림은 아들의 생각보다도, 첩을 얻었다는 것보다도, 대대로 전해 내려오던 종산까지 팔아 먹은 것이 조상에게 대해서 여간 죄송하지가 않았다. 그래서 워낙 편성인 한림은 부자의 정의를 끊어버리고 말았다.

엎친 데 덮친 데로 며느리가 아무리 그 꼴을 당하고는 어린 것까지 업고 갔기로서니 시부모에게 편지 한 장 없는 것이 괘씸하였다.

"자식 놈이 환장을 해서 제 부모를 모르는데 항차 남의 자식을 나무라겠느냐."

하면서도 자기 내외에게보다도 사당을 모실 종부로서의 책임을 다 하지 않는 것을 꾸짖었다. 그러다가는

"고 어린거나 몸 성히 있나?"

하고 첫 번 보아서 정을 흠씬 쏟은 손녀를 생각하고 재롱을 부리는 것이 눈에 암암하였다. 죽지 못해 떠 넣는 조석도 눈물을 섞어 넘겼다.

"영감 그러지 마슈. 경직이가 또 타국으로야 가겠소? 계집한테 한번 속고 나면 정신을 차릴 걸. 그러다가 궁하면 제 집구석으로 찾아들어 올 테니 두고 보슈."

하고 위로하는 마누라의 말에는 귀도 기울이지 않고

"흥 마음을 잡는 날이 쪽박을 차는 날이야. 마누라나 내나 하루바삐 갈 데로 가야 합네다. 집안 꼴까지 이 지경이니 무얼 보자고 더 살겠소 앞으로는 욕밖에 당할 것이 없으니까…"

하고 어느 때에는 독약이라도 있으면 삼킬 결심을 보여서 심약한 아내의 눈물을 짜내었다.

그러다 어느 날 이른 아침이었다. 한림은 밖에서 세수를 하고 도포를

입고 엄숙한 얼굴로 들어오더니 사당방으로 들어갔다. 조금 있자 축문 읽는 소리가 나더니 뒤를 이어 곡성이 들렸다. 보통 제사 때처럼 지어서 우는 소리가 아니고 마른 가슴에 피를 짜내며 슬피 우는 소리였다. 울다가는 기가 컥컥 막혀서 몸 둘 곳을 모르며 목 맺혀 우는 소리였다.

그 소리를 듣고 마누라가 엎드러지며 곱드러지며 사당방으로 급히 들어가

"영감, 영감! 이게 웬일이슈? 그만 그치세요. 네 영감."

하고 아무리 지곡하기를 권하고 간곡히 위로를 하여도 한림은 제상 앞에 가 거꾸러지듯 꿇어 엎드려 목을 놓아 더욱 설게 운다.

육십 년 동안 가슴 깊이 차이고 차였던 설움과 원한을, 경건히 모시던 원휘지신(遠諱之神)에게 호소하는 것이었다.

선조의 끼치신 뜻을 대대로 잇지 못하고, 불효한 자식을 둠으로 말미암아 사당에까지 욕이 미친 것을 생각하여 대죄를 하며 마지막으로 해골을 비는 것이었다.

이 정경을 보고 섰던 늙은 아내도 설움이 북받쳐 그만 남편의 곁에 쓰러지며 울었다. 모발이 허연 두 늙은 내외가 목이 쉬도록 뼈아프게 울건만 누구 하나 들어와 위로해 주는 사람이 없었다. 점례와 반빗아치와 행랑사람이 사당문 앞에 늘어서서 서로 얼굴만 쳐다볼 뿐….

그날부터 한림은 누구에게나 절대로 알리지 말라고 명령을 한 후 식음을 전폐하고 덧문을 닫아걸고 누워서 아내에게도 말을 안 하였다.

"영감 어쩔라구 이러슈? 나버텀 간수래두 먹구 죽겠소"

하고 손수 미음을 쑤어 가지고 나오면 그것을 타구에다 주르르 쏟았다.

그리하여 한림은 며칠이 못 되어 가뜩이나 파리한 몸은 피골이 상접하

였다. 정신이 드나들어 헛소리까지 하였다.

한림의 병은 단순한 울화병이 아니요, 조금 시간을 길게 잡아 자살을
하려는 것이었다.

🙂 038회, 1934.05.01.

② "방울이 보고 싶지 않으슈? 데려오리까?"

하고 마누라가 물어도 한림은 고개를 좌우로 흔들 뿐, 평상시에 제일 귀
여워하던 막내딸이 눈물로 권하면 마음을 돌리고 미음이라도 마실 상 싶
었다. 그러나 그는 남편의 고집을 잘 아는 터이라, 병보를 해서 딸이 나
오면 성미를 덧들일 것이 겁이 났다. 그래서 뜻밖에 유모가 다녀 들어갈
때에도 딸을 내보내도록 주선해 달라는 말을 못하였다. 그러면서도 속으
로는 방울이가 나오기를 이제나 저제나 하고 눈이 까맣게 기다렸다. 안
마당에서 방울이가

"어머니 ! "

하고 가마 휘장을 걷으면서 뛰어내리는 것만 같아서, 창밖에서 무엇이
바스락하기만 해도 귀를 기울였다. 사랑 영창의 조그만 유리쪽으로 바깥
을 기웃기웃 내다도 보았다.

그렇건만 유모가 들어간 지 하루가 되어도 이틀이 되어도 딸은 그림자
도 나타나지 않았다.

한림은 그만 기진맥진하여 하루도 몇 번이나 까무러쳤다. 혼수상태에
빠졌다가도 무슨 생각을 했는지 눈을 번쩍 뜨고 휘황스러이 방안을 둘러
보다가는

"으흠!"

하고 누구를 벼르듯 하고는 다시 눈을 감는다. 눈두덩은 폭 꺼지고 입술은 말라서 허옇게 바랬다.

다만 아직도 몸에 온기가 있으니, 싸늘하게 식지만 않은 송장이랄까.

그러자 근처의 일가로, 경직이와 연상약한 사람이 보소(譜所) 일로 찾아왔다가 이 정경을 보고 깜짝 놀라며

"이거 큰일 났군. 입때 그저들 있었단 말씀요"

하고 호통을 해서 행랑아범들까지 풀어 가지고 경직을 찾으러 문안으로 들어갔다. 그는 얼마 전에 주막에서 경직이와 술을 먹다가 경직이가 서울 ××동에다가 작첩을 하였다는 말을 취중에 들었던 것이다.

그는 하루 종일 그 동네를 깡그리 뒤지다시피 해서 경직이가 숨어 있는 집을 찾았다. 상해로 같이 나갔던 사람의 집 뜰아랫방에서 색주가남 짓한 계집을 데리고 앉아서 친구들과 권커니 잣거니 술을 마시고 앉았는 경직을 꺼둘러내 가지고 앞장을 세우고 밤길을 걸어 나왔다.

큰사랑에는 등잔불만 끔벅거렸다. 아직도 술기운이 가시지 않은 경직이는 장지를 열고 들어섰다.

한림의 머리맡에 쓰러졌던 어머니는 시꺼먼 양복을 입은 아들이 성큼 들어서는 것을 보고 불한당이나 달려든 듯 가슴이 덜컥 내려앉았다. 전신을 사시나무 떨 듯하며

"이 이 몹쓸 것아, 인제야 온단 말이냐."

하고 나서

"날 보세요 경직이가 왔세요"

한마디를 간신히 하고 한림의 어깨를 흔들었다. 그 소리에 한림은 눈을 번쩍 떴다. 눈동자가 점점 무섭게 커지며 윗목에가 고개를 떨어뜨리

고 서있는 아들을 한참이나 노려보더니 몸을 벌떡 일으키며

"나가!"

하고 호령을 하고는 뒤로 벌떡 넘어진다. 아내는 얼른 남편의 머리를 안았다. "나가!" 하고 부르짖듯 한 호령 소리는 여러 날 곡기를 끊은 노인의 목소리로는 놀라울 만치 크고 여물었다.

"이애 나가거라, 덧들리시면 큰일 나겠다."

어머니도 아들더러 나가라고 눈짓을 했다. 경직은 구들장이 꺼지도록 한숨을 내쉬고는 자못 불쾌한 듯이 장지를 탁 닫고 나갔다.

방안은 무덤 속같이 고요해졌다. 한림은 아들을 보고 극도로 흥분이 되어 얼굴이 뻘겋게 상기가 되었다. 숨을 급히 몰아쉬는 소리만 높았다 낮았다 할 뿐….

밤은 깊어 사경도 지났다. 안마당에서 닭이 홰를 치며 선잠을 깬 듯이 우는 소리가 들렸다. 잠꼬대처럼 "방울이 방울이" 하더니 한림은 머리맡을 더듬어 아내의 손을 찾았다. 온기가 걷히기 시작한 싸—늘한 손은 아내의 뼈만 남은 손을 힘껏 쥐었다.

"나 여기 있에요"

아내도 정신을 차리고 잡힌 손에 힘을 주었다. 한림은 목구멍에 가래를 끓이며

"마누라 난 먼저 가우."

하고 나서 혀가 굳어져서 간신히 알아들을 만한 소리로 띄엄띄엄

"내가 이생에 남긴 거라고는 늙은 마누라와 빚진 것밖에 없구려!"

하고는 꺼풀만 남은 눈에 식은 눈물을 주르르 흘렸다.

아내는 남편의 손등에 주름 잡힌 이마를 부비면서 흑흑 느끼기만 하고

마지막 말대꾸도 못한다.

　닭은 두 홰를 울고 세 홰를 울었다. 동창의 먼동이 훤히 터올 때 한림은 모기 소리만한 목소리로 다시 한 번

　"바 방울이!"

하고 막내딸을 찾다가, 아내의 손을 꼭 쥔 채 영원히 잠이 들었다.

　　　　　　　　　　　　　　　　🙂 039회, 1934.05.02.

　③ 그 이튿날 점심때나 되어서 윤 자작이 타는 자가용 인력거는 인숙을 태우고 남태령(南泰嶺)을 넘었다.

　한림의 부고를 전하러 가는 하인도 일찌감치 과천을 떠났건만, '노들'서 주막에 들어앉아 참을 대는 동안에 어긋나서 서로 모르고 지나갔다. 계집하인이 헐떡거리며 뒤를 따라서 인력거는 걷는 것보다 별로 빠를 것이 없었다.

　인숙의 입술은 바작바작 타들어 갔다. 목이 몹시 말라서 인력거 휘장에 달린 운모(雲母) 쪽을 격하여 내어다 보이는 논과 개울에 흥건히 고인 물이라도 내려가 마시고 싶었다.

　며칠 밤을 울며 새웠기 때문에 인력거 바퀴가 우툴두툴한 신작로 위를 달리는 데로 머릿속에서 조약돌이 구르는 것 같다.

　초조와 불안한 가운데에 집 근처까지 오자, 인숙은 인력거 앞 휘장을 걷어 올리게 하였다. 눈에 익은 산과 들과, 그리고 초가집 사이로 감나무와 대추나무가 드문드문히 선 마을, 고향의 산천을 한 십년 만에나 보는 것처럼 반가웠다.

　인숙의 눈에는 어느 겨를에 또 눈물이 핑 돌았다.

집 대문 앞에 도착되어

"아아 인전 다 왔구나!"

하고 인력거 위에서 굴러 내리듯 하는데 대문 기둥에 백지를 바른 발등거리가 인숙의 앞을 딱 가로막았다.

"에구머니, 이게 웬일인가."

인숙은 입속으로 부르짖었다. 놀라움에 겨워 발이 땅에 달라붙은 것처럼 옮겨지지를 않는다.

"어허, 이 댁에 초상이 났나베."

인력거꾼은 눈을 둥그렇게 뜨며 이마의 땀을 씻는다. 그러자

"작은아씨 나오셨네."

하고 새되게 외치는 소리와 함께 점례가 한달음에 뛰어 나왔다.

"아이고 작은아씨, 나 나리마님이 돌아갑셨다우."

하고 점례는 느껴 울면서 인숙의 손을 잡고 끌어 올린다. 인숙은 말 한마디도 나오지 않았다. 금세 앞이 캄캄하고 다리의 맥이 풀려서 쓰러질 것 같다. 경직이는 거적을 깐 사랑마루 위에 팔짱을 끼고 앉아서 먼 산만 바라다 볼 뿐, 누이가 들어오는 것을 보고도 일어나려고도 아니한다.

점례는 안마당으로 들어서며

"작은아씨 나오셨어요."

하고 외쳤다.

"응? 누가 왔어?"

어머니는 안방 미닫이를 밀치고 문지방에 가슴을 걸치며 손을 내민다. 늙은 아내는 남편이 운명을 한 뒤에도 시체의 곁을 떠나지 않고 울다가 그 자리에 까무러친 것을 아들이 안방으로 업어 모셨던 것이다.

"어머니 이게 웬일이유?"

인숙은 어머니 앞에 가 엎어진다.

"오늘 새벽에 네 이름을 부르시더니…."

하고 어머니는 말을 잇지 못하고 딸의 손을 쥐고 흑흑 느끼기만 한다.

인숙은 어머니의 손을 뿌리치고 발딱 일어서 버선발로 뛰어 사랑으로 나갔다. 덧문을 닫아서 방안은 밤중같이 음침한데 아랫목에 허옇게 길이로 누운 것이 아버지의 시체였다. 인숙은

"아버지!"

하고 달려들며 홑이불을 벗겼다. 가슴 위에 올려놓은 손을 잡으며

"아버지! 아버지!"

하고 연거푸 불렀다. 그러나 그 손은 찼다. 아무 감각이 없다.

"아버지, 방울이가 왔어요. 절 좀 보세요. 네 아버지!"

목 메인 소리로 불러도 불러도 아버지는 대답이 없다. 입은 조금 열렸건만 영원한 침묵에 잠긴 그 입에서 대답이 나올 리는 없다. 아내의 손에 쓰다듬겨 곱게 내려감은 눈은 생시에 가장 귀여워하던 고명딸이 지척에 와 앉았건만 떠보지를 못한다.

인숙은 아버지의 가슴에 얼굴을 파묻으며 울었다. 흰 터럭이 얼크러진 싸늘한 얼굴에다가, 눈물에 젖은 제 뺨을 부비며 울었다.

어린애처럼 엉엉 소리를 내며 발버둥질 치며 울어도, 울어도 시원치 않았다.

"아버지, 왜 저를 벌써 시집을 보내셨어요? 왜 진작 저를 부르지 않으셨어요? 네 아버지! 왜 대답을 않으세요!"

하고 피가 나도록 입술을 깨물면서 울었다. 나중에는 사설도 못하고 입

김이나 쏘이면 살아날 듯이 차디찬 아버지의 손끝을 호호 불어가며 흐느
껴 울었다.

😊 040회, 1934.05.03.

4 번열하지는 못하나마 일가친척이 모여들어서 일을 보아준 덕으로,
한림은 한 많던 세상에 들볶이던 몸이 선고의 발치에 편안히 묻힐 수가
있었다.

윤 자작은 부고를 받은 이튿날 아들을 데리고 나와서 한림의 관머리에
서 일곡을 설게 하여 친구의 영혼을 위로한 후

"약소하나마 장비에 보태어 쓰게."

하고 봉투에 넣은 것을 상제에게 주고 들어갔다. 그것은 장사를 지내고
도 남을 만한 금액이었다.

뜻밖에 사장의 큰 부조가 아니었으면, 장사를 치를 가망이 없었다.

경직의 댁은 장삿날에야 와서 머리를 풀었다. 남편은 여전히 거들떠보
지도 않는데 어린애는 백일해를 옮겨 가지고 와서 밤새도록 기침을 하며
보채었다.

올케가 온 뒤에도 인숙은 설워할 겨를도 없이, 큰일을 치러내기에 눈
코 뜰 새 없이 지냈다. 어머니는 혼이 다 빠져나간 사람처럼 등신만 남아
앉아서 입으로나마 분별도 못하고 일가 여편네들은 어정버정하고 베돌
기만 해서 다잡아 일을 해주는 사람이 없었다. 수의를 짓고 깃옷과 베옷
을 변변히 마르는 사람도 없어서 장삿날까지 법석을 하였다.

무슨 잔치나 벌어진 듯이 모여들어 쑤셔 먹기에만 열고가 난 동네 사
람들의 음식바라지까지도 인숙이가 하지 않을 수 없었다.

131

"내가 아니면 누가 허랴."

하고 마루로 부엌으로 방울같이 굴러다니며 열싸고 재빠르게 큰일을 치러 나갔다.

그러는 것이 생전에 저를 가장 사랑하시던 아버지에게 조그만 효도나 하는 것 같기도 하였던 것이다.

"방울이는 대체 모르는 게 없어. 조 어린 게 혼자서 영등같이 치러 내는구려."

하고 일가 여편네들의 추켜 주는 말에도 귀를 기울일 사이가 없어 인숙은 사흘 밤을 내리 새웠다.

경직의 댁 역시 어린 것이 몹시 보채기도 하려니와 그동안 살림을 놓고 지내서 어리둥절하였다. 그저 시누이가 시키는 대로 마지못해, 굼뜨게 몸을 움직일 뿐이었다. 나중에 나온 유모도 어머니 곁에서 찔끔찔끔 울고만 앉았는 것이 드나드는데 거치장거리기만 해서

"왜? 유모꺼정 그러구만 앉았수."

하고 인숙은 처음으로 핀잔을 주었다.

경직은 남의 집 장례에 회상이나 온 듯 조객들이 오는 것이 귀찮고 곡을 하기가 싫어서 비슬비슬 돌기만 하였다. 아버지가 저 때문에 명 재촉을 하였고 생목숨을 끊었건만 남에게 그런 소리를 듣는 것이 억울한 듯이 눈살만 잔뜩 찌푸리고는 설워하지도 않았다.

"그런 완고덩어리야 애진작 잘 돌아갔지."

하는 태도였다. 그러나

'이왕 이렇게 됐으니 이번 기회에 모든 것을 정리하고 가속이라는 것도 아주 쫓아버린 뒤에 서울로 들어가 살아야지. 그럼 어머니는 어떡허

나.'

하고 한숨만 들이쉬고 내쉬었다. 그래도 제가 장자니까 우선 이 집을 팔고 사당이나 나머지 재산을 제 마음대로 처리는 할 수 있으나

　'어머니를 어떡할까.'

하는 것만이 큰 두통거리였다. 삼 년 동안 집상을 하고 들어앉을 생각은 꿈에도 없거니와

　'정신도 못 차리고 산송장이 다 된 어머니를 어떻게 처치할까. 아직 셋방으로 모실 수는 없는데….'

하고 그보다도 새로 얻은 여자가 좋아할지가 문제였다. 좋아하기는커녕 필시

　"누가 다 죽은 늙은이를 데리구 살겠나."

하고 바가지를 박박 긁을 것이 분명하다. 저에게 달려들기만 하면 오히려 관계치 않겠지만

　'나 없는 사이에 어머니를 구박을 하면 어쩌나.'

하면 미상불 어머니가 가엾은 생각도 들었다.

　경직은 굴건제복을 하고 상여 뒤를 따라가면서도 이런 궁리만이 머리에 가득 찼었다.

　한편으로 인숙은 새삼스러운 눈물에 마음을 적셨다. 출관을 하기까지는

　'그래도 아버지가 사랑에 계시거니.'

하고 든든하더니 상여머리의 요령소리가 한 번 대문 밖으로 나간 뒤에는 바깥채가 온통 떠나간 듯이 허술하고 동시에

　'인젠 아버지가 정말 이 집에 안 계시구나.'

하는 인식이 똑바로 들자 졸지에 신변이 외롭고 고단한 것을 느꼈다.

그러자 반우가 돌아오는 날 밤이었다. 인숙은 너무나 마음을 상한 끝에 사지가 사뭇 쑤시듯 해서

'오늘이나 자리를 펴고 자 볼까.'

하고 막 누웠는데 문안서 하인이 시어머니의 급한 편지를 가지고 나왔다.

😀 041회, 1934.05.04.

⑤ 시집에서는 인력거와 별배까지 따라 나왔다. 인숙은 죽기보다도 싫은 것을 일어났다.

친상을 당하여 너의 애통하는 양 보는 듯하나 대방에서 이번에는 오늘 밤을 넘기지 못하실 듯하니 사람 나가는 대로 즉시 들어오너라. 시시각각으로 너만 찾으시니 어찌하느냐.

시어머니의 편지 사연은 간단하였다. 인숙은 벗은 옷은 챙기지도 아니하고 소복 한 벌을 입은 채 부랴부랴 길을 떠났다.

"너까지 가면 어떡허니."

하고 내미는 뼈만 남은 어머니의 손을 놓기는 차마 못할 노릇이었다. 그러나 인숙은 죄를 짓고 와서 숨어나 있었던 것처럼 시집의 별배와 인력거꾼들에게 붙잡혀 가듯 하지 않을 수 없었다.

초승달이 상마루를 타고 오르건만 인숙의 눈에는 달같이 보이지 않았다. 초저녁잠이 없는 산비둘기가 어둑한 골짜기에서 "꾹— 꾹— 꾸루룩

꾹— 꾹— 꾸루룩" 하고 구슬프게 울건만 인숙의 귀에는 아무 음향도 들리지 않았다. 조는 듯 까무러친 듯 인력거 휘장 속에 몸을 턱 실리고는 정신을 잃은 채 문안으로 꺼둘려 들어왔다. 거의 자정 때나 되어서 두 패를 지른 인력거는 ××궁 앞에 닿았다.

"아씨 다 왔습니다."

하고 별배가 인력거 휘장을 걷고 내리기를 재촉하는 소리를 듣고야 인숙은 깜짝 놀라 눈을 번쩍 뜨고 내렸다.

"이 집에는 발등거리가 안 달렸나."

하고 인숙이는 우선 문간 기둥을 훑어보았다. 그러나 아무것도 달린 것은 없었다.

소슬대문에 달린 전등만이 소복을 한 인숙이를 눈이 부시게 내려 비쳤다.

인숙이가 다리를 허전거리며 안채로 걸어 들어가는데

"왔다. 애 왔어!"

하고 소리를 지르며 내닫다가, 다시 안으로 뛰어 들어가는 것은 봉환이었다. 뒤를 이어 봉희가 한달음에 따라 나오며

"새언니!"

하고 달려들어 소복한 것이 이상스러운 듯이 아래위를 보다가 인숙의 흰 치마에 휘감기듯 한다.

"잘 있었수?"

인숙이도 반가이 봉희의 손을 잡았다.

"새언니 얼마나 울었수? 나두 새 언니가 울 생각을 하구 자꾸만 울었다우."

하는 것이 어린 시누이의 동정에 겨운 조상이었다. 인숙은 한숨만 나직이 쉬고 들어가며

"대방에서 좀 어떠슈?"

하고 물으니까

"아주 야단났었어. 조금 아까 의사가 와서 주사를 두 번이나 놓고 갔는데 아직은 안 돌아가시려나봐. 우리두 입때 못 갔다우. 오빠두 언니를 퍽 기다리겠지."

하면서 올케를 부축하듯 하고 들어간다.

앞서서 덜렁거리고 들어가던 봉환은 누이를 흘깃 돌아다보며

"거짓부렁. 아버지가 자지 말라시니깐 안 잤지 뭘."

하고 제 댁을 기다리지 않았다는 변명을 한다.

대방으로 들어가는 분합 안에는 사람이 그득 들어섰다. 대소가의 식구가 다 모인 모양이다. 시어머니가 마주 나오며

"인사는 차차 허자. 이 밤중에 들어오느라고 욕봤구나."

하고 며느리의 손을 붙들어 올렸다.

인숙이가 방으로 들어가니까 여러 사람은 물결 갈라지듯이 좌우로 비켜섰다.

오늘 밤을 넘기지 못하겠다던 시증조모는 강심제를 연거푸 맞고 정신이 돌았는지 깍지뚱 같은 몸을 안석에 기대고 헐떡거린다. 눈을 황당하게 뜨고 한참이나 '노리개'를 쳐다보더니

"여 와 앉어라."

하는 듯이 증손부에게 눈짓을 한다. 그 눈동자에는 정기가 없다.

인숙은 아랫목으로 내려가 전과 같이 안석 노릇을 하며 밤을 밝혔다.

'이 늙은이 때문에 우리 아버지 임종도 못했구나.'

하니 생각할수록 치가 떨리건만 인숙은 감정을 돌멩이처럼 굳혀 가지고 당장에 쓰러질 듯한 제 몸을 나무때기와 같이 뻣뻣이 펴서 뚱뚱한 몸뚱이를 버티는 물건이 되었다.

🙂 042회, 1934.05.05.

⑥ 시증조모의 병은 그 뒤로 일주일 동안이나 그 상태대로 끌고 나갔다. 둘째동서는 친정으로 순산을 하러 가고 노상 골골하는 맏동서와 인숙이가 번차례로 밤을 새웠다. 시조모나 시부모나 할 것 없이 이집 사람은 내인들까지 모두 귀골이 되어서 하룻밤만 늦게 자기만 해도 그 이튿날은 아침이 지나서야 일어나지 않으면 몸살이 났다고 누워 탕약 냄새가 그칠 날이 없다.

'제발 어서 돌아나 가셨으면.'

하고 온 집안 식구가 속으로 빌건만 이상에 무슨 더 볼일이나 있는지 대방마님은, 그 뒤로도 또 며칠이나 실낱같은 목숨을 끌었다. 눕지도 못하고 인숙에게 기대어 앉아서 헐떡헐떡 숨을 몰면서….

그러다가 어느 날 새벽녘이었다. 인숙은 졸리고 피곤한 것이 지나쳐 뼈끝마다 쑤시는 듯 아프고 팔다리가 저리다 못해 남의 살같이 감각을 잃었다. 부지불식중에 깜박하고 정신을 잃으며 옆으로 쓰러졌다.

얼마 있자 인숙의 등에는

"끄—ㅇ."

소리와 함께 천근이나 되는 듯 무거운 것이 엎눌렀다. 인숙은 숨이 막혀서

"애고머니!"

하고 간신히 비명을 지르고 바윗돌이나 친 듯 두 손으로 방바닥을 벗뜅기며 죽을힘을 다 들여서 몸을 일으켰다. 시증조모의 유착한 몸이 엎어지며 잔약한 인숙의 등에 가 실렸던 것이다.

인숙은 이를 악물고 안간힘을 써가며 뚱뚱한 살덩어리를 추슬렀다. 요 위에다가 눕히다가 툭 붉어진 두 눈을 뽀얗게 치뜬 것을 보고 어찌나 놀랐던지 전신의 소름이 쪽 끼쳤다. 그 모양을 마주 보지 않으려고 고개를 돌리고 머리를 껴안아 눕히려니 목구멍에 가래 끓이던 소리가 끊겼다. 손목을 잡아보니 맥이 끊겼다.

아직 사람 죽는 것을 본 경험이 없는 인숙은

'이게 웬일일까.'

하고 발딱 일어나서

"여보 일어나우. 어서들 일어나요"

하고 새되게 소리를 지르며 윗목에 쓰러져 코를 고는 내인들의 어깨를 황급히 흔들었다.

그 중의 늙은 내인이 일어나 대방마님의 얼굴을 들여다보더니

"애구머니나! 마님께서 돌아가셨구려."

하고 부르짖더니 마님의 눈을 쓰다듬어 내리며 턱을 받쳐 준다.

인숙은 어찌나 무서운지 방 한구석에가 비켜서서 오들오들 떨었다. 그 뽀얗게 홉뜬 눈, 턱이 떨어진 듯 흰 이빨이 드러나도록 헤— 벌린 입, 어린 사람이 차마 못 볼 것을 보았던 것이다. 놀랍고 무섭고, 동시에 겁이 나서 어쩔 줄을 몰랐다. 잠시도 그 곁에 있을 수가 없어 몰래 몸을 빼어서 무작정하고 달아나고 싶건만 장판에가 버선바닥이 착 달라붙은 것처

럼 그 자리를 떠날 수도 없었다. 제가 혼자 벗퉁기고 앉았다가 깜박 정신을 잃고 쓰러졌기 때문에 시증조모가 엎어진 것이 아닐까. 별안간 거꾸러졌기 때문에 금방 목숨이 끊어진 것이 아닐까―하는 책임도 느껴졌다.

'시부모가 무어라고 하지나 않으실까.'

'내가 잘못해서 돌아가시게 했다면 어쩌나.'

하고 겁도 더럭 났다.

조금 있자 온 집안이 벌컥 뒤집혔다. 산정에서 별당에서 자던 어른들과 사랑에서 자던 사람들이 눈을 부비며 들어왔다. 자작은 풀대님을 하고 황급히 들어오더니

"어째서 알리지를 않았느냐."

하고 며느리를 보고 호령하듯 한다. 임종을 못한 탓을 제게다 하는 듯해서 인숙은 쥐구멍에라도 들어가고 싶었다. 시아버지뿐 아니라 온 집안 식구가

'너 때문에 돌아가셨다. 네가 불민해서 모두 임종도 못했다.'

하고 모두 눈을 부릅뜨고 제 앞으로 달려드는 것 같아서 인숙은, 눈앞에 어머니가 보이기만 하면

'날 좀 숨겨 주세요.'

하고 달려들어 어머니의 등 뒤에 제 몸을 가리고 싶었다.

7 자작은 화를 더럭 내며

"이 식충이들 같으니, 조 아무것두 모르는 새아씨만 앉혀놓고 자빠져 잠들만 자면 어쩌잔 말야."

하고 이 구석 저 구석에 비켜 선 내인들을 몰아세웠다.

인숙은 시아버지가 임종을 하지 못한 탓을 제게다만 지우지 않는 것을 듣고서야 비로소 울렁거리는 가슴을 가라앉혔다.

시증조모의 장례는 구일장으로 기구 있게 지냈다. 그동안 ××궁 안은 완연한 수라장이요 난리판이었다. 사람이 오줌장군에 구더기 끓듯 한다고 해도 과언이 아니었다. 왕가로부터 먼 지방의 친척까지 모여드는 조객들이 아흐레 동안이나 들끓었던 것이다.

안팎이 복작복작하는 중에서도 인숙은 정신을 바짝 차리고 조그만 몸으로 사람의 물결을 헤치고 다니며 이것저것 제법 분별을 하였다. 아버지 장사 때에 얻은 경험이 큰 도움이 되었다.

시할머니는 중들을 불러 목탁을 두드리고 염불을 하느라고 "나무아미타—불"을 부르는 소리가 밤중까지 그치지 않아 별당은 법당이 되었다. 나중에는 장님들까지 떼를 지어 와서 경 읽는 소리와 북을 두드리는 소리가 요란하여 ××궁 안채는 장님도가로 변하였다.

시할머니 머릿속에는 일진을 보아, 지노귀새남을 할 생각과 어서 빨리 사십구일이 오면 자기가 불공을 드리는 큰 절을 치우고 한 번 굉장하게 재를 올릴 궁리밖에 없다. 그것도 돌아간 시어머니의 명복을 빈다느니보다는 자기 자신의 연화대 길을 닦으려는 것이었다. 시어머니는 무얼 좀 분별하는 체 하다가는

"아이 머릿살 아퍼."

하고는 생병이 나서 머리를 싸매고 눕고 마누라를 유난히 위하는 시아버지는

"허 저래서 어쩌우. 온 몸조심을 못허구서… 그러다 큰 병 나리다."

하고 약을 지어오라고 수선을 부린다.

큰동서는 가뜩 체수가 작은 사람이 어느 구석에가 끼었는지 보이지도 않는다. 더구나 요새 와서야 시앗을 본 것을 알고 만사에 경황이 없다.

그러니 이집 식구로 정신을 차려 모든 절차를 보살 필 사람은 나이 어린 인숙이밖에 없었다.

일을 보아 줍네, 조상을 왔습네 하고 모여든 사람들은 남녀 할 것 없이 초상집을 잔칫집으로 여기는 모양이었다. 부잣집에서 한밥 실컷 먹을 일이 생긴 듯이 그저 먹는 데만 성화가 났다.

아침저녁으로 밥쌀을 두 섬씩이나 내어도 모자랐다.

결혼피로연이나 환갑잔치를 하는 것과 구별할 수가 없이 큰사랑 작은사랑에는 아침부터 밤중까지 술상이 벌어졌다.

절차는 왜 그리 많고 눈물 안 나오는 곡은 어찌 그리 많은지 하루 열두 번씩이나 할까.

누가 하나만 와도 "애고 애고"요, 하루도 수없이 "어이 어이" 소리가 큰길 밖까지 들렸다. 그 곡소리로 ××궁 안은 벌통 속같이 와글와글 끓었다. 계집하인들은 술상 밥상을 들고 드나들면서도 노랫가락조로

"아이고― 아이고―"

하고 목을 꺾어 넘긴다. 곡을 하다가도 저희끼리 돌아다보며 낄낄대고 웃는 것은 예사였다.

인숙은 누구보다도 섧게 울었다. 시증조모는 생각만 해도 무서웠다. 그 홉뜬 눈과 허옇게 들어난 이를 본 뒤에는 없던 정이나마 똑 떨어졌다. 그 깍지똥 같은 몸이 관 속에서 문정문정 썩을 것을 상상만 해도 콧마루가 찌푸려졌다. 몸서리가 쳐졌다. 그래서 곡을 할 때면 아버지 생각을 하

였다.

　그다지 외롭게 사시다가 자살을 하시다시피 돌아가신 아버지— 쥐면 꺼질까 불면 날까 하고 저를 길러주시고, 이 세상의 무엇보다도 누구보다도 저를 귀여워하시던 아버지— 그 아버지는 조석상식조차 변변히 받들어 드리지 못하는 생각을 하니, 저절로 눈물이 났다. 시집에서 기구 있게 장사를 지내는 것을 볼 때, 하루 몇 번씩 우는 것으로는 오히려 설움이 남았다. 암만 울어도 시원치가 않았다.

　인숙이가 남달리 애통하는 것을 보고 식구들은

　"대방마님이 아람치 며느리라고 귀여워하시던 생각을 허구 저렇게 설워 허는구나."

하였다. 효순한 증손부라 하였다. 인숙이가 맨 나중까지 앳된 목소리로 애를 끊는 듯이 울면

　"언니, 새언니, 고만 울우."

하고 지곡을 시키는 것은 봉희였다. 그렇건만 봉환은 안팎으로 돌아다니며 때 없이 과식을 하고는 배탈이 나서 인숙의 애를 먹였다. 남이 울면 우는 흉내를 내는 것이 어색하고 우습기만 하였다.

044회, 1934.05.07.

싹트는 사랑

① "참말 세월두 빠르다. 네가 벌써 거상을 벗는구나."

한림의 길제사를 지낸 이튿날 어머니가 천담복을 벗고 화복으로 갈아입는 딸을 바라보며 감회 깊이 하는 말이었다.

"어째 무색옷이 전엔 안 입어 보던 것처럼 얼리질 않아요"

하며 인숙은 남끝동을 단 옥색 저고리의 섶을 여미면서 혼잣말하듯 한다.

탈상을 하는 것이, 아버지가 돌아가셨다는 표적과도 영영 이별을 하는 것 같아서 새삼스러이 망극하였다.

인숙은 옷을 다 갈아입고 나서 나지막하게 한숨을 쉬고 어머니 곁에 앉았다.

어머니는 옷보재기에다 딸의 벗은 옷을 싸면서

"그래 오늘 들어가련?"

하고 이마의 주름살을 잡으며 정기 없는 눈으로 딸을 쳐다본다.

"그럼 가야죠 내일이 생일이 아니야요?"

"오―참 내일이 봉환이 생일이로구나. 온 장모라구 올해는 더군다나 버선 한 켤레 못허니 사위래두 볼 낯이 없다. 이렇게 손이 붉고 어떻게 산다니."

"어머닌 정말 망령이 나셨구려. 내가 다 좋도록 헐 테야요. 누가 어머니더러 그런 걱정 허시라우."

하고 인숙은 어머니를 위로하며 일어설 차비를 차린다.

인숙의 시집에서 멀지 않은 삼청동(三淸洞) 막바지 다 쓰러져가는 초가집으로 인숙은, 아버지의 길제 참사를 하러 왔던 것이다.

지나간 삼년 동안 한림의 집은 부지깽이 하나 남기지 않고 씻은 듯 부신 듯이 파산을 당하였다 해도 과언이 아니었다. 경직이 때문에 한림이 생전에 고리대금업자에게 여러 차례 얻어 쓴 빚을 기한이 지나도록 정장을 못하고 내어버려두어서 전장은 물론, 들어있는 집과 세간까지 차압을 당하였다. 쪽지를 붙인 지 불과 며칠에 경매를 당하고 말았다. 하다못해 한림의 손때가 묻은 문갑과 책권까지도 모조리 빼앗기고 불을 붙인 것처럼 검불 하나 건지지 못하고 빈손만 톡톡 털고 일어섰다. 그러고 보니 늙고 병이 들어 골골하는 어머니는 몸 붙일 곳이 없었다.

경직의 댁은 시아버지의 졸곡이 지나자마자

"이 어린거나 길러 줍소"

하고 딸을 떠맡기고는 다시 친정으로 갔다. 이 화 저 화로 성미만 거칠어가는 남편의 구박이 날로 자심해서 배겨날 수도 없거니와, 결기가 대단한 친정 오라비 되는 사람이 매부의 태도에 분개해서

"수건을 쓰고 공장에라두 다녀라. 집에 와 있으면 설마 너 하나야 굶기겠니."

하고 경직과 대판으로 담판을 한 뒤에 누이를 앞세우고 갔던 것이다.

그래서 경직은 몸도 잘 추스르지 못하는 늙은 어머니와 바로 보기도 싫어하던 딸을 맡을 수밖에 없었다. 문안에서 데리고 사는 계집이

　"당신허구 안 살면 안 살았지 난 싫어요. 팔자에 없는 시어머닌 웬일이구, 어미 없는 자식을 어쩌자구 나게 다 처맡긴단 말요."

하고 악을 악을 쓰며 봇짐을 싸는 것을

　"그러지 말어. 인제 좀 심평만 피면 어머니는 따로 모실 테니, 그저 몇 달만 고생을 해달라니까…. 다 돌아가신 어머니야 몇 해나 사실라구."

하고 며칠을 두고 애걸복걸을 하다시피 해서 간신히 신신치 않은 허락을 받았던 것이다.

　그러나 백판 맨손만 부비고 앉은 경직의 식구의 입에 저절로 밥덩이가 굴러들어갈 리는 없었다. 열 푼 없앨 궁리는 있어도, 한 푼 벌어들일 재주는 없는데 친구를 뜯는 것도 한두 번이요, 일갓집으로 찾아다니며 설궁을 하는 것도 나중에는 얼굴이 뜨거웠다. 그래서 경직의 식구는 끼니를 잇지 못하는 때가 많았다.

　늙은 어머니는 주린 창자를 움켜쥐고 누웠는데 철없는 손녀는, 무말랭이처럼 말라서 꺼풀만 남은 할머니의 젖꼭지를 쥐어뜯고 목이 쉬도록 울면서 먹을 것을 조르며 밤을 새우는 것이 하루걸러큼씩은 되었다.

　계집의 옷가지까지 모조리 잡혀 먹은 경직은 그 꼴을 보다 못해서

　"오늘은 돈 변통을 해가지고 들어오겠다."

고 훌쩍 나가면 으레 '마작'판에서 밤을 밝히고 들어오거나 공복에 술이 곤죽같이 취해서 들어와, 이튿날 오정 때까지 아랫목에 누워서 뒹구는 것이었다.

　그러자 사돈의 집이 터무니도 없이 결딴이 났다는 소문이 윤 자작의

귀에까지 들렸다. 어느 날 자작은 며느리를 불러 친정 형편을 듣고

"가난 구제는 나라에서두 못하느니라. 허나, 네 어르신네의 조석상식을 궐해서야 내가 밥을 먹기가 미안쩍다."

하고 그 후로 다달이 식량을 대어 주었다. 삼청동의 오막살이도 그가 사주어 들게 된 것이었다.

045회, 1934.05.08.

② 인숙은 저녁 뒤에 시집으로 갔다.

"새언니, 왜 이렇게 늦게 오우. 아주 새색시가 됐구려."

하고 내달아 여전히 반기는 사람은 봉희였다. 봉희는 벌써 보통학교 사년 급이 되었는데 학기마다 우등을 하였다. 공부는 별로 하지 않고 집에서는 말괄량이 노릇을 하며 말만 이르는 데도 학교 성적은 좋았다. 얼굴은 함박꽃같이 피고 키는 날씬하게 커서 벌써 여학생의 꼴이 박혔다. 그저 인숙과는 한 방을 쓰는데, 원체 선선하고 너름새가 있어서 올케의 속을 태워주기는커녕, 인숙은 아버지 생각을 하고 친정을 못 잊어 하다가도 언제나 시누이의 애교 때문에 웃게 되었다.

인숙이가 친상을 당한 뒤에 정성껏 위로를 해준 것도 봉희요, 어른에게 걱정을 듣거나 집안 식구에게 오해를 받을 일이 있더라도 앞을 서서 변호해 주는 것도 봉희였다.

더구나 지난 해 여름에 봉희가 장감에 걸려서 두 달 동안이나 사경에서 헤맬 때는, 인숙이가 병원에까지 따라가서 진심으로 간호를 해준 것을 어린 생각에도 무한히 감사하게 생각하였던 것이다.

혹시 어른들이 웃음엣말로

"넌 어디로 시집을 갈련?"

하면 봉희는

"난 시집 안 가. 새언니허구만 살 테야."

하고 하나에도 새언니요, 둘에도 새언니였다. 그래서 형이 없는 봉희와, 아우가 없는 인숙은 친형제보다도 서로 위해주고 따르고 하였다.

인숙이가 이야기책을 잘 보는 것은 소문이 난 지 오래지만 쉬운 한문 글자까지 알아보는 줄은 아는 사람이 없었다. 그러나 봉희가 복습을 하다가, 글자를 깜박 잊어버리고 상막해서 애쓰면,

"그게 ××자가 아뉴?"

하고 똥겨 주었다. 그러면 봉희는

"어쩌면 한문까지 언제 그렇게 뱄소"

하고 놀랐다. 그러고는

"우리 학교서 배는 걸 같이 배웁시다."

하고 약속을 하고는 산술이고 어학이고 한문을 봉희가 배워 오는 대로 밤이면 같이 복습을 하였다.

"남 배우는 걸 못 배울 게 어디 있어. 꼭 학교엘 댕겨야만 허나."

하고 인숙은 봉희가 잠이 든 뒤에도 졸음을 참고 밤중까지 자습서와 씨름을 하였다. 워낙 총명한 인숙은 꾀꾀 틈틈이 아무도 모르게 자습을 하는 것이언만 무슨 학과든지 봉희보다도 빨리 터득을 하였다. 그래서 근자에는 시험 때면

"새언니 이 문제 좀 풀어주."

하고 봉희가 도리어 묻는 때까지 있었다.

그러나 인숙이가 시누이와 같이 공부를 하던 것은 절대— 비밀이었기

때문에 봉환이도 까맣게 몰랐다.

그 반면에 봉환은 성적이 나빴다. 금년에 어느 사립고등보통학교에 입학을 하였건만 그것은 시험을 치러서 뽑힌 것이 아니라 자작이 좌청우청을 해서 간신히 보결생으로 들어간 것이었다. 그래서

"오빠는 낙지국만 먹는담."

하고 봉희는 오라비를 업수이 여기며 들까불었다.

그러나 봉환에게는 특재라고 할 만한 것이 있었다. 학교에 다녀와서는 책보도 끄르지 않으면서 그림 한 가지는 곧잘 그렸다. 도화 한 과목만은 언제든지 갑(甲)을 받았다.

집에 와서는 벽이나 담에다가 분필로 사람도 그리고 소나 개 같은 동물을 그렸다. 그린다느니 보다는 아무렇게나 낙서하듯이 환을 치는 것이언만 제법 물체를 의수하게 그렸다. 어느 때는 큰사랑 맞은짝의 화초담에다가 뚱뚱한 배불뚝이를 분필로 그려놓고는 기다란 채 수염에 장죽을 물고 뒷짐을 지고선 늙은이를 커다랗게 그렸다. 그것은 여불없는 저의 아버지의 화상이었다. 자작은 그것을 보고

"저게 다 무슨 장난이냐. 어서 지워버려."

하면서도

"저 자식은 환쟁이가 되려나, 학교 공부는 못하는 녀석이 그림 그리는 눈썰미 하나는 있거든."

하고 웃으며 칭찬 비슷이 할 때도 있었다.

③ 인숙의 나이도 어느덧 열일곱 연연한 꽃봉오리가 아침 이슬을 머

금고 바야흐로 방긋이 피어오르려할 때다. 기다리지 않아도 나비가 고운 날개를 펼치며 날아와 앉고, 향기를 놓지 않아도 꿀벌이 찾아들어 그 아름다운 화판에 입술을 꽂을 시절이다.

인숙의 젖가슴은 저고리 속에서 소다로 반죽한 흰떡덩이처럼 부풀어 올랐다. 사기공기를 엎어놓은 것만치나 봉긋이 내밀어 따로 감각이나 있는 생물처럼 먼저 처녀의 부끄러움을 탔다. 동시에 살결이 매끄럽도록 윤택해지고 삼 년 동안에 키도 상당히 자랐다.

새까만 두 눈동자는 무엇을 찾는 듯, 부질없이 허공을 더듬고 매끈한 사지는 의지할 것을 찾는 듯 밤이면 살그머니 이불자락을 껴안고 저 혼자 얼굴을 붉힐 때도 있다.

"너 그저 합례를 안 시키던?"

"요새두 시뉘하구만 한 방을 쓰니?"

하고 어머니는 어느 날 친정에 온 딸을 보고 슬그머니 물어 보았다. 인숙은

"어머닌 별걸 다 물으시는구려."

하고 얼굴에 살짝 혈조(血潮)를 띠우면서도 가벼이 머리를 끄떡였다.

"온 혼인헌 지가 삼년이 돼도 어째 입때꺼정 방을 따로따로 쓰게 하시는지 몰라요. 새서방님두 인젠 색시 위헐 줄을 알 때가 됐는데…"

하는 것은 유모의 불평이었다. 어쩌면 인숙의 불평인지도 모른다.

그러나 육체보다도 감정이 조숙한 인숙은, 봉환이가 제 남편이 아니요, 꼭 사내 동생만 같았다. 남자는 여자보다 발육이 더디 되는데다가 봉환이가 두 살이나 손아래지만 행동거지가 아직도 어린애만 같아 보였다. 어찌 서낙한지 새총으로 사람을 쏘고 종아리를 맞기, 낮잠 자는 상노의

귀에다 뜨거운 숭늉을 부어 입원까지 시키기가 일쑤였다. 봉환은 동무들과 떼를 지어 가지고 몰려다니며 과일 가게와 과자집에 외상을 지는 수단이 늘어서, 하루걸러큼 걱정을 들었다.

명색만은 그저 가정교사를 두었지만, 학교에서 돌아만 오면 붙들어 앉혀도 제 성미만 나면 안하에 무인이라 선생의 말을 듣기는커녕 걸핏하면

"난 일 없어 글 안 밸 테야."

하고 선생에게 주먹질을 하기까지 하였다. 그래서

"쇠귀에 경을 읽지 봉환이 공부는 시킬 수 없소"

하고 선생이 세 사람이나 갈아들었다.

마음을 잡고 공부를 한다는 것은 여기저기 환을 치는 것이다. 어른들이

"그림 재주 하나는 있어."

하고 칭찬을 하는 데 어깻바람이 나서, 값비싼 그림제구를 사들여다가 방안으로 하나를 벌여놓고 도배장판만 버려 놓는 것이 큰일이었다.

인숙은 봉환이가 주책없는 장난을 할 때마다, 어른에게 꾸중을 들을 때마다 제 얼굴이 화끈거렸다.

'좀 지각이 났으면….'

'나이가 더두 말구 나하구 동갑만 됐었더면….'

하였다.

'나이가 지긋이 들고 사람이 엄전해서 저를 안아주고 사랑해 줄 줄 알았으면.'

하는 것이 가장 큰 소원이었다.

그렇건만 아직도 향기를 맡을 줄 모르는 나비는, 길가의 잡초와 희롱

할 줄은 알아도 화단에 곱닿게 핀 꽃송이가 저를 기다리는 줄은 몰랐다. 벌은 벌이매 틀림없건만 붕붕하고 제 곁으로 돌아만 다니면서 아람이 번 밤송이를 탁 쏘아 떨어뜨릴 줄도 몰랐다.

어느 때는

'대체 나를 무엇으로 아는 셈일까.'

하고 남편을 물끄러미 볼 때도 있었다. 인숙은 벌써부터 봉환의 옷 뒤를 거두었다. 사흘에 한 번씩 휘질러 놓는 옷을, 빨아 다듬어서 꿰매어대기는 수월치 않은 일이었다. 남편 옷 뒤에만 매달려서 다른 일은 할 사이가 없었다. 침모가 몇씩 되건만 손끝 하나 꼼짝 아니하고 곤때만 묻으면 벗어 내놓는, 여러 식구의 흰 옷을 대기에 헤어나지를 못하기 때문에 불가불 인숙이가 '바느질 잘한다'고 소문이 난 값을 하는 것이었다.

봉환은 "나 옷 주" 한 이후에 옷을 갈아입으러 제 방에 들어올 때면 인숙에게 말을 건넸다. 인숙은 곁에 사람이 없어야 입속으로만 "네" 할 뿐이었다.

그러다가 어느 날은 밤을 새우며 단둘이서 말을 주고받을 일이 생겼다.

@ 047회, 1934.05.10.

④ 뒤꼍 화단에 주먹덩이만치나 탐스럽게 열린 석류가 빨갛게 익어가는 여름 방학 때였다. 학기 시험이 끝나고 방학식을 하는 날 봉환은, 저녁때가 되어도 집에 돌아오지 않았다. 동무들을 데리고 와서 놀기는 해도, 나가서 늦게까지 놀지는 못하게 하여 왔는데, 더구나 그날은 오전에 방학식이 끝났을 터인데 어둑어둑할 때까지 봉환은 돌아오지 않았다.

봉희는 오정 전에 까치처럼 깡충거리며 뛰어 들어오더니

"나 또 우등 했다우. 이번도 첫지야 첫지."

하고 엄지손가락을 내둘렀다. 통신부를 펴들고 다니며

"이것 봐, 말짱 갑(甲)이지 새대가리[乙이란 뜻는 하나두 없어."

하고 안팎으로 뛰어 다니며 자랑을 한다.

"어머니 이번엔 초콜릿 사줘야 해요. 안 사주면 다음 학기버팀 공부 안 할 테야."

하고 어머니를 졸라서 상금으로 과자며 색상자에다 공책이며 연필을 하나 가득히 탔다.

"새언니하구 같이 공부를 해서 첫째를 했으니깐 우리 노나 먹어야 옳지."

하고 오라범댁의 입을 어기듯 하고, 크림을 넣은 맛있는 초콜릿 하나를 껍데기째 들어 넣었다.

인숙이도 기뻤다. 제가 첫째를 한 것이나 다름없이 기뻐서 봉희를 얼싸안으며

"이번 시험은 참 잘 봤구려. 난 산술이 어떨까 했더니… 인전 이학기에두 첫째를 뺏기지 않도록 합시다."

하고 저도 상급이나 탄 듯이 초콜릿을 맛있게 먹었다. 그러는 한편으로

'나도 학교에나 다녀 봤더면…. 아버지가 그저 생존해 계셔서 저렇게 우등 첫째나 한번 해가지고 들어와 봤더면….'

하고 좋아서 어쩔 줄 모르는 봉희가 어찌나 부러운지 몰랐다.

그러는 한편으로 봉환이가 그저 돌아오지 않는 것이 여간 걱정이 되지 않았다.

'입때꺼정 어디가 뭘 하구 있을까.'

'또 상없이 장난을 하다가 다치지나 않았을까.'

하고 염려가 되어 별별 생각이 다 났다. 그것도 누이가 철없는 동생에게나 대하는 감정임에 틀림없었다.

"그 애가 왜 그저 안 온다니?"

하고 시어머니는 저녁상을 받으면서야 걱정을 하였다. 집이 넓으니까 혹시 들어와 있는 것을 모르고 있지나 않은가 하고 지밀로 별당으로 큰사랑 작은사랑으로 찾아다니다 못해서 행랑까지 사람을 내보내 보아도 새서방님을 보았다는 사람이 없다.

반주가 얼근히 취한 자작은 화를 더럭 내며

"그 애하구 얼려 다니는 동무가 있겠지. 그 집으루 찾아들 가봐라."

하고 꾸중까지 들었다. 그러고는 일변 청지기를 시켜서 학교로 전화를 걸어 보았다.

"방학식은 오전 열시에 파했는데 그저 안 갔을 리가 있소?"

하고 들입다 묻는 것은 숙직을 하는 선생의 대답이다.

근처 동무의 집으로 급히 다녀온 하인들은

"오늘은 새서방님이 오시지 않았답니다. 그 댁 학생 도련님은 집에 계시던 걸입쇼."

하고 보고를 한다.

"그럼 그 애가 대체 어딜 갔단 말이냐."

하고 자작은 한층 더 역정을 내며 평생 들여다보지도 않던 며느리 방에까지 들어와

"아침에 네게다 무슨 눈치를 보이더냐."

하고 묻는다. 인숙은

"오늘 아침엔 별당에서 부르셔서 학교에 가는 것도 못 봤습니다."

하고는 고개를 숙였다. 실상 인숙은 시부모보다도 더 걱정이 되어서 저녁상도 아니 받고 조바심을 하며

'어딜 가 있든지 아무 일이나 없었으면.'

하고 속으로 빌었다.

그 통에 봉희의 흥은 무참히도 깨졌다. 우등 첫째 바람에 곤댓짓을 하던 목이 쏙 옴치러 들었다.

"그럼 내가 아는 동무의 집엘 가볼까."

하고 봉희가 교복으로 갈아입고 일어서는데

"계집애가 가긴 어딜 가."

하고 아버지는, 딸에게다 화풀이나 하듯이 소리를 질렀다.

😊 048회, 1934.05.11.

⑤ "파출소로 가 물어봐라. 혹시나 그 애를 보았나. 못 봤더래두 좀 찾아 달라구 내가 그런다구 말해라."

대감은 청지기 하나를 파출소로 내보냈다. 파출소 순사는 무슨 때면 불려와 대접도 받았고, 또는 귀족의 집에서 생긴 일이라, 순사 둘이서 번차례로 관내를 수색하듯 하였다. 그러나 봉환의 종적은 여전히 묘연하였다. 순사는

"미안헙니다. 인젠 본서로나 조회를 해볼 수밖에 없습니다."

하고 일부러 들어와서 자작에게 경례를 붙이고 나갔다.

아홉 시가 지나고 열 시가 가까워왔다. 그때까지 봉환의 소식은 감감

하다. 경찰서에서도 "시내 각 서에까지 조회를 해보았으나 그런 학생을 보호한 일을 없다"는 통지가 왔다.

"이거 큰일 났구나. 온 형 놈들까지 어디 가서 입때들 안 들어온단 말이냐."

하고 자작 내외는 생떼 같은 아들이 비명에 죽기나 한 것처럼 안절부절을 못 한다. 그동안 신문사에 관계를 하게 된 큰아들은 교제를 합네 하고 밤마다 요릿집 출입을 하느라고 부자간에 이틀 사흘씩 대면을 못 하는 때가 많았다.

인숙은 저녁을 굶었건만 배고픈 줄을 몰랐다. 속으로 어찌나 염려가 되는지 입술이 타들어 가고 나중에는 앞머리가 쑤시는 듯이 아팠다.

원체 봉환은 장난이 서낙할 뿐 아니라, 저밖에는 아무도 없다는 듯이 사람을 깔보는 터이라, 다른 동네의 아이들이 저의 집 행랑 애들처럼 문문한 줄 알고 덤벼들었다가 사매로 막 얻어맞고 으슥한 구석에 쓰러 박혀 있지나 않을까. 인숙은 바로 일전에도 한강에서 학생들이 헤엄을 치다가 둘이나 빠져 죽었다는 신문기사를 본 생각을 하였다. 무참히 빠져 죽은 학생과 애통하는 가족의 사진까지 난 것이 눈앞에 떠올랐다. 신문에 났던 학생의 사진이 눈앞에서 봉환의 얼굴로 변하기도 하여서 인숙은 질겁을 해서 눈을 꽉 감고 소매로 얼굴을 가렸다.

'나두 사내로나 태어났더면 나가서 돌아다니면서 속 시원하게 찾아나 보련만.'

하고 새삼스러이 여자로 태어난 슬픔을 느끼며 저의 방으로 지밀로 종종걸음을 쳤다.

온 집안사람이 총동원이 되어서 먼 일갓집으로까지 사람을 보내고 골목마다 수사망을 늘리다시피 하고 법석을 한 지도 두어 시간이나 되었건만 봉환의 그림자는 여전히 나타나지 않는다.

집안 식구는 얼굴이 흙빛이 되어 이리저리 몰려다니는데 사랑 대청에 달린 전화통의 신호가 따르르… 하고 요란히 울렸다.

"냉큼 받아라."

대감은 소리를 질렀다. 청지기는 전화통 앞으로 달려가서 수화기를 떼며

"어디요?"

하고 황급히 묻고는

"그렇습니다. 네 네."

하다가 청지기의 대답은

"응 응 왜 그럼 인제야 전화를 걸어."

하고 반말로 꾸짖듯 한다.

"어디야? 어디서 왔느냐?"

자작은 전화통 곁으로 바싹 다가와서 조급히 묻는다. 청지기는 왼손으로 전화통을 막으며

"새 서방님이 대관원에 계시니 모셔 가랍니다."

하는데 전화는 딱 끊겼다.

"뭐 대관원에 있어? 누가 걸었더냐."

"여기 노 댕기는 청인이 걸었습니다."

"그럼 인력거를 보내라. 어서 어서."

하고 자작은 그제야 조금 안심이 되어 호령하듯 한다. 이 집에서 노 요리를 시켜다 먹는 '대관원'이란 청요릿집에서

"당신 집이 아들 울리 집 왔어. 술 자꾸 먹구 잤어. 아 이거 어떡해."
하고 보이가 전화를 걸었던 것이다.

인숙은 봉희와 함께 안중문간에서 오들오들 떨며 기다리는데 인력거가 간 지도 한참만에야 대문간이 떠들썩하더니 휘장을 씌운 인력거가 굴러 들어왔다.

🙂 049회, 1934.05.12.

⑥ 의사는 봉환을 간단히 진찰해 보고 나서
"알코올 기운에 전신이 마비된 게니까 잘 안정만 시키면 조금도 염려허실 게 없습니다. 한숨 자고 나면 정신을 차리겠지요."
하고 가방을 들고 일어서며
"비위를 가라앉힐 약이나 지어 보내겠습니다."
하고 나갔다.

집안 식구들도 그제야 마음을 놓고 다 각기 제 방으로 돌아갔다. 시어머니도 일어서며
"자식을 여럿을 기르니까 별일을 다 당허는구나. 자지들 말구 약을 가져오거든 먹여라."
하고 딸과 며느리에게 이르고 입맛을 쩝쩝 다시며 산정으로 건너갔다.

한 시간쯤 뒤에 약을 가져 왔다. 봉희가
"오빠, 오빠."
하고 오라비의 어깨를 흔들며 깨다 못해서 가루약을 물에다 타서 둘이서 숟가락으로 떠 넣었다. 봉환은 껄떡껄떡하고 약을 넘기더니 일변 코를 골기 시작하였다.

얼마 있자 봉희는 꼬박꼬박 졸더니 오라비의 발치에 가 쓰러졌다.

방안은 고요해졌다. 사방탁자 위에 유리시계가 새로 한 시를 가리켰다. 인숙은 봉환의 머리맡에 앉아서 태극선으로 슬슬 부채질을 해주며 언제까지나 남편의 해쓱한 얼굴을 들여다보았다. 가쁘게 쉬는 숨소리는 유난히 크게 들렸다.

'무슨 까닭으로 저렇게 죽도록 술을 마셨을까.'

'어느새 술을 저렇게 먹어서 어떡하나.'

하고 가엾은 생각도 들고 한편으로는 딱하기도 하였다. 외국으로 도망을 가기 전까지는 밀밭만 지나가도 취할 듯이 술이란 한 방울도 마시지 않던 경직이가 패가를 한 뒤에도 술 때문에 정신을 못 차리고 근자에는 아주 파락호가 되어서 다 돌아가신 어머니의 속을 썩혀드리는 생각을 하면, 지금 봉환의 입에서 물큰물큰 끼치는 술 냄새가 지긋지긋이 싫었다. 얼굴을 가까이 들여다보다가도 숨을 내쉴 때면 얼굴을 돌렸다.

봉환의 이마에는 이슬 같은 땀이 송송 내배었다. 인숙이가 수건으로 가만가만 눌러서 땀을 씻어주고 이마를 짚어보려니까

"끄응."

하더니 돌아눕는다.

'이불이 더운가 보다.'

하고 인숙은 모시 겹이불을 벗겼다. 그저 교복을 입은 채 누운 것이 퍽 거북할듯해서 양복저고리 단추를 끄르고 간신히 두 팔을 빼었다. 바지를 벗기고는 싶으나 차마 손을 대지 못하고, 혁대나 끌러 주려고 몸을 조금 떠밀며 허리로 손을 돌리다가 바지 뒷주머니에 삐죽이 내민 종이쪽이 눈에 띄었다. 인숙은

'이게 뭘까?'

하고 꾸깃꾸깃해서 틀어넣은 종이를 꺼내어 전등불에 비쳐 보았다. 그것은 그날 받아서 넣은 통신부였다. 인숙은

'참 오늘이 방학날이었지.'

하고 그제야 봉희가 첫째를 했다고 자랑을 하던 생각이 다시 났다.

'또 성적이 시원치 못했던 게로군.'

하고 인숙은 통신부의 구김살을 펴면서 일 학기의 성적을 보았다.

도화 한 과목만 갑(甲)이요 그 나머지는 병(丙)이 아니면 정(丁)인데 맨 끝에 떨어질 락(落)자가 쓰여 있는 데는 놀라지 않을 수 없었다.

'설마 또 낙제야 했을라구.'

하고 제 눈을 의심하며 가까이 들여다볼수록 '落' 자가 또렷한 거야 어찌하랴.

'옳지. 그러면 통신부를 가지고 집에 들어와서 어른들에게 보였다가는 대통 혼이 날 테니깐….'

하고 인숙은 고개를 비꼬며 생각해 보다가

'그래서 돌아다니다가 나쁜 동무를 만나서 권하는 대로 독한 술을 대중없이 먹고 쓰러졌었군.'

하고 저 혼자 고개를 끄떡였다. 사실 인숙의 추측과 틀림없었다. 봉환은 통신부를 받고나서 사무실로 불려 들어가 담임선생에게

"중학교에 들어오자마자 첫 학기에 낙제를 허면 앞으로도 승급할 가망이 없으니 아버지를 찾아가 뵙고 주의를 시키겠다."

는 꾸지람을 톡톡히 들었던 것이다. 봉환이가 울며 집에도 못 가는 것을 본 불량한 상급생과 저처럼 낙제를 한 동무가 봉환을 꾀어 외상을 주는

줄 아는 청요릿집으로 끌고 갔다. 배갈을 두 고뿌나 먹여 봉환을 까무러치게 한 뒤에 그자들은 요리를 실컷 먹고는 뿔뿔이 빠져 달아났던 것이다.

봉환은 조갈이 나는 듯이

"물 물."

하고 더듬다가 얼떨김에 머리맡에 앉은 인숙의 손을 쥐고 흔들었다.

050회, 1934.05.13.

[7] "물 여기 있어요."

하고 인숙은 잡힌 손을 살그머니 빼어낸 뒤에 자리끼 사발의 뚜껑을 벗겨 봉환의 입에다 물을 대어 주었다.

폭양에 사막을 걸어가던 약대와 같다고 할까, 봉환은 엎드려 목을 늘이고 냉수 한 사발을 뻘떡뻘떡 들이켰다.

"후—"

하고 한숨을 길게 내쉬고 나더니 그제야 제정신이 도는 듯

'여기가 어디야.'

는 듯이 눈을 게슴츠레하게 뜨고 고치[繭]를 짓는 누에처럼 머리를 둘러 사방을 살펴본다. 그러다가 인숙의 얼굴이 바로 제 머리 위에서 내려다보는 것을 보고 또다시

'이게 누군가.'

하는 듯 물끄러미 쳐다본다. 무한히 가엾어 하는 인숙의 표정이 클로즈업[大寫]이 되어 제 눈동자 속으로 가까이 들어오자, 바로 쳐다보기가 부끄러운 듯이 베개에다 얼굴을 파묻는다.

"그저 속이 거북허서요?"

인숙은 베개를 바로 베어주며 나직이 물었다. 봉환은 신음하는 소리만 하면서 인숙의 묻는 말을 못들은 체하고 있더니,

"난 죽어. 난 죽을 테야."

하고 훌쩍훌쩍 울기를 시작한다.

"그 그게 무슨 말씀야요?"

하고 인숙은 다가앉으며 봉환의 머리를 얼싸안았다.

학교에서 낙제를 한 것이 부끄러워서, 또는 그 지경을 하고 들어와서 어른들께 걱정 들을 것이 겁이 나서 "난 죽을 테야" 하는 봉환의 속이 안타깝게도 동경이 되었다.

눈물을 흘려가며 진심으로 뉘우치고 제 앞에서도 부끄러워 머리를 들지 못하는 것이 애처롭기도 하였다.

그러나 무어라고 위로를 해주었으면 좋을지 몰라서

"아까는 어디로 가신 줄을 몰라서 퍽들 걱정은 허셨지만, 벌써 다들 가서 주무세요. 아무 생각도 마시고 편안히 주무시기나 허서요"

하고 그다지 걱정할 것이 없다는 뜻으로 우선 안심을 시켰다.

"아버진?"

하고 봉환은 여전히 엎드린 채 묻는다. 안하무인인 봉환이언만 그래도 이 집에서 제일 무서운 사람은 아버지였다.

"아버님께서도 벌써 산정에서 주무세요 내일 일어나시거든 나쁜 동무들한테 속아서 그랬다고 여쭙기만 허면 고만일 걸요 뭘."

동정에 겨운 인숙의 목소리는 명주고름같이 보드라웠다.

봉환은 매우 마음을 놓은 듯 조금 머리를 처들며

161

"나 인제 학교에 안 갈 테요"

하고는 다시 머리를 떨어뜨린다. 베갯머리에는 눈물이 떨어져 돈짝만큼씩 얼룩이 졌다.

인숙의 눈에도 어느 겨를에 눈물이 괴었다. 봉환은 눈물을 부비면서 울음 섞인 목소리로

"저—"

하고는 말을 더듬다가

"아무헌테두 말하지 말우 응."

하고 뒤를 다진 뒤에 몸을 뒤틀더니 바지 꽁무니를 더듬어 손을 넣는다.

인숙은

'통신부를 찾나 보다.'

하고 요 밑에 넣었던 통신부를 얼른 꺼내서

"여기 뭬 빠졌어요"

하고 봉환의 손에다 쥐어 주었다. 제가 먼저 꺼내보았다는 말은 할 수 없었던 것이다.

봉환은 통신부를 인숙이에게 보여주려고 내밀다 말고 벌떡 일어나더니, 뻣뻣한 종이를 북북 찢어서 방바닥에다 끼얹었다. 그러고는 차마 낙제를 했다는 말을 뱉어 낼 용기가 없는 듯

"저거 태 버류."

한다. 그러더니 눈살을 찌푸리며

"아이 머리 아퍼."

하고 인숙의 치마에 푹 엎드러진다.

"네 걱정 마서요"

하고 인숙은 한손으로 종이쪽을 긁어모으며 제 무릎에 봉환의 머리를 베어주었다.

051회, 1934.05.15.

⑧ 봉환은 다시 잠이 들었다. 밤은 새로 두 시나 되어, 방안은 더 한층 조용해졌다.

사방탁자 위의 유리시계가 유난히 크게 재각재각 하면서 방안의 적막을 좀 쏠 뿐.

인숙은 봉환의 머리 무게에 다리가 저리다 못해 감각을 잃을 지경이요, 저녁을 굶어서 허기가 심하건만 제 무릎에서 봉환의 머리를 내려놓으려고 하지 않았다.

즐거우나 괴로우나 저와 한평생을 같이 살아나갈 남편 되는 사람의 자는 얼굴을 들여다보고 그 숨소리를 지키는 것이 아내로서의 신성한 의무인 것처럼—.

전등불이 직접으로 봉환의 얼굴을 내려 쏘아서

'불을 좀 가렸으면'

하면서도 봉환의 잠이 깰까 봐 몸을 움직일 수 없었다.

발치에 쓰러진 채, 팔을 베고 자는 봉희를 잊어버리고 있었던 것처럼

'저렇게 베개도 안 베고 자서.'

하고 자리를 내려서 깔아는 주고 싶건만

'하루 저녁쯤 어떨라구.'

하고 다시금 봉환의 얼굴로 뻑뻑한 시선을 떨어뜨렸다.

졸린 고비를 넘기니까 정신은 또랑또랑해졌다. 허기가 심하던 것도 때

163

를 지나니까 아무렇지도 않은 것 같다. 그러나 눈이 깔딱하게 매어달리고 전신의 힘줄이 가닥가닥 풀어지는 것은 어쩔 수 없다.

그렇건만 인숙은 친정을 생각하였다.

'어머니는 요새는 근력을 좀 차리시나.'

'그 여편네가 어머니한테 과히 불공스럽게 굴지나 않나.'

하다가 돌아가신 아버지의 생각이 불현듯이 났다. 임종도 못하던 것과 초종을 치르던 기억이 바로 어제같이 나는데, 벌써 삼년상도 다 치르고 지금은 분홍치마를 입고 앉은 생각을 하니 "아아 세월도 빠르기도" 하는 말이 가벼운 탄식과 함께 입을 새어 나왔다.

그러다가 봉환의 얼굴을 다시 내려다보고

'사위가 이만큼 큰 것도 못 보시고… 남들처럼 가끔 데려다 재미를 보지도 못허시고 우리 둘이 나란히 가서 단 며칠씩이라도 양위분을 모시고 있다가 왔으면 좀 든든하고 대견허게 아셨을까. 이렇게 어수선한 집을 떠나서 조용한 과천집 건넌방에서 정말 첫날 저녁을 치르듯 베개를 나란히 하고 누워 소곤소곤 이야기나 정답게 했으면 좀 좋았을까.'

'요새 같은 여름철이면 앞 논에서 개구리가 울겠지. 지금도 울렸다. 우리 집이 떠난 뒤에 다른 사람이 들었다지. 아아 정든 우리 집! 뒷동산에서 밤이면 청승맞게 울던 부엉새는 주인이 갈렸다고 울지 않을 리야 있나. 오늘 저녁에도 부엉 부엉하고 울는지 모르지.'

인숙의 공상은 꼬리를 물고 끝날 줄 몰랐다. 추억의 날개는 고향의 산천을 더듬었다. 그러나 그 산천은 거칠었다. 꿈을 꾸어도 저의 집은 삼청동의 오막살이가 아니요, 지붕에 풀이 난 과천의 기와집이었다. 축동의 대추나무와 감나무가 선 그 동네! 점례와 각시놀음을 하던 양지바른 장독대와 봄이면 샛노란 휘장을 두른 듯하던 개나리 울타리! 그 어느 것이 그립지 않은 것이 없다. 보고 싶지 않은 것이 없다.

인숙은 어느 결에 눈두덩이 뜨끈해졌다.

'참 점례는 시집을 가더니 아이를 뱄다지. 첫 아들이나 낳을까. 낳거든 한번 안아나 봤으면.'

하다가

'그런데 유모는 벌써 간 지가 언젠데 왜 그저 안 올까.'

하고 두 달 전에 손주며느리를 본다고 저의 집으로 간 유모의 소식이 궁금하였다.

인숙은 다시금 제 무릎을 베개로 알고 씨근씨근 숨결 거칠게 자는 봉환을 내려다본다. 아직도 해쓱한 얼굴은 값싼 거울에 비추어 보는 것처럼 어른어른해 보인다. 인숙의 속눈썹에 맺혔던 눈물 한 방울이 바로 봉환의 이마에가 똑 떨어졌다. 인숙은

'이를 어쩌나.'

하고 놀라며 소매로 눈물을 닦아주는데, 봉환이가 흐릿하게 눈을 떴다. 머리를 들고 입맛을 쩍쩍 다시며 마른 침을 삼키더니

"나 물 좀."

한다. 빈속에 냉수만 과히 마시면 해로울 상 싶어서 인숙은 문을 가만히 열고 발자국 소리를 죽이며 찬마루로 나가서 제사 때에 쓰려고 둔 커다란 배 하나를 꺼내다 주었다.

봉환은 배를 보자 눈이 번쩍 띄었다. 두 손으로 빼앗듯 해가지고 껍질 채 어석어석 소리를 내며 탐스럽게 베어 문다. 배 속까지 쭉쭉 빨고 나서는

"어이 시원해."

하고 인숙을 물끄러미 쳐다보더니

"입때 안 잤수? 그럼 여기서 자우."

하고는 제 곁을 가리키고는 인숙의 치맛자락을 잡아당겼다.

052회, 1934.05.16.

⑨ "어서 주무서요. 얼마 아니면 날이 밝을 걸요."

하고 인숙은 베개를 밀어 놓으며 조금 떨어져 앉았다.

"인젠 속이 좀 편하서요?"

하니까 봉환은 고개만 끄떡이더니

"아주 혼났수. 인젠 다시 술 안 먹을 테야."

하고 한숨을 내뿜더니 제 자리 위에 가 불김을 쏘인 촛가락처럼 쓰러진다. 머리맡에 쌍창 사이로 스며드는 새벽바람이 선선해서 인숙은 미닫이를 여미고 이불을 덮어 주고는

"동무들이 나쁘죠. 어쨌든 술을 또 입에다 대셨다가는 아버님께 정말 걱정을 단단히 들으시게요."

하고 빗대어 놓고 다시는 술을 먹지 말라는 충고를 하였다.

봉환은 잘 알아들었다는 듯이

"응."

하고 유순하게 대답을 하더니, 눈시울을 찌푸리고 전등을 쳐다보며

"아이 눈부셔."

한다. 인숙은 일어나서 전등의 손잡이를 비틀었다. 금세 방이 어두워지자, 동창이 훤하게 밝아 새벽빛이 창호지에 뿌유스름하게 배어 들어온다.

인숙은 봉희의 곁으로 가서 베개를 베어 주고 이불을 더듬어 내려서 덮어주었다. 봉환이가

"여기서 자우."

하고, 끌어당기기까지 하는 것이 여간 정답고 고맙지 않건만 아무리 남편 되는 사람의 곁이라고 한자리를 깔고 베개를 같이 베고 누울 수는 없었다.

이번에는 봉희의 곁에 가 쪼그리고 앉으며 저 혼자 부끄러운 생각에 어둠 속에서 얼굴을 붉혔다.

"왜 안 자우? 벌써 몇 신데."

하고 봉환은 벌떡 일어나더니 발치를 더듬더듬해서 인숙의 팔을 끌어다 제 곁에 눕힌다. 인숙은

"여기서 잘 테야요"

하면서도 잡힌 손을 마주 잡아 당길 수가 없어서 마지 못하는 척하고 끌려가 봉환의 곁에 비스듬히 누웠다.

봉환은 이제까지 인숙에게 대해서 별다른 감정을 느끼지 못하고 그저 막연하게

"저건 내 색시거니."

하여 왔으나 오늘 저녁에 제 색시가 진심으로 저를 간호해 주고 그저 잠도 안 자고 머리맡에서 앉은 채로 밤을 밝히는 것이 고마울 뿐 아니라, 여간 미안하지가 않았다. 낙제를 한 것을 알 듯한 데도 조금도 어떻듯한 눈치를 보이지 않고 술을 먹어 정신을 잃은 것도 나쁜 동무에게만 잘못을 돌리는 것이니 속으로는 무한히 고마웠다.

'누가 날 이렇게 위해 줄까. 어머니도 별당할머니도 저를 내버려 두고

벌써들 주무시지 않는가. 우리 색시가 없었다면 어쩔 뻔했나.'

하고 생각하니

'정말 나를 위해주는 사람은 이 사람밖에 없구나.'

하는 관념이 저절로 들었다. 그러나 봉환은 그 고마운 마음과 미안한 생각을 말로나 행동으로 표현할 줄 몰랐다. 바로 쳐다볼 수가 없이 부끄러우면서도 "여기서 자우" 하고 손을 끌어당긴 것이 고작 가는 신뢰(信賴)와 애정의 표시였다.

그러나 그것은 어린 동생이 나이가 듬쑥한 누이에게 응석하듯 잘못을 용서하여 달라고 품에 안기는 것과 거리가 멀지 않은 감정이었다. 한걸음 나아가 봉환이가 인숙에게 대하는 것은 치지한 아내가 점잖은 남편의 가슴에 품기려던 것과 방불하다고 할까. 인숙은 살그머니 치마를 벗어서 개켜놓고는 새우처럼 허리를 꼬부리고 봉환의 곁에 누웠다. 형용하기 어려운 야릇한 기대(期待)와 이제까지 경험치 못하였던 불안으로 가슴이 두근거린다.

'봉환의 손이 제 몸에 와 닿지나 않을까. 자기 곁으로 끌어당기지나 않을까 그러고는….'

하고 상상하자 인숙의 뺨은 화끈하고 달았다. 그와 동시에 그 뺨을 해끔한 봉환의 얼굴에다 대고 부비고 싶은 충동을 느꼈다.

'아이 망측해라 내가 왜 이런 생각을 할까.'

하고 인숙은 두 손을 두근거리는 젖가슴에다 대고 몸을 더 오그렸다.

연분홍 치마빛과 같은 흥분과 자릿자릿한 부끄러움이 소름이 끼치는 듯 전신을 오싹 지나갔다.

053회, 1934.05.17.

⑩ 새벽 기운이 돌아 방안은 선선하건만, 인숙은 열병이나 앓는 시초처럼 몸이 후끈거리고 갑갑증이 나서 가만히 일어나 버선을 벗고 누웠다. 비록 어둠속이었지만 아무에게도 보이지 않은 하얗고 조그만 발이 혹시 봉환의 눈에나 띄울까 하여 발끝을 요 밑에다 감추었다.

인숙은 숨을 죽이고 누워서 실눈을 떴다 감았다 하며 곁에 누운 봉환의 동정을 살폈다.

동창이 우윳빛으로 밝아올수록 인숙의 편으로 모로 누운 봉환의 얼굴이며 몸의 윤곽이 차츰차츰 허여스름하게 드러난다. 그렇건만 그 몸뚱이는 화석(化石)이 된 것처럼 인숙의 곁으로는 더 가까이 다가오지는 않는다. 가만히 귀를 기울이니 씨근씨근하는 것이 자는 숨소리가 분명하다.

'또 잠이 들었나 보다.'

하고 인숙은 마음이 놓이면서도

'아무리 몸이 거북하기로서니!'

하고 봉환이가 그냥 그대로 잠이 든 것이 서운하였다.

'내 곁으로 더 가까이 와서 두 팔로 꼭 안아주었으면.'

하던 기대가 어그러진 것이 불만도스러웠다. 그러나 또 한편으로는

'엊저녁에 그 지경을 하고 들어왔었는데 몸을 움직이지 말고 편안히 쉬어야지.'

하고 봉환이가 다시 혼곤하게 잠이 든 것이 다행하기도 하였다.

인숙은 조금 내켜 누웠다가

'참 아침에 옷을 갈아입을 텐데.'

하고 일어나 새 고의적삼 한 벌을 꺼내서 봉환의 머리맡에 놓고 다시 누웠다. 봉환의 숨소리를 흉내 내듯 하며 잠을 청하였다.

날개를 다쳐 가지고 들어온 어린 나비는, 꽃에서 푸대접을 한 것은 아니언만 그 꽃을 곁에 두고 잎에서 잤다. 지척에서 향기를 맡으면서도, 취할 줄 모르고 연연한 꽃송이가 방긋이 화판을 벌리언만 그 빛을 탐낼 줄 몰랐다.

밝는 날 아침 봉환은 인숙을 보기가 부끄럽고 열적은 듯 어느 겨를에 옷을 주워 입고는 지밀로 튀어 나갔다. 어디가 숨어 앉았는지 인숙의 눈에는 띄지도 않았다. 제 방에서 봉희의 머리를 빗겨 주려니까

"새언니."

하고 봉희는 잠을 못자서 핏기가 없는 올케의 얼굴을 거울 속으로 비추어 보며 생글생글 웃는다.

"엊저녁에 오빠하구 잤지? 나 얘기하는 소리 다 들었다―우."

하고 한 눈을 찌긋하며 놀린다. 인숙은 빗질하던 손을 멈추며

"얘긴 무슨 얘길 했단 말요"

하고 얼굴을 살짝 붉혔다.

"새언니두 거짓말 허네. 날 이불을 덮어 줄 때 깼었는데. 오빠가 자꾸만 '여기와 자라구' 하지 않았수? 그러니깐…."

하는데 인숙은 봉희의 말을 가로 막으며

"그런 소리 하면 머리 안 빗겨줄 테요 말을 시켜서 대답을 헌 게 무에 숭이요?"

하고 얼레빗을 방바닥에다 던지며 조금 성을 내어 보였다.

둘이서 이야기를 한 것은 시인(是認)하면서도 그 말을 다른 사람에게는 하지 말라고 겁나지 않을 정도로 시누이에게 엄포를 한 것이다.

"새언니 성냈수? 그럼 내 그런 말 안 할께."

하고 봉희는 무색한 듯이 고개를 숙였다.

아침 뒤에 봉환은 큰사랑으로 불려 나갔다. 아버지에게 꾸지람을 톡톡히 듣는 모양이다. 아들이 낙제를 해서 자기 체면까지 사나운 것은 둘째요, 머리에 피도 마르지 않은 것이 벌써부터 나쁜 동무와 얼려 다니며 술을 먹은 것이 큰일 날 장본이라고 아버지는 이번 기회에 아들을 단단히 징계하려는 것이다.

"종아리채 해 오너라."

하는 대감의 호령이 안채에까지 들렸다. 조금 있자 상노가 들어오더니 마당 구석에선 싸리비를 풀어서 들고 나갔다. 그것을 본 인숙은 매를 맞으려고 종아리를 걷고 선 봉환이만치나 겁이 났다. 다리가 부들부들 떨렸다.

인숙은 지밀로 급히 들어가 봉희를 찾아 어깨를 끌어안으며

"이를 어쩌우. 오빠가 큰사랑에서 종아리를 맞는데 어서 좀 나가보우."

하고 봉희의 등을 밀었다. 봉희는 눈이 뚱그래지더니 금방 울상이 되어서 신을 짝짝이로 꿰고 뛰어 나갔다.

😊 054회, 1934.05.18.

11 봉희는 종아리채를 잡은 아버지의 팔에 매어 달렸다.

"이년 물러서라."

하는 호령도 못 들은 체하고 매가 돌아가는 대로 사매로 얻어맞아가며

"오빠, 달아나우. 어서 달아나!"

하고 기를 쓰고 말렸다.

오라비의 앞을 이리 막아서고 저리 막아서다가

"이년 냉큼 물러가거라."

하는 아버지의 호통과 함께 넘겨 치는 휘청휘청한 댑싸리 끝에 봉희는 눈두덩을 맞았다. 봉희는

"애고머니!"

하고 폭 엎드러지며 방바닥에 가 때굴때굴 구른다.

그다지 아프지는 않건만 당장 눈이나 멀게 된 것처럼 엄살을 하며 엉엉 울었다.

아버지는 눈이 휘둥그레서 종아리채를 던지며

"글쎄 이년이 왜 달려들어서…."

하고는

'눈을 다쳤으면 어쩌나.'

하고 얼굴을 가리고 엎드린 딸의 손을 벌리고 눈두덩을 부벼준다. 그 서슬에 봉환은

"옳다구나."

하고 맨발로 뛰어 안으로 들어갔다.

봉희는 오라비가 도망간 낌새를 채고 발딱 일어서더니

"제가 대신 맞았으니깐 이제 오빠는 때리지 마세요, 네 아버지."

하고는 눈을 싹싹 부비며 앵금질을 하듯이 깡충깡충 뛰어 안으로 들어갔다. 아버지는 딸의 눈이 과히 다치지 않은 것만 다행해서

"온 고년 억척스럽거든."

하고 장죽에 담배를 담는다. 오라비를 빼어 돌린 막내딸이 귀엽기도 해서

"남매간 우애는 제법이야."

하고 고개를 끄떡이며 화를 풀었다.

제 방으로 피해 들어와 골방 속에 가 숨어 앉았던 봉환은 그제야 안심을 하고 나와서 누이의 어깨를 두드려 주며

"얘 너 아녔더면 여기서 아주 피가 날 뻔했다."

하고 종아리를 가리키더니 슬금슬금 찬마루로 나가서 과일이며 마른 실과를 한아름이나 훔쳐 가지고 들어왔다.

"이러다가 이번엔 어머니헌테 매를 맞을라우."

하면서도 봉희는

"이까짓 게 대신 매 맞은 값인가."

하고 왜귤을 까는데 인숙이가 문을 살그머니 열고 들어왔다. 인숙은 봉환이와 얼굴이 마주치면 무안해 할까 보아 제 방에를 들어오지 않으려다가 불가불 가지고 나갈 것이 있어 들어왔다. 들어와서도 남편이 종아리를 맞은 것을 아는 눈치는 보이지 않고 도로 나가려는데

"정말은 새언니가 오빠가 매를 맞는다구 얼핏 나가보라구 날 막 떠다밀어서 나갔었다우. 그러니깐 이건 새언닐 줘야지 않우. '고맙습니다' 허구 절이나 한번 해요."

하고 봉희는 왜귤 하나를 집어서 오라비의 손에다 공처럼 던진다.

인숙은

"아이 작은아씨두 난 알지두 못 했수."

하고 눈을 아래로 깔고 문을 열고 나가려는데, 봉환은 얼굴을 조금 붉혀 가지고 머뭇머뭇하더니 인숙이 앞을 가로막으며 마주 쳐다보지도 못하고

"엇수."

하고 봉희에게서 받은 왜귤을 전한다. 지난 저녁 이래로 인숙에게 거듭 고마운 생각은 마음속에 가득하나 '고맙소' 하고 치사를 할 수도 없던 차에 누이의 심부름인 척하고 귤을 불쑥 내민 것이다.

인숙은

"이건 제사에 쓸 건데…."

하면서 모처럼 보이는 남편의 호의를 거절할 수 없어 두 손을 조금 앞으로 내밀었다.

"그건 꼭 오빠 앞에서 먹구 나가야 허우."

하고 봉희가 치맛자락을 끌어내려 앉히려니까, 인숙은 입모습에다 가느다랗게 웃음을 띠우며

"이따 같이 먹읍시다."

하고 탁자 위에다 그 귤을 조심스럽게 올려놓고 나갔다.

😊 055회, 1934.05.19.

⑫ 그 후로 봉환은 전보다 더 인숙의 방을 자주 드나들었다. 옷은 물론 제 방에서 갈아입지만 군것질하는 것도 직접으로 인숙을 조르고 그림을 그리는 것이나 장난감까지도 제 댁의 방으로 끌고 들어와서 비나 오는 날이면 온종일 나가지를 않았다.

인숙이가 아무 말 없이 무슨 심부름이든지 영등같이 해주는 데 자미가 붙고 조금이라도 잘못하는 일이 있으면

"그러지 마세요. 걱정 들으시면 어떡해요"

하고 말씨 보드랍게 타이르듯 할 뿐이요, 일을 저질러도 감추고 싸돌려서 어른들에게 걱정을 듣지 않게 할 뿐 아니라, 인숙은 봉희와 입을 모아

가지고 사무송하도록 꾀를 내어주기 때문이다. 그래서 봉환은 이 집의 누구보다도 인숙을 믿게 되었고, 제 댁의 방이 어른의 눈을 피하는 유일한 피난소였던 것이다.

그래서 요사이는 환등을 놀린다고 기구를 사가지고 들어와 벽에다 흰 종이쪽을 붙이고 전등을 끄고는 봉희와 둘이 법석을 해가면서 초저녁부터 부산을 떤다.

낙제를 아니 했더라도 방학 때니까 학교에는 가지 않지만 당초에 책은 떠들어볼 생각도 아니 한다.

'저렇게 공부를 안 허다가 오는 학기에 또 창피를 당하면 어떡허나.'

'작은아씨까지 번번이 우등을 허는데 무엇이 부족해서 남에게 빠질까. 종아리까지 맞고도 왜 정신을 못 차릴까.'

'그날 지낸 일은 잊어버린 것처럼 부끄러운 줄도 모르고 저렇게 장난만 헐까.'

하고 인숙은 딱하고 분하고 답답해서 말없이 봉환의 얼굴을 물끄러미 볼 때도 많았다.

'어떻게든지 내가 꼭 붙잡고 공부에 재미를 붙이게 해야지.'

하고 결심도 해보았다. 그러나 어른들처럼 공부를 아니 한다고 잔소리를 하면 도리어 봉환의 반심을 사서 간신히 제 품으로 기어든 파랑새를 놓칠 것만 같았다.

'슬금슬금 달래고 타이르듯 하다가 저절로 지각이 나서 공부에 착심을 하도록 해야지. 지금 비위를 거슬렸다는 안 돼.'

하고 무슨 말이든지 싹싹하게 듣고 어떠한 심부름이든지 고분고분히 해주는 것이었다. 그러다가 정으로 사랑으로 굴레를 씌워놓고 정성껏 지도

를 해보리라 하고 제법 어른처럼 궁리를 하다가도

"난 뭘 아나. 나버텀 아무것도 모르면서."

하고 반성도 해 보았다. 그러다가도

'어쨌든 첫째 맘을 잡게 해줘야지. 공부에 재미를 붙이게 해주기만 허면.'

하였다. 생각다 못하여 나하고 한방이나 썼으면 하고 공상도 해보았다. 그것은 무슨 다른 생각으로가 아니라 봉환과 한방에서 기거를 하면 식전이나 잘 때만이라도 복습을 시켜 줄 수가 있을까하고 생각한 것이다.

그러나 시조모나 시어머니는 잘 때쯤 되면 안잠자기나 침모를 시켜 봉환을 불러냈다.

"아이 졸려, 나 여기서 잘 테야."

하고 봉환은 하품을 하면서 인숙의 요 밑을 쑤시고 들어갈 때도 있고 봉희가 여럿이 자는 것만 좋아서

"우리 셋이 같이 잡시다. 공 집기 해서 수밀도 사다 먹을까."

하고 오라비의 소매를 끌 때도 있건만 봉환은 반드시 별당으로 가서 자야만 한다.

"철없는 것이 제 방엘 자주 들어가 버릇 허면 못쓴다."

하고 할머니는 손자가 손부의 방에서 늦도록 노는 것까지 마땅치 않게 여겼다. 그뿐 아니라 시어머니도 곁의 사람들이

"서방님이 저만큼 점잖아지셨는데 고만 합례를 시키시죠. 새아씬 벌써 어른이 다 되셨는뎁쇼."

하고 저희가 걱정이나 되는 듯 권하면

"온 별소리 다 하네. 작은서방님을 못 보나?"

하고 핀잔을 준다. 둘째아들이 연골에 제 색시를 너무 받히다가 부족증으로 보약을 수십 제나 먹어도 얼굴이 노랑꽃이 핀 채로 있어 금년에도 삼방 약수포로 피접을 보냈는데 그것을 못 보았느냐는 말이었다.

그러나 봉환은 제 색시 방에서 못 자게 하는 것이 불평인 듯 근자에는 하루걸러큼씩 저녁만 먹으면 어디론지 종적을 감추었다. 몰래 빠져 나가기만 하면 자정 때가 되어도 들어올 줄 몰랐다.

056회, 1934.05.20.

⑬ 봉환의 다니는 곳을 몰라서 인숙은 적지 아니 걱정이 되었다. 그래서 인숙은 몰래 봉환의 뒤를 밟았다. 어느 날은 봉환이가 급한 볼일이나 있는 것처럼 허둥지둥 저녁을 먹고는 별당 뒷문을 빠져나가는 것을 담 모퉁이에 숨어 서서 보았다.

인숙은 봉희더러

"오빠가 요새 어딜 갔다가 늦게야 돌아 온다우?"

하고 슬그머니 물어보았다.

봉희는

"난 몰루. 나한텐 어디 간다구 그러구 나가나. 언니가 오빠더러 물어보구려."

한다. 어떤 때는 싹싹하게 굴다가도 조금만 비위가 틀리면 만만한 저만 들볶고 구박을 하는 오라비가 나가고 없는 것이 과제장을 하는 데도 방해되지 않았다. 그래서 봉희는 오라비가 밤마다 나가 노는 것을 도리어 다행히 여기는 눈치다.

"또 나쁜 동무들 허구 얼려 다니다가 술이나 취해 들어나 오면 어쩌

177

우?"

하고 한 걱정을 하면

"어쩌긴 어쩌우. 이번엔 아주 혼나지."

"그래두 걱정을 들으면 안됐으니 아무헌테두 말허지 마우."

하고 인숙은 시누이에게 말조심을 시킨다. "아무헌테두 말 마우" 하는 것은 셋이 돌려가면서 암호처럼 쓰는 문자였다.

할머니나 어머니가 가끔 가다가 큰사랑에서 봉환을 찾는 때도 있건만 원체 집이 넓어서 밤이면 순경까지 도는 터이라, 어느 방에 가 있는지 찾기가 힘이 들었다. 산정에서는 별당에 가 자거니 하고 별당에서는 제 방이 아니면 작은사랑에서 노는 줄만 안다. 그래서 서로 신지무의 하고 찾지 않는 것을 기회로 봉환은, 거의 저녁마다 나가는 것이었다. 낮에는 인숙의 곁을 비슬비슬 피해 다니며 제 방에도 잘 들어오지 않는다.

인숙은 하도 궁금하고 걱정이 되어서

"양말이 헤졌는데, 오빠더러 들어와 갈아 신으라구 그러우."

하고 봉희를 시켜서 봉환을 제 방으로 불러들였다.

봉환은 들어와서 인숙은 쳐다보지도 않고 빵꾸 난 양말을 홀떡 벗어 던진다.

인숙은 새 양말을 꺼내 놓으며

"엊저녁에 퍽 늦게 들어와 주무셨죠?"

하고 슬그머니 물어보았다.

"아―니."

하고 봉환은 새 양말을 꾀며 머리를 흔든다.

"열두 시까지 별당엔 안 계시던데요"

봉환은 머뭇머뭇하다가

"저 작은사랑에서 수복이허구 환등 놀렸수."

한다. 인숙은 봉환의 얼굴을 똑바로 보며

"환등요? 환등 놀리는 기구는 그저 저 밑에 있는데요."

하고 머릿장 밑에 감추어둔 두꺼운 마분지 상자를 가리켰다.

봉환은 뒷생각 없이 한 일이 외착이 나니까 대님을 아무렇게나 매고 벌떡 일어서더니 무색한 듯 뒤통수를 긁으며

"아무헌테두 말허지 마우."

하고는 문을 걷어차고 나가 버린다.

인숙은 쫓아나가며 더 추궁하려고는 들지 않았다. 물어본댔자 거짓말밖에 나올 것이 없는 게 뻔하였던 것이다.

그러나

'어째서 나헌테까지 바른대로 말을 허지 않을까.'

하니 이제까지 공들여 쌓아 올리던 탑이 탈싹 무너진 듯 여간 섭섭하지 않았다. 다른 사람에게는 몰라도 저한테만은 바른대로 말을 해줄 줄 믿었던 것이다.

'이래서 안 되겠어. 다시 벋놓이면 큰일이야.'

'어디로든지 들어오는 걸 꼭 붙잡고야 말걸.'

하고 인숙은 단단히 결심을 하였다. 그러나 나갈 때에는 별당 뒷문으로 빠져 나가는 것을 보았지만, 열 시만 되면 안팎의 대문을 죄다 닫아거는 데 어디로 들어올까. 담이 높아서 길반이나 되는데 어떻게 넘어 들어올까—그것이 의문이었다.

인숙은 봉희에게 귓속을 한 후 수복이를 불러 세우고

"너 저녁 먹구 나서 뒤꼍 담 밖에 가 숨어 있다가 새 서방님이 나가시거든 어디로 가시나 따라갔다 온. 내 이거 줄게 아무헌테두 말허지 마라 응."

하고 신신당부를 하며 봉희가 십전짜리 한 푼을 쥐어 주었다. 수복이는

"들키면 경치게요"

하면서도 허리춤에 돈을 감추느라고 병신성스럽게 바지를 추켜 입으며 나갔다.

그러나 봉환의 뒤를 따라 나간 수복이는 함흥차사다. 열한 시나 되어 인숙은 눈이 까맣게 기다리다 못해서 봉희가 잠든 것을 보고 일어났다. 살그머니 문을 열고 발끝으로 걸어 별당 뒤로 돌아갔다.

057회, 1934.05.21.

유혹

① 후원의 달은 기울어 별만 총총한 밤이었다. 금강석을 부수고 빻아서 가루를 만들어 끼얹은 듯, 하늘바다는 온통 별투성이다. 그 별들은 서로 눈을 깜작이며 깊은 밤 우주의 신비를 속삭이는 듯.

인숙은 그윽한 나무그늘에 몸을 숨기고 서서 그 찬란한 별나라를 우러러 보았다.

'어쩌면 저렇게도 아름다울까.'

하고 서늘한 밤바람을 마시며 가벼운 탄식을 뿜었다.

인숙이는 이 집에 들어온 뒤에 오늘 저녁처럼 하늘을 조용히 우러러 볼 기회는 별로 없었다. 시집에 오자마자 퀴퀴한 냄새가 밴 병실과 응달진 방구석에만 갇혀서 그늘진 그날그날을 보내지 않았던가. 인숙은 과천 집 생각이 불현듯이 났다. 달 밝은 여름 밤 안마루에 걸터앉아서 당음을 외던 생각이 났다. 달빛을 밟으며 뒷짐을 지고 안마당을 거니시던 아버지 생각이 났다. 지금 바로 눈앞으로 왔다 갔다 하시는 듯, 아버지의 그림자가 어른거려서 눈을 감고 천천히 머리를 쳐들었다. 동시에 외로운 감정이 인숙의 몸을 골안개처럼 휘감았다.

인숙은 졸지에 신변이 호젓한 것을 느끼고 가벼이 몸을 떨었다. 봉환이가 들어오는 것을 정찰하려던 것도 잊은 듯이, 별 하늘을 보고 잠시 황홀하였다가 제정신으로 돌아오자,

'어디로 들어올지도 모르고…이러다 누가 보면 어쩌나.'

하고 모기장을 바른 덧문 창살로 불빛이 새어 나오는 별당 앞으로 발자국소리를 죽이며 가벼이 걸었다.

별당에서는

"똑딱 똑딱 또드락 똑딱."

하고 조그만 목탁을 뚜드리는 소리가 들린다. 부연 끝에 달린 붕어풍경이 미풍에 불려 뎅그렁 뎅그렁 목탁소리와 함께 여름밤의 정적을 고요히 깨뜨릴 뿐. 가만가만 발을 옮기자니 별당노인을 모시고 자는 여승이 그저 잠을 안자고 염불을 하는 소리가 가늘게 새어나온다.

잘잘 끌리는 인숙의 치맛자락은 운현 끝에 밟힐 듯 밟힐 듯, 침침한 추녀 밑으로 별당채를 돌아 나오는데 돌연히 등 뒤에서

"쿠—o."

하는 소리가 들리자 땅바닥의 진동이 인숙의 몸에까지 울렸다. 소리가 난 편으로 홱 돌아다보는 인숙의 가슴도 쿵하고 내려앉았다.

담 위에서 떨어진 허연 것은 그 자리에서 잠시 주저앉았다가 일어나 설설 기듯 해서 담을 끼고 뒷문 편으로 돌아가더니 빗장을 밀고 고리를 벗긴다.

인숙은 젖가슴을 움켜쥐듯 하고 기둥 뒤로 몸을 숨기고는 한 쪽 눈으로 엿을 보려니까 문소리가 삐걱하고 나더니 선뜻 들어서는 것은 갈데없는 봉환이었다. 먼저 담을 뛰어넘은 것은 수복이가 틀림없다.

봉환은 수복의 귀를 잡아다려 무어라고 수군수군 하더니 층대로 올라서 별당 윗간 문을 살그머니 열고 들어가려고 한다.

"에헴!"

하고 인숙은 봉환의 귀에 들릴 만치 기침을 하였다.

봉환은 소스라치듯 놀라 몸을 움츠러뜨리며 인기척이 나는 편으로 획고개를 돌린다. 인숙은 '이리 오라'고 손짓을 하였다.

봉환은 어둑침침한 공간을 뚫을 듯이 들여다보더니 지밀로 통하는 일각대문에 달린 전등 불빛으로 인숙의 윤곽을 짐작하고 앞으로 다가온다. 죄지은 사람의 걸음걸이로 한 발자국 두 발자국.

"어딜 갔다 인제 들어오셔요?"

인숙은 일부러 눈을 내려 깔고 물었다.

"입때 안 잤수?"

봉환은 망상거리다가 대답할 말이 없는 듯이 입속말을 한다.

"어디 갔다 오셨느냐니깐요?"

인숙은 봉환을 똑바로 쳐다보며 가까이 다가서자 봉환의 입에서 술 냄새가 조금 끼쳤다. 술 냄새를 맡자 인숙은 제가 술이 취한 것처럼 정신이 아찔하였다. 대번에 얼굴까지 화끈하였다.

봉환의 머리는 점점 수그러진다.

"술 잡셨구면요?"

인숙의 목소리는 날카로웠다. 봉환은 이렇게 들킨 바에야 더 속이지 못할 줄 각오한 듯

"우미관에 구경 갔었수. 연속사진이 무척 재미있어."

하고는 구두 부리로 댓돌 밑을 굽질하듯 하더니

"동무들이 목이 마르다고 자꾸만 맥주 한 병만 먹자구 그래서 빙수집에서…."

하고 사실대로 고해바치는데

"덜커덕!"

하고 문을 열어 제치는 소리가 났다.

"게 누구냐?"

소리를 지르고 내다보는 사람은 인숙의 시조모였다.

😊 058회, 1934.05.22.

② 방 안에서 뜰 아래로 쏟아져 내리는 전등 불빛에 두 사람의 그림자는 사로잡히고 말았다.

"안 자고 게서 뭣들을 허느냐."

시할머니의 꾸지람이 내리자, 봉환은 층대로 뛰어 올라가 방으로 들어갔다.

홀로 남아선 인숙은 무어라고 대답을 해야 좋을지 몰랐다. 전등 불빛에 또렷이 드러난 제 몸을 갑자기 숨길 수도 없고 시조모의 내려 쏘듯 하는 시선을 피할 재주도 없어 제가 발을 붙이고 선 땅바닥이 폭삭 꺼지기나 했으면 하였다.

시조모는 무어라고 중얼중얼 혼잣말을 하더니 덧문을 탁 닫았다.

'내가 괜히 나왔어.'

하고 인숙은 두 발을 굴렀다. 또 다른 사람에게나 들키지 않을까 하고 담 밑으로 바짝 붙어서 급히 지밀채로 들어갔다.

제 방에 와 불을 끄고 누워서도 잠은 오지 않았다. 봉환이가 활동사진에 반해서 저녁마다 담을 넘어 다니는 것과 못된 동무들과 얼려서 또 술을 마시는 것을 알고 나니 어쨌든 궁금증만은 풀렸다.

'수복이 녀석하고 둘이 짬짜미를 하고 댕기는 걸 모르구서 뒤를 따라가 보라고 했으니 이를 어쩌면 좋담. 내가 헌 말까지는 안했을까.'
하고 적지아니 걱정이 되었다. 그보다도 별빛이 으스름한 밤중에 남편을 꾀어가지고 어둑침침한 후원에서 단둘이 속삭이다가 들킨 모양쯤 되었으니 내일 아침에 무슨 얼굴로 시조모를 대할까. 제가 꾀어낸 것이 아니라고 발뺌을 하자면 도적놈처럼 밤중에 담을 넘어 다니는 남편의 행장을 저저이 고해 바쳐야만 할 테니 그것은 더구나 할 수 없는 일이 아닌가. 그러니 불가불 나 어린 남편을 유혹하듯 해서 은밀한 짓이나 가르치다 들켰다는 혐의를 뒤집어 쓸밖에 없다.

"옳지 그래서 날마다 자정 때나 돼야 들어와 잤군."
하고 시조모가 그런 말을 시부모에게나 하면 제 꼴이 어떻게 될까.

"아이고 이를 어쩌면 좋아."
하고 베개에다 머리를 들부벼도 시원하지가 않았다.

두 눈이 뽀송뽀송하니 당초에 잠이 안와서 별별 공상을 다 하다가
'이 밤이 영영 밝지나 말았으면.'
하였다.

이튿날 이른 아침 인숙이가 세수를 하는데 뜻밖에 봉환이가 들어왔다. 인숙은 물 묻은 얼굴에 수건질을 하며 일어섰다.

'무슨 일로 이렇게 일찌감치 들어왔을까 걱정을 단단히 들었나 보다.'
하고 봉환의 기색을 살피다가

"엊저녁에 걱정 들으셨죠?"

하고 먼저 묻지 않을 수 없었다.

"아―니."

하고 봉환은 고개를 흔들더니

"저― 할머니가 둘이서 뭘 했느냐구 그러시거든…."

하고는 한걸음 더 가까이 다가서며 인숙의 귀에다 입을 대고

"봉희허구 공부를 허다가 졸려서 자는 걸 여기서 자면 할머니헌테 걱
정을 듣는다구 자꾸만 깨 가지구 억지로 데려다 줬다구 그러우 응."

하고 이르고는 뒤도 아니 돌아다보고 나간다.

인숙은 그제야 조금 마음이 놓였다.

'어쩌면 저렇게 능청스레 꾸며대기를 잘할까.'

하였다. 이번에는 다행히 모면을 하였거니와 다른 때도 거짓말하는 것이
버릇이 되면 어떡하나 하고 혼자서 고개를 흔들었다. 인숙은

'그래도 걱정은 한번 듣고야 말걸.'

하고 아침 문안을 드리러 내키지 않는 걸음걸이로 별당으로 갔다. 시조
모는 눈을 지그시 뜨고 손부를 쳐다보더니

"그 애가 저녁마다 네 방에서 늦도록 있다 오는 모양이니 공부를 허려
면 작은사랑이 있는데 하필 네 방에서 허게 하느냐."

하고는 말을 멈추더니

"네 남편이 아직 철을 모르니 네가 조심을 해라. 밤중에 숨어다니듯 하고
숙덕거리니 아랫것들이 보드래두 모양이 됐느냐."

하고 준절히 타이른다.

인숙은 무어라고 대답할 말이 없어 얼굴이 발개가지고 물러나왔다.

059회, 1934.05.23.

③ 그 뒤로 봉환은 인숙의 방에 자주 드나들지 못하게 되었다. 시조모가 며느리에게도 귀띔을 했는지

"인제버텀 작은사랑에서 공부를 허고, 일찌감치 할머니헌테 가 자거라."

하고 어머니는 아들을 불러서 일렀다. 인숙이더러도 들으라는 듯이 둘을 불러 나란히 세워놓고 주의를 시켜서 인숙의 얼굴은 다시 한 번 뜨거웠다. 그래서 이 집의 어른들은 차츰차츰 가까워지는 내외의 사이를 억지로 떼어놓았다.

인숙은 어른이 하는 일이라 그다지 불평스러울 것은 없었지만

'그래도 내가 뒤를 보아 주어야지 사랑에서 무슨 장난을 허는지 알기나 허시나. 독선생을 앉혔대야 그건 말뿐이지, 당초에 말을 안 듣는 걸.'

하고 봉환의 신변에 주의를 게을리 하지 않았다. '우미관'이 어딘지도 모르고 활동사진이란 환등 같은 것인가 보다 하면서도

'그렇게 막 재미를 붙인 걸 억지로 못하게 하면 되나 실컷 보아서 싫증이 나면 고만두겠지.'

하고 어느 날 인숙은 옷을 갈아입으러 제 방에 들어온 봉환을 보고

"구경을 가시려 건 인제 그렇게 몰래 다니진 마서요. 오실 때쯤 해서 수복이나 행랑아범더러 가만히 문을 열어 달라면 될 걸요"

하고는

"그렇지만 또 술을 잡숫기만 하면 내 아버님께 여쭐 테야요."

하고 웃음을 띠우면서 슬그머니 겁이 날 만치 을러메었다.

"인전 구경두 못 가우. 누가 돈을 줘야지."

하고 봉환은 입을 삐죽이 내밀며 볼멘소리를 한다. 지금까지는 할머니의

주머니를 뒤지거나 청지기에게 찌그렁이를 붙어서 잔돈을 얻어 쓰다가 요새 와서는 그것도 못 얻어 쓰게 된 눈치다.

인숙은 한참이나 무엇을 생각해 보고나서 반닫이를 열고 수주머니 속에 꼭꼭 뭉쳐 두었던 지전 한 장을 꺼내 주며

"그럼 이걸 드릴께 동무들일랑 끌고 다니지 마서요"

하고 넌지시 봉환의 손에 쥐어 주었다. 봉환은 '이게 웬 떡이냐'는 듯이 얼른 지전을 집어넣고는 뛰어 나갔다.

그 뒤로 봉환은 인숙의 주머니가 화수분이나 되는 것처럼 하루걸러큼 들어와서는 아이스쿠리를 사먹느니 돈치기를 하다가 뺏겼느니 하고 별별 핑계를 하면서

"삼십 전만 주."

"오십 전만 주."

"인전 또 안 달랠께 응 응."

하고 사뭇 어린애처럼 졸랐다. 인숙은

"정말 이것밖에 없어요"

하고 나중에는 주머니밑천까지 톡톡 털어 주었다. 혹시 시부모가 화장품이나 사라고 주거나 용돈 차례가 오면 그것은 모두 친정에 갈 때에 어머니에게 고기나 사 잡수시라고 드리고 왔었고 다음에 갈 때에는 빈손으로 갈 수가 없어 그동안 푼푼이 모아 두었던 것을 봉환에게 싹을 보였던 것이다.

그러니 인숙의 주머니 속이 넉넉할 리가 없었다. 허나 인숙은 차마 돈이 없다고 하기도 어렵고 봉환이가 내밀었던 손을 부끄러운 듯이 옆구리에 찌르고 돌아서나가는 것도 보기에 딱해서 나중에는 봉희의 사천까지

늘여주마고 꾀어서는 봉환이가 구경을 하고 장난감을 사는 것 같은 객쩍게 쓰는 돈을 대어 주었다.

그럭저럭 여름 방학이 다 가고 새 학기가 닥쳐오는 어느 날이었다. 아침 뒤에 봉환이는 대문 밖에서 행랑아이들과 뜀엄박질을 하다가 별안간 무엇에 놀란 듯 질겁을 해서 안으로 뛰어 들어갔다. 인숙의 방문을 후다닥 열고 들어서며

"아무헌테두 나 여기 있다구 말허지 마우."

하고 손을 내저어 보이며 세간을 들여놓은 반침 속으로 들어가 숨는다.

🙂 060회, 1934.05.24.

④ 봉환은 저의 반의 담임선생이 오는 것을 먼발치에서 흘낏 보고 선생에게 붙잡히면 큰일이나 날듯이 걸음아 날 살려라 하고 뛰어 들어가 숨은 것이다. 도수 깊은 무테안경 너머로 생도를 노려보는 그 선생의 눈이 사갈과 같이 무섭고 마주 보기가 싫었던 것이다.

나이가 삼십 남짓한 봉환의 담임선생은 주인 대감과 수인사가 끝난 후

"학교 당국에서 정성껏 생도를 가르치는 것은 물론이요 자기 역시 다른 집 자제와는 달라서 한 학기 동안 무진 애를 써가며 자제를 지도했으나 낙제점수를 맞은 과정이 서넛이나 되어 도저히 보아줄 여지가 없어 미안하였다."

는 것과

"그러나 본시 자녀의 교육은 학교에서 뿐 아니라 가정에서 더욱 주의를 해서 규칙적으로 복습을 시켜야 좋은 성적을 얻을 것인데, 말씀하기는 어려우나 댁에서는 귀한 자제라고 너무 방임을 하시고 제 마음대로만

하는 습관을 길러주셨기 때문에 선생까지 초개처럼 업수이 여기고 당초에 말을 듣지 않는 데야 손을 대어볼 도리가 없다."

고 해서 봉환의 성적이 나쁘고 조행이 좋지 못한 것은 가정교육이 글러서 그렇다고 뒤집어 씌웠다. 그러고는 끝으로

"그러나 도화 한 과목에는 천재가 있으니 차라리 그 방면의 공부를 일찌감치 전문으로 시키는 것이 생활제가 조금도 걱정이 없는 자제의 처지로는 장래를 위해서 도리어 좋은 방도일 뿐 아니라, 인제는 미술가도 상당한 사회적 대우를 받는다."

하고 나서 할 말을 다했다는 듯이 주인이 권하는 차도 마시지 않고 일어섰다. 자작은, 지체가 있는 자기 앞에 절도 아니 하고 다짜고짜 담판이나 하려는 듯 빳빳이 달려드는 선생의 태도가 자못 교만해서 젊은 사람에게 모욕을 당한 듯 자못 불쾌하였다. 슬며시 네가 가정교육을 잘못 시켰다는 것과 남의 자질을 맡아서 가르치는 학교의 직접 책임자로서 제가 담임한 학생의 성적이 불량한 책임을 전혀 학부형에게만 뒤집어씌우고 저만 살짝 빠지려고 하는 데 분개하였다.

그뿐 아니라

"학교에는 암만 다녀도 공부를 잘할 싹수가 보이지 않으니 애진작 그림 공부나 시켜서 환장이로나 내세우라."

하고 충고까지 하고 일어서는데 대감의 처지로서 매우 자존심을 상하였다.

"온 아니꼬운 놈 같으니. 별꼴을 다 보았다. 그래 네 놈의 학교가 아니면 보낼 데가 없다드냐."

하고 일종의 반동심까지 생겼다.

"봉환이 어디 갔느냐, 당장 찾아오너라."

하고 애꿎은 상노에게까지 역정을 내었다.

인숙의 방 반침 속에서 땀을 흘리며 숨어 앉았는 봉환은 아버지 앞으로 꺼둘려 나왔다. 자작은 언성을 높여

"너 이놈 이담 학기버텀 학교 고만 두어라. 이목구비 멀쩡한 자식이 왜 남만치 공부를 못하고 아비까지 욕을 뵈느냐."

하고 눈을 부릅뜨며 호령을 하였다. 봉환은 고개를 떨어뜨리고 섰다가 "이게 웬 땡이냐"는 듯이 안으로 뛰어 들어갔다. 무슨 걱정을 듣든지 그 당장만 모면하면 그만이라는 듯이 다른 식구들을 보고도 부끄러워할 줄을 몰랐다.

대감은 그것만으로도 화가 풀리지 않아서 밥만 먹으면 낮잠으로 세월을 보내는 가정교사라는 명색을 불러 세우고

"자네두 인젠 가게. 사람이 염치가 있지. 남의 자식을 맡아 가르친다고 그 지경을 만들어 놓고 무슨 낯짝을 쳐들고 내 집의 밥을 먹는단 말인가."

하고는 당장에 가정교사를 내보냈다. 원체 식객 비슷한 대우를 받던 가정교사는

"흥 자식이 무슨 짓을 허는지도 모르면서 안 되면 조상 탓이라구 어디 어느 놈이 와서 잘 가르치나 보지."

하고 두덜두덜 군소리를 하며 짐을 쌌다. 아버지와 담임선생과 가정교사가 서로 책임을 떠다미는 서슬에 봉환은 아주 굴레 벗은 말이 되고 말았다.

😊 061회, 1934.05.25.

5 선생이 다녀간 지도 일주일이나 되었다. 진종일 마당에 내려쬐이던 볕이 산정의 누마루 난간으로 기어올라 유리창이 눈이 부시도록 반사하는데 안으로 통한 협문으로 여학생 같은 젊은 여자가 들어온다. 인숙은 아래채 툇마루에서 침모와 마주 앉아 시아버지의 모시 두루마기를 다리다가 그 여자가 들어오는 것을 정면으로 보았다.

그 여자는 양산도 들지 않고 옷 보퉁이 같은 책보를 꼈는데 특특한 검정 모사치마를 입었다. 굽이 다 닳은 구두를 신고 조금 절름거리며 들어온다. 댓돌 앞까지 들어오니까

"어서 오너라."

하고 산정마님이 반색을 하며 발을 걷어 올리며 난간으로 나온다. 그 여학생이 들어간 지 한참만에야 시어머니는 큰며느리를 불렀다.

"이 애가 오늘버텀 와있게 됐으니 침모가 쓰는 방 아랫간을 치우고 거기서 거처를 하게 해라."

하고 일렀다. 인숙의 맏동서는 시앗을 보아 심화도 났거니와 고질인 속병이 도져서 그동안 거진 달포나 누웠다가 일어나서 살림을 보살핀 지가 며칠 아니 되었다.

인숙은 시어머니의 분부대로 뜰아랫방을 치우라고 이르려고 내려온 맏동서를 보고

"그 여학생이 누구예요?"

하고 물었다. 큰동서는 전에도 몇 번 그 여자를 본 듯

"참 자네는 오늘 첨 봤겠네 그려 어머님하구 친정에서 동무처럼 같이 자라난 계집종의 소생이라네."

하고 하찮은 여자라는 듯한 눈치다. 인숙은

'나하고 접례허고 자라나듯 허셨던 게로군.'

하고는

"여학생 같아 보이던데요."

하고 다리미에 부채질을 하며 동서의 말을 자아내었다. 용환(봉환의 큰
형의 이름)의 댁은 재티가 날아오는 것을 피해서 방으로 들어가 문지방
을 격해 앉으며 산정 편을 흘낏 보고는

"그 계집종이 기집애 쩍에 동네 총각 녀석허구… 그래서 난 딸이라네.
사내놈은 소문이 나니깐 겁이 나서 도망을 했대. 그러니 아비두 없이 자
라난 셈이지 뭔가. 어른들이 행실 부정한 계집애년을 집에 둘 수 없고 배
가 부른 기집애를 내쫓으시는 걸 마침 어머님께서 서방님(둘째 아들)을
낳으시러 친정에 가셨다가 인생이 불쌍타구 말리셨더라나. 그러군 몰래
밥그릇까지 끼고 다니면서 먹이셨다대."

"어머님께서 아주 은인 노릇을 하셨군요."

하고 인숙은 동서의 눈치를 본다. 침모도 종일 다림질을 하느라고 하품
만 나던 차에 이야깃거리가 생겨서 흥미 있는 듯 귀를 기울인다.

"그러니깐 오늘 온 학생이…."

"그렇지, 바로 이름도 모르는 총각 놈의 딸이야. 이제나 저제나 어머님
이 어린애를 좀 귀여 허시남. 그래서 그 어린애를 아람치로 삼아 길러 주
시다시피 허셨는데 그 뒤에두 노상 그 계집애를 못 잊으셔서 모녀를 먹
여 살리셨대. 그러다 그 어미가 딴 서방을 해가서 천덕구니로 자라는 걸
학교에까지 넣어주셨는데…."

"그래서 학교엘 다 댕겼군요?"

"들어보게. 그러나 나이가 차니깐 어느 시골 토반의 후취로 들여보내

주었더니만 아 고만 얼굴이 박색이라구 소박을 맞구 왔더라지."

"그래서요?"

인숙과 침모는 다리미에 옷이 눋는지도 모르고 이야기하는 사람의 입만 쳐다본다.

"그러니깐 그게 벌써 한 사년 됐나 보이. 그때 어머님께 와서 울며불며 사정을 하는 걸 나두 곁에서 봤었네. 그래설랑 어머님이 '이왕 뵈주던 터이니 혼자 살아도 굶어 죽지나 않게 공부나 시켜주마' 허시구 마지막 소청을 들어서 고학생 무슨 회라든가 하는 데 댕기게 하셨네 그려. 아마 작년 봄에 졸업을 했지. 생김생김은 한군데 보잘 것이 없어두 속은 여간 똑똑허구 영악허지가 않대. 제 근본은 우리헌테두 '아씨' 소리를 잘 않는다네."

하고 나서 용환의 댁은

"남의 이야긴 해 뭘 허나."

하고 한숨을 쉬더니

"그것만 다 대리거든 방이나 말끔 치어 놓게."

하고 침모보고 이르고 일어선다. 인숙은

'팔자가 퍽 사나운 여자로군.'

하고 혼자 고개를 끄떡이다가

"그럼 어디 선생 노릇이라두 헐 텐데 여긴 뭐 허러 데려다 두신대요?"

하고 물으니까

"모르겠네. 낸들 아나. 쓸데없는 식구 장만만 자꾸 허시니까."

하고 큰동서는 시어머니가 하는 일이 못마땅한 듯이 돌아서 다시 산정으로 올라갔다.

062회, 1934.05.26.

⑥ 이튿날 아침 인숙이가 문안을 드리러 산정으로 올라가니까 시어머니는 윗목에 가 고개를 숙이고 앉은 그 여학생을 턱으로 가리키며

"넌 첨 보리라만 이애는 내가 길러내다시피 했다. 인제버텀 한 집안 식구처럼 지내라."

하고 나서

"셋째 아씨허고 인사해라."

하고 며느리를 소개한다. 여학생은 반쯤 몸을 일으키며 움푹한 눈으로 흘깃 인숙을 쳐다보고는

"박복순이예요"

하고는 도로 고개를 숙이고 툭툭한 광당포 적삼의 앞섶을 만진다. 인숙은 남은 이름을 대는데 무어라고 할지 몰라서 잠자코 머리를 조금 숙이는 체하였다. 복순이란 여자를 가까이 보니 나이는 스물 서넛이나 된 듯 살결이 거무스름하고 젖가슴이 벌어진 것이 튼튼하게는 생겼으나, 손발이 상스럽게 큰 것이 맨 먼저 눈에 띄었다. 기름이란 한 번도 발라보지 못한 듯한 머리털은 주황빛이요 코는 찌그러진 듯이 넙적한데 두꺼운 윗입술은 건순이 져서 짧은 인중을 말아 올렸다. 어느 모로 뜯어보아도 여자답고 어여쁜 구석이라고는 한군데도 발견할 수 없다. 그러나 동서에게 복순의 과거를 대강 들은 인숙은 속으로

'어쩌면 여자가 저렇게 생겼을까.'

하고 복순의 외양을 숭보기 전에

'어려서버텀 고생에 찌들어서 저렇군. 아비 없는 딸자식이라고 구박만 받고 기를 펴보지 못하고 자라서 저 모양인가 보다.'

하고 먼저 동정심이 갔다. 시어머니가 무엇을 하려고 데려왔는지는 모르

나

'이 큰 집에서 우리 식구들이 사는 걸 보니까 기가 줄어서 저렇게 머리를 떨어뜨리고 앉았남.'

하고 마주 보기가 계면쩍었다.

시어머니는 양칠간죽에 쇠털 같은 서초를 담으며(그는 요새로 봉환이 때문에 화도 나고 심심해 견딜 수가 없다는 핑계로 양치질을 해가며 담배를 배우는 중이다.)

"봉환이가 학교엘 안 댕기게 된 걸 너두 알겠지?"

하고 묻는다.

"네."

"그러니 집에서 놀릴 수야 있니? 선생이란 오는 족족 낮잠만 자다 나가구…. 그래 이번엔 여자면 좀 어려워할까 해서 저 애를 일부러 데려왔다."

하고 방바닥을 더듬어 성냥을 찾는다. 인숙은 잠자코 담배통에 불을 그어 대었다. 그러나 속으로는

'하필 종의 딸을 데려다 내 남편을 가르쳐 주다니.'

하고 조금 놀랐다.

'여자라구 되려 업신여기구 더 말을 안 들으면 어떡허누.'

하고 복순이가 봉환과 입씨름을 하다가 구박이나 맞을 생각을 하니 벌써부터 걱정이 되었다. 무슨 일에나 무심한 시어머니가 그래도 아들의 공부를 다잡아 시키려는 (실상은 시어머니가 핑계 김에 자기붙이를 데려다 먹여 살리려는 것이지만) 생각을 한 것만 해도 다행한 일이었다. 시어머니는 봉환을 불러다 세워 놓고

"오늘버텀 저 애를 선생으로 알구 하루 두 차례씩만 글을 배라."

하고 타이르듯 하였다. 아버지도 그렇지마는 어머니는 더군다나 아들이 무엇을 배워야하고 어느 정도로 공부를 시켜야 할지 모른다. 다만 막연하게 '공부'를 시킨다는 것으로 부모의 의무를 다한 듯이 만족하고 독선생을 앉혔다는 것으로 남에게 자랑을 삼을 뿐.

봉환은 전에도 몇 번 본 듯한 복순의 얼굴을 흘금흘금 쳐다보더니 누마루 편으로 휘적휘적 나가면서

"난 싫어. 그까짓 여편네한테 누가 글을 밴담."

하고 군소리를 한다. 마루 끝에 섰던 인숙은 복순이가 그 말을 들었을까보아 얼굴이 빨개졌다.

😊 063회, 1934.05.27.

7 복순은 온 지 며칠 안돼서

"중학교 과정은 배우기는 했어두 여학교와 달라 어려워서 못 가르치겠어요"

하고 옷 보퉁이를 꾸리기 시작하였다. 평생 신세를 지은 주인이 신신부탁을 하고 이 기회에 만분의 일이라도 그 신세를 갚아보려고, 복순은 제성미를 죽이고 가르쳐보려 했으나 당자가 뜻밖에 저를 깔보고 책을 떠들어 보기도 싫어하는 데야 제 재주로는 어떡할 수가 없었던 것이다. 그러면 인숙의 시어머니는

"그 애가 어디 갔느냐. 어서 불러 오너라. 그래두 네 말은 듣는 모양이니."

하고 며느리를 꾸짖듯 한다. 인숙은 새중간에 끼어서 어쩔 줄을 몰랐다.

피해 다니는 봉환을 붙잡고

"그렇게 어른의 말씀을 안 들으시면 큰 걱정 나게요. 그 사람이 무안해 할 생각도 허셔야지요. 어서 가서 앉았기라두 허세요 네. 얼마 동안 배우는 척허다가 가을에 다른 학교에 들어가면 고만일 걸요."

하고 빌다시피 해도

"죽어두 싫다는데 왜 자꾸만 가라구 그러우. 그까짓 여편네가 뭘 안다구."

하고 막무가내로 벗텅기며 말을 아니 들으면 인숙은

"난 몰라요. 나두 여편넨데 그런 말씀이 어디 있어요?"

하고 일부러 얼굴을 붉히고 톡 쏘아붙이며 돌아섰다. 그러면 봉환은

"제—기. 별년의 걸 다 데려다 놓구…."

하고 두덜거리며 푸줏간으로 들어가는 황소걸음으로 공책을 끼고 산정으로 간다. 이래저래 인숙에게는 쥐어 지낼 수밖에 없고 만일 제 댁의 말을 아니 들었다가는 아쉬운 일도 많은 터이라 봉환은 울며 겨자 먹기로 인숙의 말을 듣는 것이다. 그래서 복순의 앞에 가 앉았다가 나오는 것이다. 그러는 것을 보고 시어머니는

"인젠 그 애가 공부에 재미를 붙이나 보다."

하고는 공부를 너무 하면 복중에 휘진다고 하루걸러큼 영계를 고아서 복순이까지 먹인다. 그것은 제 자식을 먹일 젖을 많이 짜아내기 위해서 유모를 잘 먹이는 것과 다를 것이 없었다.

복순은 천성이 그러한지 무엇을 보나 도무지 쓰다 달다 말이 없다. 언제나 첩첩한 근심에 싸인 듯 웃는 얼굴은 볼 수가 없다. 산정 뜰아랫방에서 침모들과 같이 자면서 신문을 갖다가 보고 잡지나 책만 들여다본다.

그러다가는 북창 문지방에 턱을 고이고 오락가락 하는 구름을 쳐다보고 앉아서 한참씩 공상을 하다가 땅이 꺼지도록 한숨을 쉰다. 여러 해 동안 버릇이 된 듯 일어서다가도 한숨이요 앉으면서도 한숨이다.

"젊은 사람이 저렇게 청승스레 한숨만 쉬니까 팔자가 사납지."

하고 침모나 안잠이 입을 비쭉거리는 것을 인숙은 몇 번이나 보았다.

인숙은 틈만 있으면 복순의 방을 들여다보았다. 복순은 인숙을 쳐다만 보고 들어오라는 말도 아니하건만

"무슨 책을 그렇게 착심해 보세요? 재미있는 소설이야요?"

하며 들어가면 복순은 보던 책을 뒤로 감추며

"그저 심심소일로 보지요"

하고 '네가 보면 무슨 책인지 아느냐'는 태도다.

인숙은 '나도 쉬운 것은 알아본다'는 듯이

"어디 좀 봐요?"

하고 감추는 책을 떠들어 보았다. 새빨간 표지에 눈에 서투른 글자로 박은 책인데 가타카나로 '부르주아'니 '프롤레타리아'니 하는 글자가 거진 장장이 눈에 띄었다. 그러나 인숙은 읽기는 해도 그 처음 보는 글자가 무슨 뜻인지 몰라서 알고도 싶건만 물어보려고도 아니하였다.

그러다가 어느 날 저녁이었다. 인숙은 시어머니의 분부로 아무도 모르게 복순의 옷 한 벌을 해가지고 그것을 책보에 싸들고 복순의 방으로 건너갔다. 복순은 혼자 아랫목에 가 엎드렸다가 일어난다. 불빛에 언뜻 보기에도 눈두덩이 푸석푸석한 것이 울고 있었던 모양이다.

064회, 1934.05.28.

⑧ "왜 몸이 거북해요?"

인숙은 옷 보자기를 등 뒤로 밀어놓으며 물었다. 복순은 푸석푸석한 눈두덩을 부비며

"속이 좀 거북해서요"

하고 인숙이가 가지고 들어온 보자기를 흘깃 돌려다본다. 인숙은 그것을 끌어당겨 끄르며

"저 어머님께서 갈아입으라고요"

하고 옷을 꺼내 놓았다. 조금 굵기는 해도 모시 적삼과 치마며 속옷까지 일습을 얌전히 해서 차곡차곡 개켜 가지고 온 것이다.

입은 옷 한 벌밖에 없는 복순이언만 그다지 고마워하는 눈치도 보이지 않고

"미안허구먼요 이렇게 신세만 져서…."

하고 옷을 떠들어보지도 않고 밀어놓는다.

인숙은 남이 이틀 동안이나 더위를 참고 앉아서 재봉틀과 씨름을 해다 바친 것을 몸에 대어보는 체도 안하고 밀어놓는 것이 조금 무색하였다. 처음부터 생색을 낼 생각은 없었으면서도 조금 실쭉해지며

"어디 바느질 솜씨가 있어야. 본보기도 없이 눈어림만 치고 해서 맞지 않을 것 같은데."

하였다. 복순은 그제야 제 옷을 인숙이가 손수 지어가지고 온 줄 알았는지

"온 별 말씀을 다…. 애 써 해다 주신 거니까 잘 맞겠지요"

하며 다시 옷을 끌어당겨 적삼 소매와 치마 길이를 입고 앉은 옷에 대어 보는 체한다.

"난 가나오나 남의 신세만 지라는 팔잔지. 입때 내 손으로는 옷 한 벌 변변히 못해 입었세요 그래 이걸 보니까 괜히 맘이 좋지 않아서…"

하고 말끝을 아무리지 못한다. 복순은 저의 태도가 너무나 착착하지 못했던 것을 뉘우치고 부지중에 저의 속생각을 하소연하듯 한 것이다. 인숙은 일부러 생글생글 웃으며

"이까짓 옷 한 벌에 뭘 팔자 논란을 다해요? 팔자가 좋길래 바느질 안 허구두 입게 되죠"

하고 반쯤은 짐짓 명랑한 웃음을 지어 웃었다. 복순도 따라서 웃는 척하며 노상 찌푸리고 있는 양미간을 펴 보인다.

복순은 처음 인숙을 볼 때 그다지 호의를 갖지 못했다. 아직도 애티가 벗지 못했는데 커다랗게 머리를 쪽진 것이 눈에 서툴렀다.

'저 어린 사람을 벌써 혼인을 해서 시집살이를 시키다니 너도 '노라'의 후신이로구나.'

하였다. 한편으로는 인숙이가 몸 가지는 거나 긴치마를 잘잘 끌고 다니며 나이가 갑절이나 되는 아랫사람들에게 따라지게 '해라'를 하거나 반말로 분별을 하는 것을 보고는

"흥 너도 양반의 딸이로구나. 귀족의 집 며느리로구나."

하고 일종의 적개심(敵愾心)과 같은 감정으로—즉 계급의식의 색안경을 쓰고 인숙을 홀려보았다. 그러다가 차차 두고 볼수록 인숙은 이 집의 큰 며느리나 다른 식구들처럼 마음이 교만해서 사람을 깔보거나 업신여길 줄 모르고 아직도 처녀다운 순진한 마음을 잃어버리지 않은 것을 발견할 수 있었다. 사람이 영리하고 누구에게나 친절할 뿐 아니라 매사에 엽엽한 것을 볼 때에

'이런 집구석에서 인형 노릇을 시키기는 아까운 걸. 학교에나 다녀서 새로운 교육을 받았으면 장래 한 몫을 단단히 볼걸 그랬어.'

하고 차츰차츰 인숙에게 호감을 갖게 되었다. 그와 반대로 봉환이가 공부는 비상같이 알고 장난에만 눈이 벌건 것을 보고는

"저걸 남편이라고… 너도 속상헐 날이 멀지 않았다."

하고 인숙을 동정도 하였다. 아직도 대문 밖을 모르는 인숙이가 저의 처지를 이해하고 가엾이 여기는 듯한 눈치를 볼 때, 복순은 자격지심과 모욕을 느끼면서도 두 여자의 마음이 나날이 가까워지는 것을 깨달았다.

065회, 1934.05.29.

⑨ 시집오기 전에는 점례밖에 말동무 하나도 사귀어 보지 못하였던 인숙은 생후 처음으로 복순이와 교제를 해보게 된 것이다. 남편의 가정교사라는데 무조건하고 호의를 갖거니와

'저렇게 공부를 헌 여자와 잘 사귀면 배울 것이 많겠다.'

하고 틈이 있는 대로는 복순과 가까이 지내보려고 하루도 몇 번씩 산정 아랫방으로 드나들었다. 복순이가 이 집에서 거처하기에 조금도 불편한 것이 없도록 해주려고 애를 썼다.

인숙은 저녁 뒤에 다시 복순의 방으로 찾아 왔다. 복순이가

"나두 심심허니 저녁마다 놀러오세요"

하였던 것이다. 봉환은 식전과 저녁때에 겨우 삼십분쯤 다녀 나갈 뿐이라 방속에 갇혀 앉아서 책만 들여다보며 긴긴 해를 보내기는 너무나 지루하였던 것이다.

그러나 둘이 서로 만나면 피차에 무어라고 불러야 할지 몰라서 여간

거북하지 않았다. 복순은, 이 집에 다른 식구들처럼 인숙을 새아씨라고 부르지 않았다. 주인마님의 종의 딸이면서도 '마님'소리가 나오지 않아서 아쉬운 때에야 마지못해 '마님'이라고 부른다. 봉환이도 새서방님이라고 부르지 않고 '봉환 씨'라고, 그나마 씨자도 붙이는 둥 마는 둥 해서 불렀다.

인숙이 역시 면대해서 복순의 이름을 부르기가 거북했다. 경우에 따라 그저 어물어물하여 왔다.

복순은 보던 책을 접어놓으며

"참 이름을 뭐라구 부르세요? 입때 이름두 몰라서."

하고 묻는다. 인숙은 수줍은 태도를 보이며

"난 이름 없어요. 아명밖에는….."

"그럼 작은아씨나 새아씨가 이름이 됐군요?"

"그런 셈이죠."

"민적엔 뭐라구든지 적혔겠지요?"

"그것두 몰라요. 아마 '아기'나 '간난이'라고나 적혔겠죠"

하고 인숙은 상글상글 웃는다. '방울'이란 별명 같은 아명은 가르쳐 주기가 부끄러웠던 것이다.

'인숙이란 이름은 혼인한 지 다섯 해 뒤에야 결혼신고를 할 때 임시로 지어서 개명 신청까지 한 이름이다.'

인숙은 꼭 알고 싶어 묻는 것도 아니면서 말을 자아내기 위해서

"박복순이란 이름은 민적 이름이겠죠?"

하고 물었다. 그 말을 듣자 복순의 고개는 수그러졌다. 얼굴까지 조금 붉어지는 것을 보자, 인숙은

'괜시리 그런 말을 물었나 보다.'

하고 금방 뉘우치며 무안에 취해서 마주 머리를 숙였다. 복순은 무슨 생각을 골똘히 하다가 한참만에야 얼굴을 들며

"내 이름 좋지요? 박복순!"

하고 제 이름을 한숨 섞어 불러보더니

"내 신분엔 꼭 걸맞는 이름이지요. 가지가지로 '박복'헌 나헌테 박복순이란 이름이 붙어 댕기니…."

하고 입모습만 조금 끌어올리며 쓸쓸히 웃는다.

인숙은 무어라고 말대답을 해야 할지 몰라서 눈을 내리 깔았다가

"왜 사위스럽게 그런 말을 해요? 끝의 글자가 '순'자니까 앞으로는 아주 순하게 운이 터질 걸."

하고 위로하듯 한 마디를 꾸며 대었다.

"난 그런 앞날의 운수도 바라지 않아요. 내 팔자가 이렇게 사납다구 탓을 할 사람두 없으니까…."

"참 집엔 아무두 없어요?"

인숙은 알면서도 물었다.

"난 어머니 얼굴도 모르고 자라났다우. 더군다나 아버지는 누군지두 모르구…. 민적에두 내 이름이 빠졌으니깐. 일테면 난 조선 사람이 아니구 땅에서 솟았거나 하늘에서 떨어진 사람이죠. 그렇지 않아요? 그래서 내 떨거지라고는 이 세상에 하나두 없으니깐 여간 홀가분하지가 않거든요"

하고 복순은 그 두툼한 입술을 말아 올려 누르스름한 이빨을 드러내며 웃는다. 그러나 그 표정은 웃는 것이 아니라 울려는 것 같아 보였다.

066회, 1934.05.30.

⑩ 인숙은 이야기를 끊고

"이따가 저녁에 또 올게요"

하고 일어섰다. 부질없이 이런 말 저런 말 꺼내서 복순이가 가장 쓰라리고 아파하는 상처를 일부러 건드릴 까닭이 없었던 것이다.

"나두 저녁 먹구는 어딜 좀 갔다 와야겠어요."

하고 복순은 방을 치우기 시작한다. 인숙은

"동무 집에?"

하고 다리 하나를 문지방에 걸치며 물었다. 복순은

"글쎄요"

하고 고개를 꼬며 말을 할까 말까하고 망설이는 눈치더니

"일주일에 서너 번 뭐 우리끼리 모이는 회가 있는데 내가 책임자니깐 무슨 일이 있든지 꼭 가야만 해요. 여기 온 뒤에 두 번이나 빠져서 동지들헌테 여간 미안허지가 않아서…."

"무슨 횐데?"

"그건 차차 알지요. 참 어머님께나 다른 식구에겐 그런 말을 마서요. 그저 갑갑해서 동무 집에 다녀온다구 나갔다구만 그러세요 꼭이요."

하고 뒤를 다지는 품이

'공연히 너헌테도 그런 말을 입 밖에 냈구나.'

하는 뉘우침도 섞인 듯.

"염려 말아요. 난 입때꺼정 남의 말을 해본 적이 없으니깐. 그렇지만 그 대신 밖에 재미있는 소식이 있으면 들려줘야 해요."

하고 인숙은 안채로 건너갔다.

복순이가 무슨 회에를 다니는지 궁금도 하고 '동지'란 말도 처음 들었

기 때문에 동무를 동지라고도 부르나 보다 하고 인숙은

"동지 동지?"

하고 입 속으로 뇌이면서 저의 방으로 들어갔다.

사실 복순은 여자 사상단체의 대표기관이라고 할 만한 ××회의 간부요, 서무부의 책임자였다. 이제까지 무슨 일이 생길 때마다 앞장을 서왔다. 남 보기에 생색이 나는 일은 사교부나 교양부의 사회적으로 이름이 난 여자들이 하건만, 복순은 일테면 그 회의 부엌데기 노릇을 해왔다. 남이 먹을 음식을 만들어 주면서도 제 몸은 부엌 속에다 숨기고, 다른 사람이 먹고 난 뒷설거지를 해주는 것 같은 허드렛일을 해주는 것이었다. 그런 일을 삼년 동안이나 아무 불평이 없이 충실하게 해왔다.

아무리 모양을 내지 않는 주의자라도 용모와 체격이 아름답지 못한 저 자신을 잘 아는 터이라, 번잡하게 나다니며 여러 사람 앞에 제 꼴을 보이고 싶지도 않거니와, 실상 저보다 공부를 많이 하고 외국까지 다녀와서 사교술이 능란하고 수완이 있는 지도자들의 앞에서는 머리가 들려지지 않았던 것이다.

또 한편으로 다소 인숙의 시어머니의 도움이 있었다 하더라도 낮에는 책이나 화장품을 팔러 소 갈 데 말 갈 데 없이 길거리로 쏘다니고, 그것도 셈이 자라지 않으니까 나중에는 남의 빨래까지 해주고 학비를 얻어 간신 간신히 공부를 하였다. 그 회에서 경영하는 강습소에서 중학교 과정까지 기를 쓰고 마쳤던 것이다.

그러나 그 회의 비밀한 일이나 중요한 문서는 복순을 신용하고 맡기는 터이라 회관에서 숙직을 하고 있으면 무상시로 여간 귀찮게 구는 것이 아니어서 아무도 모르는 곳에 몸을 숨기고 있을 데를 찾아다녔다. 그러다가 마침 인숙의 시어머니에게 청하다시피 해서, 윤 자작의 집에다 은신을 하게 된 것이다.

또는 귀족의 집에 가정교사로 들어갔다는 것도 어느 정도까지는 방패막이도 되었던 것이다. 그래서 가정교사라느니보다는 흔해서 지천을 하는 이 집의 밥을 얻어먹어가면서 일종의 호신술(護身術)로 당분간 ○○궁에 숨어 있기는 한 것이다.

사실 그 회의 회원들 중에 참 정말 빈한하고 미천한 계급에서 나타난 여자로는 복순이가 대표자였다.

"박복순이야 말로 알토란같은 우리의 동지야."

"어쩌면 그렇게 고생을 많이 했건만 누구헌테나 조금두 굽히지를 않거든 우리 회에 꼭 있어야 할 진실한 일꾼이지."

하는 것은 외딴치게 능갈치기로 유명한 그 회의 위원장이 복순을 어루만지는 말이었다.

그 바람에 복순은 걸핏하면 며칠씩 공밥을 먹고 나오는 것을 자랑삼아 지내왔다.

😊 067회, 1934.05.31.

11 어느덧 가을이 되었다. 삼방으로 피접을 갔던 봉환의 작은 형이 돌아온 지도 오래요, 작은동서는 또 아들을 낳아가지고 와서 집안은 떠들썩하였다.

그래서 시부모가 작은 며느리를 위해 바치는 품이 대단하건만 인숙은 저 혼자 쓸쓸하였다.

아침저녁으로 겨드랑이로 스며드는 바람이 쌀쌀해서 새 정신이 돌고 뒤꼍 화단의 국화나무며 장독대 뒤의 고목들은 잎사귀가 누—렇게 바래서 며칠 아니면 우수수하고 마당 가득히 떨어질 것 같다.

담 밑에 우거졌던 풀잎이 시납 없이 시들어가는 것을 볼 때마다 인숙의 마음은 서글펐다.

인숙은 뜰 안으로 통한 쌍창에 기대어 날로 소조해가는 바깥을 내다보며

"아아 얼마 안 있으면 저 나무들이 가지만 앙상하게 남겠구나."

하고 처량하고 외로운 생각이 들어서 눈을 내려 감으며 나직이 한숨을 쉬었다.

저 혼자 의지할 곳이 없는 것 같아서 하염없는 눈물이 핑그르르 돌기도 여러 번 하였다.

더군다나 깊어가는 밤 창밖에서 뒤설레는 바람소리를 들으며 홀로 앉아서 바느질을 하려면 고단한 생각이 온몸을 엄습해서 몸서리가 쳐졌다.

불을 끄고 누우면 으스름한 달빛에 실려 담을 넘어 들어오는 이웃집의 다듬이 소리가 바람결을 따라 어렴풋이 또는 똑똑히 베갯머리에 들린다.

인숙은 그 소리가 듣기 싫어서 손가락으로 두 귀를 막아도 본다. 그러나 이번에는 한층 더 견디기 어려운 외로운 감정이 마음속에서 분수(噴水)처럼 솟아오르는 거야 어찌하랴.

'남편이라고 근처도 못 오게 하고 밤낮 시누이하고만 살라구 시집엘 왔나.'

하다가

'저렇게 아무 생각도 없이 씩씩 잠이나 잤으면.'

하고 봉희가 부러웠다.

몸을 엎치락뒤치락하고 잠을 못 이루다가 발딱 일어나서 불을 켜고 복순에게서 빌려온 책을 들여다보기도 한다. 그러나 다른 생각이 앞을 가려서 글자는 눈에 들어가지 않았다. 그래서 몇 번이나 불을 켰다 누웠다, 일어났다 다시 누웠다 하였다. 그래도 야속하게도 잠은 와주지 않았다.

인숙은 판에 박은 듯이 변화가 없는 단조로운 생활에 그만 넌덜머리가 났다. 아무리 참고 지내려고 애를 써도 가슴 속의 그 무엇이 버러지처럼 꿈틀거리는 것을 억지로 누르기에도 인제는 힘이 지쳤던 것이다.

그럴 때면 인숙은 오밤중이라도 복순의 방으로 갔다. 복순이도 그때까지 잠을 자지 않고 책을 보거나 그렇지 않으면 밤기운이 쌀쌀하건만 툇마루 끝에가 귀신처럼 쪼그리고 앉아서 무슨 생각을 하다가

"그저 안 잤구려."

하고 서로 인사를 하는 것이었다.

복순은 인숙을 곁에 앉히고 세상 형편이며 제가 믿어오고 저 한몸을 바치라는 주의에 관한 설명을 알아듣기 쉽게 해서 들려주었다. 연애나 결혼문제 같은 것도 가끔 끄집어내었다. 제가 책에서 보고 남에게서 들은 대로 되풀이하듯 하기도 하고 어떤 때는 <인형의 집>이라는 연극 이야기도 해서 들려주었다. 때로는 '엘렌 케이'란 서양 여자의 사상이 어떻다는 것도 어려운 시체 문자를 써가며 열심으로 강의를 하듯 하였다.

그러나 인숙은 은연중에 복순의 감화를 받아가는 것이 사실이면서도 복순의 이야기를 알아듣고 이해하기는 어려웠다. 귀여운 자식을 셋이나 버리고 달아난 '노라'의 심리를 알 수 없어서

"그런 매정한 어미가 어디 있담. 짐승두 제 새끼를 귀여워 허는데."

하고 도리어 남편 되는 '헬머'를 동정하였다. 인숙은 무엇보다도 봉환이

가 근자에는 무엇에 반한 사람처럼 제 방에도 잘 들어오지 않고 저와도 서름서름해가는 것이 걱정이었다.

봉환이가 가을 학기에 남들과 같이 새 바람이 나서 학교에도 못 다니는 것이 여간 분하지가 않는데 제게조차 냉정해 가는 것을 볼 때 모든 것이 섧고 야속하기만 하였다.

'왜 나하고도 틀렸을까?'

하고 곰곰 생각을 해보아도 도무지 그 까닭을 알 수 없었다.

그러다 어느 날 저녁때였다. 봉희가 뛰어 들어오더니

"아 오빠가 산정 다락 속에 가 갇혔구려."

하고 눈동자를 굴리며 수선을 부린다.

12 "아 왜?"

하고 인숙이도 눈을 희동그렇게 뜨고 물었다. 그러나 봉희는

"누가 아우. 또 밤중에 담을 뛰어 넘다가 들킨 게지. 어머닌 화가 잔뜩 나셔서 아무 말씀두 안 허시구 다락엔 근처두 못 가게 하십디다. 아마 아버진 모르시나봐."

"그럼 다락에가 갇힌 줄은 어떻게 알았수?"

"침모가 날 보구 귓속을 허겠지."

"그럼 점심두 굶으셨겠구려?"

"배두 좀 고파봐야지. 학교에두 안 댕기구 그렇게 밤낮 장난만 허구서 걸핏하면 나만 윽박지르다간 갇혀두 싸지 뭘."

하고 입을 삐쭉거리는 것이 도리어 고소하게 여기는 눈치다.

봉희의 태도가 그처럼 냉정하니 종아리를 맞을 때처럼 구원을 청할 수가 없어 인숙은 어찌했으면 좋을지 몰랐다. 잘잘못간에 남편이 진종일 다락 속에가 감금을 당하고 있다는데 모른 체하고 있을 수는 없지 않은가.

'또 누구허구 상없이 쌈을 허다가 상처를 냈나?'

'복순이허구 그—예 드잡이가 났나? 복순이가 지각없이 마주 대들진 않았을 텐데….'

'노상 어어 하고 아들을 떠받들기만 허시는 어머님이 여간해서는 그렇게 화를 내시지 않으실 텐데….'

하다가

'어쨌든 산정으로 가서 눈치나 봐야지.'

하고 일어섰다. 남편이 가끔 벌을 당하는 것은 오히려 다행히 생각도 되지만, 점심을 굶은 것이 가엾었던 것이다. 그러나 맨손으로 가기가 무엇해서 봉환의 솜두루마기 하던 것을 싸들고 될 수 있는 태연한 걸음걸이로 갔다.

시어머니는 양미간에 내 천(川) 자를 쓰고 앉아서 자기 앞으로 지내가는 며느리를 흘깃 보고는 담배통이 우그러져라 하고 재떨이를 두드리며 다시 거들떠보지도 않는다.

인숙은 버선등만 내려다보며 기다란 난간을 휘돌아 아래채로 내려갔다. 누마루를 지나갈 때 등 뒤에서 창살을 똑똑 두드리며

"문 좀 열어 주."

하는 봉환의 목소리가 들리는 듯해서 잠시 발을 멈추며 다락 편을 흘끔 돌아다보았다. 그러나 굵다란 덧문 창살이 촘촘히 꽂힌 다락 편에서는

인기척이 없다.

"고만 허기가 져서 지쳐 늘어졌나 보다."

하니, 시어머니의 하는 일이 너무 가혹한 것 같았다.

인숙은 침모의 방문을 열고 들어서며

"저— 서방님 다녀 나가셨나?"

하고 넌지시 침모에게 물었다.

복순은 돌아앉아 편지를 쓰기에 골몰해서 돌아다보지도 않는다.

솜반을 짓고 있던 침모는 인숙의 치맛자락을 잡아당기며 복순의 편으로 눈 하나를 찌긋해 보인다.

'아뿔싸 복순이는 모르는 모양인데.'

하고 인숙은 침모의 눈치를 채었으나 한번 입 밖에 떨어뜨린 말을 주워 담을 수가 없어서

"뭘 그렇게 정신없이 쓰구 있어요?"

하고 말끝을 돌렸다. 복순은 그제야 잠깐 고개를 돌리며

"참 오늘은 온종일 봉환 씨를 구경두 할 수가 없으니 웬일이야요? 밖에 꼭 나가 봐야 헐 일이 있는데…"

하고 복순은 아무것도 모르는 듯 봉환이가 들어오지 않는 까닭을 묻는다.

"글쎄."

하고 인숙은 사색도 보이지 않고 미닫이를 닫고 나왔다. 조금 있자 침모가 따라 나오더니 인숙에게 눈짓을 해보이며 세간만 넣어 두는 다음 방으로 들어간다. 인숙은 그 뒤를 따라 들어섰다. 인숙은 잠자코 침모의 입만 쳐다보았다. 그 입에서 무슨 말이 떨어질지 몰라서 가슴이 두근거

렸다.

"마님께서 오늘 수복이네 식구를 쫓아내신 줄을 여태 모르세요?"

하고 귓속하듯 한다.

"몰랐어."

인숙은 머리를 흔들었다.

"새서방님이 저 누마루 다락에 갇히신 줄두요?"

"입때 방구석에서 바느질만 헌 사람이 알긴 뭘 알어. 아—니 대체 웬 일야?"

인숙은 침모에게 달려들 듯하며 조급히 묻는다. 침모는 목소리를 더 낮추며

"나한테서 들으셨단 말씀은 마세요."

하고 침모는 손을 내졌더니

"아 새서방님이 벌써 얼마 전버텀 수복이네 행랑방에 가 사시다시피 허셨는데…."

하고 수다스럽게 서두를 늘어놓는데 갑갑증이 나서 인숙은

"그래서?"

하고 재촉을 하는데 복순이가 문을 펄썩 열고 머리를 쑥 들이밀며

"무슨 얘기들이야요? 나두 좀 들읍시다."

하더니

"참 저길 좀 가보세요. 아까버텀 쿵쿵 허구 마루청을 구르는 소리가 자꾸만 나요."

하고 도깨비가 장난이나 하는 줄 아는지 누마루 편을 가리킨다.

세 사람은 소리가 난다는 편 쪽을 올려다보았다. 무슨 소리가 나는 듯

하다가 다시 잠잠해지더니, 창살에 바른 창호지를 북—하고 찢어내는 소리가 들리자마자 그 사이로 댓줄기같이 뻗치는 하얀 줄기가 폭포수처럼 콸콸 쏟아져 내린다.

069회, 1934.06.02.

⑬ 그것을 보자 인숙은 얼굴을 돌렸다. 금세로 그 얼굴은 새빨개졌다. 다락창살 틈에서 쏟아져 내리는 것은 봉환이가 온종일 참다 참다 못해서 부끄러운 생각도 없이 내려대고 깔기는 오줌 줄기였던 것이다.

인숙은 한참이나 잠자코 머리를 숙이고 섰다가 세간방에서 나왔다. 수복이네 식구까지 쫓겨 나갔다는 말에 마음속으로 약간 짐작되는 것이 없지는 않으나, 복순이가 듣는데 침모에게 그 이상 더 자세한 것을 묻고 싶지가 않았다. 복순이와는 뱃속까지 뒤집어 보일 만치 친숙해지고 서로 비밀한 이야기까지 숨김없이 해오는 사이가 되었지만 그럴수록 제 남편의 추태를 보이기는 싫었다. 그렇지 않아도 복순이가 제 남편을 우습게 여기고 알부랑자처럼 다루는 것이 속으로는 여간 분하지가 않은데 게다가 더 업수이 보고 웃음거리까지 장만해 주고 싶지는 않았다.

인숙은

'이따가라도 조용히 물어 보면 알겠지.'

하고는 복도로 나갔다. 복순도 무엇을 짐작하고 무색한 듯이 제 방으로 들어가더니 문을 닫아 버린다. 인숙은 침모에게

"이따 좀 건너 와."

하고 넌지시 이르고 나서 머리를 푹 수그리고 복도를 걸었다. 걷기는 하면서 발길을 어느 편으로 떼어놓아야 할지 몰랐다.

'오죽이나 급해야 그랬을까.'

'진종일 갇혔으니 얼마나 시장할까.'

하고 생각할수록 남편이 가엾었다. 무슨 잘못을 했든지, 어떠한 죄를 졌든지 간에 가엾은 생각이 앞을 섰다. 종일 군입을 놀리면서도 밥 때가 조금만 늦으면 허수증이 난 늙은이처럼 반빗아치를 몰아대는 사람이 아닌가.

인숙은 다락을 쳐다보았다. 그리고

'내가 아니면 누가 사정을 알아주랴.'

하고 어른에게 걱정을 들을 각오를 하고 마루 앞으로 바싹 다가서 걸었다. 마음이 끌리는 대로 자연히 다리도 끌려간 것이다. 그러나 제가 바로 다락 밑에 와 선 것을 창살 틈으로라도 마침 내다보면 모르지만 턱 밑에까지 와도 감감한 것을 보고는 언뜻 한 꾀를 내었다.

"여봐 침모, 그건 오늘 다 꿰매 놔야 해."

하고 일부러 목소리를 높였다. 뜰아랫방에서

"네―."

하고 긴대답하는 소리가 들리자 아니나 다를까 창살을 드―ㄱ 긁는 소리와 함께

"여보 여보!"

하고 황급히 부르는 소리가 바로 인숙의 머리 위에서 들렸다. 봉환은 오줌을 누던 구멍에다 입을 대다시피 하고

"배고파 죽겠수. 어서 먹을 것 좀….'

한다. 그 목소리는 사실 허기가 심해서 목구멍으로 기어들어가는 소리다.

인숙은 고개를 숙인 채 위에 들릴 만큼

"네."

하고는 급히 뜰 안을 돌아 지밀로 들어갔다. 먹을 것을 들여 밀다가 시어머니에게 들키는 날이면 큰일이 나겠어서 미리부터 조마조마한데 과일이나 과자는 요기가 될성부르지 않고, 그렇다고 밥을 갖다 줄 수도 없다.

'무얼 갖다 줄까?'

하고 찬마루에서 사방을 둘러보아도 마땅한 것이 없다. 인숙은 생각다 못해서 제 방으로 들어가 돈 십오 전을 꺼내 가지고 나와서 동자치에게

"설고 하나만 사와. 얼핏."

하고 돈을 손에다 던져주었다. 동자치는 한달음에 뛰어 나가 설고를 사서 행주치마 속에 감추어 가지고 들어왔다. 인숙은 그것을 받아 기다란 치맛자락에 휩싸서 쥐고는 뒤를 흘깃흘깃 돌아다보며 산정채로 갔다.

'걱정을 들으면 대사냐. 종일 굶은 사람도 있는데.'

하고 발자국 소리를 죽이며 뜰 안으로 살금살금 돌아가는데

"에헴 에헴."

하고 사랑에서 들어오는 시아버지의 기침소리가 들렸다. 인숙은 자지러지게 놀라 허리를 꼬부리고 앙금살살 기어서 누마루 뒤로 돌아갔다.

😊 070회, 1934.06.04.

⑭ 인숙은 누마루 돌기둥에 은신하고 있다가 시아버지의 아랫도리가 댓돌 위로 올라가는 것을 보고 나서 다락문을 똑똑 두드렸다. 거의 동시에 찢어놓은 창살 틈으로 설고를 틀어넣고는 달음질을 해서 침모의 방으로 들어갔다. 그동안 불과 몇 분 동안밖에 아니 되건만 인숙은, 크나큰 모험이나 한 듯 상기가 되고 다리가 떨리고 숨까지 가빴다. 자칫하면 시

부모의 큰 꾸지람이 내릴 것이 겁이 더럭 나건만 감금을 당한 남편을 위하여서는 그보다 더한 일이라도 할 만한 용기가 났던 것이다.

그동안 복순은 밖으로 나가고 없었다. 인숙은 그제야 안심을 하고

"글쎄 이게 웬일이야? 뭘 잘못허고 저 지경을 당하셨어?"

하고 침모에게 재우쳐 물었다. 침모는 입이 궁금해 죽을 뻔했다는 듯이

"나두 수복 어멈이 아까 들어와서 울고불고 하는 것만 들었지 내 눈으로 보지는 못헌 일이지만."

하고 이야기의 부리를 따기에도 한참이나 걸린다.

"아 어서 무슨 까닭인지 그것버텀 말을 해. 온 갑갑해 죽겠네."

하고 인숙은 짜증을 더럭 냈다.

"새서방님이 수복이란 녀석허구 밤낮 얼려 댕기지 않으셔요?"

"그래?"

"요샌 수복이가 없는데도 줄창 행랑엘 드나드시는 게 수상쩍다고 행랑것들이 숙덕거린 지 벌써 오랩죠. 수복어멈은 드난을 사는 사람이 제 방에 붙어 있을 때가 있나요."

침모가 여전히 복판은 건드리지도 않고 변죽만 울리는데 열이 나서 인숙은 성미를 발끈 내며

"아 그래 행랑방엘 놀러 다닌다구 가두셨단 말야?"

하고 새되게 묻는다.

"아이 새아씨두 퍽두 급허신가베. 글쎄 들어보세요. 접때는 수복어멈이 저녁 설거지를 다 한 뒤에 나가서 제 방의 문을 열려니까, 문고리가 안으로 걸렸더래요. 그래 문 열라고 잡아 흔드니까 한참만에야 문을 여는데 아 새서방님이 어떤 계집애허구…."

"뭐야?"

하고 인숙은 제 발등에 무엇이 철썩하고 떨어지는 순간처럼 눈과 입을 동시에 커다랗게 벌리며

"그래 그 계집애가 누구야?"

하고 침모의 멱살이나 잡아당기듯이 달려든다.

"왜 대문 밖에서 밤낮 뚱땅거리구 장구를 치는 소리가 나지 않아요? 그 무당인지 삼팬지 모르는, 계집이 데리고 들어온 의붓딸이래요. 뭐 이름은 도화라던가요. 열여덟 살이나 먹은 계집애가 입때 머리를 땋고 다니는 걸 나두 여러 번 봤어요. 저의 어멈이 기생조합에다 박어서 치맛자락을 휩싸 쥐고는 방둥이를 내젓고 다니는 걸음걸이가 벌써 탈이 나도 여러 번 난 계집애야요."

침모의 수다는 풀려나오기 시작을 하는데, 인숙은 몸이 뻣뻣이 굳은 것처럼 말을 더 묻지도 못하고 대답도 못한다. 얼굴빛은 붉다 못해 해쓱해지고 입술은 폭양에 바랜 꽃잎같이 하얘졌다.

"그게 한 번도 아니고, 벌써 여러 번째래요. 그렇지만 새서방님이 수복 어멈의 말을 들으시나요. 고 빤들빤들하게 기름때가 묻은 계집애년이 겁이 있나요. 여우처럼 꼬리를 흔드니까 숫배기 서방님이 홀리실 수밖에요. 그날은 아마 수복이란 놈이 파수를 보다가 어딜 갔던지요."

인숙은 여전히 말이 없다. 온몸을 오들오들 떨고 새근새근하고 숨소리만 높아간다.

"기왕 그럴거들랑 아무도 모르게 쉬— 쉬— 했다면 좋을 걸 수복어멈이 제 자식을 북 패듯하고 야단법석을 하는 통에 말전주 잘 허는 동자치가 보고 들어와서 조동아리를 놀렸나 봐요. 뭐 긴헌 체하고 그예 마님한

테까지 고자질을 해 바친 모양이야요 그러니 아무리 무심하신 마님이시기로 그런 말을 들으시고 가만히 계시겠어요? 고년이 원체 간에 가 붙고 천엽에 가 붙고 하는 년이거든요."

하고 침모가 신이야 넋이야 하고 넋두리하듯 하는데 인숙은 파랗게 질린 입술을 발발 떨며

"듣기 싫어!"

하고 한마디를 톡 쏘더니 그 자리에가 기절할 듯 펄썩 주저앉았다. 흑흑 느껴 울기를 시작한다.

071회, 1934.06.05.

15 인숙은 참을래야 참을 수 없이 분하였다. 봉환이가 도화란 계집애를 얼싸안고 끼고 놀던 장면을 이 눈앞에 그려볼수록 분이 적덩이처럼 치밀어 올라서 당장에 버선발로 쫓아나가

"너 이년, 네가 내 남편을, 아직 한방에도 들어보지 못한 내 남편… 이 죽일 년 같으니."

하고 머리채를 잡아 낚구어 엎어 놓고는 꼬집고 쥐어뜯고 제 남편과 마주대고 부비던 그 계집애의 살을 물어뜯어도 시원치가 않을 것 같았다.

인숙은 생후 처음으로 그런 경우를 당하지만, 전신의 뜨거운 피가 와짝 머릿속으로 거꾸로 흘러들어 지글지글 끓을 것 같은 질투를 느껴 보기도 처음이었다. 잘 드는 칼로 가슴 한복판을 갈라 버리거나 제 몸을 시뻘건 불길 속에 던져 형용도 없이 자취도 없이 활활 태워버리고 싶도록 감정이 흥분되어 보기도 또한 처음이었다. 침모는

'이를 어째. 내가 괜히 여러 말을 했구나.'

하고 후회를 하며

"새아씨 이러지 마세요. 분허기야 허시겠지만 양반님네들이 젊어 한때는 행랑오입을 허시는 게 예산 걸요. 전에 우리 댁 서방님은 행랑계집애헌테 첩장가를 다 드셨더랍니다."

하고 인숙의 어깨를 가벼이 흔들며 위로한다. 그 말은 인숙의 가슴속에 붙은 불길에 부채질을 더해줄 뿐.

"예사는 뭐 예사야. 수복어멈을 불러다 줘. 어서."

하고 소리를 지르며 전에 없는 포달을 부린다.

"고만 두세요. 내가 그런 말을 헌 게 불찰이지. 아씨는 그저 잠자코 계셔야 합네다. 더러운 건 들출수록 냄새가 난다구 아씨가 그렇게 강짜를 허시고 떠드시면 소문새만 더 사납게 날걸요. 그저 아씰랑은 점잖게 꾹 참으세요. 서방님두 저렇게 단단히 혼이 나시니까 다시는 안 그러실 걸요."

하며 침모는 지궁스러이 인숙의 마음을 가라앉혀 주려고 애를 쓴다.

"다 듣기 싫어. 난 이 집에서 안살 테야. 누가 그 꼴을 보구 산담."

하고 인숙은 발딱 일어나 앉으며 손가락으로 갈퀴질을 하듯 앞머리를 긁어 올린다. 눈동자에는 핏발이 서고 입술은 독살스럽게도 꼭 다물려졌다. 이제까지 그다지도 상냥스럽고 양순하던 인숙의 얼굴에서 지금처럼 독살스럽다고 할 만치 험상스러워진 표정을 본 사람은 없었으리라. 숨까지 할딱할딱 쉬고 앉았는 것이 참새를 잡으려고 발톱자국까지 내놓고 놓쳐 버린 새매와 같다고나 할 만치 표독해 보였다.

그러자 산정에서 시아버지의 큰소리가 두어 번 나더니 발에 밟히도록 옹구바지를 입은 봉환이가 댓돌을 내려서 어깨를 축 늘어뜨리고 담 밑으로 비슬비슬 피해서 안채로 들어간다.

인숙은 봉환을 쏘듯이 바라다보았다. 보다가는 더러운 것과나 눈이 마주친 듯이 고개를 홱 돌렸다.

"저게 입때까지 내가 위해 바치던 남편이람. 모든 걸 참고 지내오던 보람 없이 그래 나를 이렇게 욕을 뵈야 옳담."

하고 뾰족이 내밀었던 입술을 악물었다.

제 남편인 봉환이가 그다지 마주 건너다보기도 싫고 근처도 가기 싫도록 미워지기도 또한 처음이다.

'요새 그 따위 짓을 허느라구 나는 본체만체 했군. 그년헌테 홀려서 더 정신없이 지냈군.'

하다가

'한 열흘 굶어도 싸지. 굶어 죽어도 누가 알어.'

하고 그다지 가슴을 졸이며 설고를 사다가 준 것까지 후회를 하였다.

그날 저녁 인숙의 자취는 ○○궁 안에서 찾을 수가 없었다.

😊 072회, 1934.06.06.

16 봉환은 활동사진 구경을 다니기 전까지는 남녀의 관계를 잘 알지 못하였다. 저보다 나이가 많은 동무들의 꼬임도 받았고 수청방이나 작은사랑에서, 할 일이 없어서 몸을 비비 꼬는 청지기나 놀러 오는 사람들의 잡담을 하는 소리를 들었고 색시를 다루는 법은 어떻다느니 노는계집과 상관을 하는 데는 어떻게 해야 한다느니 하고 지껄이는 음탕한 이야기를 여러 번이나 듣기는 들었다. 그러나 봉환은 나이도 있거니와 아직도 숫배기라 그런데 눈을 뜰 줄 몰랐다. 그러다가 우미관에를 다니기 시

작하면서부터 생각이 달라졌다.

처음에는 말을 타고 달리고 총을 놓고 하는 활극이나 정탐극 같은 것이 어깻바람이 나도록 신이 나고 아기자기하게 재미가 나서 손뼉을 치고 소리를 질렀다.

그러던 것이 차차 변해서 연애극에 착심을 하게 되었다. 희멀끔한 살이 내비치도록 알따란 옷을 입은 서양 여자를 끼고 춤을 추는 징글징글한 장면을 보았다. 그들이 서로 껴안고 살을 부비며 입을 맞추는 것을 눈여겨보았다.

그런 장면의 필름이 끊겨서 불이 끔벅하고 꺼지면 아래층에서는

"불 켜라 불 켜."

하고 저만큼씩한 학생들이 소리를 지른다. 발을 구르며 휘파람을 분다. 무대 위로 귤 껍데기나 심하면 라무네병이나 모자까지 집어던진다.

봉환이도 다른 아이들이 하는 대로 흉내를 내었다. 그러다가는 서양 사람들이 술을 마시며 질탕히 노는 것과 남녀가 만나기만 하면 연애를 하는 것도 구경만 하는 것이 싱거워졌다. 그네들이 하는 대로 실제를 해보고 싶은 충동을 느꼈다. 그런 것을 보면 누구든지 다 좋아하지 않는가. 위층에 버티고서 구경을 하는 아버지 같고 형님 같은 점잖은 사람들도 연애하는 장면만 보면 손뼉을 치지 않는가.

'나두 한번 해볼까.'

'그렇지만 누구허구 그래 볼까.'

하고 길에서나 집에 와서나 활동사진에서 본대로 실습을 해볼 상대자를 상상해 보았다.

"애 우리두 한번 그렇게 놀아 보자꾸나."

하고 행랑방에서 수복이하고도 여러 번 공론을 해보았다.

봉환의 눈앞에 맨 처음 그 상대자로 나타난 것은 인숙이었다. 누구보다도 저에게 친절하고 싹싹하고 어여쁜 제 색시였다.

사실 봉환은 제 색시와 가까이 하고 싶었다. 한방에서 자고도 싶었다. 무슨 일이든지 청하는 대로 들어주는 제 색시가 제가 하자는 대로 아니할 리가 없다. 그래서 색시 방에 들어가

"난 여기서 잘 테야."

하고 일부러 졸린 체도 해보았던 것이나, 그러나 어머니는

"너 그 방에 자주 드나들면 못 쓴다."

하고 몇 번이나 걱정을 하지 않았던가.

"일찌감치 들어와, 자거라. 공부도 꼭 작은사랑에서 허구."

하면서 인숙의 방에서는 놀지도 못하게 하고 좀 오래만 앉았어도 큰일이나 날듯이 불러들이는 사람은 별당 할머니가 아니었던가.

그러나 봄을 알기 시작한 봉환은 보드라운 바람의 유혹을 받지 않을 수 없었다. 바윗돌이라도 뚫고 나올 듯한 본능(本能)의 싹을 억지로 막아낼 수가 없었다.

그러던 차에 이웃에 살아 아침저녁 만나는 관계로 수복이를 이따금 찾아오는 도화를 알게 되었다. 봉환이보다 나이가 세 살이나 더 먹은 도화는, 귀공자요 해끔하게 생긴 봉환을 놓칠 리가 없었다. 두 남녀는 나날이 친해갔다. 하모니카도 불고 서로 유행창가도 하며 놀다가 집안사람의 눈을 피해서 활동사진 구경까지 같이 다녔다.

수복의 부모는 새서방님이 누추한 행랑방에 와 노는 것을 영광으로 아는지 처음에는 자리를 비켜주기까지 하였다. 수복이는 뚜쟁이처럼 두 남

녀를 불러다 붙여놓고는 대문간에서 망을 보았다.

　그래서 봉환과 도화는 마음을 놓고 활동사진에서 본 대로 흉내를 낼 수 있었다. 성(性)에 눈을 뜬 지 오래인 도화는 살결 보드라운 봉환이가 제가 경험한 나이 많은 사내보다 녹녹하였고, 어딘지 모르게 거북해서 인숙에게는 손을 대기가 어려웠던 봉환은, 제가 하자기도 전에 착착 휘감기고 애교를 똑똑 떨며 부리는 도화가 그런 짓을 하기에 만만하였던 것이었다.

073회, 1934.06.07.

　⑰ 시부모의 허락도 없이 인숙이가 친정으로 가기는 이번이 처음이었다. 봉희에게만

　"어머님께서 찾으시거든 집에 급헌 일이 생겼다구 부르러 와서 갔다구 여쭈어 주."

하고 어둡기를 기다려 계집애 하나도 데리지 않고 뒷문으로 빠져서 삼청동 집으로 갔다.

　그런 일을 당한 것이 너무나 설통해서 잠시도 시집에는 있기가 싫었다. 유모하고나 같이 있었으면 으레 앞을 세우고 갔을 것이지만 유모는 아들이 모군을 서다가 다섯 길이나 되는 비계 위에서 떨어져서 졸연히 갈 수가 없다는 데서 편지가 온 지도 얼마 아니 되었다. 그래서 인숙은 유모의 정경이 하도 가엾어서 두 번이나 돈을 부쳐 주었다.

　그래서 어머니에게 실컷 하소연이나 해보려고 나섰던 것이다.

　경직은 또 어디로 갔는지 집에 없고 경직의 첩은 무엇을 낳아 놓을지도 모르면서 첫아들을 배었다고 유세가 대단해서 웬만한 사람이 오면 내

다보지도 않는다.

건넌방에는 불도 아니 때었는지, 어머니는 찬 기운이 도는 방바닥에 알따란 요 하나만 깔고 누워서 손녀를 재우다가

"네가 웬일이냐 응? 무슨 일이 생겼니?"

하고 심상치 않은 딸의 눈치를 흐릿한 눈으로 살펴본다. 인숙은 아무 말도 없이 어머니 앞에 펄썩 주저앉으며

"난 인제 안 갈 테야요."

하고는 어깨를 떨며 소리를 죽여 운다.

"그게 무슨 소리냐. 너 뭘 잘못허구 쫓겨 왔구나. 사람 하나두 못 데리구서."

하고 떨리는 손으로 딸의 손을 쥐고 끌어당긴다. 어머니의 목소리도 기신없이 떨려나온다.

인숙은 울음을 섞어가며 눈물을 씻어가며 자초지종을 쫙 이야기하였다. 어머니의 얼굴의 주름살은 점점 펴졌다. 딸의 이야기를 듣자 대수롭지 않은 일인 듯이 차차 안심이 되었던 것이다. 그러면서도 고개만 조금씩 끄떡이며 잠자코 딸의 말을 듣고만 앉았다가

"난 무슨 큰일을 저지른 줄 알구 가슴이 다 내려앉았다. 온 그만 일을 가지구 시부모에게 여쭙지도 않고 온단 말이냐."

하고 딸을 나무라듯 한다.

인숙은 어머니까지 제 속을 몰라주는 것이 더 한층 야속해서

"어째 분허질 않아요? 벌써 서방이 몇씩 되는지 모르는 계집애년헌테… 뺏겼으니 어느 여편넨 분허지 않겠어요? 그래 어머니가 그런 일을 당하면 참으시겠어요?"

하고 어머니가 어쩌기나 한 것처럼 폭폭 대든다.

"나두 참었다. 못 참을 일두 많이 참었느니라. 넌 지금 첨 당허는 일이니까 분허기두 허리라만 아직 경력이 적어 그러니라."

"그럼 어머닌 절더러 자꾸 그런 일을 당허란 말씀이야요?"

인숙은 어머니에게 질문하듯 한다.

"그럼 여편네가 참지 어떡허느냐. 더군다나 양반의 집 여편네란 그런 데 시기를 해서는 못 쓴다. 너의 어르신네가 좀 얌전허셨니? 남의 여편네란 거들떠 보지두 않으시는 양반이 젊으셨을 땐 속을 무던히 태셨느니라. 행랑계집애나 같으면 괜찮게…."

하고는 눈을 내려 감고 아득히 지나간 옛날의 기억을 더듬더니

"그까짓 지난 일을 다 이야기해 뭘 허겠니마는 그저 참어라. 참는 수밖에 없느니라. 시쳇말로 여편네의 강짜란 못 쓰는 거다. 그저 오장 빠진 사람처럼 모르는 체 하고 있으면 사내의 맘이란 그래두 귓머리 마주 푼 사람헌테로 돌아오는 법이니라. 실컷 오입을 해보다가는 지각이 나면 조강지처가 소중한 줄 알아지는 법이거든."

하고 콜록콜록 기침을 해가며 순순히 타이른다.

그러나 어머니의 타이르는 말쯤으로 인숙의 분은 가라앉지 않었다. 어머니가 덮어놓고 참기만 하라는 말이 너무나 억지의 말이요 억울하기만 하였다.

"그럼 젊어선 다른 계집한테 실컷 외입을 허다가 싫증이 나서 다 늙어 의지할 데가 없어서 기어들어도 좋다는 말씀이야요? 죽기 전에 남편이 맘을 잡은 거나 감지덕지 허란 말씀야요?"

"그렇지. 우리 같은 여편네들은 다 그렇게 참구 지내왔다. 그러길래 옛

날버텀 행여 여자의 몸으로 태어나지 마라, 평생의 고락이 남의 손에 달렸다는 말이 있지 않으냐."

하고 어머니는 긴 한숨을 맥없이 내쉰다.

인숙은 뒤로 물러앉으며

"난 죽으면 죽었지 그런 여편넨 되기 싫어요! 그런 꼴까지 보면서 구차허게 살 까닭이 어디 있어요!"

인숙의 목소리는 더 한층 여무졌다. 그 눈에도 여무진 결심이 보였다.

074회, 1934.06.08.

정조(貞操)

[1] 밤이 들며 비가 왔다. 추녀 끝에 다 삭아 떨어진 함석장 위에 부딪는 밤비 소리가 요란하다.

"철 아닌 비는 왜 올까. 이렇게 방이 차서 어디 주무시겠수."

하고 인숙은 요 밑에 손을 넣어보고 일어서 안부엌으로 들어갔다. 그러나 땔나무라고는 불쏘시개밖에 없다.

"다달이 보내주는 나무는 안방에다만 처질러 땠나."

하고 인숙은 대문 밖으로 나갔다. 맞은짝 구멍가게로 손짓을 해서 장작 두 단을 들여다가 쪽마루 밑에 쪼그리고 앉아서 찬비를 맞으며 불을 지폈다. 늙으신 어머니의 쇠잔한 뼈가 차디찬 돌바닥에 얼어붙을 것 같아서 그대로 보고만 앉았을 수가 없었던 것이다.

"애야, 그만 둬라, 줄창 냉방에서 자는 걸."

하고 어머니는 자꾸만 딸더러 들어오라고 성화를 한다.

어머니는 덮어놓고 참으라고는 하고도 딸의 일이 걱정이 되어서 눈을 붙일 수 없었다. 자기보다는 참을성이 많은 대신 야무지고 결곡한 딸의 성질을 잘 아는 까닭에 사위에게 대한 마음이 졸연히 풀리지 않을 것도 짐작이 되었던 것이다.

　'그 애가 어느새 그런데 눈을 떠서 어떡허나. 한번 그런 버릇이 생기면 졸연히 마음을 못 잡을 걸.'

하고 끝끝내 딸의 속이 상할 것이 애처로웠다.

　인숙은 불을 다 때고 나서 몽당비를 들고 아궁이 언저리의 나무 부스러기까지 싹싹 쓸어 넣고 일어서는데 대문 소리가 삐걱하고 났다.

　'오빠가 들어오는가 보다.'

하고 내다보려니까

　"새아씨 여기 와 곕쇼?"

하고 시어머니에게 말전주를 잘 하는 그 계집종이 비 맞은 족제비 꼴을 하고 들어온다. 인숙은 아궁이의 불빛에 비쳐보고

　"웬일이야?"

하고 물었다. 계집종은

　"아이고 새아씨가 손수 군불을 다 때시네. 그런뎁쇼, 대감께서…."

하고 가까이 다가오더니

　"어른헌테 간다 온다 말도 없이 친정으로 갔다고 걱정이 내립셨는데, 마님께서 웬만하면 인력거라두 타구 오십시사구 합셔서 왔습니다. 그러다 큰 걱정이 나리시면 어떡합니까."

하고 같이 가기를 재촉한다. 인숙은 방으로 들어가며

　"나 안 가. 몸이 아퍼서 예서 잘 테야."

하고 문을 탁 닫았다.

　가고 아니 가는 것은 별문제로 치고라도 고자질을 잘하는 계집하인이 친정에까지 쫓아온 것이 여간 얄밉지가 않았던 것이다.

어머니는 밖에서 하는 말을 듣고

"애야, 가거라. 속 상허는 일이 있더래두 시부모의 말씀까지 거역허는 법이 어디 있니? 안 가면 어른들헌테 불공한 사람이 된다."

하고 떨리는 팔을 짚고 몸을 일으킨다.

"싫여요, 난 그 집에 안가요! 누가 시부모 바라구 시집엘 갔나요. 하나는 그 지경인데 누굴 보러 가란 말씀야요,"

하고 인숙은 어머니 옆에 가 쓰러져버린다. 계집하인은 그저 방 밖에 가 비를 맞고 서서

"꼭 뫼시구 오라구 신신당부를 하셨는뎁쇼. 그렇지 않아두 아까 수복 어멈이 들어와설랑 눈이 뒤집혔는지 '겨울은 닥쳐오는데 이렇게 없는 사람을 내쫓는 법이 어디 있느냐'구 마님께 더럭더럭 대들면서 '그래 댁의 아들이 헌 짓이지 내가 그 년을 붙여줬느냐'구 사뭇 몸부림을 했답니다. 그래서 대감마님께서…."

하고 주책없이 입을 놀리는데

"듣기 싫어! 입을 닥쳐 두지 못허구… 누가 여기까지 와서 그따위 조동아리를 놀리랬어."

인숙은 듣다 못해서 바람 소리를 질렀다. 한편으로는 안방에서 그런 소리를 들을까 보아 여간 창피스럽지가 않았던 것이다. 그러는 판에 대문간이 왁자지껄하더니 두루마기 자락을 풀어헤친 경직이가 인력거꾼에게 부축이 되어 들어온다.

술이 진흙같이 취해서 헤갈을 하고 다니다가 인력거를 타고 오기는 했으나 인력거 삯도 없이 무작정하고 탄 모양이다. 내일 받으러 오라하니 못하겠다거니 중문간에서 한참 승강이를 하더니 경직이가 안방으로 들

어가자

"돈이 어디 있어요."

하고 무명을 찢는 듯한 소리가 귀가 따갑게 들린다.

인숙은 듣다못해 마루 끝으로 나가서 인력거 삯을 달라는 대로 치러 주었다.

경직이가 벌떡 일어나 비틀거리며 나오더니 혀 꼬부라진 소리로

"오, 윤집 왔구나. 너 마침 잘 왔다. 상덕은 입어두 하덕은 없다더니 난 가지가지로 누이 덕을 입으란 팔자야 헛허허허. 그렇지만 나두 한번 뽐낼 때가 있다. 이걸 좀 봐."

하고 누이의 손을 끌어당겨 주머니에서 커다란 봉투 속에 든 무슨 서류 와 지도 같은 것을 꺼내서 펴놓더니

"이게 광맥을 발견헌 지도란 말이다. 응 알겠니? 이게 허가만 나오면 너 금송아지 하나쯤이야 못 사주랴. 그저 눈 꿈쩍허구 몇 달만 참아라. 너두 내게 아쉰 소리를 할 때가 있을지 누가 아니 헛허허허."

하고 다시 누이의 손을 잡아당겨 썩은 감 냄새가 물큰물큰 나는 입에다 부비댄다. 인숙은 오라비의 손을 뿌리치며

"인젠 오빠두 정신을 좀 차리셔요!"

하고 한마디 매몰스럽게 쏘아붙이고는 건넌방으로 들어갔다.

😊 075회, 1934.06.09.

② 그 이튿날 인숙은 시집으로 갔다. 시아버지가 탈 것까지 보냈을 뿐 아니라 어머니가 밤새도록 달래고 타이르고 나중에는 빌다시피 해서

"어머닌 퍽두 성화를 허슈. 난 인젠 어머니헌테두 안 올 테야요"

하고 마지못해 인력거를 탔던 것이다.

"어둔 밤에 사람두 안 데리구 더군다나 간단 말두 없이 친정엘 가는
법이 어디 있느냐."

하고 시부모는 뜻밖에 과히 걱정은 하지 않았다. 자기네 아들의 허물을
며느리에게 둘러씌울 수도 없거니와 항상 '무슨 일이든지 그저 무사타첩
이 제일이니라' 하고 그 신조를 지켜 와서 남들에게 태화탕이란 별명까
지 듣는 시아버지가 이번 일도 묵주머니를 만든 모양이다. 어쩌면 자기
도 소싯적에 한 일이 생각이 나서 아들만 꾸짖을 용기가 나지 않았을 뿐
아니라 남자에게는 그런 일이 예사라는 듯이 생각하는지도 모른다.

봉환은 또 어디로 갔는지 눈에 띄지를 않는다. 제 딴에도 제 색시의
얼굴을 대할 염의가 없는 모양인지 몸을 피한 눈치다.

인숙은 동서들과 대면하기도 싫고 복순의 방에도 가기가 싫었다. 하인
배까지 저를 보고 소박데기처럼 손가락질을 하는 것 같았다. 그래서 전
기불이 들어올 때까지 저의 방의 문을 꼭 닫고 앉아서 마음을 삭히느라
고 바느질만 하였다. 봉희가 학교에서 돌아와

"엊저녁에 혼자 자느라고 아주 무서워서 혼났수. 쥐가 부스럭거려두
가슴이 두근거리겠지."

하여도 인숙은 고개를 떨어뜨린 채 시누이의 말대답조차 변변히 하지를
않았다. 그러면서도 인숙은 봉환이가 또 어디로 갔는지 궁금하였다.

'그 도화란 년하구 달아나지나 않았을까.'

하고 걱정이 되지 않을 수 없었다. 둘이 손에 손을 잡고 다니는 것을 상
상만 해도 입술이 깨물어졌다. 불을 뿜어낸 화산처럼 마음이 조금 가라
앉았다가도 문득 그 생각만하면 금방 가슴 속에서 질투의 불길이 치밀어

오른다. 눈에 보이지 않는 그 불길은 짤막한 한숨으로나 몇 방울의 눈물로는 끌 수가 없었다.

밤은 열 시나 되었는데 별로 들어오지 않던 큰동서가 의미 깊은 웃음을 띠우며 들어왔다. 인숙은 조금 고쳐 앉으며 여전히 입을 다물고 있자니까

"작은아씨 나 좀 보."

하고 책상 앞에 앉아 복습을 하는 봉희를 불러낸다.

'또 무슨 일이 생겼나.'

인숙은 버릇이 된 것처럼 또 가슴이 두근거렸다. 조금 있자 봉희가 생글생글 웃으며 들어오더니

"오늘버텀 난 딱지야."

하고 아랫목에 펴 놓았던 제 이부자리를 걷더니 마루로 끌어낸다.

"웬일이요? 자리를 가지구 어디를 가우?"

인숙은 발딱 일어나며 물었다. 봉희는 여전히 웃으며

"사내 손님이 들어오신다니깐 난 쫓겨나야지. 새언니 잘 자우."

하고 할끔할끔 올케의 얼굴을 돌려다보며 나간다.

"망칙해라, 사내 손님이 들어오다게."

하고 인숙이가 어리둥절해서 방문 편짝을 바라보고 섰는데 큰동서가 다시 들어오더니

"서방님 자리를 내려 깔게."

하고 아랫목을 가리키며 명령하듯 한다. 인숙의 얼굴은 금세 물감칠이나 한 듯이 빨개졌다. 어쩔 줄을 몰라서 꼼짝도 못하고 섰으니까 큰동서는

"이건가? 이불보에 싼 게 서방님 이불이지?"

하고 머릿장 위에 쌓아둔 채 한 번도 덮지 않은 자줏빛 명주 차렵이불과 요를 끌어내린다. 그 이부자리를 인숙의 자리와 나란히 펴고 베개까지 내려놓고

"첫아들 날 꿈이나 꾸게."

하고 나간다. 큰동서와 교대해서 봉환이가 고개를 떨어뜨리고 들어섰다. 그 뒤에서

"어서 들어가 자거라. 미거한 자식 같으니."

하고 봉환의 등을 밀어 방안으로 들여뜨리듯 하고 문을 닫는 것은 인숙의 시어머니였다.

◉ 076회, 1934.06.10.

③ 인숙은 나무로 깎아 세운 사람처럼 방 한구석에 가서 꼼짝도 아니하고 섰다. 너무나 뜻밖의 일이다, 감정조차 나무때기같이 굳어버린 듯. 봉환이 역시 어쩔 줄을 모르고 인숙과 장승처럼 마주 섰다. 둘이 다 고개를 들지 못하고 눈이 마주치지 않으려고, 방바닥에 나란히 깔아놓은 자리만 내려다본다.

봉환은 한참만에야 제 자리 곁으로 가서 펄썩 주저앉더니, 대님 허리띠만 끄르고는 이불 속으로 들어간다. 이불자락으로 얼굴을 뒤집어쓰고는 달싹도 아니한다.

인숙은 봉환이가 덮고 누운 이불 위로 시선을 떨어뜨렸다. 봉환은 자리가 거북한 듯이 꿈틀거리는 대로 이불에 주름이 잡힌다. 몸을 바싹 오그린 채 다리도 펴지 못하는 모양이다.

인숙은 전등불을 바싹 비틀어 껐다. 봉환이가 그러고 누운 꼴이 보기

가 싫었던 것이다. 그러고는 봉환과는 반대편으로 멀찌감치 가서 무릎을 얼싸안고 돌아앉아서, 고개를 쳐들고 아물아물하는 어둠 속에서 눈을 커다랗게 떴다.

이제까지 아들이 며느리 방에 들어가는 것을 대기를 하고, 조금 오래만 앉았어도 큰일이나 날듯이 불러내던 시어머니가 아니었던가. 그 시어머니가 오늘 저녁은 무슨 망령으로 싫다는 아들의 등을 밀어가며 가축을 우릿간으로 몰아넣듯 하였을까?

'하필 도화란 년과 그런 일이 있자마자 식구마다 짜가지고 들어와서 자리를 펴고 나가다니.'

'큰동서는 왜 나를 보고 전에 없던 비웃는 듯한 웃음까지 띄우고 들어와서 자리까지 깔아주고 나갔을까.'

인숙은 그 까닭을 알기가 힘들었다.

'아들이 무슨 짓을 다니며 허는지도 모르고 내버려두었다가 그년허고 갖은 못된 장난을 다 허던 사람을 억지로 붙잡아다가 첫눈같이 깨끗한 내 몸을 짓밟을 기회를 지어 주는가.'

생각할수록 인숙은 시어머니의 심사를 이해하기 어려웠다. 그러다가는

'옳—지, 도화란 년과 사이를 떼어놓을 양으로, 인제야 나헌테 정을 붙이게 할 양으로 이런 수단을 쓰는 게로구나.'

하니 인숙은, 다시금 분통이 끓어올랐다. 저에게 있어서 이 세상에 다만 하나밖에 없는 진주는, 도야지 우리 속에서 구르지 않았는가. 그다지도 제 품에 안기려고 하던 백옥 같은 몸뚱이는 조그만 독사에게 칭칭 감겨서 그 깨끗한 동정(童貞)의 피를 빨리지 않았는가.

'아아 그것이 누구 때문이냐, 아내인 나 이외인 여자에게 내 남편의 정

조를 빼앗기게 한 것이 도대체 누구의 탓이냐.'

인숙은 시부모가 형용할 수 없이 미웠다. 이제 와서야 한번 더럽힌 진주를 억지로 제 입을 어기고 물리려하고 이미 금이 간 보옥을 강제로 제 품에다 안겨주려 하는 시부모의 심사가 미웠다. 그네들의 심부름을 하고 "첫 아들 날 꿈이나 꾸게" 하고는 놀리듯 하고 나간 동서까지 얄미워졌다.

'이대로 앉아서 밤을 새면 고만이지.'
하고 인숙은 봉환의 곁에 자리에는 눕지도 않으리라 하였다. 어떠한 수단으로든지 이 집 식구들에게 봉환과 한 방에서 자지도 않았다는 표적을 보여주리라 하였다.

인숙은 미닫이를 열고 덧문을 밀치고 툇마루로 나갔다. 졸지에 밤기운이 차서 오싹하고 몸이 오그라졌다. 바깥은 달도 별도 없는 침침칠야다. 인숙은 그 어둠 속에다 더운 한숨을 내뿜었다. 천 길이나 되는 바다 속 같은 어둠이 제 몸을 빨아들일 듯이 좁혀 드는 것 같아서 졸지에 무서운 생각이 들었다. 봉희가 자는 방으로나 가볼까 하고 일어서는데 등 뒤에서 닫고 나온 미닫이가 푸시시 열렸다.

😀 077회, 1934.06.11.

④ 인숙은 찬물을 등어리에다 끼얹는 듯 놀라서 두 어깨가 오싹 올라갔다.

"왜 그저 안 자우?"
하고 문지방을 더듬으며 엉금엉금 기어 나오는 것은 봉환이다.

봉환은 숨이 막힐 듯이 갑갑한 것을 참고 이불을 뒤집어쓰고 누웠으나 잠이 오지 않았다. 인숙이가 어떡하나 하고 귀를 기울여도 아무 기척이 없어서 이상스럽던 차에 문을 열고 나가는 소리를 듣고

'어디로 달아나지나 않을까.'

하고 살그머니 일어나서 문을 열었던 것이다.

지난밤에 어머니가 걱정을 하던 끝에

"그것 봐라, 네가 그까짓 짓을 하니까 네 댁까지 몰래 도망을 갔다."

고 하는 바람에 슬그머니 겁이 났던 터이라, 그래도 제가 한 깐은 있어서 제 색시가 정말 도망을 가는 줄 알고 따라 나간 모양이다.

"춘데 들어갑시다."

그 목소리는 무엇이 속에서 끌어당기는 듯 들릴락 말락 하다.

"…."

인숙의 꼭 다문 입은 봉해놓은 것처럼 떨어지지 않는다.

"어서. 누가 또 보면 어떡허우."

봉환은 지난여름에 별당 뒤에서 할머니에게 들키던 생각이 난 모양이다.

"…."

인숙은 벽에 가 기대서서 여전히 꼼짝도 아니한다. 봉환은 어둠 속을 더듬어 인숙의 손을 찾아 쥐고

"어서. 감기 들우."

하고 응석조로 조르듯 한다.

"놓세요—."

인숙은 제 몸에 봉환의 살이 닿는 것조차 징그럽고 꺼림칙한 듯이 손을 뿌리치며

"어서 들어가 주무세요. 누가 내 걱정까지 하시래요."

하고 두어 걸음 비켜섰다.

봉환은 무릎으로 기어가서 인숙의 다리에 매어달리 듯하며

"인젠 행랑방에 나가서 놀지 않을 테유. 수복이 녀석이 자꾸만 활동사진처럼 놀아보자구 기집앨 데리구 와서…."

하는 목소리는 콧소리로 변한다. 어둠 속이라 보이지는 않으나 눈물까지 흘리는 모양이다.

"왜 남의 탓을 해요?"

인숙의 목소리는 여전히 날카로웠다.

"참 정말 이제 안 그런다니깐."

봉환이가 어린애처럼 매달려서 울음을 섞어가며 진심으로 저의 잘못을 뉘우치는 것을 볼 때 아무리 여무지게 마음을 먹었던 인숙도, 조금은 돌리지 않을 수 없었다. 남편의 항복을 받고 다시 아니 그러겠다는 다짐을 받는댔자, 조금도 시원할 것은 없지만, 봉환은 얼마 전까지 친동생처럼 저를 따르지 않았던가. 제 앞에서만은 아무것도 속이지 않던 사람이 아니었던가. 그 사람이 지금 제 앞에서 무릎을 꿇고 눈물을 흘려가며 회개를 하지 않는가.

인숙은 한참이나 아랫입술만 자근자근 깨물고 섰다가

"먼저 들어가셔요."

하고 휘감긴 봉환의 팔을 풀었다.

인숙이가 조금 수그러지는 눈치를 채인 봉환이는 두 발로 기둥을 뻗디디며

"어이 추워, 나하고 같이 들어가야 잘 테유."

하고 치맛자락을 잡아당긴다.

　인숙은 못이기는 체하고

　"이건 놓세요. 들어갈게시리."

하면서 끌려들어가 제 자리 위에 가 고꾸라지듯이 쓰러졌다.

　봉환은 덧문을 닫아걸고 나서 그제야 마음이 놓인 듯 부스럭부스럭 옷
을 벗더니 다짜고짜 인숙의 이불 속으로 기어든다.

　인숙은

　"이건 내 자리야요"

하고 봉환의 알몸뚱이를 떠다밀듯 하는데, 봉환은

　"왜 이 자리에선 못 자우?"

하면서 슬그머니 인숙의 팔을 끌어당긴다.

😊 078회, 1934.06.12.

　5 [此間 17行 略]

　인숙은 참다못해서 힘껏 봉환의 얼굴을 떠다밀었다. 얼떨김에 한손은
봉환의 턱 밑을 쥐어질렀다.

　"이게 무슨 짓이야요? 내가 기생인 줄 알아요!?"

하고 인숙은 발딱 일어나 윗목으로 가서 쪼그리고 앉으며 할딱할딱하고
가쁜 숨을 몰아쉰다. 제 입에 도화의 침이 묻은 것 같아서 헛침을 뱉으며
소매로 입술을 북북 문질렀다. 어둠 속이기에 망정이지 만일 불이 환하
게 켜진다면 이 순간의 둘의 표정이 과연 어떠하였을까. 봉환은 한참만
에야

　"고만 둬!"

하고 한 마디 벼르고 나서는 제자리로 가서 이불을 뒤집어쓰고 누워버린다.

인숙은 머리를 쥐어뜯으며 울었다. 봉환의 귀에도 들릴 만큼이나 소리를 내어 느껴 울었다. 아마 두어 시간이나 계속해서 울었으리라.

그러다가 극도로 흥분되었던 마음이 조금 가라앉고 열병에 걸려 펄펄 뛰는 사람처럼 몸이 식어지자

'내가 너무 맵살스럽게 굴지나 않았나.'

하고 봉환의 얼굴에 손까지 댄 것이 뉘우쳐졌다. 그러다가 어느 날 저녁엔가 복순이가 연애가 어떻고 결혼이 어떻다는 이야기를 하다가 이런 말을 한 것이 번개같이 생각이 났다.

"남자나 여자나 사람은 똑같은데, 왜 여자의 정조만 소중히 여기는지 몰라요. 어째서 남자는 결혼허기 전버텀 별별 짓을 다해도 그것은 도리어 예사로 알고, 더구나 젊어서 오입 못해 본 남자를 병신 치부를 하면서 왜 우리 여자더러만 깨끗하게 정조를 지키다가 제게다만 바치라니, 그런 이기주의(利己主義)가 어디 있어요? 남자가 아내 되려는 여자에게 처녀성을 절대로 요구하는 것과 마찬가지로 우리 여자들도 남편이 되려는 남자의 동정(童貞)을 절대로 요구할 권리가 있지요. 결혼한 뒤라도 남자도 여자와 같이 마주 정조를 지켜야 마땅허지요"

하면서 복순이가 주먹을 쥐던 것과

"법률로 사내들이 제게만 편허도록 만들어 놓고, 사회라는 것도 저희들끼리 살기 좋게만 꾸며 놨으니, 세상에 그런 모순(矛盾)이 어디 있어요? 남성에게 갖은 모욕을 다 당해가면서 그저 죽여 줍시사 허구 살아가는 우리 조선 여자야말로 불쌍하지요. 노예와 한 가지지요"

하고 얼굴에 핏대를 올려가며 분개하던, 복순의 말의 구절구절이 생각났다.

'그렇지 않구, 그 말이 옳지. 더군다나 누가 억지로 그런 일을 당한담.'
하고 인숙은 제가 '봉환에게 너무 과하게 하지나 않았나' 하고 뉘우쳤던 것을 다시금 뉘우쳤다.

창틈의 문깍지는 깊어가는 가을밤을 울었다. 여자로 태어난 설움과 참기 어려운 청춘의 오뇌(懊惱)는 인숙의 가슴을 쏠았다.

⑥ 이튿날 인숙은 집안 식구 누구 앞에서나 얼굴을 들지 못했다. 남들은 예사로 보건만 인숙은 제 얼굴을 보는 사람마다 지난밤에 봉환이하고 겪은 일을 상상하면서 유심히 제 얼굴만 쳐다보는 듯 여간 면구스럽지 않았다. 제 몸에 처녀를 잃어버린 무슨 표나 붙은 것처럼 의미 깊은 웃음을 띠우고 제 앞을 지나가는 동서들이나 "새언니 얼굴이 밤새 환해졌구려." 하고 제 얼굴을 빤히 쳐다보며 놀리는 봉희보다도, 시부모의 앞에 서기는 더욱 부끄러웠다.

'누가 어쨌나. 나버텀 괜히 그런 생각을 허지.'
하고 앉은 채로 밤을 새워 눈이 빡빡하고 금방 쓰러질 것처럼 졸음이 폭폭 오건만 조금도 피곤한 빛을 보이지 않으려고 머리를 더 곱게 빗었다.

한편으로 시조모는 자기의 허락이 없이 합례를 시켰다고 펄쩍 뛰었다.

"나두 벌써버텀 그만 생각이 있어서 합당헌 일진까지 꼽아 놓고 앉았는데, 누가 제 맘대로 그 방엘 들여보냈단 말이냐."
하고 며느리를 불러다 세워 놓고 꾸지람을 하였다. 인숙은 아침 문안을 드리러 별당으로 올라가다가 댓돌 위에서 귓결에 그 말을 듣고는 홱 되돌아섰다.

"작은애가 그 꼴이니 정신들을 좀 차려야지. 제 지각이 날랑 먼 것을 가지구."

하고 나서 혀를 끌끌 차는 소리까지 인숙의 귀에 들렸다.

인숙은 시집온 뒤로 처음으로 그날은 시조모에게 아침 문안을 결하였다.

봉환은 인숙의 존재가 제 머릿속에서 사라진 것처럼 냉정해졌다. 세수를 할 때나 아침상을 받고 나서나 옆에 있는 인숙은 거들떠보지도 않았다. 지난밤 일을 생각하고 무색해서 그러는 게 아니라, 마음속으로 인숙이가 미워진 것이 확실하였다.

인숙은 전과 조금도 다름없이 시중을 들어주려 하건만 아쉬운 일이 있으면 봉희를 중간에 넣고 심부름을 시켰다. 아침만 떠먹고 나가면 온 종일 지밀에도 들어오지를 않는다.

인숙은 틈틈이 제 방으로 들어가서는 울었다.

'내가 누구를 바라고 이 집엘 왔기에 그러나.'

'어쩌면 계집애처럼 그렇게 소견이 좁을까. 왜 걸핏하면 틀리기를 잘해. 자기가 잘못헌 생각은 손톱만큼도 못하나봐.'

하면서 체경 속으로 제 얼굴을 비추어보며 몇 번이나 눈두덩을 부였다.

그 뒤로 시조모는 봉환의 감시를 더 엄하게 하였다. 혹시나 자기가 꼽아놓은 날짜 전에 또 색시방에 들어가 잘까 보아, 손자를 초저녁부터 불러들였다.

지난 일은 어떻든, 인숙은 봉환의 감정을 풀어주려고 조용히 이야기할 기회를 엿보았다. 서로 소 닭 보듯 하면서 지나가는 것이 여간 마음 괴롭지 않았던 것이다.

'하루 저녁만 들어와 자게 됐으면.'

하고 시조모가 택일한 날짜가 돌아오기만 고대하였다. 이번에는 어떠한 요구든지 들어주리라 하였다.

그러나 그 기회는 졸연히 와주지 않았다. 날이 갈수록 봉환의 태도는 점점 냉정해져서 곁에만 가도 찬바람이 도는 듯. 갈아입을 때가 지나서 옷주제가 사납건만 제 방에는 발길도 아니한다. 그러나 그 반면으로 다행한 일이 생겼다. 그것은 봉환이가 죽어라 하고 싫어하던 공부를 하게 된 것이다. 벌제위명(伐齊爲名)으로 하루 두어 차례쯤 다녀 나오던 복순의 방을 자주 드나들게 되었고 한 번 들어가서는 여러 시간이나 있다가 나오게 되었다.

'인전 공부에만 착심을 하나 보다.'

하고 인숙은 봉환이가 제 방에 자주 드나드는 것보다도 복순의 방에 오래 들어가 있는 것을 도리어 다행히 여겼다.

그러다가 어느 날 저녁때였다. 인숙은 하도 울적해서

'복순이헌테나 가서 이야기나 듣다가 올까.'

하고 댓돌에 봉환의 신이 놓이지 않은 것을 보고 침모의 방으로 내려가서

"뭘 해요?"

하고 살그머니 문을 열었다. 인숙은 금방 얼굴이 흙빛이 되어 가지고 얼른 문을 탁 닫았다. 천만뜻밖에 제 눈으로 보지 못할 것을 보았던 것이다.

😊 080회, 1934.06.14.

⑦ 봉환이가 복순의 무릎 위에 올라앉아 있지 않았는가. 복순이 역시 봉환의 허리를 얼싸안듯 하고 있지 않은가.

미닫이가 열리며 들이미는 인숙의 얼굴을 보자, 한 몸뚱이가 되었던 두 사람의 얼굴은 뜨거운 불이나 끼얹은 듯이 화닥닥 떨어졌다. 사실 놀라움에 빛나는 인숙의 시선은 전기만치나 뜨겁고 찌르르 했을 것이다.

인숙은 너무나 뜻밖의 일에 정신이 아득하였다. 툇마루에 가 쓰러질 것 같은 몸을 간신히 지탱하고도 어떻게 했으면 좋을지 어디로 가야 좋을지 몰라서 잠시 쩔쩔매다가 맞은쪽에 부엌문이 열린 것을 보고 그 속으로 뛰어 들어갔다. 일시가 급하게 우선 제 몸을 감추고 싶었던 것이다.

이번에는 눈물도 나오지 않았다. 분한지 어쩐지도 몰랐다. 그저 실신한 사람처럼 멍—하니 어웅한 아궁이 속만 들여다보고 앉았기를 한참이나 하였다. 차차 제정신이 돌자 찬물에 빠졌는 오리처럼 몸을 떨었다.

"난 꼭 죽어야 해."

하는 한 마디가 저절로 부르짖어졌다.

'그런 꼴을 또 보고 어떻게 살아.'

'앞으론 무슨 욕을 더 당할지 아나.'

하고 부엌 천장에 가로 걸친 대들보를 쳐다보았다. 산정 뒤에 충충한 우물이 있는 것을 생각하였다. 이팔청춘에 세상 재미란 털끝만치도 보지 못하고 시집살이 삼사 년에 속만 무진 태우다가 급기야 생목숨을 끊고야 말 생각을 하니 이가 빠드득빠드득 갈렸다.

그러나 그 분하고 절통한 것보다도, 목을 매달아 혀를 빼물고 늘어진 꼴이나 물에 빠져 퉁퉁 불어 오른 저의 시체를 봉환이와 복순이와 또는 도화의 눈앞에 보여주고 싶었다. 완고하고 미신덩어리인 시조모와 시부모에게도 보여주고 싶었다. 죽어도 영혼은 살아있다니까.

'그네들은 내 무참한 시체를 보고 어떻게들 할까.'

하고 그 하는 양을 보면서 한바탕 실컷 비웃어 주고 싶은 충동을 이길 수 없다.

'아아 인젠 죽는 길밖에 없다….'

인숙은 침침한 부엌 속에서 다시 한 번 부르짖었다. 오직 제 목숨을 끊는 최후의 행동이 그들에게 대해 유일한 복수의 수단이 될 것만 같았다. 생각할수록 그 못생기디 못생긴 복순이가 제 남편을 끼고 앉았을 줄은 참 정말 꿈밖이었다. 그것은 도화와의 경우와도 다르지 않은가. 남편의 선생인 복순이— 저에게는 그다지도 친절히 굴고 무어 한 가지라도 가르쳐 주려고 애쓰는 그는 진실한 복순이가 아니었던가. 남편의 가정교사라느니보다도 선생이요 앞으로도 지도해 줄 사람으로 여기기 때문에, 시어머니의 종의 딸인 줄 알면서도 존대를 해주고 제 정성껏 대우를 해오던 사람이 아니었던가.

'옳—아. 네가 사내 생각이 나서, 밤낮 한숨만 들이쉬고 내쉬고 했구나.'

'내 남편이 해끄무레하니까 나허구 틀린 줄까지 빤히 알구서 그 틈을 부벼보려고 일부러 꼬였구나.'

하고 인숙은 저의 추측이 틀림없으리라 하였다. 열 길 물속은 알 수 있어도 단 한 길 사람의 맘의 속은 모른다는 말이 여기 두고 맞혔구나 하였다.

그런 생각을 할수록 요전보다도 몇 갑절이나 분하였다. 거의 본정신을 잃을 정도까지 다시금 흥분이 되었다.

부엌문 밖에서는 누가 군불을 때려고 들어오는지 신발 끄는 소리가 가까이 들려온다. 머리를 쥐어뜯고 앉았던 인숙은 기겁을 해서 발딱 일어서 누가 붙잡으려 나오는 듯이 부엌 뒷문을 열고 산정 뒤꼍으로 달음질을 하였다. 어떻게 왔는지도 모르게 우물가에까지 왔다. 대여섯 길이나 됨직한 우물 속에는 걸레나 빠는 더러운 물이 충충하게 괴었다.

인숙은 당장 뛰어내릴 듯이 몸을 앞으로 숙여 그 물속을 들여다보았다. 그 찰나에 물속에서 어른어른 하고 떠오르는 것은 눈물에 젖은 제 얼굴이 아니요 흰 머리카락이 얼크러진 초췌한 어머니의 얼굴이다.

인숙은 제가 우물 속으로 뛰어들면 그 어머니의 얼굴은 천 조각 만 조각에 깨어질 것 같다. 우물 전더구니로 한 걸음 더 가까이 다가서자 조그만 돌멩이 하나가 굴러들어가 풍덩 하고 빠졌다. 찬바람이 쏴—하고 지나가더니 서리를 맞아 누—래진 미루나무 잎사귀가 인숙의 머리 위로 우수수 하고 떨어졌다.

😊 081회, 1934.06.15.

[8] '내가 이대로 죽으면 어머니가 오죽이나 설워하실까.'
하고 인숙은 우물 언저리에서 두 팔을 짚고 서서 돌멩이가 출렁거려 놓은 물속을 물끄러미 들여다보았다. 생각해 보니 이생에서 다만 한 가지 못 잊어지는 것은 가엾고 불쌍한 홀어머니 한 분뿐이었다. 그 어머니가 애절초절을 하시던 끝에 아버지처럼 생목숨이라도 끊으시고 제 뒤를 따라 오실 것만 같아서 인숙은

'어머니헌테다 만지장서로 불초의 여식은 세상을 떠날 수밖에 없다고 설운 사정이나 쓸까.'

'이대로 죽으면 내가 어떠한 누명을 뒤집어쓸지 누가 아나.'

하고 인숙은 고개를 떨어뜨리고 이러한 생각에 잠겨있는데 등 뒤에서 어깨를 가벼이 짚는 사람이 있다. 전신의 신경이 옴츠러드는 듯 놀라서 돌아다보는 인숙의 시선과 마주친 것은 야릇한 웃음을 띄운 복순의 넙적한 얼굴이었다.

"여기서 뭘 허구 섰어요? 저리루 갑시다."

복순은 인숙의 대답도 기다리지 않고 덮어놓고 팔을 잡아끈다.

인숙의 감정은 다시 돌멩이를 던진 물결처럼 출렁거렸다. 더구나 그따위 짓을 하다가 들키고도 무안한 빛이 없이 도리어 싱그레 웃는 그 얼굴은 여간 흉물스러워 보이지 않았다.

"봐요!"

소리와 함께 인숙은 잡힌 팔을 힘껏 뿌리쳤다.

"이럴 게 아니라, 나두 헐 말이 있으니 어쨌든 같이 들어갑시다."

복순은 사뭇 강제로 인숙의 팔을 끌어당기다 못해 허리를 껴안고 떠다밀면서 걸음을 거닌다. 인숙은

"왜 이래. 죽어봐 내가 들어가나."

하고 한사코 뻗디디며 발버둥질을 쳐도 남자처럼 억세인 복순의 힘을 당할 수 없다.

"저기 봐요 마님이 나오시는구먼."

하고 복순은 거짓말까지 해서 인숙을 억지로 끌고 제 방으로 들어갔다.

두 사람 사이에는 한참 동안이나 말이 없었다. 복순도 먼저 뭐라고 입을 열어야 좋을지 몰랐다.

"보기 싫더래두 날 좀 봐요, 난 지금 새아씨가 우물에가 빠져 죽으려

고 하는 그 속을 잘 알고 있어요.”

하고 처음으로 남들이 부르는 흉내를 내듯 인숙을 새아씨라고 불렀다.

“소리 없는 총이 있으면 나를 쏘고 싶도록 밉고 몹시 분허게만 됐지만 그건 다 오해야요.”

그 말을 듣자 인숙은 “저런 뻔뻔스런 년 좀 봐” 하는 말이 입 밖으로 튀어 나오는 것을 참았다. 복순이가 이죽이죽하고 말을 꺼내는 것이 저를 끌어다 앉혀 놓고 일부러 골을 올리는 것 같아서

“듣기 싫다는데 무슨 여러 말이야.”

하고 일어서다가 인숙은 또 붙잡혀 앉았다.

“글쎄 나허구 영영 원수가 되더래두 내 말이나 몇 마디 못 들을 게 어디 있어요. 그동안 지내던 정분으로라두요.”

하고 복순은 문을 막아 앉더니

“난 봉환 씨와 도화란 계집애의 관계두 알구요, 또 저번 날 저녁에 봉환 씨허구 한 방에서 자면서두 봉환 씨를 가까이 허지 못하게 헌 것두 당자한테 들어서 알고 있어요.”

손톱여물을 썰고 있던 인숙은 봉환이가 그런 말까지 복순에게 다 했다는 말에 얼굴이 화끈해졌다.

“남의 일 같지 않아서 나두 그 일을 많이 생각해 봤지요. 어떻게 했으면 두 분이 원만히 지내게 될 수 있을까 허구….”

복순은 잠시 말을 끊고는 인숙의 눈치를 본다.

‘그래서 제가 새중간에서 남의 사랑을 채뜨렸단 말인가.’

하고 인숙은 듣고 볼수록 더 복순의 소위가 괘씸하였다.

082회, 1934.06.16.

9 "둘이서 그러구 앉았는데 문을 펼썩 열었으니까 내가 변명을 한댔
자 곧이가 들리지 않겠지만, 실상은 그런 게 아니야요 보다시피 못생기
기로 유명짜헌 나헌테 봉환 씨가 정말 생각을 달리 먹고 덤비는 게 아닌
줄 누구나 다 알게 아니야요? 저런 꽃 같은 자기 색시를 두구… 내가 아
무리 이렇게 홀로 지내기로서니 그래 봉환 씨를 유혹헐 여자두 아니구,
어쨌든 남자가 봉환 씨 나이쯤 되면 얼거방이두 찍이방이두 천하의 미인
으로 보이는 때두 있는지 모르지만…."
하고 복순은 입모습을 끌어 올려 그 독특한 웃음을 웃고 나서는

"워낙 봉환 씨같이 귀족이나 부잣집의 아들은 그런 방면에는 일찍 눈
을 뜨나 봅디다. 더구나 도화란 계집애헌테 일테면 실제 경험까지 얻었
거던요 그맘때는 여자라면 물불을 사리지 않고 맹목적으로 덤벼들 때인
데, 그런 걸 억지로 떼어놓았으니 가만히 있겠어요. 그래서 손을 대기가
어려웠던 자기 색시헌테 그 숭내를 내보려다가 뜻밖에 거절을 당하고 보
니까 자기 딴엔 어쨌든 분허긴 허거든요. 남자란 노소간에 그런 경우에
는 제가 잘못한 것은 아주 잊어버리나 봅디다. 여자 같으면야 누구헌테
하소연두 못허구 꾹 참지만 사내 코빼기는 되려 반동심이 생겨서 마음대
로 안 되는 그 여자의 눈앞에서 일부러 다른 여자를 농락하는 것을 직접
보게 하거나 그런 눈치래두 채게 해가지구 그 여자의 질투심을 바짝 일
으키게 하거든요. 그런 뒤에는 그 심리를 교묘하게 이용해 가지고 거센
척하는 그 여자를 제 손아귀에다가 넣고야 만단 말씀야요. 그것이 피를
내지 않고 복수를 허는 수단이거든요. 내 말을 알아들으시겠어요? 그러
길래 남자란 나이가 어려두 그런 등사에는 맹랑허지요. 여자를 다루는
재주만은 뱃속에서 타고 나오는 모양이야요."

하고 복순은 여전히 웃으며 연방 인숙의 눈치를 흘금흘금 본다. 그래도 인숙은 오해를 풀지 못하는 듯 아랫입술만 자근히 물고 앉아서 제 얼굴은 거들떠보려고도 하지 않는 것을 보고

"쉽게 말하면 내가 팔자 사납게 잠시 이용을 당했단 말씀이죠. 나이가 사십이나 먹은 팔난봉의 후취 노릇도 해보았구 이래뵈도 한참 당년엔 죽여주 살려주 허면서 따라다니는 남학생하고 연애깨나 해봐서 남자들의 심사를 대강이라도 짐작허는 나니까, '흥 나를 이용해 보려는가 보구나' 하고 첫밧에 눈치를 챌 수가 있었지요"

여기까지 말을 하던 복순은, 인숙이가

'그런 줄까지 알면서 왜 내 남편허구 단둘이 서로 끼고 앉았었느냐 말야. 저두 내숭스런 생각이 들어서 그러구선 암만 발뺌을 해봐 누가 곧이를 듣나.'

이리하고 속으로 그런 질문을 하고 있는 것을 짐작한 듯

"아닌 게 아니라 처음엔 호기심이 나서 봉환 씨를 퍽 동정허는 태도로 두 분의 사이를 묻기도 허구, 슬그머니 넘겨짚어도 봤더니 사실대로 다 토설을 허더군요. 어쨌든 내 소박을 맞은 듯한 것이 몹시 분허기두 했던가 봐요 '내 두구 볼 걸' 하구 벼르는 품이 대단허길래 '여자란 피동적(被動的)이 되어서 그런 동사엔 생각이 남자와 다르다'는 것과 '정당한 자기 색시에게 그렇게 강제적 수단을 쓰려고 들었으니 첨엔 어느 여자나 다 싫어허지요. 그러니깐 아무리 부부간이라두 서로 호의로 결합이 되어야 합넨다' 허구 타이르기까지 허지 않았겠어요. 아 그랬더니 내 방엘 자주 드나들면서 자꾸만 남녀관계에 대한 이야기를 해달라는 구려. 그러다가 나를 어떻게 봤는지 그 어느 순간에 흥분이 되어서 그야말로 내가 절

세의 미색으로 보였던지, 도화란 계집애헌테 허던 숭내를 내려고 듭디다 그려. 하두 어처구니가 없어서 잠깐 허는 양을 보려구 허는 대로 내버려 두구 있는데, 일이 우습게 되느라구 마침 그 때 문을 열었던 게야요."
하고 다가앉더니

"알구 보니 시원허죠? 그래두 오해를 풀지 못하겠어요?"
하고 복순은 인숙의 손을 덥석 잡는다.

083회, 1934.06.17.

10 "나두 설마 그렇기야 허랴 했지만…."
하고 인숙은 그제야 입을 열었다. 자초지종을 듣고 보니 똘똘 뭉쳤던 마음 한 귀퉁이가 조금씩 풀리기 시작하는 모양이다.

"사실 내가 봉환 씨를 꼬여내기나 했다면 그야 분허구 여부가 없겠죠. 송편으로 목을 따구 두부로 배를 갈라두 시원하지가 않을 노릇이지요 호호…."

복순은 일부러 인숙을 웃겼다. 인숙도 웃는 것을 보이지 않으려고 손등으로 입을 막았다.

"인젠 안심허서요. 그렇게 우물에가 빠지려고 허도록 속을 상하게 헌 대신에 내가 중간에 들어서 좋도록 해 볼 테니. 어떤 수단을 쓰든지 그건 내게다만 맡겨두세요. 틀리기 전버덤두 더 정답게 지내도록 힘을 써볼게요. 그렇지만 이번엔 그렇게 쌀쌀스럽게 굴어선 안돼요. 다른 여자허구의 관계는 알면서두 모르는 체허는 게 상책이거든요."

인숙은

'제발 그렇게 됐으면 오죽이나 좋을까.'

하고 애원하는 듯 복순의 얼굴을 쳐다본다. 복순의 말을 듣고 본즉 제가 오해를 했던 것이 도리어 부끄러워서 다시 고개를 쳐들 수 없었다.

복순은 벌써부터 그런 일로 속을 썩히는 인숙이가 새삼스러이 가엾어 보이는 듯 무릎이 마주 닿도록 다가앉으며 자못 은근한 목소리로

"어느새버텀 그런 일로 저렇게 애를 태우는 게 다 누구 탓인 줄 아서요? 그건 봉환 씨의 잘못두 아니구, 더구나 새아씨의 불찰두 아니지요 나는 벌써버텀 이런 비극이 일어나기 시작허는 그 까닭이 우리 조선의 결혼제도— 그 중에도 조혼을 시키는 나쁜 습관 때문이라구 생각해요 이런 문제는 우리 동지들끼리는 벌써 토론을 많이 했구, 그런 옛날의 묵은 제도를 타파허려구 애를 쓰는 중이지만 아직도 이 원수 같은 결혼제도 때문에 한평생 희생을 당하는 여자가, 조선 안에는 얼마든지 있어요 우선 여기 앉은 나버텀 그 피해자의 한 사람이지만 새아씨두 벌써 한 몫을 끼게 된 게 숨김없는 사실이지요 남녀 간에 나이가 지긋해서 첫째 건강허구 이상이 같구 취미가 맞구 경제적으로 자립을 해서 좋은 사업을 헐 수 있는 조건을 갖춘 상대자라야만 비로소 결혼을 할 것이라는 것은, 오히려 둘째, 셋째 문제이지요 그보다는 맨 먼저 타파해야 할 것은 그 야만의 조혼제도야요 조선의 부모는 자녀가 장성하니까 합당한 이성(異性)과 배합을 시켜줄 필요가 있어서 혼인을 시키는 게 아니라, 며느리나 손부를 보기 위해서, 즉 자기네의 노리개를 장만허기 위해서, 또는 가족의 구색을 맞추기 위해서 콧물을 흘리는 것들을 성례라구 시키거든요 더군다나 조숙하는 대신에 일찍 늙는 여자의 나이가 남자보다 이삼 년, 심허면 사오 년이나 위인 경우가 많으니 그것이 모든 가정 비극의 시초지요 이런 귀족의 집이나 소위 양반의 가정에서두 별별 추잡헌 일이 많

이 생기지만, 가난허구 무식헌 계급에 처한 남녀 사이에는 그런 일이 쉽게 표면으로 나타나거든요. 왜 가끔 신문에두 나지 않아요? 과년헌 여자가 나이 어린 제 남편과는 만족헐 수 없어서 외간 남자와 간통을 허는 것쯤은 되려 약과게요. 간부와 간부가 서로 짜고서 본부의 밥에다 양잿물을 타 먹이거나, 목을 매여 죽이고 꽃다운 청춘에 교수대의 이슬이 된 여자가 여간 많지 않아요. 일전에두 신문을 보니까 조선 여자의 범죄 중에 십 분의 팔 할까지는 남녀관계 때문이요, 더구나 여자로서 사형을 받는 것은 전부가 치정관계로 그런 몸서리를 쳐지는 범죄를 허는 것인데 그런 악독한 여자의 범죄가 많기로는 조선이 세계의 제일이라구 났더군요."

하고 저 홀로 홍분이 되어서

"그나 그 뿐인가요, 나이 어린 사내가 정말 부부의 생활을 허려는 때에는 그 아내는 벌써 늙을 고비에 들지 않겠어요 그러니깐 무슨 짓이든지 마음대로 헐 수가 있는 자유를 가진 남자는 오입을 허구 소첩을 얻게 돼서 대대로 내려가면서 가정비극의 씨를 뿌린단 말야요."

복순의 말은 점점 열을 띄워 온다. 인숙은 저녁 문안을 드릴 때가 지난 줄도 모르고 전등불이 들어온 뒤까지 연애와 결혼문제에 관한 복순의 열변에 귀를 기울였다.

😊 084회, 1934.06.18.

[11] 그런 일이 있은 지도 한 보름쯤 지난 뒤였다. 그날은 봉환의 오대조 할아버지의 제삿날이라 새로 두 시나 되어서 음복이 끝나고 식구들은 각기 제 방으로 헤어지는데 봉환의 어머니는 산정으로 올라가 자려고 가

253

는 길에 며느리의 방에 들렀다.

졸린 것을 억지로 참고 제사 참사를 하였다가 제 방으로 들어가 하품을 하며 도포를 벗는 아들을 보고

"너 그렇게 졸립건 여기서 자렴."

하고 나가더니

"할머니께서는 야기를 쏘이기 싫으시다구 지밀에서 주무신단다. 봉희는 가서 할머니를 모시구 자거라."

하고는 역시 하품을 깨물며 자리를 내려 펴려는 딸에게까지 이르고 나간다. 인숙은 동서들과 제기를 챙겨두느라고 대청으로 찬마루로 왔다 갔다 하는 사이에 시어머니가 들어왔던 것이다.

봉희는

"내 오빠 자리 펴주리까?"

하고는 놀리듯 하더니 오라비 내외의 자리를 나란히 깔고 오라비의 얼굴을 살짝 흘려 보고는 지밀로 갔다.

그동안 복순은 며칠을 두고 봉환의 마음을 풀어주기에 남몰래 애를 썼다. 그날 저녁 인숙이가 그다지 냉정하게 군 것은 봉환의 잘못이 있었기 때문이라는 것과, 그 뒤로 인숙은 남편의 뜻을 좇지 못한 것을 여간 후회하지 않고 눈물로만 세월을 보내니 딴 생각 말고 전보다 더 의초 좋게 지내야 한다는 것으로 허풍을 쳐가며 누누이 타이르듯 하였다.

한편으로는 누구보다도 제 말을 잘 듣는 산정마님에게 그동안에 지낸 일을 이야기하고 그대로 내버려 두었다가는 아들이 영영 마음을 바로 잡지 못할 뿐 아니라, 며느리까지 잃어버리기가 쉽겠다고, 당장 무슨 일이나 날 듯이 격동을 시켜놓았던 것이다.

그러나 인숙의 시어머니는 모발이 허연 터에 자기의 시어머니에게 꾸지람을 듣기도 싫고 도시 말썽스러운 것이 귀찮아서 기회만 엿보고 있었던 것이다.

제 방으로 돌아온 인숙은 처음에는 시누이가 먼저 자나 보다 하고 무심히 옷을 벗다가 제 곁에 깔린 자리가 다른 것과 발치에 벗어놓은 옷이 봉환의 것인 줄 알고 놀랐다.

'이게 웬일이야.'

하고 머리맡으로 돌아가 보니 이불을 반쯤 뒤집어쓰고 실눈을 감고는 자는 체하고 누운 것은 봉환임에 틀림없다.

인숙은 전날 저녁에 봉환과 같이 지내던 생각을 하니 새삼스러이 가슴이 두근거리고 얼굴이 화끈하고 달았다.

'하필 제삿날 밤에….'

하고는 머리맡의 체경에 제 얼굴을 비쳐보고 저고리 고름으로 얼룩이 진 콧등을 자근자근 누르면서 장차 앞에 닥쳐올 일을 공상하다가

'난 몰라, 어떠하든지 난 몰라.'

하고는 살그머니 치마를 벗고 제자리로 들어가려다가

'참 문두 안 걸었네.'

하고 단속곳 바람으로 일어나서 방 문고리를 걸고 돌아와 봉환의 반대편으로 얼굴을 돌리고 누웠다. 그러나 제가 문고리를 걸려고 속곳만 입고 일어선 저의 뒷모양을 봉환이가 이불자락을 떠들고 도둑질을 해 본 줄을 알 리가 없었다.

방 안은 제가 쉬는 숨소리가 들릴 만치나 고요해졌다.

인숙은 이제까지 느껴보지 못하던 야릇한 흥분에 몸을 가늘게 떨면서

이불 밖으로 하얀 이마만 내어민 봉환의 편으로 고개를 돌리며 쥐도 알
아듣지 못할 만한 목소리로

"주무서요?"

하였다. 봉환은 일부러 꿈결에 어렴풋이 무슨 소리를 들은 것처럼

"으응?"

하고는 돌아눕더니

"아이 눈부셔."

하면서 인숙의 이불자락을 슬그머니 끌어당긴다.

인숙은 벗어놓은 치마로 앞을 가리고 일어서서 전등불을 껐다…

085회, 1934.06.19.

원앙의 꿈

1 그 후 한 삼 년 동안 두 젊은 내외는 원앙새 부럽지 않게 지냈다. 인숙에게도 더 바랄 수 없이 행복한 세월이 흘렀다. 이 세상에서 다만 하나인 제 남편은 저의 품안에 안겨 있지 않은가. 이제 와서는 지난 일이 한바탕 꾸어버린 꿈의 자취와 같을 뿐. 오직 저 한 사람에게 애정을 쏟고 있지 않은가.

인숙은 하늘이 두 쪽에 갈라지는 한이 있더라도 다시는 봉환을 놓칠 리가 없다는 자신이 단단히 생길 만큼 봉환도 인숙이 이외의 여자에게는 한눈도 팔지 않았다.

조모의 신칙이 엄할수록 서로 이 구석 저 구석으로 피해 다니며 도둑잠까지 자다가 들켜서 며칠씩 얼굴을 들지 못할 때도 있었다.

오직 청춘의 기쁨을 단둘이서만 독차지한 듯이 집안사람들에게 '너무 유난스럽게도 군다'고 흉을 잡힐 만큼 금슬이 좋게 지냈다. 원체 변덕스럽고 거염이 많은 둘째동서는

"흥 두구 보자. 그러다간 또 내 꼴이 될 걸."

하고 속으로 빈정거렸다. 끝에 동서가 의초 좋게 지내는 것이 부럽기도

하고 한편으로는, 시부모가 저의 내외에게만 심하게 구는 것 같아서 그 반동 심리로 동서의 내외의 흉을 보고 대수롭지 않은 일에도 입을 삐죽거리며 헐뜯는 것이었다.

실상 봉환의 작은 형은 거의 폐인이 되었다. 내외가 한 방만 쓰면은, 피접을 가고 약을 먹은 효험도 없이 며칠 동안이면 또다시 동티가 났다. 기침을 하다가 피 섞인 담을 뱉는 것을 보고는 또다시 온천이나 절간으로 가는 것이었다.

의사에게는 벌써 폐결핵 제삼기라고 사형선고와 다름없는 진단을 받았다.

작은동서는 눈 가장자리에 푸른 자위가 가실 때 없고 얼굴에 여드름까지 툭툭 붉어져 가지고 몇 달씩 독수공방을 하는 불만과 남처럼 살림도 하지 못하는 불평이 끝엣동서 내외에게나 있는 것처럼 남몰래 방자까지 한다.

사실 시부모가 작은 아들의 병이 더해가는 것을 며느리 탓을 하고 막내아들 내외만 자별히 귀여워하는 데 질투심이 끓었던 것이다.

인숙도 그 눈치를 채고

"왜 저렇게 거염이 많담."

하면서도 맏동서와 같이 깍듯이 대우를 하고 그저

"네 네."

해서 남 봄에는 조금도 동서끼리 티격태격하는 눈치를 보이지 않으려고 들었다. 그럴수록 작은동서는

"조렇게 약아빠진 사람은 첨 봤어. 살살 제 꼬리만 사리거든."

하고 인숙이가 저보다 영리하고 눈치가 빠른 것이 더욱 얄미웠다.

그럴수록 봉환의 내외는 금슬이 좋게 지낼 뿐 아니라, 봉환은 공부에도 자미를 붙이게 되었다. 어느 사립학교에 다니며 중학교 과정을 배우는 한편으로 동대문 밖에 새로 설립된 서화협회에 들어가서 그림을 배웠다. 어느덧 청년기로 들어가 키도 날씬하게 커지고 살빛은 여전히 여자와 같이 희어서

　"윤 군은 드물게 보는 미남자야. 동양의 라몬 노바로지. 장안의 계집애를 다 호리고 말걸."

하는 소리를 노상 그림을 같이 그리러 다니던 동무들에게 들었다.

　그와 동시에 봉환은 그림도 늘었다. 처음에는 동양화를 배우다가 싫증이 나서 양화를 그리기 시작하였다.

　"양반의 자식이 여북해야 환쟁이가 된단 말이냐."

하고 반대를 하던 아버지도 인제는 마음을 잡고 걱정거리를 장만하지 않는 것만 신통해서

　"아무러나 네 맘대루 하려무나."

하고 서화협회에 들어가는 것을 허락하고 값비싼 그림 제구를 사달라는 대로 사주었다. 더구나 자기 내외의 사진을 보고 본을 떠서 초상화를 그려 올린 것이 마음에 들어서

　"우리가 죽기 전에 화상 한 폭은 장만했구려."

하고 흰 수염을 쓰다듬어 내리며 마누라를 돌려다보고 매우 만족해하였다.

　봉환은 이따금 인숙과 봉희를 불러 앉히고는

　"미술은 모든 예술 중에도 가장 고상헌 것이요 음악 같은 것보다도 생명이 길 뿐 아니라 그림 한 폭만 잘 그리면 그 명예가 몇 백 대까지라

도 간다."

는 것과

　"밀레의 그림이 어떠했고 다 빈치는 어떠한 사람이고 반 고흐란 화가는 삼십이 넘어서야 그림을 배웠다."

는 등 설명을 해주었다. 봉희도 벌써 고등보통학교에 입학을 해서 그런 말을 알아들을 만했고 인숙도 틈이 있는 대로는 봉희가 배워오는 대로는 어깨너머로 복습을 하여 와서 학교 과정에도 맹문이는 아니었다.

　　　　　　　　　　　　　　　　　　　😊 086회, 1934.06.20.

　② "고개를 좀 숙유."

　"이렇게요?"

　"아—니 왼쪽으루 조금만 쳐들우."

　"금방 숙이라구 그러군요."

　"너무 숙이면 턱 아래가 그늘이 지지 않우."

　"그럼 자—요"

　"옳—지. 꼭 고대로만 있수."

　"고개가 아퍼두요?"

　"이렇게 몇 시간씩 섰는 사람두 있는데."

　"눈두 깜짝거리지 말아요?"

　"응."

　"파리가 와 앉어두요?"

　"잔소린 퍽두 허우."

　"애기두 안허구 심심해서 어떻게 꼭 이러구 앉었어요?"

"그렇게 말을 시키면 그림이 안 된다니깐."

"그럼 암말두 안 헐게. 어서 그리서요."

"입을 그렇게 꼭 오무리면 제비 주둥이처럼 되우."

"…."

"아이 누가 잔소릴 허는지 모르겠네."

"옳—지. 여느 때처럼 무심하게 다물고만 있어요 벼룩이가 물어두 꼼짝두 말구."

"…."

신록이 우거진 산정 툇마루 난간에는 머리를 곱다랗게 빗은 인숙이가 시름없이 먼 산을 바라다보는 표정을 하고 앉았다. 맞은짝에는 봉환이가 화가(畫架)를 앞에다 버티어 놓고 서서 왼손 엄지손가락에 팔레트를 꼬여 들고는 한 눈을 찌긋하고 거리를 재어가며 사십 호쯤 되는 캔버스 위에다가 기름 반죽을 한 채색을 연방 찍어다 바른다. 아버지 내외는 대궐에 무슨 잔치가 있어서 입궐하고 없는 동안에 봉환은 몰래 제 색시를 모델로 삼아 초상화를 그리는 중인데 데생을 하는 데만 두 시간이나 걸렸다.

늦은 봄에 열리는 전람회에 처음으로 출품을 하려고 재주껏 그리는 그림이다.

"일본이나 서양서도 나체화를 그리려면 으레 젊은 여자를 앞도 가리지 않고 새빨갛게 벗겨 눈앞에다 모델로 세워 놓고 그 아름다운 육체의 곡선을 그린다."

는 말을 들었건만, 인숙은 비록 옷을 겹겹이 입었으나마 제가 모델이 되기는 서먹서먹하였다. 또는 말썽 많은 동서들이라도 보면은 또 빈정거릴지 몰라서

"난 싫어요 이담에 둘이 딴 살림이나 허구 살거든 대문 중문 꼭꼭 닫아 걸구서 그려요 네. 그럼 내 옷이라두 벗을 테야요"

하고 한사코 마다는 것을

"첫 번 출품에 평판이 나쁘면 난 그림두 안 그릴 테요"

하고 봉환이가 골을 더럭 내는 바람에

"그래 나를 꼭 그리셔야만 해요"

하고 마지못해 붙잡혀 앉았던 것이다.

뒤꼍에 화단을 배경으로 하고 연분홍 저고리에 남스란치마를 늘이고 난간에 기대어 턱을 고이고 앉은 인숙의 포즈는 옛날 중국 소설의 삽화에서 보는 것 같은 미인처럼 청초하고도 애련해 보인다. 우틀우틀하게 유화를 그리느니보다는 동양화식으로 머리카락같이 가느다란 선을 곱게 써서 채색을 엷게 하였으면 고상하고도 염려한 미인화 한 폭이 이루어질 듯.

모델과 캔버스 위로 옮겨 다니는 봉환의 눈에는 영채가 돈다. 풍경화나 정물(靜物)같은 것보다는 인물화에 취미도 가지고 장기도 있는 봉환은 무슨 영감이 떠오른 듯 화필이 조금씩 떨리기도 한다. 노숙한 전문가가 보면 인물의 위치라든가, 색의 조화에 들어서는 미숙한 점이 많을 것이나 어쨌든 봉환이 딴은 전심전력을 기울여서 처음으로 큰 작품을 제작하느니만치, 망사 모자를 쓴 이마에 땀이 다 숭숭 내배었다. 인숙이가 보기에 가엾고 안쓰러워서

"고만 좀 쉬었다 그리시죠"

하여도 들은 체도 아니 하고 화필을 놀리는 데만 정신이 쏠렸다.

그것은 화초담 밑에 철쭉꽃이 반쯤 흩어져 가는 봄날의 오후였다.

🙂 087회, 1934.06.22.

③ <난간에 기대인 여자>라고 제목을 붙인 봉환의 그림은 ○○미술 전람회에 입선이 되었다. 어느 신문 학예면에는

수법은 아직 미숙하나 표현방식에 새로운 맛이 있다. 장래를 촉망할 만한 신진 화가다.

라고 비평이 났다.

봉환은 기뻤다. 신문을 보다가 입선된 화가들 중에서 '윤봉환' 석 자를 발견하자, 봉환은 신문을 들고 껑충껑충 뛰어서 인숙의 방으로 들어갔다.

"이것 좀 보우. 이걸 좀 봐요"

하고는 인숙의 턱 밑에다 신문지를 치받치듯 하며 좋아서 어쩔 줄을 모른다.

"어쩌면, 참 정말 뽑혔네!"

인숙도 남편의 이름이 또렷이 박혀 있는 것을 보자, 어린애처럼 손뼉을 쳤다, 조그만 활자로 박힌 제 남편의 이름은 눈앞에서 점점 커지다가 획마다 커다랗게 번져서 방안이 뿌듯해지는 것 같았다.

"거 좀 보서요. 나를 그렸으니깐 뽑혔죠. 아이 그럼 내 얼굴을 장안 사람이 다 쳐다보겠네."

하고 인숙은 얼굴을 살짝 붉힌다. 봉환은 생각할수록 입선된 것이 꿈속 같이 신기해서 인숙의 허리를 버썩 껴안고는

"나두 인젠 정말 화가란 말야. 어엿한 신진화가란 말야."

하면서 댄스를 하듯이 매암을 돌면서 빨개진 인숙의 뺨에 이마에 키스의 소낙비를 퍼붓는다.

"아이구 어지러워요. 특선이나 됐더면 아주 어질병이 나겠어요."

하고 인숙은 남편의 어깨에다가 머리를 실린다.

봉환은 씨근벌떡거리며 다시 신문을 펴들고 손가락으로 입선된 사람의 이름을 하나씩 짚어 보다가

"이거 보 이 사람은 벌써 한 십 년 째나 그림을 뺐는데 인제 첨 입선이 됐구려. 내가 댕기는 서화협회에선 입선된 사람이 모두 세 사람밖에 없어. 인제 말이지 선생이 많아서 난 낙선이 될 줄만 알았었는데….."

하고 의외의 기쁨에 마음이 들먹거려서 안절부절을 못한다.

인숙도 진정으로 기뻤다. 이런 기쁜 일은 생후에 처음 당해 보는 듯, 봉환이 이상으로 기뻐서 눈물이 날 지경이었다.

그다지도 속을 태워주던 남편이 마음을 잡았으니 기쁘지 않은가, 그 남편에게 모든 것을 바치는, 저의 얼굴을 그린 초상화가 입선이 되었으니 기쁘지 않은가. 큰아들은 신문 사업을 한다고 재산만 없애고, 작은아들은 간신히 목숨만 붙어 있어, 시부모의 애를 태우는데, 애부랑자 소리를 듣던 셋째아들은 나의 사랑하는 남편은 가장 고상하다는 미술가가 되어 출세를 하고 신문에까지 칭찬이 났으니 그 아니 기쁜가. 자작도

"온 신통허지. 봉환이 그림이 뽑혔다는구려. 아무튼 우스운 세상이야 환쟁이두 행세를 한다니."

하고 마누라를 보고 만족한 웃음을 띠우며

"허나, 집안 살림을 아는 자식이 한 놈이나 있어야지."

하면서도 그날 저녁은 반주를 갑절이나 마시고 봉환이가 사들인 유성기를 틀어놓으라고까지 하였다.

첩의 집에서 잠을 자고 큰집에는 하루 한 번 들여다보거나 하는 용환

이도 와서

"네 그림이 입선됐더구나. 기왕 시작헌 게니 끝끝내 성공을 해야지."
하고 오래간만에 아우를 보고 말을 다하고는 여송연 냄새를 피우고 나갔
다.

전람회가 막을 열자, 봉환은 날마다 옷을 갈아입고 제 그림 앞에 서서
요령소리가 들릴 때까지 떠나지를 않았다. 구경 온 사람들에게

"이건 내가 그린 그림이요"
하고 제 얼굴을 광고도 하고, 제 귀로 칭찬하는 소리를 듣고 싶었던 것이
다.

그러나 집안 식구는 모두 초대권을 얻어 가지고 구경을 갔다 왔건만
누구보다도 남편의 그림을, 즉 제 얼굴이 걸려 있는 것을 보고 싶은 것은
인숙이었다. 그러나

"어쩌다가 제 얼굴을 그리게 했을까 모르거니와 그 만인 중에 가긴 어
딜 간단 말이냐."
하는 시아버지의 명령에 인숙의 발은 결박을 당하였다.

088회, 1934.06.23.

④ 종로 뒷골목 어느 양식점에서는 처음 입선된 청년화가들끼리 모여
서 축하회를 열었다. 이층의 둥근 식탁을 둘러싸고 십여 명이나 모여 앉
아서 희색이 만면하여 차를 마시며 담배를 태우면서 서로 작품의 비평을
하느라고 떠들썩하다.

인숙이가 솜씨껏 지어준 세모시 다듬은 두루마기에 조선 옷을 말쑥하
게 입은 봉환은 그 중에 나이가 제일 적을 뿐더러 백옥같이 흰 얼굴이

가장 유표하게 여러 사람의 눈에 띠었다.

　머리를 어깨가 덮이도록 기르고 염소수염 같은 아랫수염을 쓰다듬어 내리며 앉은 사람은 삼십도 넘어 사십 줄이나 바라보는 듯 그도 첫 번 입선이 되었으면서도

　"윤 군의 그림 좋습디다. 헌데 선이 강렬한 색채에 비겨서 좀 무력허더군. 아직 기교가 앞을 서서는 안 될걸."

하고 큰 선배와 같은 태도로 평을 한다. 봉환은

　"고맙습니다. 인제 배우는 중이니 많이 지도해 주십시오. 이번엔 내놓기 부끄러운 걸…."

하고 여자처럼 머리를 숙이며 겸사를 하였다. 그러자 봉환의 곁에 앉은 장발(張勃)이가

　"미상불 부끄럽기두 헐 테지."

하고 봉환의 옆구리를 꾹 찌르며 놀린다. 장발은 봉환과 같이 서화협회에 다니는 제일 친한 친구로 그는 누—런 제작복 앞자락에 일부러 그림 그리는 물감칠을 해서 뻥끼 냄새를 풍기면서 말을 할 때면 그의 자랑인 곱슬머리를 손바닥으로 빗어 넘기는 습관이 있다.

　"참 윤봉환 씨 그림에 모델이 누군가요?"

하고 맞은짝에 앉은, 난쟁이처럼 키가 작고 목이 다 붙은 사람이 봉환의 얼굴을 빤히 쳐다보며 묻는다. 그는 파란 우단 저고리에 골덴 바지를 질질 끌리도록 입었다. 장발이가 그 사람의 말을 채뜨려

　"그걸 입때 몰랐나? 바로 이 윤 군의 부인…."

하는데 봉환이가 식탁 밑에서 장발의 발등을 꼭 밟았다. 장발은 모르는 체하고 목소리를 한 더 높여

"참 윤 군의 부인이야말로 미인이거든. 조화의 신은 공평치가 못허단 말야. 이런 미남자를 그런 미인허구 짝을 지어 주니 허허허허."

하고 연방 놀린다. 봉환은 귀까지 빨개가지고 장발의 입을 틀어막듯 하면서도 속으로는 그런 말을 여러 사람이 더 똑똑히 알아듣도록 다시 한번 해주었으면 하였다.

전등불이 들어오자 보이들은 요리 접시를 나르고 술이 벌어졌다. 정종잔이 날개가 돋친 것처럼 머리 위를 날아다니건만, 봉환은 제 앞에 놓인 술잔을 폭 엎어 놓았다.

"이거 왜 이러나. 오늘은 자네의 그림이 제일 평판이 좋은데 한잔 해야지."

하고 장발이가 자꾸만 권하는 바람에 봉환은 마지못해서 술잔을 입에다 대는 체하다 말았다. 집에서 나올 때

"내 맛난 거 해 드릴게. 술은 잡숫구 들어오지 마서요 네."

하고 부탁도 하였거니와, 아직도 술맛을 잘 모르는 봉환은 모처럼 유쾌한 기분을 술에 마비시키고 싶지 않았던 것이다. 여러 사람은 술들이 거나하게 취하였다. 처음부터 점잔을 빼고 앉았던 염소수염도 얼굴이 빨개져서 '포크'로 식탁을 두드리며 목에 힘줄을 세우며 양시조 같은 소리를 하고, 장발은 댄스를 한다고 비로드 저고리를 입은 난쟁이 친구를 끌어안고 핑핑 돌면서 북새를 논다.

한편에서는 제 그림을 악평을 하였다고 말다툼이 일어났다.

"그래 네가 이놈 연조로 보더래두 내 작품을 그렇게 함부로 평을 해야 옳단 말이냐?"

하고 말갈기 같은 머리를 마주 잡아당기며 싸움을 하는 것을 술이 덜 취

한 사람들이 간신히 뜯어 말렸다.

"자— 고만 휴전조약을 허구 우리 이차회나 허세."

장발이가 부르짖듯 하면서 주먹덩이만한 구년묵이 백통시계를 꺼내들고

"난 이게 회빌세."

하고 출썩거린다. 여러 사람은

"찬성일세, 찬성이야."

하고 빈주먹들만 뽑내며 호기를 부린다.

봉환은 시비의 불똥이 제 발등에 떨어질까 보아 겁도 나고 또 '대관원' 같은 데로 꺼들려 가서 외상을 질까 보아 살그머니 빠져 나왔다. 그 축들에게 들킬까 보아 모자를 두루마기 옆구리에 감추어 가지고 나와서 횡하게 골목 밖으로 달아나는데

"여보게 어딜 가나? 날 좀 보게, 응 날 좀 봐."

하고 소리를 지르며 허겁지겁 달려오는 사람이 있다.

089회, 1934.06.26.

⑤ 장발은 봉환의 두루마기 자락을 붙잡았다.

"이 사람 벌을 쏘였나? 자꾸 달아나기만 허니."

"술주정을 받을까 봐서 먼저 나왔네."

봉환은 장발과 같이 종로 큰길로 나왔다. 굵다란 사쿠라 단장을 휘두르며 휘적휘적 걸어가던 장발은 봉환의 귀에다 술 냄새를 풍기며

"여보게 윤 군, 자네하구 긴급히 의논헐 일이 있는데 잠깐 어디로 좀 들어가세."

하고 봉환의 소매를 끌어당긴다.

"무슨 이야긴가? 술을 먹으면 난 싫으이."

"내가 언제 술 취헌 걸 봤나. 오늘 흥김에 좀 마신 게 벌써 다 깼네."

장발은 앞장을 서서 청진동(淸進洞) 골목으로 꺾어서 조그만 청요릿집으로 들어간다. 봉환은 그 뒤를 따라 들어갔다. 장발은

"양식이란 뭐 먹을 게 있어야지."

하고 손바닥을 딱딱 쳐서 짜장면 두 그릇을 시키고 한참이나 곱슬머리만 쓰다듬고 앉았더니 거무튀튀한 얼굴에 주름을 잡아 매우 심각한 표정을 하며

"여보게, 자네나 내나 이번에 첨으로 입선이 되지 않았나. 더군다나 자네의 첫 번 작품은 그렇게 평판이 좋으니 같이 배워 오는 나로서두 여간 기쁘지가 않으이."

하고 서두를 늘어놓더니 뜨거운 차를 한 모금 마시어 목을 축이고 나서

"그런데 말일세. 우리가 이 조선서는 그림을 더 배우려니 배울 데가 있나. 서화협회두 밤낮 그 꼴이니. 첫째 선생이 있어야지. 공 선생은 사람이야 좋구 인격자지만 인젠 '지다이 오꾸레'[시대에 뒤떨어진]일세 그려. 그러니 우리가 좀 더 새로운 선생헌테 그림을 배워 가지구 출세를 허자면 서화협회쯤 다녀가지고는 십 년 가야 그림이 늘기는 틀렸네. 그래두 큰 바닥에 가서 제전(帝展)이나 이과회(二科會) 같은 전람회두 보구 안목을 높여야지. 유명헌 선생헌테 직접 지도도 받아야 제법 한 사람의 미술가로 행세를 허게 될 게 아니겠나?"

"그렇구 말구 여부가 있나. 나두 인젠 그렇게 공 선생헌테 배기는 싫증이 났네."

하고 봉환도 맞장구를 쳤다. 장발은 제 의견과 봉환의 의견이 감쪽같이 들어맞는 것을 보자 더 바싹 다가앉으며

"그러니 말일세. 자네버텀 언제까지나 우물 안 개고리로 지내기에는 참으로 재주가 아까워이."

하고 봉환의 손을 덥석 잡으며

"우리 두 말 말구 동경으로 가서 어떡허든지 미술학교 하나는 마치고 나오세. 피차에 ×전에 입선이 돼서 남들이 한창 떠들어주는 이판에 홀쩍 떠나서 소문 없이 공부를 하다가 조선의 화단을 깜짝 놀라게 할 만한 작품을 제작해서 어둔 밤에 홍두깨 내밀듯 해보자 말일세. 그까짓 빈약한 조선의 화단쯤이야 한번 흔들어 놓지야 못허겠나."

하고 더운 김이 무럭무럭 나는 국그릇의 파리를 쫓고 나서

"여보게 윤 군, 젊은 사람은 야심이 있어야 허네. 예술가에게는 무엇보다도 정열과 용단성이 있어야 헌단 말일세."

장발은 입으로 거품을 뿜는다. 봉환의 손을 힘껏 쥐고 그의 손은 감격에 떨린다. 봉환도 감동이 되어서

"가세! 나두 이번에 입선만 되면 어디로든지 가볼 생각을 했었네. 그런데 아버지가 허락을 허실는지 그게 의문이야."

"압다, 이 사람아 새 시대의 청년이 언제 부모의 허락을 맡아가지구 일을 헌단 말인가. 난 삼대독잔데두 뭐든지 내 맘대루 허네, 노자나 변통해 가지구 홀쩍 떠난 뒤에 편지 한 장이면 고만 풀리실 걸. 자네 처지로야 학비가 없어 걱정이겠나 난 고학을 하겠네. 신문 배달을 허든지 허다 못해 인력거라두 끌겠네."

"그렇지 학비쯤이야 난 염려 없네만…."

하고 봉환은 눈을 깜박거리고 앉았더니 새로운 희망에 타는 듯 얼굴이
붉어지며

　"나두 결심을 했네. 오늘버텀이라두 떠날 준비를 허세."
하고 장발의 손을 힘껏 쥐고 흔들었다.

090회, 1934.06.28.

　⑥ 봉환은 매우 흥분이 되어서 돌아왔다. 안채로 바로 들어가려다가
'오늘 저녁에 아주 여쭈어 버릴까' 하고 큰사랑에 잠깐 들어가 보니 아버
지는 웬일인지 역정이 잔뜩 난 눈치다. 윗간에는 큰형이 와서 머리를 들
지 못하고 꿇어앉았다.

　자작은 봉환을 거들떠보지도 않고 빈 담뱃대만 탁탁 떨더니

　"넌 어딜 늦도록 돌아다니느냐."
하더니

　"들어가!"
하고 버럭 소리를 지른다. 봉환은 움찔하며

　'이게 또 웬일인가?'
하고 아버지의 앞을 물러나왔다. 나오다가 궁금증이 나서 수청방으로 들
어가 늙은 청지기를 보고

　"아버지가 왜 저렇게 화가 나섰어?"
하고 물었다. 청지기는 입맛만 다시더니

　"차차 알지요 어쨌든 큰일 났수."
하고 말대답하기를 피하는데

　"그래 너 이놈 이 아비가 숨두 넘어가기 전에 그런 짓을 네 맘대루 헌

단 말이냐. 왕가에서두 마음대루 처리를 못허는 걸 네가 그 땅을 ×놈에
게다 잡혀먹어? 이놈 신문사란 다 뭐 말러 뒈진 거냐. ××가 없는 죽은
목숨이 사업은 뭐구 행세란 다 뭐냐."

하는 자작의 목소리는 사랑채가 찌렁찌렁 울린다. 화에 들떠서 천장이
얕아라고 펄펄 뛰는 눈치다.

　태화탕이란 별명을 듣는 자작이 이렇게 큰 목소리로 아들을 꾸짖기는
처음이었다.

　봉환은 눈이 둥그레져서

　"큰언니가 뭘 모두 잡혀 먹었다구 저러슈?"

하고 청지기의 소매를 잡아 흔들었다. 청지기는

　"글쎄 차차 알구려."

하고 '네가 참견을 할 것이 아니라'는 듯이 외면을 한다. 그러자 또한 큰
사랑에서는

　"그래 이 오장이 빠진 자식아 이 ○○궁을 네 손으루 망해놀 작정이
냐?"

하는 소리와 함께 와지끈하고 문갑 위에 벼루집 같은 것을 메어다붙이는
소리가 들린다. 청지기는

　"허 이거 큰일 났군."

하고 사랑으로 달려간다. 봉환은 어리둥절해 섰다가 슬그머니 겁도 나서
안으로 들어가려는데 산정으로 통해서 다니는 협문에는 어머니가 붙어
서서 큰사랑의 동정을 살피며 부들부들 떨고 섰다.

　"아— 왜들 저러세요?"

하고 물어도 어머니는

"낸들 아니. 아까버틈 큰형을 불러다 앉히시구는 저렇게 조련질을 허신단다."

봉환은 지밀로 들어가 어두침침한 중문턱에서 큰 형수와 딱 마주쳤다. 큰 형수도 걱정이 되어서 사랑채에서 무슨 소리가 나나 하고 귀를 기울이고 선 모양이다.

봉환은 제 방으로 들어갔다.

"퍽 늦으셨군요?"

하고 일어서 두루마기를 벗겨주는 인숙의 얼굴에도 수심이 가득하다.

"사랑에서 왜들 야단이시라우?"

하는 남편의 말에

"나두 모르겠어요. 아까 큰 형님이 그러시는데 아주버님이 장단(長湍)하구 포천(抱川)에 있는 전답을 아버님두 모르시게 도장을 새겨서 잡혀서 오만 원이나 내다가 없애셨다나요. 큰 형님은 그 돈을 말끔 그 기생년한테 데밀었다구 한참이나 콩팔칠팔 하셨어요."

"그래 그걸 입때 모르구 계셨단 말요?"

"아마 오늘에야 누가 와서 여쭈었다나 봐요."

인숙은 두루마기를 의걸이에다 걸며

"아무튼 큰일 났어요. 배포두 크시지. 온 오만 원이 얼마야요. 그 땅만 잡히셨는지 누가 아나요. 다른데 더 큰 빚을 지셨는지두 모르죠."

직접 제가 당한 일이나 되는 듯이 걱정을 한다.

"그 바람에 여송연만 피구 자동차를 타구설랑 밤낮 요릿집에만 댕겼군. 기생첩을 둘씩이나 뒀다는 게 정말이지. 신문사는 무슨 신문사야."

하고 봉환은 분개를 하였다. 그러나 큰형의 일로 분개를 하였다느니 보다도 마침 그날 저녁부터 집안에 큰 걱정이 생겨서 제가 동경 유학을 하겠다는 것은 입도 벌리지 못하게 된 것이 참을 수 없이 분하였다.

😊 091회, 1934.06.29.

7 그날 밤은 집안이 온통 수심에 싸였고 인숙의 기색도 좋지 못해서 봉환은 아무 말도 못하고 이런 생각 저런 궁리로 앉았다 누웠다 하며 잠을 이루지 못하였다.

봉환이가 저 자신의 문제나 저의 장래를 생각하고 그것 때문에 걱정이 되어서 밤을 새우다시피하고 번민을 하기는 생후 처음이다.

천정에 얼룩덜룩한 반자지가 동경 시가지의 지도와 같이 보이고, 눈을 감으면 모던 남녀가 어깨를 겯고 다니는 은좌(銀座)의 아스팔트 위로, 십팔 세기 때의 서양 예술가들처럼 머리를 굽슬굽슬하게 지져 넘기고 말쑥한 미술학교 정복에 스케치박스를 느슨히 걸어 메고 활발하게 걸어가는 저의 모양이 체경 속으로나 들여다보이는 듯이 어른거린다.

"오오, 동경!"
하고 봉환은 입속으로 부르짖었다.
'어떻게 했으면 아버지의 허락을 맡아 하루바삐 떠나갈까.'
하고 곰곰 생각을 해보아도 좋은 꾀가 나서지 않는다. 옹이에 마디로 큰형 때문에 풍파만 일지 않았어도 십상팔구는 가게 될 가망이 있었을 것을 생각하니 큰형이 여간 원망스럽지가 않았다.

이튿날 봉환은, 온종일 장충단으로 남산공원으로 맥이 풀려서 걸어 다니며 혼자만 가슴을 끙끙 앓다가
'아무튼 한번 의논이나 해봐야지.'

하고 길거리에 전등불이 들어올 때에야 집으로 돌아왔다. 저녁도 몇 숟가락 떠먹는 체만 하고는 아무도 없는 작은사랑에 가 혼자 드러누웠다가 잘 때가 되어서 인숙의 방으로 들어가 턱 누워버렸다. 봉희가 새로 사온 부인잡지를 보고 앉았던 인숙은,

"왜 그렇게 실심해 허서요?"

하고 말도 아니하는 남편의 눈치를 살핀다. 봉환은 눈을 내려 깔았다. 제 댁의 얼굴을 물끄러미 쳐다보았다 하더니, 이번 기회에 꼭 동경으로 유학을 가야 하겠다는 것과 장발이란 좋은 동무와 동행을 할 약속까지 하였다는 것을 말한 후

"큰 형님 때문에 아버지가 그렇게 이틀째나 화를 내고 계시니 어떡허면 좋우. 장발이헌테선 나 없는 새 두 차례나 전화가 왔더라는데."

하고 입맛만 쩍쩍 다신다. 봉환의 말을 듣고 앉았던 동안 인숙의 얼굴빛은 몇 번이나 변하여서 붉어졌다 금세 희어졌다 하는데 꼭 다문 입술만 조금씩 떨린다.

사실 인숙은 남편이 묻는 말에 무어라고 대답을 해야 좋을지 몰랐다. 남편이 유학차로 동경으로 간다는 것은 아직 꿈에도 생각지 않던 터이라, 그런 중난한 일에 경솔히 입을 벌리기가 어려웠다. 그보다도 이제야 겨우 첫정이 들어서 원앙의 꿈이 바야흐로 달콤한 판에 저의 짝은 제 곁을 떠나 멀고 먼 데로 날아가려 하지 않는가.

인숙은 남편이 동경으로 가서 성공을 하고 돌아오면 금의로 환향을 하였다는 소식과 사진까지 각 신문에 날 생각을 하니 봉환이만치나 희망에 가슴이 설레고 새로운 용기가 솟는 것 같았다. 그러나 그보다도 먼저 제 눈앞을 막아서는 것은

'몇 해 동안을 그립고 외로워서 나 혼자 어떻게 지내나.'

하는 걷잡을 수 없는 감정이었다. 지금 당장에 떠나는 것도 아니요, 시부
모가 허락을 할 리가 만무할 줄도 짐작이 되면서도 눈앞에 앉은 저의 남
편이 깜짝하고 한눈만 팔아도 그 사이에 날개가 돋쳐 훌쩍 날아가 버릴
것 같기도 하다.

"어떡허면 좋겠수?"

인숙의 입만 쳐다보고 앉았던 봉환은 한 걸음 다가앉으며 급히 묻는다.

"글쎄요 가시게만 되면야 좋지만…."

하고 인숙은 우선 유학 가는 데 찬성한다는 뜻만은 보였다. 그러나 속으
로는

'이런 때 복순이하구나 의논을 좀 해 보았으면.'

하고 다시 입을 다물었다.

092회, 1934.06.30.

⑧ 그러나 복순은 이 집을 떠난 지가 오래였다. 떠난 것이 아니라 쫓
겨났던 것이다. 어느 날 복순은 머리를 깎고 들어왔다. 동지들과 무슨 맹
서를 하느라고 그랬는지 그 숱하던 머리를 몽땅 잘라버리고 송낙을 쓴
것 같은 더벅머리를 너풀거리며 사랑마당으로 들어오다가 주인 대감의
눈에 띄었다. 자작은 원체 복순이가 보기 싫어서

"집안이 구중중허게 저 따위 추물을 뭘 하자구 데려다 먹인단 말요?"

하고 못마땅해 하면서도 공주처럼 위해 바치는 마누라의 친정붙이라 내
보내라는 말까지는 못하고 본 체 만 체로 지내는 터에 평생 처음으로 여
승 이외의 여자가 단발을 한 것을 보고 펄쩍 뛰었다.

"세상이 망허니까 계집년이 대가리를 깎은 꼴을 다 보는구나. 온 구역이 나서 한 집에 두고는 못 보겠다. 어디 다시 한 번 내 눈앞에 띄기만 해봐라."

하고 한바탕 야단을 쳤었다. 그래서 조만간 내쫓을 생각을 하고 벼르고 있는 판인데, 어느 날은 뜻밖에 정복을 한 경부가 형사 한 명을 데리고 황급히 들어와서

"매우 죄송하나 상부의 명령이라 부득이 조사해 볼일이 있어 왔습니다. 박복순이가 쓰는 방을 좀 보여줍시오."

겉으로는 매우 공손한 태도를 보이나 속으로는 슬며시 대감을 을러메고는 다짜고짜 안으로 들어가더니 산정 아래채를 깡그리 수색을 해서 복순이가 보던 책과 편지 몇 장을 압수해 가지고 나왔다.

복순은 이틀 전에 온다 간다 말이 없이 나간 채 들어오지를 않아서 인숙은 매우 궁금히 여기던 판에 그런 일을 당해서 집안 식구는 모조리 포승이나 지는 듯이 말 한마디 못하고 덜덜 떨기만 하였다. 경부는 주인 대감을 보고

"댁에 있던 박복순이가 종로서에 검거됐습니다. 비밀히 취조 중이니까 사건의 내용은 말씀할 수 없지만 대감의 처지로 그런 나쁜 여자를 궁가에다 붙여둔 것은 유감천만입니다. 대감의 신변에도 혹시 누가 끼칠지 모르니 앞으로는 단단히 주의를 허십시오."

하고 경고를 하고 나서 까만 수첩을 꺼내 들고는 복순이가 언제부터 와 있었고 무슨 필요로 한 집에다 두고 지냈느냐고 미주알고주알 캐묻고 나서

"의당히 주인 대감을 증인으로 호출할 것이나 귀족이신 처지를 생각

해서 방문하는 형식으로 다녀가는 것입니다."

하고 환도 소리를 덜거덕거리며 나갔다.

그런 봉변을 당한 자작은 겁이 더럭 나서 눈이 둥그레가지고 청지기와 둘이서 번차례로 우물쭈물 대답을 해보내고 나서는 화가 머리끝까지 뻗쳐서

"글쎄 내가 뭐랍디까? 마누라버텀 눈이 멀어서 그간 년을 끼구 있다가 나꺼정 이렇게 욕을 뵈구 나니 인제 속이 시원허우?"

하고 늙은 마누라의 눈에서 눈물이 풍풍 솟도록 몰아대었다. 그와 동시에 수색을 한다는 서슬에 간이 콩만 해진 것은 인숙이었다. 얼마 전에 복순이가 여자의 이름을 한 이십 명이나 죽 적고 도장까지 찍은 손바닥만한 공책과, 알따란 미농지에다가 활자로 박은 무슨 증서 같은 것을 헝겊으로 싸고 또 싸고 해서 주면서

"이걸 꼭 좀 맡아 두서요. 뜯어보거나 누구헌테든지 보였다가는 큰일 나요"

하고 신신당부를 한 것을 머릿장 맨 밑바닥의 버선 속에다가 감추어 둔 것이 있었기 때문이었다.

인숙은 가슴 속에서 두 방망이질을 하는 것을 간신히 참고 그날 저녁에 그것을 꺼내어 아궁이 속에다 집어넣고 불을 살라 재도 남기지 않고 태워 버렸다. 그런 지 몇 날 뒤에 복순이가 예심에 회부될 때, 남녀 동지들과 함께 사진까지 신문에 난 것을 보았다.

그 뒤로 근 반 년이나 지낸 뒤에 복순은 증거 불충분으로 기소유예가 되어 나오던 이튿날, 밤을 타서 몰래 인숙을 찾아 왔다.

😊 093회, 1934.07.01.

⑨ 인숙에게 맡긴 것이 발각만 되었다면 복순은 적어도 사오 년 동안 세상 구경을 못할 뻔하였다. 그래서 그것이 고맙기도 하고 오랫동안 정도 들어서 인숙을 가끔 찾아 다녔다. 밤중에 뒷문으로 드나들어 봉환이 남매만 못 본 체하면 집안 식구에게 들킬 염려는 없었던 것이다.

인숙도 어찌되었든 복순을 선생으로 대접해 왔고 처음으로 사귀었던 사람이라 한편으로는 또 무슨 일이 생기지나 않을까 하고 조심스럽지 않은 것도 아니면서도 전보다도 더 말씀 아니게 지내는 것이 동정에 겨워서 전과 다름없이 맞아주었다. 복순은 전에 다니던 회관에도 몸을 담을 수가 없게 되어서 굶기를 있는 사람 밥 먹듯 하고 떠돌아다니는 것이 가엾었다. 그래서 용돈도 얻어 주고, 어떤 때에는 옷가지나 금붙이까지도 전당을 잡혀 쓰라고 돌려주었다.

워낙 남의 일을 제 일처럼 알고 팔을 걷고 나서는 복순은 일테면 인숙의 고문 격으로 일을 보아 주었다. 새로 난 책도 읽을 만한 것을 얻어다 주고 새로운 사상에 관한 이야기도 전과 같이 해주어서 감옥 속에 갇혀 있는 것 같은 인숙을 동정하여서 삼청동 친정집에도 이따금 다녀다 주며 궂은 심부름까지 하였다.

그러나 사상이 서로 공명되거나 동지로서 연락을 하는 것은 아니요, 아직은 다만 동성끼리의 정의를 자별히 지내오는 것이었다.

복순도 사내처럼 거세고 말괄량이 같은 동지들보다는 도리어 구식의 가정부인인 인숙에게서 이해를 떠난 순진한 인정미를 느낄 수 있었던 것이다.

그날은 기다려도 복순은 오지 않았다. 한림의 제사가 며칠 아니 남아서 제사 흥정을 할 돈을 틈틈이 모았다가 복순을 시켜 보냈는데 사흘이

나 되어도 아무 소식이 없어서

'또 붙잡혀 가지나 않았나.'

하고 인숙은 적지 아니 궁금하였다.

남편이 유학을 간다는 일절만 하더라도 가부간에 대답을 해야겠는데 저에게는 가장 중대한 일이라 그런 등사에는 저보다 경력이 많은 복순의 의견을 한번 들어보고 나서 대답을 하려고 봉환이가 재우쳐 묻는데도 확실한 대답을 아니 하고 저 역시 밤을 새우다시피 하며 별별 생각을 다 하였다.

이튿날 저녁에 봉환이가

"장발이한테 잠깐 다녀오리다."

하고 나간 지 얼마 아니 되어서 복순이가 와서 방 뒷문을 똑똑 뚜드렸다. 인숙은 평상시보다도 더 반색을 해서 맞아들였다.

인숙에게서 자세한 이야기를 들은 복순은

"네, 네."

하고 핀도 아니 찔러서 단발한 앞 머리카락이 떨어지는 것이 귀찮은 듯이 치켜 올리며 그 두툼한 입술을 꼭 다물고 한참이나 생각을 해보다가

"솔직하게 말하면 음악이니 미술이니 하는 한가헌 공부를 헌다구 돈만 낭비허는 건 반대야요."

하고 머리를 흔들더니

"지금 조선의 형편으로는 그 따위 예술가라는 종류의 인간이 조금두 필요치 않으니까요. 그건 다 놀고먹을 수 있는 계급의 자녀들이 일종의 향락을 하려는 것에 불과허다구 보아요. 그따위 예술가들이 천 명 만 명 쏟아져 들어와두 조선의 실사회에는 조금도 유조할 것이 없을 뿐더러,

직접 간접으로 없는 사람들의 등골을 뽑아 먹는 행동이 될 뿐이지요"
하고는 또다시 너펄머리를 치켜 올린다.

"그럼 어떡해요? 한창 맘이 건공중에 가 떠있는데 그 성미에 그예 가
구야 말걸요."

인숙의 얼굴에는 다시금 구름이 낀다.

"나두 그런 생각을 못허는 건 아니지만 미술 공부야 허구 아니허구 간
에 지금 두 분이 떠나 있게 되는 건 재미가 적을 것 같아요. 동경 같은
번화헌 도회지에는 젊은 사람들을 유혹하는 게 여간 많지가 않으니까요.
실상 공부보다도 연애질 허는 데만 눈이 빨간 학생이 많은 것도 사실이
거든요."
하는데 봉환이가 문을 펄썩 열고 들어섰다.

094회, 1934.07.02.

⑩ "제—기 장발이는 벌써 노자를 변통해 놨다는데 너무 늦게 가면
입학허기가 어렵다구 혼자라두 떠날 모양이야."
하고 봉환은 복순에게는 인사도 하는 둥 마는 둥하고 모자를 벗어 방바
닥에다 미여 붙인다. 복순은 몇 마디 봉환의 속을 떠보다가 무슨 짓을 해
서든지 이 기회에 떠나고야 말 결심이 단단한 것을 보고

"그럼 생각들 해서 허서요. 내가 반대를 헌다구 들을 리가 없으니까
요."
하고는 더 우기지 않고 일어섰다. 인숙은 따라 나가서 복순과 한참이나
귓속을 하고 들어왔다. 봉환은 두 손으로 깍지를 끼고 비고는 보료 위에
가 반듯이 누워서 눈을 감았다 떴다 하며 이따금 한숨만 몰아쉰다. 마음

이 들떠서 벌써 조선 땅에는 몸이 붙어 있지 않은 것 같다.

"그럼 꼭 가시구야 마실 테야요?"

인숙은 봉환의 머리맡에 가 앉으며 나직이 물었다.

"왜 딴청을 허우? 뻔히 내 생각을 알면서."

"어떻든 아버님께나 어머님께는 한번 여쭤보셔야 허지 않겠어요."

"여쭤보면 뭘 허우. 그야말루 자는 호랑이 코침 주기지."

"그럼 우선 노자두 없이 어떻게 가실 테야요?"

"그러니까 걱정이지 뭐유. 장발이처럼 아무것두 없는 사람두 어머니가 월수를 얻어다 줬다는데. 젠장 어떤 놈이 날보구 단 십 원이라두 줘야지. 정 급허면 어머니 패물이라두 훔쳐 낼 테요."

"안돼요. 그러다간 집안에서 또 난리가 나게요. 아버님께서는 울화병이 나셔서 사뭇 머리를 싸매구 누셨는데 될 뻔이나 헌 일이야요."

인숙은 봉환의 말이 떨어지자마자 반대를 하였다.

"그럼 어떡하란 말요?"

봉환은 벌떡 일어나서 골을 더럭 낸다. 인숙은 한참이나 눈을 내려 깔고 있다가

"그렇게 조급허게 굴지를 마시구 한 나흘 동안만 참으셔요. 그동안 무슨 도리가 생길는지 알아요?"

"아 정말?"

봉환은 귀가 번쩍 띄어서 인숙의 손을 덥석 잡는다.

"모래 저녁이 우리 아버지 제사죠? 제사 참사허러 삼청동으로 오시겠어요?"

"해마다 갔는데 올이라구 안 갈라구."

"어머니는 노상 편치 않으시지만 요샌 기거두 맘대루 못허신대요 그래서 난 낼 저녁에 가 있을 테니 모래 제사를 지낼 때쯤 해서 꼭 오셔요 내가 생각허는 건 있지만 그건 그때가 돼 봐야 말씀하겠어요"

"무슨 생각을 했수? 응 미리는 좀 말 못허우?"

봉환은 궁금해 못 견디겠다는 듯이 조급히 묻는다.

"글쎄 그럴 일이 있어요 눈 꿈쩍 허구 이틀만 참으셔요"

하고 인숙은 미소를 머금으며 남편의 얼굴을 쳐다본다. 그 눈에는 어떠한 결심이 반득인다.

"아무튼 단단히 결심을 허신 모양이니까 내가 암만 붙잡는대야 소용이 없을 줄은 알아요 동경 가서서 공부에만 착심하신다면 난 난 무슨 짓을 해서든지 뒤를 보아 드릴려구 맘을 먹었어요"

그 말에 봉환은 인숙의 손을 힘껏 잡아 흔들어

"고마우! 누가 그렇게 맘이라두 써주겠수."

하고 감격해서 목소리까지 떨린다.

인숙은 눈물이 갈쌍갈쌍해가지고

"그렇지만 난 어떻게 허실 생각이셔요? 나 혼자 이 집에다 내버려두구 발길이 돌아서겠어요?"

한 마디를 하고는 엎드려 이마로 봉환의 무릎을 부비며 어깨를 떨었다.

095회, 1934.07.03.

⑪ 한림의 제삿날 봉환은 초저녁부터 처가로 가서 인숙의 눈치만 보며 충실한 사위 노릇을 하였다. 경직이가 자정이 지나도록 들어오지를 않아서 축문까지 봉환이가 쓰고 나서 달빛이 그윽한 삼청동 송림 사이로

춘생문(春生門) 잔디밭으로 휘파람을 불며 거닐다가 들어왔다.

제사라고 차리는 것은 없건만 경직이가 데리고 사는 계집은 어린애를 데리고 왕십리(往十里) 저의 친정으로 갔다. 궐녀는 제사 때나 무슨 날이면 으레 피해 다녔다. 그런 때는 시집붙이가 꼬여드는 것이 싫어서 어린 것을 업고는 살그머니 나가버리는 것이 행습이 되었던 것이다.

인숙은 행랑어멈 하나만 데리고 진일 마른일을 하느라고 봉환이와는 이야기할 겨를도 없었다. 피차에 속으로는 무슨 생각이 가득히 찼으면서도 서로 이야기할 틈이 나기만 기다렸다.

저녁때에는 뜻밖에 유모가 우산대 지팡이를 터덜거리며 찾아왔다.

"아이구 우리 작은아씨! 목숨이 모지니까 살아생전에 다시 한 번 만나보는구려."

하고 인숙의 손을 잡고는 질금질금 울었다. 유모는 그동안 모꾼을 서다 떨어진 아들이 그예 병신이 되어서 어찌나 고생을 했는지 허리가 꼬부라지고 파파노인이 다 되었다. 인숙도 옛날 생각이 새로워서 마루로 부엌으로 오르내리며 그동안 지낸 이야기를 주고받기에 바빴다. 인숙의 어머니도 유모를 붙잡고

"그래두 원수의, 목숨이 끊이지 않으니까 이렇게 옛날 사람을 만나보건만 꼭 한 사람만 못 만나네그려. 든 정은 몰라두 난 정은 안다구 무슨 때면 이것의 어미생각이 무뜩무뜩 나서…."

하고 아랫목에 누워 자는 손녀의 머리를 어루만지며 눈물이 덧거니 맺거니 한다.

"생각이 나구 말굽쇼 큰아씨야 말루 불쌍허십죠. 어디가 어떻게 지내시는지 당초에 소식두 모르고 지내시니…."

하고는 안방 편을 흘겨보고는 손등으로 눈두덩을 부빈다.

"다 죽은 송장이 무슨 소식을 듣겠나. 한 성중에 사는지두 모르지. 이게 자랄수록 제 어미를 닮아가서 내 맘이 더 언짢으이그려. 서방님이 정말 못헐 노릇을 했느니."

하고 다시금 풀이 죽은 한숨을 쉰다. 유모는 그제야 경직의 생각을 하고

"아, 그런데 서방님은 친기날 어디 출입을 허서서 입때 안 들어오신다우?"

하고 인숙에게 묻는다.

"누가 아우. 얼마 전까지두 허욕에 들뜨서서 금점판엘 따러 댕기시는 모양이더니 요샌 아주 노름꾼으루 나섰나 봅디다. 허구한 날 술타령만 허시니 언제나 정신을 차리시려는지 모르겠수."

하고 씁쓸히 입맛을 다시었다.

경직은 초경이 지나고 봉환이가 축문을 읽는데 큰 기침을 하며 비틀거리고 들어왔다. 대청에 배설을 한 제상 위에 흔들리는 촛불을 개개풀린 눈으로 멀거니 바라보더니

"내가 들어오기두 전에 누가 제사를 지낸단 말이냐."

하고 반벙어리처럼 소리를 버럭 지르고 나서는 뒷발질을 해서 구두를 훌떡훌떡 벗어서 던지고 마루 위로 기어오르면서 대통

"아이구 아이구."

하고 이웃집이 요란하도록 통곡을 내놓는다. 향상 앞으로 버럭버럭 대들면서 눈물 콧물 뒤범벅이 되어서, 합문을 한 뒤까지 목을 놓고 운다.

뼈가 아프도록 설게 곡을 하던 인숙이가 느껴가면서

"오빠 고만 지곡을 하셔요."

하고 어깨를 흔들어도 그럴수록 무어라고 사설까지 해가며 마룻바닥을 뚜드리면서 어린애처럼 엉엉 운다.

"무슨 설움이 대단해서 저렇게 유난시리 우누."

하고 하는 대로 내버려두고 보려니까 울음소리가 점점 목구멍으로 기어 들어가더니 조금 있자 모사 탕기를 이마로 받아 술이 엎질러지는 것도 모르고 드르렁 코를 골기 시작한다. 어머니가 내다보다가 하도 딱해서 마루로 기어 나오며

"이 몹쓸 자식아, 어서 들어가 잠이나 자거라. 하필 친기 날 이렇게 술을 먹고 들어온단 말이냐."

하고 아들의 소매를 끌어다리니까 경직은 밤중까지 얼려서 돌아다니던 술친구가 끌어다리는 줄 알았는지

"놔라 이 자식아."

하고 게 발 같은 어머니의 손을 뿌리치더니

"그래두 이놈아 울 아버지 제사는 지내러 가야지."

하고 등 뒤로 헛손질을 한다.

인숙은 눈살을 잔뜩 찌푸리고 돌아선 봉환을 보기가 얼굴이 뜨거웠다.

😊 096회, 1934.07.04.

⑫ 제사가 끝나고 어머니와 유모가 잠이 든 뒤에 젊은 부부는 인가가 드문 집 뒤 동산으로 올라갔다.

봉환은 인숙의 손을 이끌고 후미진 뒤란을 돌아 커다란 짐승이 쭈그리고 앉은 듯한 바위 사이에 졸졸 흐르는 샘물 소리를 들으며 우중충한 소나무 사이를 거닐었다. 달은 초저녁에 기울고 창백한 별들만 두 사람을

내려다보며 깜박이는데 뿌유스름하게 밝아가는 봄밤의 공기는 북악산에서 내려지르는 바람이 아니라도 옷깃을 여밀 만치나 선선하다. 그러나 사랑과 희망에 뛰노는 심장을 붙잡은 한 쌍의 원앙이, 밟고 지나가는 발자국에는 길로 쌓인 북국의 눈이라도 녹을 듯, 가슴 속의 정열을 식히기에 알맞은 밤이다.

봉환과 인숙은 활등같이 땅 위로 뻗은 소나무 뿌리에 나란히 걸터앉아서 말없이 하늘만 우러러 본다.

시푸른 풀잎 자리를 깔아놓은 것 같은 끝없는 벌판에 수천수만의 개똥벌레가 날아와 앉은 듯, 반딧불 같은 별들은 눈을 깜짝이는 대로 사람을 놀리는 듯이 반득인다. 그 중에도 서녘 하늘의 북두칠성은 더한층 또렷하게 땅 위를 내려다보며 저이들끼리만 무슨 비밀을 속삭이는 듯,

봉환은 그 하늘을 향하여 무지개와 같은 한숨을 내뿜고 나서 맥없이 머리를 떨어뜨린다.

"고단하지 않으서요?"
하고, 인숙이가 조심스러이 침묵을 깨뜨렸다.

"졸린 게 다 뭐요 그런데 기다리라던 일은 어떻게 됐수?"

봉환은 이틀 동안을 두고 인숙의 회답을 기다리느라고 속으로는 여간 조바심을 하지 않았다. 그래서 장인의 제삿날, 전에 없이 초저녁부터 대령을 했건만 어린애처럼 따라다니며 물어볼 수도 없어서 제 댁의 눈치만 보았던 것이다. 인숙은 머리를 숙이고 한참이나 말이 없이 있더니

"이걸루 우선 노자나 허서요."
하고 손수건에다가 꼭꼭 싸서 땀이 나도록 쥐고 앉았던 것을 봉환의 손에 쥐어 주었다.

"이게 뭐요?"

봉환은 그것을 얼른 받아 급히 펴서 별빛에 비추어 보고는 눈이 커다래지며

"이게 웬 거요? 어떻게 변통을 했우?"

하고 떨리는 손으로 종잇장을 세어 본다. 그것은 십 원짜리와 오 원짜리가 뒤섞인 지전뭉치였다.

"팔십 원이나 되는구려!"

봉환은 인숙의 어깨를 버쩍 끌어안으며 죽을 목숨을 구해준 은인이나 만난 듯 눈물이 내릴 만치 고마워서 어쩔 줄을 모른다. 인숙은 눈을 내려깔고

"어떻게 변통을 했던지 그건 아실 필요가 없지만요, 아무헌테두 내가 노자를 드렸다는 말씀을 허시면 큰일 나요"

"내가 누구더러 그런 말을 헌단 말요"

봉환은 인숙의 어떠한 명령이라도 들을 것 같다. 생후로 처음 쥐어 보는 큰돈이언만 어디서 생겼는지 그 출처는 더 물을 수 없었다.

'아— 인젠 소원을 이루었구나.'

하고 하늘을 우러러 부르짖으며 인숙에게 고마운 표시를 어떻게 해야 할지 모르는데 곁에서 가늘게 흑흑 느끼는 소리가 들렸다. 봉환은 인숙의 이마를 조심스러이 치받들고 두 줄기 눈물이 번득이는 얼굴을 들여다보며

"왜 울우 응? 내가 떠날 생각을 허구 섭섭해서 그러우?"

하고 정다이 물어도 인숙은 울음을 참느라고 숨을 죽이며 대답을 못하다가

"아니야요 섭섭헌 말이야 해선 뭘 허겠어요 그렇지만 안 계신 동안에

난…."

하고는 말끝을 맺지 못하고 봉환의 가슴에 얼굴을 파묻고 더 한층 섧게
느낀다.

봉환도 마음이 언짢아져서 울음을 섞어

"이러지 마우 응. 이러지 말아요."

하고 달래듯하더니 그 순간의 무슨 결심을 한 듯 인숙의 손을 힘껏 쥐며
목소리를 높여

"자― 그럼 나허구 같이 갑시다. 내일이라두 함께 떠납시다."

하고 인숙의 허리를 힘껏 껴안아 일으킨다.

🙂 097회, 1934.07.05.

13 인숙은 고개를 살래살래 흔들며

"아니야요 안 될 말씀이죠. 내가 가긴 어딜 가요 나처럼 대문 밖도
모르고 자라난 여자가 뭘 허러 동경까지 따라 가겠어요 혼자 가시기두
이렇게 어려운데."

하고는 제 허리에 감긴 봉환의 팔을 풀고 따로 앉더니

"그렇지만 떠나기 전에 꼭 한 가지 특청헐 게 있는데 들어주시겠어
요?"

하고 다시 다가앉으며 눈물이 글썽글썽한 봉환의 얼굴을 쳐다본다.

"들구 말구 여부가 있수."

"꼭이요?"

"그럼 저 하늘에 별들을 두구 맹세할 테요."

"정말요? 꼭 들어주시죠? 저― 다른 게 아니라 나두 공부를 허게 해주

서요. 학교엔 못 당기더래두 강습소에라두 당길 테야요. 이번에 가시면 적어두 사오 년은 계셔야 졸업을 허구 나오시지 않으시겠어요? 그동안 난 집에 있어서 부모님을 뫼시고 지내는 것이 남의 며느리 된 도리에 옳 겠지만 살림두 않는데 집구석에만 갇혀 앉아서 조석 문안이나 드리구 침 모처럼 다른 식구의 바느질이나 해주면서 지내기는 너무나 억울해요. 나 한테는 아무 의미가 없는 일로 세월을 보내기는 참 정말 아까워요"

"그러니까 같이 가자구 그러지 않우? 동경 가서 방 하나를 얻어 가지 구 둘이 자취를 허면서 번차례로 학교엘 다니면 좀 재미가 나겠수? 그럼 아주 우리 둘이만 사는 세상일걸. 여기서 다닌다면 첫째 아버지 어머니 가 내놓실 상 싶우?"

"같이 가자는 건 공상이야요. 나두 그런 꿈을 꾸어는 봤지만…. 아무튼 내가 따러갈 수가 있다더래두 여자허구 한데 있으면 되려 공부허시는 데 만 방해가 될 테니깐 전 여기서 댕겨볼 테니 아버님 어머님께 허락이나 맡아 주서요"

봉환은 이슬이 진주같이 맺힌 풀잎을 쥐어뜯고 있더니

"내가 지금 도망을 가려는데 어떻게 그것버텀 허락을 받는단 말요" 하고 슬그머니 뒤통수를 긁는다.

"그러니까 이렇게 하면 어때요? 떠나신 뒤에 내외분께 '큰형으로 하여 집안에 걱정이 생긴 것을 보고 유학을 가겠다는 말씀이 차마 나오지 않 아서 여쭙지도 못하고 떠나 왔으니 인자의 도리에 천만 죄송합니다'라고 편지를 기다랗게 잘 허시면 노염을 푸시구 몸 성히 있기만 바라시게 될 게 아니야요? 아직두 어떡허든지 학비쯤이야 보내지 못허시겠어요. 그러 니 그 뒤로도 몇 달 동안 뜸을 들였다가 내가 두 분의 눈치를 봐서 편지

를 헐게요. 그땔랑은 '지금은 옛날과 시대가 다르고 세태는 바뀌어 가는
데 가정부인도 신학문을 모르고 견문이 아주 없으면 앞으로 원만한 결혼
생활을 할 수가 없겠으니 늦었으나마 제 댁을 내놓아 공부를 시켜줍소
서. 만일 소자의 간절한 소청을 들어주시지 않으셨다가는 일후에 후회하
셔도 그때는 미치지 못할 줄 아시옵소서' 하고 단단히 편지만 몇 번 허
시면 마지못해 허락을 허실 게 아니야요. 뒷일은 작은아씨나 복순이가
다 보아 줄 테니까요."

하고는 남편의 얼굴을 뚫어지도록 들여다본다.

봉환은 눈을 꿈적꿈적하고 듣고 앉았더니

"그럼 이왕이면 지금 말헌 대루 편지 사연까지 미리 적어주."

한다. 그 말에 인숙은 울음을 깨물었던 입술에 방싯이 웃음을 머금었다.

그리고는

"꼭 그렇게 해주시죠? 무슨 일이 있든지 내 말을 잊어버리지 않으시겠
죠?"

하고 다시 한 번 뒤를 다진다.

"염려 말우. 저 하늘을 두구 맹세를 한다구 그러지 않았수."

봉환은 다시 손에 땀이 날 듯한 악수와 가슴이 우그러들듯 굳세인 포
옹으로 저의 결심을 보였다.

밤이야 밝거나 말거나, 두 사람은 시간이 가는 것을 잊어버렸다. 발밑
에서 졸졸졸 흘러내리는 샘물 소리도 지금은 그들의 귀에 들리지 않는
듯. 안타까운 이별에 눈물을 머금은 네 줄기 시선은 동녘 하늘에 뿌유스
름하게 걸친 은하(銀河)를 꿈속같이 바라다 볼 뿐….

은하(銀河)를 건너서

① "인제 가시면 방학 때나 오시겠지요?"

"그럼 오구 말구. 그렇지만 올 여름에야 어떻게 오겠수. 겨울 방학에나 다녀가게 되겠지."

"아무튼 일 년에 한 번씩은 만나게 되겠지요. 아아 일 년에 단 한 번! 그렇지만 꼭 칠월칠석이 아니라두 견우(牽牛)처럼 나를 찾아오시겠지요 네."

"아—니 왜 내가 데릴사위요? 게을러서 일을 안 허다가 하늘나라에서 쫓겨났수? 날더러 견우라구 그러게."

"호호호 일테면 그렇단 말씀이야요. 일 년에 한 번씩밖에는 못 만나게 되니깐요."

인숙은 별빛에 어린 봉환의 얼굴을 처음 보는 사람처럼 들여다보며 웃는다. 그 웃음은 다시 애달픈 이별의 설움으로 변하고 속눈썹에는 어느 겨를에 다시 이슬이 맺혔다가 방울방울 떨어진다.

남편이 떠나는 전날 밤, 인숙은 밤늦도록 방문을 닫아걸고 앉아서 남편의 짐을 쌌다. 초저녁에 장발의 집에 다녀서 이튿날 아침 차로 떠나기로 맞추고 돌아온 봉환은, 연일 노심초사를 해서 얼굴이 해쓱해졌다.

"오늘은 맘 놓구 일찌감치 주무서요."

하고 인숙은 자리를 깔아 주었다. 그러나 봉환이가 베고 누운 것은 베개가 아니요, 인숙의 무릎이었다.

도망꾼이라 무슨 행장이 부피랴만은 당장에 입고 갈 옷도 만만치 않아서 야외로 사생을 하러 다닐 때 입던 학생복과 스프링코트에 떨어진 단추를 달고 화구를 넣는 나무상자 속에다가는 그림 제구를 빼어 버리고 손가방 대신으로 얇은 속옷 두 벌과 손수건을 차곡차곡 개어 넣었다.

"그림 그리러 나간다구 스케치박스만 메구 나갈 테요, 동무들허구 어느 절간으로 가는데 어쩌면 한 이틀 밤 자구 올는지두 모른다구 여쭸으니까."

하고 담요 하나도 싸지 못하게 하였던 것이다.

인숙은 봉환의 머리 무게에 무릎이 저리건만, 그보다도 이 밤만 밝으면 지금 눈앞에서 숨결 보드랍게 잠이 든 남편의 청수한 미목을 적어도 삼백육십 여 일이나 보지 못할 생각을 하니 마음속까지 저려 오르는 것을 느꼈다.

양복 속주머니가 해어져 너털거리는 것을 한 땀 한 땀씩 꿰매다가 노자할 것 삼십 원만 남기고 나머지 오십 원은 안 포켓 속에다 넣고 꿰매어버렸다. 그리고는 사고무친한 객지에서 단추 하나라도 떨어지면 뉘라서 꿰매 주랴 하고 떨어진 단추를 삼겹실로 얽고 또 얽고 하려니 바늘 끝은 단추 구멍을 찾아서 페이지를 못한다.

'떳떳하게는 못 가도 좋은 길을 떠나는데 왜 내가 사위스럽게 눈물을 흘릴까 보냐.'

하고 몇 번이나 마음을 꾸짖어도, 제 무릎을 베고 누워서 곤히 잠이 든 남편의 얼굴을 내려다볼 때 저절로 눈두덩이 뜨거워지는 것을 억제할 수 없었다. 그러나 그날 밤은 저 역시 고달픈 몸을 봉환의 품에 안겨서 포근히 쉬었다.

이튿날 아침 인숙은 남편의 밥상머리에 앉아서

"아침이 일러서 깔깔허시더래두 든든히 잡숴 두서요"

하고 한 술이라도 더 뜨기를 권하였다. 그날은 서방님이 절간으로 그림을 그리러 간다고 이른 아침을 시켰던 것이다. 그보다도 봉희가 대방에서 아침을 먹고 나오더니

"나두 오늘 원족을 간다우."

하더니 책보에다가 벤또를 싼다.

'같은 차나 타게 되지 않을까.'

하고 봉환은 가슴이 덜렁해서

"넌 어디루 가니?"

하고 물으니까 봉희는 목소리를 낮추어

"저— 부산까지요"

하고 곁눈으로 할끔할끔 오라비의 눈치를 보며 의미 깊은 웃음을 웃는다.

'이를 어쩌나. 조 약아빠진 계집애가 벌써 눈치를 챘나 보다. 그럼 아버지 어머니두 내가 도망을 가려는 것을 아셨겠구나.'

하고 봉환은 눈이 휘둥그래서 인숙의 얼굴을 쳐다본다.

099회, 1934.07.07.

② "작은아씨는 가시는 줄 알아요"

인숙은 안심하라는 듯이 웃어 보였다.

"나꺼정 속이면 되우? 안직 학교 시간이 이르니깐 언니 대신으루 정거장까지 나갈 테야요"

하는 누이의 말에 비로소 봉환은 마음 놓고

"애 나와선 뭘 허니 그러다 나중에 아시면 너까지 혼난다."

하고 셋이 솥발같이 앉아서 말을 주고받는데 뜻밖에 늦은 아침때에야 일어나는 인숙의 작은동서가 헐개 늦은 매무새를 고치며 대문으로 나온다.

"아, 어린애가 배탈이 나서 밤새도록 자반뒤집기를 했는데 누가 약이나 먹일 생각을 해야지."

하고 치마끈을 다시 매느라고 몸을 뒤흔들더니

"오늘은 무슨 조반이 이렇게 일러."

하고 혼잣말 하듯 하고는 잠을 못 자서 핏발이 선 눈으로 세 사람을 흘겨보고 대방으로 들어간다.

"내 그저 아침 먹을 새가 없다니깐."

하고 봉환은 젓가락을 탁 놓고 일어섰다. 인숙도 작은동서의 눈에 띠운 것이 매우 재미가 적어서

'진작 상을 물릴 걸.'

하고 후회를 하였다.

봉환은 발끝을 저이며 사랑 대문으로 나가고 봉희는 안뒷문으로 빠져나갔다. 인숙은 작별의 인사도 변변히 못하였다. 남편은 댓돌로 내려서면서 스케치박스를 받을 때 저의 손을 잠깐 쥐어 주었을 뿐. 구두끈도 채매지 못하고 좌우를 돌아보며 허둥지둥 나가는 남편의 뒷모양을 분합 유

리창에 반쯤 몸을 가리고 내어다보다가 남편의 그림자가 제 눈앞에서 홀쩍 중문 밖으로 사라지며 구두 소리조차 멀어지자,

'조금도 섭섭해 하는 눈치를 보이지 않으리라.'

하고 이를 악물며 참았던 설움이 가슴 벅차게 치밀어 올라서, 속이 메스꺼운 것을 참는 것처럼 두 손으로 가슴을 누르고 제 방으로 내려갔다.

아랫목에 개켜 놓은 이부자리에 이마를 부비며 흐느껴 울었다. 밤새도록 두 몸이 함께 덮다가 돌돌 말아 놓은 이불에서는 아직도 남편의 체온이 따스하게 제 몸으로 옮겨드는 듯 그 이불을 끌어안고는 눈이 붓도록 울었다. 버젓하게 떠날 사람을 도망꾼처럼 빼어 돌리고 정거장은커녕 대문간까지도 전송을 하지 못한 생각을 할수록 여간 제 몸의 반쪽이 떨어져 달아난 것 같아서 소리를 죽여 가며 울었다.

'어쩌자고 내가 이럴까. 어른들이 눈치를 채시면 어찌 할라구.'

하고는 정신을 바짝 차리고 일어나서 다시 분세수를 하고 전날보다도 더 곱다랗게 머리를 쪽찌고는 아침 문안을 드리러 산정으로 떨어지지 않는 발을 옮겨 놓았다.

정거장에는 장발이가 먼저 나와서 기다리고 있다가

"용허게 빠져 나왔네그려. 난 나오다가 붙잡힌 줄만 알았네."

하면서 활발하게 봉환의 손을 잡아 흔든다.

장발이도 교외로 사생이나 하러 나가는 모양을 차리고 나왔다.

봉환이가 차표를 사가지고 오니까 봉희는 매점에 가서 오라비가 좋아하는 설고와 초콜릿 한 상자를 사들고 대합실로 와서

"차 속에서 잡수서요"

하고 내밀더니 금방 눈물이 앞을 가려서 교복 소매로 얼굴을 가리며 돌

아선다. 봉환이도

"이건 뭘 사왔니!"

하면서 여러 사람 앞에서 눈물을 보이지 않으려고 눈을 끔적이며 고개를 돌린다. 어려서부터 툭 하면 싸우다 못해 서로 꼬집고 쥐어뜯기까지 하면서 자라난 남매간이건만 그럴수록 멀리 떠나는 것이 섭섭해서 우애의 눈물이 저절로 솟아올랐던 것이다. 장발은 한참이나 서양 여자처럼 매끈하게 발육이 잘된 봉희의 아래위를 날카로운 시선으로 훑어보더니

"자네 매씬가?"

하고 봉희의 편으로 눈 하나를 찌긋해 보이며 친구에게 물어본다. 봉환은

"응."

하고 고개를 끄떡였다.

"야 평생 첨보는 미인인 걸. 조선에두 저렇게 체격이 훌륭한 여학생이 있는 줄은 몰랐네."

하고 부르짖듯 하고는 장발은 면구스럽도록 흘끔흘끔 곁눈질을 하는데 개찰구가 열렸다.

기적이 울고 기차 바퀴가 미끄러지듯이 플랫폼을 굴러 나간 뒤까지도 장발의 시선은, 전송하는 사람들 틈에 끼어서 손수건을 흔들고 선 봉희의 애련한 자태를 아득히 먼 데까지 끌고 나갔다.

100회, 1934.07.08.

③ 부산서와 하관(下關)서 잘 간다는 봉환의 엽서가 오고 동경까지 무사히 도착해서 장발이와 같은 하숙에 들었다는 봉함엽서가 왔다. 그러나

집으로는 통신을 할 수가 없어서 떠나기 전에 복순이가 붙어있는 집으로 편지를 하기로 약속을 하였기 때문에 봉환의 편지는 복순의 손을 거쳐서 인숙의 손으로 들어갔다.

봉환이가 떠난 지 사흘만에야

"이틀 밤만 자구 온다던 애가 어째 그저 들어오지를 않느냐."

하고 시부모는 며느리를 불러 세우고 물었다.

"전 모르겠습니다."

하면서도 인숙은 머리를 들지 못하였다. 어른에게 해 보지 않던 거짓말을 하는 것이 양심에 괴롭건만 남편이 편지가 시부모에게 직접 오기까지는 무슨 일이 있든지 바른대로 말을 할 수가 없었다. 도망간 것을 알게 된 뒤라도 저하고 몰래 의논을 한 뒤에 둘이 공모를 하고서 떠나보냈다는 것은 눈치도 보이지 않으리라 하였다. 더구나 노자를 변통해 주려고 별별 궁리를 다하던 끝에 한 달에 한 번씩 저금을 시켜주는 봉희의 저금 통장을 돌려서 오십 원이나 찾아내고 저의 혼인 때에 시집에서 해준 순금 비녀며 가락지를 복순을 시켜서 삼십 원에 전당을 잡혀다가 백 원도 못 채우고 간신히 팔십 원을 만들어 준 그 비밀을 누구에게 말할 것인가. 봉희 역시 오라비의 사정보다도 올케가 입술이 타도록 돈 때문에 애절초절을 하는 것을 보기에 하도 딱해서, 저의 사천을 선선히 내어놓은 것이다.

부모가 알기만 하면 큰일이 날 터이니 봉희와 인숙은 어떠한 경우든지 이 비밀을 지키지 않을 수 없게만 되었다. 봉환이가 종적을 감춘 지 나흘 되던 날은

"이 애가 필시 인간두 없는 산 속에서 그림을 그리다가 봉변을 한 게

로구나."

하고 자작은 아들이 호랑이에게나 물려간 듯이 호통을 하는 일변, 집안이 발칵 뒤집혀서 서울 근처의 절간으로 사람을 내어보내며 한편으로는 경찰서에 수색원까지 제출하였다.

별당노인은 영판이라고 이름이 난 장님을 불러다가 점을 치느라고 수선을 부리는데 절간으로 찾으러 갔던 사람도 허행을 하고 경찰서에서도 아직 보고가 없다는 통기를 받은 시아버지는 몇 번이나 며느리를 불러 세우고 담뱃대를 들먹거리며

"그래두 너는 알 테지."

하고 역정을 내었다.

"나가는 날 아침에 너허고는 밥상머리에서 무슨 이야긴지 허는 걸 작은애가 봤다는데 어째 모른다구만 허느냐?"

하고 시어머니는 며느리 앞으로 바싹바싹 다가앉으며 문초를 한다. 인숙은 시어머니의 시선이 저의 얼굴 가죽을 박박 긁어내는 것 같건만

"제가 어떻게 압니까. 어느 절엔가 그림을 그리러 나간다구 조반을 일찍 허라는 말만 들었습니다."

하고 머리를 들지 못하는 것을 보다 못해서 곁에 섰던 봉희는

"새언니가 알긴 뭘 안다구 그래서요 오빠가 나가면 어딜 간다구 고해바치구 댕겼나요."

하면서도

"왜 그저 편지가 안 올까."

하고 속으로 오라비를 꾸짖었다. 시부모가 그렇게 인숙에게다 의심을 둘 것이 아니지만 그날 아침 작은며느리가 봉환의 내외가 수상하게 귓속까

지 하는 것을 보았다는 것과

"서방님의 생사를 모르는 판에 유산태평으로 바느질을 허고 앉았으니 내외간에는 무슨 짬짜미가 있는 게 빤허지 않습니까."
하고 입을 뾰족하게 놀렸던 것이다.

인숙은 새중간에 끼어서 살점을 에어내는 듯이 괴로웠다. 더구나 거짓말을 한 것 때문에 한층 더 마음이 아팠다.

'사관까지 정하였으면 얼른 편지를 허지 않구…. 그동안 무슨 연고나 생기지 않았나.'
하고 여간 애가 키이지 않았다.

그러자 동경서 편지가 왔다. 우표딱지를 셋이나 붙인 두툼한 편지가 봉희에게로 왔다.

101회, 1934.07.09.

④ 편지를 보고 그제야 봉환이가 동경으로 간 것을 안 집안 식구들은 놀라는 동시에 비로소 안심을 하였다.

"내―게 그럴 줄 짐작은 했다. 편지 사연은 능청스럽다만…. 그러니 저 학비를 뮐루 댄단 말이냐."
하고 자작은 의외로 아들이 도망한 것은 걱정을 아니 하였다. 무엇보다도 학비를 대어줄 생각을 하니 입맛이 쓴 모양이다.

인숙의 시어머니는 반가운 김에 눈물을 다 흘리면서

"대관절 그 애가 무슨 돈으로 일본을 갔단 말요?"
하니까

"사내자식이 어디가 그만 돈이야 변통할 주변이 없어서 뭣에 쓰겠소

다 아비헌테 담태기를 씌울 게지.”

하고 여전히 입맛만 쩍쩍 다신다. 봉희는 오라비의 편지를 읽어드리고
나서

“그것 보서요 동경 가서 앉은 오빠를 자꾸만 언니더러 찾아내라시니
될 말이야요”

하고 오금을 박고는 그 편지를 슬그머니 인숙에게로 가지고 갔다. 인숙
은

“어디 봅시다.”

하고 남편이 시아버지 내외에게 한 만지장서를 단숨에 읽었다. 읽어보다
가는 웃음이 터져나오는 것을 킥킥 하고 참았다. 주옥 같은 철필 글씨로
그동안 별당 할머님과 양위분께 심려를 끼쳐 드려서 천만 죄송하다는 인
사를 한바탕 늘어놓고 나서, 집안 식구의 안부를 일일이 물은 후

큰형으로 하여 집안에 큰 걱정이 생긴 것을 제 눈으로 보고 유학을 가
겠다는 말씀이 인자의 도리에 차마 나오지를 않사와….

하고 열서너 장이나 쓴 편지 사연은 바로 아버지 제삿날 삼청동 뒷산에
서 일러주던 그대로 외어두었다가 베껴 놓았던 것이다. 봉희는 까닭도
모르고 따라 웃으며

“나두 조마조마해서 아주 혼이 났우. 인전 죽어도 거짓말은 다시 안
할 테야. 도적놈이 남의 물건을 훔치구 어떻게 사는지 몰라”

하면서 혀끝을 회회 내두른다. 그러나 인숙의 작은동서가 어느 틈에 살
그머니 문을 열고 들어와 남매의 등 뒤에서

"뭣이 그렇게 재미가 나서 웃나? 어쨌든 인젠 맘들을 놓겠군."

하고 입을 실룩거리며

'너희들이 인제두 날 속일려구.'

하는 듯이 빈정거린다.

"왜 우리는 웃지두 못허우. 작은언닌 왜 그렇게 서 홉에 참견 닷 홉에 참견요? 남의 말을 못허면 아마 몸살이 나나 봐."

하고 봉희 역시 그동안 작은 오라범댁의 소위가 여간 밉살스럽지 않던 차에, 벼르고 별렀다가 한마디를 바로 대고 쏘았다. 인숙도

"그런 말을 들어 싸지."

하고 제 속까지 후련한 듯하였다. 작은댁은 무안에 취해 얼굴이 빨개져서 개기름이 드르르하게 흐르는 콧구멍을 벌룽거리며 씨근거리더니

"뭬 어쩌구 어째요? 작은아씨두 그게 다 말이라구 허우? 남의 말을 못해서 몸살이 난다니, 아 그래 서방님은 내 시동생이 아니란 말요? 서방님이 몰래 떠나신 줄을 몰랐으면, 그날 아침에 저 댁이 무에 그렇게 별안간 설워서 눈이 붓도록 쳐울었소? 입은 삐뚤어졌어두 주라는 바로 불랬다구, 난, 낯이 간지러워서 어른 앞에 그렇게 거짓말은 못허겠습디다."

하고 어깨로 숨을 쉰다.

"저야 울든 말든 성님이 그렇게 걱정되실 게 뭬 있어요?"

인숙도 빨끈해서 처음으로 손윗동서에게 불손하게 한마디를 던졌다.

그 뒤로 작은댁은 인숙에게 대해서 극성스럽게 굴었다.

눈이 뻘게서 없는 험이라도 잡아내지를 못해서 애를 썼다.

102회, 1934.07.10.

5 사립 ×× 여학교 고등과 일학년에는 보결생 하나가 들어왔다. 쪽 졌던 머리를 틀어 올린 것이 언뜻 보기에도 눈에 서투르고 자부라를 두른 짧은 치마 아래로 덩그머니 드러난 두 다리는 부끄럼을 타는 듯 구두도 새로 맞추어 처음으로 신은 듯, 볼이 끼어서 되뚝되뚝 걷는 것이 손가락으로만 건드려도 넘어질 것 같다. 책보를 누가 빼앗아나 가는 것처럼 끌어안고는 떨어뜨린 물건을 찾는 사람같이 땅바닥만 들여다보며 걸어 다닌다. 상학하기 전에 나이 어린 동급생들은 이층 교실에서 행길을 내려다보며

"저것 봐. 색시 학생이 잘룩거리구 오는군."

"저렇게 구두코만 들여다 보면서두 길은 곧잘 찾아댕겨, 그래두 시간은 영락없이 대오거든."

"그래봐두 귀족의 며느리라지."

하고 '색시 학생'이란 별명을 지어 가지고는 저희끼리 재잘거렸다.

그 여학교의 교장은 박복순의 소개로 특별히 그 학생을 보결생으로 받을 때

"그저 아명밖에 없다니 어디 됐다. 금년에 우등 첫지로 졸업한 학생의 이름이 인숙인데 성이 다르니 상관없겠지. 이름이란 아무리나 지어 부르면 고만이니까."

하고 임시로 이름을 지어 출석부에 올렸다. 그리하여 이제까지 방울이란 아명밖에 없던 윤 자작의 셋째며느리는 비로소 이인숙이란 이름을 얻게 된 것이었다.

시부모는 벌써 아들이 도망간 것을 용서하고 마음이 훨씬 풀려서 다달이 돈 백 원씩이나 학비를 보내 주게 된 뒤에 인숙은

이제는 때가 왔사오니 쇠뿔도 단결에 빼야한다고 집안에 다른 걱정이 더 생기기 전에, 학교 다니는 일에 대하여 내외분께 단단히 상서를 하여 주소서.

하고 봉희에게 대서를 시켜 연통을 하고 떠나기 전의 약속을 이행해 주기를 재촉하였던 것이다. 직접으로 편지를 할 생각은 간절하였어도 어쩐지 저의 필적을 보이기가 새색시처럼 수줍고 열적은 생각이 들어서 이제껏 한 번도 바로 대고 편지를 하지 않았던 것이다. 그런지 열흘 뒤에 온 아들의 편지를 본 자작 내외는

"온 나중엔 별소리가 다 많구나. 시집살이하는 여편네가 별안간 학교 공부란 어디 당헌 소리냐. 자식이 미거해두 분수가 있지."
하면 마누라는

"그래두 남 허는 건 봤구려. 버선본이 본이지 그런 게 다 본인가. 참당게 시부모 봉양허구 있는 여편네를 머리를 틀어 올려서 끌고 댕기구가 싶은감. 남편이 나오면 자식이나 낳아서 기르다가 살림을 나면 고만이지 다 늦게 학교 공부란 다 뭐야."
하고 혀를 차며 두말할 여지가 없이 반대를 하였다. 그들보다도 시조모는 그 말을 듣자마자

"그게 무슨 집안 망할 소리냐. 난 죽어두 그런 꼴은 안보겠다."
하고 펄펄 뛰었다. 그러자 봉환에게서는 두 번 세 번 연거푸 편지가 왔다.

제 댁의 일은, 본시 남편 된 제가 알아서 처리할 것이오니 부모님도

그다지 반대할 권리가 없으실 것입니다. 그렇게 고집을 하시다가 일후에 무슨 불행한 일이 생기면 내외분께서 그 책임을 지시겠습니까.

하는 강경한 것을 지나 사뭇 위협에 가까운 사연이었다.

한편으로는 복순이와 봉희가 들고 일어나듯이

"그렇게 우기시다가 동경 같은 데서 안목이 잔뜩 높아 가지고 와서 학식이 없구 이해를 못 헌다구 소박을 허거나 심하면 이혼을 허자고 달려들면 그땐 어떡허실 테야요?"

하고 어디 누구도 소박을 맞고 쫓겨 갔고 아무개의 며느리도 이혼을 당하였다는 실례를 들어서 며느리를 내놓기를 한사코 권하였다. 그러면 인숙의 시어머니는

"설마 그 애야 그럴 리가 있나. 너무 의초가 좋아 걱정인데."

하고 탄평으로 여기면 복순은

"설마가 사람을 죽이고 믿는 나무에 곰이 핀답니다. 하루도 열두 번씩 변하는 것은 사나이 마음인 걸요."

하고 열성을 다해서 권고를 하였던 것이다.

103회, 1934.07.12.

6 농 속에 갇혔던 새는 놓여나왔다. 아직도 나래를 펴고 그립던 창공을 훨훨 날아다닐 자유는 없으나마, 어쨌든 두 겹 세 겹 철사를 얽어놓은 창살을 벗어나와 울 밖에 공기를 호흡할 수는 있게 되었다.

몇 십 년 철창생활을 하다가 졸지에 옥문을 나선 것처럼 인숙은 처음 대문 밖을 나서자 모든 것이 얼떨떨하였다.

평생 보지도 못하던 뭇사람들이 어깨를 스치고 오고가는 틈을 부비고 큰길거리를 걸어 다니려면 천 사람 만 사람이 모두 제 얼굴과 급히 꾸민 여학생의 어색한 제 모양만 눈여겨보며 손가락질을 하고 지나가는 듯 얼굴을 들지 못하였다. 남자의 구두 소리가 뒤를 바싹 따라만 와도 얼굴이 붉어지고 발길이 잘 내키지 않았다. 얼마 동안은

"새언니 내 아침마다 데려다 줄게. 길을 잃어버리구 누구한테 업혀나 가면 어떡허우."

하고 인숙이가 학교에 다니게 된 것을 누구보다도 기뻐하는 봉희가 아침 마다 올케가 입학한 학교 정문까지 바래다주었다.

"인전 고만 두. 나 혼자 댕길 테니."

하고 인숙은 굳이 사양을 해서 근자에는 혼자 다니게 되었다.

그러나 시집의 대문 밖을 하루 한 번씩 벗어나서 혹시 일찍 파하는 날이면 삼청동 친정에 잠시 들르고 학교 근처인 복순의 사숙을 찾기도 할 자유는 생겼으나, 한 번 다녀만 들어가면 틀어 올린 머리를 쪽져 내리고 옷을 갈아입은 후에 층층시하의 절제를 받고 전보다도 더한층 며느리 노릇을 깍듯이 해야만 한다. 더구나 얼마 동안은 시조모를 속이고 다녔던 것이다.

'동서들한테라도 학교엘 다니더니 전과 달라졌다거나 마음이 변했다거나 하는 말을 들을까 보냐.'

하고 매사에 주의를 거듭하였다. 그러지 않아도 맏동서는

"서방님이 허라구 허시는 대루 헐밖에 도리가 있나. 나두 진작 학교에나 댕겼더면…."

하고 '시앗을 둘씩이나 보지는 않았을지 모른다'는 말까지는 차마 못하

고 도리어 인숙이가 학교에 다니게 된 것을 찬성하였다. 그러나 작은동서는

"그러질 말구 아주 동경까지 따라가지. 나 같으면 따라갈 테야. 누가 시켜서 서방님이 그런 편지를 헌 줄 알어? 고 참개 굴레 씌우도록 약아빠진 새댁의 초사지. 떠나기 전에 베갯머리 공사를 했거든 보지 않았어 두 빤─허지 뭘."

하고는 어린애를 둘씩이나 끼고 앉아서

"학교엘 댕길 테면 나처럼 생과부가 된 사람이 댕겨야 해."

하고 까닭 없이 인숙이가 학교에 다니는 것까지 거염이 나서 입을 삐쭉거리며 저 혼자 중얼대었다.

인숙도 그런 눈치를 채지 못한 것은 아니건만, 그럴수록 말썽을 부리지 않도록 입막음을 하느라고 어린애도 얼러주며 전보다도 더 붙임성 있게 굴었다.

이래저래 인숙은 처신하기만 더 어려웠다. 학교는 봉희와 함께 몇 해 동안 어깨너머로나마 보고 배운 것이 큰 도움이 되었고 지금도 봉희가 열심으로 보아줄 뿐 아니라

'어린 학생들헌테 떨어지면 그런 창피가 어디 있소'

하고 지악스럽게 뒤를 따라가고, 번히 밤을 새워가면서 눈을 까뒤집다시피 하고 복습을 하였다. 그러나 실지로 배워 보니 뜻밖에 고등과 학과가 힘에 부치고 그중에도 어학이나 수학 같은 것은 벅차서 처음 얼마동안은 봉희와 꼬박이 밤을 새워가며 교과서와 씨름을 하였다.

그러는 동안에 한 달이 지나고 두 달이 지났다. 어느 날 인숙은 심기가 불편하여서 하학 종 치기를 간신히 기다려 집으로 돌아왔다.

'삼청동에 다녀온 지가 벌써 한 주일이나 되었는데.'
하고 친정 편으로 저절로 발길이 돌아서는 것을
'아이 골치 아퍼. 내일이나 가지.'
하고 바로 돌아왔다. 쓸쓸한 제 방으로 들어가 머리를 다시 빗고 옷을 갈아입고는 잠깐 누워 있자니까 계집 하인이 종종걸음으로 들어오더니
"새아씨 전화 받읍쇼. 사랑에서 안으로 돌린 걸 마님께서 받으셨는데 얼핏 나와 받으시랍니다."
"전화가 웬일이야. 누가 내게다 전화를 걸었어?"
하고 인숙은 피곤한 눈을 동그랗게 뜨며 발딱 일어났다.
"사내 목소린데 꼭 새아씨를 대 달란대요."
하고 계집 하인은 쪼르르 나가버린다.

🙂 104회, 1934.07.13.

7 "누구세요? 네 네 나야요. 네 오빠가 웬일이서요?"
인숙은 말이 새어 나가기나 하는 것처럼 수화기를 귀에다 꼭 대고는
"네? 아 언제버텀요? 밤새 그렇게 대단하서요?"
놀라움에 떨리는 손으로 전화통을 더 바싹 잡아당기더니
"그럼 여쭤 보구 곧 가겠어요"
하고 맥이 풀려서 전화를 끊는다. 어느 겨를에 두 눈에는 눈물이 핑 돌았다.
"어머니가 밤새 병환이 더치셔서 인사불성이시라구 오라비가 전화를 걸었습니다."
한 마디를 하고 인숙은 시부모의 허락을 받을 사이도 없이 옷도 갈아

입지 못하고 뒷문으로 급히 나갔다. 시어머니는 곧 하인 하나를 뒤따라 내보냈다.

그동안 경직과 같이 사는 여자(뚝섬집이라고 불러주자)가 또 당삭이 되어 배는 맹꽁이 부럽지 않게 부른데 해산구완은커녕 조석을 끓여 줄 사람이 없어서 사방으로 더부살이를 구하러 다녔다. 그동안 드나든 더부 살이가 늙은 사람 젊은 사람 할 것 없이 거진 여남은 이나 되건만 주인 여편네의 잔말이 어찌 심한지 배겨내는 수가 없고 제 손으로 빨아야 할 더러운 빨래까지 시켜서 부엌데기는 들어온 지 며칠도 못 되어

"팔자가 사나워서 남의 집을 살려니까 온 별 아니꼰 꼬락서니를 다 보겠네."

하고 보따리를 쌌다. 뚝섬집은 저의 친정에도 데려다 부릴 만한 사람이 없어서 사람을 구하다 못해 구리개에 있는 직업소개소로 가면 안잠이고 더부살이고 간에 마음대로 골라잡을 수가 있다는 말을 듣고 남산만한 배를 안고 그리로 찾아갔다.

직업소개소 판장벽에는 지게꾼 같은 늙수그레한 사람들이 쭈그리고 앉아서 길바닥에서 주워서 모은 궐련 꼬투리를 까서 곰방대에다가 나누어 피우고 앉았다.

뚝섬집은 누구더러 물어보아야 할는지 몰라서 사무실을 기웃거리다가 왜수건으로 머리를 질끈 동인 엿장수 같은 젊은 사람이 어슬렁거리고 앞으로 오는 것을 보고

"저 어멈 하나 구하러 왔는데 누구더러 물어봐야 허나요?"

하고 물었다. 젊은 사람은 색주가 쉼직한 뚝섬집의 차림차림을 훑어보더니 같지 않은 여편네의 되바라진 말씨가 아니꼬운 듯

"저리루 가보구려."

하고 턱으로 사무실 뒤의 집채를 가리키고는 침을 탁 뱉고 돌아선다. 밤이면 노동자를 오전씩 받고 숙박을 시키는 대여섯 간쯤 되어 보이는 널따란 마루방에는 과연 이삼십 명이나 되는 젊은 여편네 늙은 여편네들이 비좁게 뒤섞여 앉았다. 뚝섬집은

'아이구 저렇게 우굴우굴 자는 걸 진작 와 볼걸 그랬지.'

하면서 종이로 바른 깨어진 유리창 구멍으로 철창에 갇힌 동물들을 들여다보듯 하다가 창 밑에 쭈그리고 앉아서 훌쩍훌쩍 우는 여편네를 보고

"저게 다 남의 집 살려는 여편네들이요?"

하고 물었다. 늙은 마누라는 손가락으로 마룻바닥에다 코를 힝 풀고는 안질이 난 듯한 한 눈을 찌긋하고 뚝섬집을 쳐다보더니

"참헌 계집애를 하나 데려갑쇼. 이게 내 손녀데 시골서 같이 올라왔어두 밥두 짓구 빨래두 헐 줄 안답니다."

하는데 곁에 쪼그리고 앉았던 머리를 땋아 늘인 열 서넛쯤 되어 보이는 계집애가 두 눈이 새빨개가지고 힐끗 쳐다본다.

"싫어 그까진 계집앤 데려다 뭣에 쓰게."

하고 뚝섬집이 머리를 흔드는데 등 뒤의 사무실 유리창을 왈칵 열어 제치는 소리가 나더니

"고기서 말이 하는 것이 누구야? 이리로 와."

하고 백통테 안경을 쓴 사무원이 소리를 빽 질렀다.

🙂 105회, 1934.07.14.

⑧ 사무원은 뚝섬집의 주소 성명을 적은 후 해산구완을 할 사람을 구

하러 왔다는 말을 듣고, 장부를 들추어 보더니

"삼 원짜리가 오대 있나"

하고 머리를 흔들다가 종이쪽지에다 무어라고 두어줄 적어서 급사를 준다. 사무원이 삼 원짜리는 없다고 한 말은 사실이다. '옥상'이나 '곤방와' 같은 말을 몇 마디나 할 줄 아는 이른바 오마니는 진고개 방면으로 팔려 간다. 그네들은 소불하 한 달에 칠팔 원을 받고 좋아서 대관의 관저 같은 데로 지시가 되면 십오륙 원까지 월급을 타는 '오마니'로서의 고급자가 있다. 얼룩덜룩한 솜 포대기에 어린애를 업고 '게다'짝을 끌고 다니는 '계집애'만 하더라도, 근자에는 금이 올라서 오 원 육 원은 으레이 받는다.

그러니 값비싼 사람이 뚝섬집의 차례에 올 리가 없었다.

조금 있자 한 삼십쯤 되어 보이는 여자가 급사의 뒤를 따라 들어왔다. 문턱에 가 멀찌감치 서서는 어릿어릿하고 사방을 둘러본다. 뚝섬집은 제가 데려갈 사람의 아래 위를 훑어본다. 키는 멀쑥하게 큰데, 아무 특징이 없는 얼굴은 병든 누에 모양으로 누―렇게 들뜨고 눈두덩은 울고 난 사람처럼 푸석푸석하다. 뚝섬집은 첫 눈에 들지를 않았다.

"하필 저렇게 거지궁둥이 같은 게 걸렸어. 굼뜨디 굼뜨게 생겨 먹었으니 저따위를 데려다가 속이 상해서 어떻게 부려먹는담."

하고 마땅치 않아 하는 눈치를 본 사무원은

"일이가 옵소까?"

하고 묻는다. 그러나 뚝섬집은 싫다는 말이 아니 나왔다. 관리(그는 직업소개소 사무원을 경관이나 무슨 관리로만 안다)가 불러다 대어준 사람을 싫다고 했다가는 당장에 호령이 내릴까 보아 겁이 났고 또 한편으로는

집에서 나올 때부터 아랫배가 땅기고 뻗쳐서

'이러다 전차 속에서 낳지나 않을까.'

하는 판이라, 그래도 말이나 시켜 보고 데려가리라 하고

"전에 남의집살아 봤나?"

하고 물었다.

"첨이야요"

하는 대답은 목구멍 속으로 기어들어가는 듯 그러자 사무원은

"오소 가. 다른 일이가 바빠쏘쟈나이까."

하고 두 여자를 쫓아내듯 하였다.

더부살이감은 아무 말 없이 옷 보퉁이 하나를 끼고 뚝섬집의 뒤를 따라섰다. 그저 아침도 못 얻어먹은 듯 기신이 하나도 없이 흐느적거리며 배불뚝이 여편네를 무작정 하고 따른다. 월급이야 받건 말건 우선 당장에 주린 창자를 채우기가 급한 눈치다.

전차에 간신히 기어오르자 뚝섬집은 어린애를 비릇기 시작한다. 얼굴이 홍당무가 되어서 전차 창살을 붙들고 매달렸다가 때굴때굴 굴러 내리려는 것을 더부살이가 붙잡아 앉히고 간신히 진정을 시켰다.

전차에서 내린 뚝섬집은 인력거를 불러 타면서

"찬찬히 갈 테니 따라와."

하고 삼청동으로 올라갔다. 인력거가 아무리 찬찬히 간다 하여도 몇 끼나 곡기를 끊은 사람이 달음질을 해서 그 뒤를 쫓아가기는 참으로 어려운 노릇이었다. 얼굴과 등어리에 진땀이 쭈르르 흐르고 아랫도리가 풀려서 쓰러질 듯 쓰러질 듯한 것을 몇 번이나 성벽을 짚고 서서 진정하다가 죽을힘을 다 내서 다시 먼발치로 인력거 뒤를 따라갔다.

집에 돌아와 보니 뚝섬집의 어머니가 와서 기다리고 있었다.

"온 저런 길바닥에다 순산을 할 뻔했구나."

"남편이구 목둣개비구 어쩌면 당삭된 여편네를 혼자 내버려두구서 며칠씩 안 들어온단 말이냐."

하고 말도 못하는 딸을 안방으로 데리고 들어갔다. 그제야 헐떡거리고 문지방을 넘은 더부살이는 줄줄이 흘러내리는 얼굴의 땀을 소매로 씻고 조금 숨을 돌리더니

"찬밥이라두 있거든 좀…."

한 마디를 간신히 하고는 부엌 문턱에 가 턱 쓰러진다. 뚝섬집에 어머니는

"사람두 귀하다. 어디 가서 비렁뱅이를 데려왔구나."

하고 혀를 끌끌 차며 찬장문을 열고

"자. 아씨 대궁이니 요기나 해."

하고 반 사발쯤 남은 찬밥과 외지쪽을 내주고 들어간다. 더부살이는 정말 걸신이 들린 비렁뱅이처럼 찬밥덩이를 손으로 움켜 목이 메도록 틀어넣었다.

106회, 1934.07.15.

9 "아이고 죽겠네. 애고머니— 아이고오."

안방에서는 당장에 죽는 소리를 한다. 어린애가 금방 나오는 모양인데 늙은 마누라 혼자 황급해서 허둥지둥 하다가

"여봐, 어멈, 얼핏 이리 좀 들어오게."

하고 더부살이를 불러 들였다. 뚝섬집의 어머니는

"건넌방에선 뭘 허는 셈야. 이런 때두 꿈쩍 못허구 앓아누울 지경이면 애진작 갈 데루나 갈 게지. 자기 혼자 늙었나."

하고 건넌방으로 대고 입을 삐쭉거린다. 실상 건넌방 노인은 손녀를 끼고 누운 채 기함이 되어서 밖에서 굿을 하여도 모를 지경이다. 가뜩이나 등신만 남은 늙은이가 제때에 미음 한 모금도 얻어 마시지를 못해서 아주 까무러친 채 이틀이나 지냈다. 손녀는 뚝섬집에게 귀퉁이를 쥐어 박혀가면서 힘에 겨운 심부름도 하고 빨래하는 것까지 거들다가 여름부터 학질에 걸린 것을 금계랍 한 봉지도 먹이지 않고 내버려 두어서 날마다 저녁때면 한 축씩 떨고 앉았다. 지친 끝에 얻어먹지도 못해서 아주 피골이 상접한 꼴은 차마 볼 수가 없게 되었다. 인숙이도 이래저래 근 열흘 동안이나 들여다보지를 않아서 더 말씀들이 아니었던 것이다.

더부살이는 찬밥 몇 덩이에 기운을 좀 차린 듯 안방으로 들어갔다.

"게 앉어 아씨 손을 꼭 쥐어 주게."

하는 마누라의 명령에 머리맡에 가 앉으며 자반뒤집기를 하는 뚝섬집의 손목을 힘껏 쥐어 주었다. 남의 집에 오자마자 그런 일을 당한 더부살이는 비지땀을 뚝뚝 떨어뜨린다. 까딱하면 두 생명의 생사가 달린 일이라 겁이 더럭 났던 것이다.

한두 시간 동안이나 뚝섬집은

"아이고 죽겠네. 아이고 사람 살류."

하고 입술을 깨물고 뱃가죽을 찢기는 듯한 소리를 하며 더부살이의 팔을 끌어당기고 소매를 끌어 뜯고 하더니 그제야 아이가 문을 바로잡고 나오는지 마누라는 온몸을 사시나무 떨 듯하면서

"화병에 물 쏟아지듯 합소사. 그저 화병에 물 쏟아지듯 합소사."

하고 축원을 한 지 일 분도 못되어서 끙 하고 마지막 힘을 쓰자 "으아―
ㅅ" 소리가 들렸다.

"아이구 신통해라 삼신님 고맙습니다. 고추자지를 점지허셨구나."
하고 이번에는 좋아서 어쩔 줄을 모르다가

"어멈은 나가서 어서 밥을 짓게. 찬장에 미역이 있나 보니, 일변 국두
끓여야지."
하고 수선을 부린다.

더부살이도 어찌나 애가 키었던지 시들은 호박꽃같이 누렇던 얼굴이
벌겋게 상기가 되었다가 부엌으로 내려가며 후―하고 숨을 돌렸다. 흰밥
을 짓고 미역국을 끓여 놓은 지도 세 시간이나 되었건만 산모는 후산을
못해서 신음하는 소리는 더욱 높아간다.

"이를 어쩌나. 생사람을 죽이겠구나."
하고 마누라가 더 한층 안절부절을 못하는 것을 보다 못해서 더부살이가

"모말을 엎어 놓고 걸터앉으면 낫는대요"
하였다. 더부살이가 역시 몸을 풀고도 후산을 못해서 애를 써본 경험이
있는 모양이다.

"그러니 어디 모말이 있나. 없으면 됫박이라두 깔구 앉아 보지요"
하고 뒤주 속에서 됫박을 꺼내다가 산모를 일으켜 한쪽만 걸터앉게 하고
일변 바가지를 들고 들어와서 무릎에다 씌워가지고 산모의 아랫배를 슬
슬 문질러 주었다.

그런 지도 한 반 시간 만에 후산까지 무사히 하였다. 마누라쟁이는

"어멈이 아녔더면 큰일 날 뻔했지. 하마터면 죽을 걸 살려냈네그려."
하고 더부살이의 등을 두드려 주었다. 더부살이는 물을 데워다가 바둥거

리는 핏덩이를 씻겨 뉘고 방안으로 하나를 휘질러놓은 피걸레를 뭉쳐가
지고 나아가 수채에서 빨고 나서는 태까지 사르려고 장작을 지폈다.

그는 찬밥 한 술 얻어먹고 값으로 평생 처음 보는 여편네의 비린내 나
는 피걸레까지 주무를 수밖에 없었다.

그러자 안방에서 어린애가 유난히 새되게 우는 소리를 그제야 들은
듯, 건넌방 미닫이가 힘없이 열리더니 경직의 어머니가 뼈만 남은 얼굴
을 내밀며

"순산했다니?"

하고 마당을 내려다본다. 바로 맞은쪽 헛간 모퉁이에서 태를 사르느라고
부지깽이로 뒤적거리고 앉았던 더부살이의 눈은 건넌방 노인의 눈과 마
주쳤다. 서로 한참이나 내려다보고 쳐다보고 하면서 전기가 통한 듯이
꼼짝도 못하더니, 기연가미연가 하면서도

"아 네가 누구냐?"

하는 경직의 어머니의 목소리는 가늘게 떨렸다. 그래도 더부살이는 꿈이
나 꾸는 듯한 표정을 하고 쳐다보더니

"어머님!"

하고 벌떡 일어나 노인의 앞으로 달려들었다.

107회, 1934.07.16.

[10] 경직의 댁은 전후를 돌아볼 사이가 없이 건넌방으로 올라갔다.

"네가 웬일이냐 응? 네가 어디서 알구 찾아왔니."

옛날의 시어머니는 몽매간에도 잊지 못하던 며느리의 손을 쥐고는 흑
흑 느낀다.

"남의 집을 살러 왔는데… 여기 계실 줄은… 꿈에두 몰랐어요"
하고 지난날을 생각하고 북받쳐 오르는 울음을 참다가 경직이 댁의 눈에 띠운 것은 윗목에 처네 자락을 뒤집어쓰고 지쳐 늘어진 계집애였다.

그는

"아 이 애가…?"
하고 부르짖으며 두 팔로 끌어안으며 눈도 뜨지 못하는 얼굴을 얼빠진 사람처럼 들여다보며 어렸을 때의 모습을 찾는다.

"그렇다. 그 애가 네 딸이다. 일곱 해 전의 네 자식이다!"
한 마디를 간신히 하고 시어머니는 픽 쓰러져 버린다.

일곱 해만에 만나는 어머니와 딸! 그들은 서로 끌어안고는 말이 없다. 차마 내놓을 수 없는 것을 마음을 아귀같이 먹고 떼치고 갈 때에는 능금 빛 같던 두 볼이 지금은 여위다 못해 뼈만 불거져 옛날의 모습은 찾을 수 없고 젖살이 올라 포동포동하던 손등은 길바닥에 깔려 죽은 개구리 발 같지가 않은가. 남들처럼 친부모의 그늘에서 자라는 아이 같으면 벌써 학교에 들어가서 책보를 들고는 펄펄 뛰며 다닐 나이가 아닌가. 음침한 방 한구석에서 햇빛도 쏘이지 못하고 송장이 다된 할머니의 곁에서 시들어 죽는 생각을 하니, 경직의 댁은 참을래야 참을 수 없이 분하였다. 제 뱃속으로 낳은 소생이라, 핏줄이 켕긴다느니보다도

'죄 없는 어린 것을 이렇게 말려 죽여두 벼락이 내리지 않나.'
하고 무심한 하늘이 야속하였다. 그동안 다만 하나인 혈속이 그 얼마나 그리웠던가. 정미공장에서 수건때기를 쓰고 온종일 쌀을 고르다가도 문득문득 어린 것 생각이 나서 목판 위에 방울방울 떨어져 번지는 눈물을 손바닥으로 으깨이기를 몇 번이나 하였던가. 오라버니 식구는 북간도로

거산을 한 후 소식조차 끊겨서 일갓집으로 찾아 돌아다니며 소박데기 천덕구니 대접을 받고 연명을 하여 오다가 막다른 골목으로 더부살이 노릇이나 해보려고 직업소개소까지 찾아갔던 오늘날까지 아침저녁으로 이 딸 하나가 잘 자라기만 축원을 하였다.

'어디서 뉘 손에서 자라든지 친어미 괄시야 아니하겠지. 낫살이 먹어 갈수록 철이 나면 어미 생각을 할 테지.'

하고, 신세를 돌아보면 자결이라도 해버리고 싶은 생각이 하루도 열두 번이나 나는 것을 지긋지긋이 참아 왔다. 그다지도 바라고 기다리던 터에 오늘날의 이 꼴을 대할 때 어머니의 눈에서 흐르는 것은 눈물이 아니요 피였다. 구곡간장을 쥐어 짜내는 피눈물이었다. 그는 두 팔로 딸을 끌어안아 일으키며

"애야! 네가 어쩌다 이 꼴이 됐니? 너를 버리구 간 어미의 죄는 열 번 죽어두 싸다. 애 간난아, 정신을 차려서 어미의 얼굴을 좀 찾아보렴."

어머니는 눈물에 젖은 뺨으로 딸의 얼굴을 부비며 손을 잡아 흔들며 푸념을 한다. 그는 아직도 간난이란 이름밖에 몰랐던 것이다. 간난이는 눈을 커다랗게 뜨고 눈물로 뒤발을 한 어머니의 얼굴을 정기 없이 바라보더니

"아이 배고파."

한 마디를 간신히 하고는 다시 고개를 떨어뜨린다. 그러자 안방에서는

"어멈, 아 태를 사르다 말구 그 방엘 들어가서 뭘 허는 거야."

하고 소리를 질렀다. 경직의 댁은 그제야 저의 몸이 한 달에 삼 원에 팔려서 이 집에 온 것을 깨달은 듯 딸을 내려 눕히고 벌떡 일어나서 마루로 나갔다. 그는 힝너케 부엌으로 내려가서 미역국에다가 흰밥을 한 대

접이나 말아가지고 들어왔다. 그는 안방에서 불러서 나간 것이 아니라 "아이 배고파" 한 딸에게 따뜻한 국물이라도 한 모금 마시게 해주고 싶은 충동을 이기지 못하였던 것이다.

"애야 이걸 좀 마셔라. 응 어서."

하고 딸의 어깨를 잡아 흔드는데 대문소리가 요란히 나더니

"아 순산했나? 뭘 낳았어?"

하는 것은 경직의 목소리가 분명하였다.

😊 108회, 1934.07.17.

11 경직의 목소리를 들은 옛날의 아내는 들었던 국그릇을 떨어뜨릴 뻔하였다. 경직이와 마주친댔자 새삼스러이 놀라울 것도 없고 뚝섬집의 피걸레까지 빨아준 것도 운명의 짓궂은 장난으로 돌리면 팔자 한탄이나 할 수밖에 없으련만, 자녀에게 대한 사랑 앞에서는 앞뒤를 사리지 않는 모성애가 간난이의 어머니로 하여금 참을 수 없는 분노를 끌어올렸다. 그는 입술을 깨물고 숨만 급하게 쉬고 앉았는데

"염체 어딜 들어와. 사면 나다니던 사람이 뭘 보구 들어왔는지두 모르는 걸."

하고 일테면 장모쟁이가 구기를 하고 안방으로는 못 들어가게 하니까 경직은

"들어가면 어떻단 말요"

하면서도 갈 데가 없어서 건넌방 문을 벌썩 열었다.

경직은 방안의 광경을 살펴보더니 머리를 푹 숙이고 돌아앉은 여편네를 보고

319

"누구요?"

하고 묻는다.

"……"

경직은 딸의 입에 미역국 그릇을 대어 주는 것이 더욱 이상한 듯

"아 누군데 말대답을 못 해."

하고 자분참 물으면서 허리를 굽혀 여자의 얼굴을 들여다본다. 간난의 어머니는 천천히 얼굴을 쳐들었다.

"아—니 이게—."

경직은 입을 딱 벌리며 놀라서 한걸음 물러섰다. 세고에 찌들고 주림에 여위었어도 칠 년 전 아내의 얼굴을 알아보지 못하도록 경직의 눈이 무디었을 리는 없었다.

경직은 너무나 의외의 일에 어안이 벙벙해서 섰다가

"여길 뭣 허러 왔소?"

하는 것은 꾸짖는 어조다. 그러나 안방에서 들을까 보아 목소리는 감히 크게 내지를 못한다. 간난이 어머니는 경직을 똑바로 쏘아보며

"해산구완 해 달래서 왔어요."

"뭐? 해산구완을 하러?"

"나 같은 사람이 무언 못하나요."

경직은 양미간을 잔뜩 찌푸리고 멀찌감치 떨어져 앉아서 한참이나 무슨 궁리를 하더니

"어떻게 왔는지는 모르지만 보다시피 이 집에 더 있을 사세가 못 되니 산모가 알기 전에 나가 주. 있는 데만 알면 내 이담에 찾으리다."

하고 주머니를 훔척훔척하더니 해산 준비로 변통해가지고 들어온 돈 삼

원을 꺼내서 방바닥에다 밀어놓는다.

간난이 어머니도 눈을 내려 깔고 한참이니 생각을 해보더니 오장이 썩는 듯한 한숨과 함께

"가라면 가지요."

하고는 물러앉는다. 그러고는

"돈은 일 없어요 그걸루 어머님 약이나 지어다 드리서요 난 아이 낳는 것 보아준 값으루 찬밥 한 끼 얻어먹었으니까요"

하고는 일어서려다 말고

"애야 나허구 같이 가자, 응 정신을 좀 차려라."

하고 딸을 추슬러 업으려고 한다.

"그 애를 어디루 데리구 간단 말요?"

경직은 아비로서의 권리를 무시당한 듯이 펄쩍 뛴다.

간난이 어머니는 원한에 빛나는 눈초리로 경직을 흘겨보며

"짐승두 제 자식 귀여워할 줄은 아는데 이 어린 걸 생으로 굶겨 죽이는 법이 어딨어요? 애가 무슨 죄가 있길래 앓아두 약 한 첩 안 먹인 모양이니 그래 계집헌테만 눈이 어두면 자식새끼는 죽여두 괜찮단 말씀이야요"

하고 악에 받쳐서 간난이를 일으켜 업고 일어서며

"내 자식 내가 데려가는데 말릴 사람이 누구야요 길바닥에 가 쓰러지더래두 어미 등에 업혀서 죽으면 저두 눈을 감겠죠"

하고 헌털방이 처네 하나를 둘러가지고 나가려 한다.

경직은 붙잡을 수도 없고 안 붙잡을 수도 없어서 어쩔 줄을 모르는데 벽을 향하고 돌아누워서 혼몽히 잠이 든 줄만 알았던 어머니가 이상한

신음성과 함께 별안간 상체를 벌떡 솟치더니 낭성거리로 덜컥 넘어 박힌다. 경직은 깜짝 놀라서

"어머니!"

하고 부르짖으며 어머니의 곁으로 달려들었다. 어머니의 숨은 벌써 끊겼다. 사지의 온기도 싸늘하게 걷혔다.

"아 이거 큰일 났군!"

하고 경직은 밖으로 뛰어 나갔다. '팔판동'까지 달음질해 내려와서 어느 병원에 가 전화를 빌려 인숙에게다 걸었던 것이다.

109회, 1934.07.18.

⑫ 기름이 마른 등잔이라 바람이 불지 않더라도 저절로 꺼질 터인데, 일상 못 잊어하던 며느리를 천만뜻밖에 만난 경직의 어머니는 반갑다느니보다도 몹시 놀랐고 지금의 집안 형편을 생각하고 기가 꽉 막혀서 실낱같은 목숨이 그만 끊어지고 만 것이었다.

경직이가 전화를 걸러 나간 사이에

"어멈, 오자마자 건넌방 구석에가 틀어박혀서 뭘 하는 거야."

하는 광목을 찢는 듯한 목소리를 듣고도 지난날의 며느리는, 차디찬 시어머니의 손을 잡고

"괜—히 저 때문에…."

하고 흐느껴 울다가

"저는 갑니다. 이 세상에서 얼굴을 들고 다니지 못하는 제가 더 있으면 뭘 허겠습니까."

하고는 두 손을 가슴에다 곱게 올려놓고 이불자락으로 얼굴을 덮고는

"넌 나허구 가자. 죽어두 너구 나구 같이 죽자."

하고 뼈만 남은 딸의 거붓한 몸을 들쳐 업고는 발자국 소리도 내지 않고 몰래 빠져 나갔다.

전화를 걸고 돌아온 경직은 모녀가 어데로 가고 없는 것을 다행히 여겼다.

"더부살이가 밖으로 나왔는데 금세 어딜 갔어요?"

하는 뚝섬집의 말에는

"알구 보니 하필 먼촌으로 일가가 되는 여편네를 데려왔네그려. 게으르기로 소문이 나서 가는 데마다 족족 쫓겨나는 사람을 알구서야 둘 수가 있나. 마침 그 애를 보구서 가엾다구 수양딸처럼 데려다 기르겠다기에 돈 원이나 줘서 업혀 보냈네."

하고 군색하게 꾸며대었다. 그러고는 바로 건넌방에서 어머니의 초상이 났다면 부정이나 탈까 보아 말도 못하고 저 혼자 끌탕을 하였다.

인숙이가 허위단심으로 삼청동 개천을 끼고 올라올 때에는 벌써 해가 뉘엿이 넘고 북악산 그늘이 땅 위로 덮여 내렸다.

인숙은 구멍가게의 추녀 밑으로 올라오다가 계집애를 처네 자락으로 윗도리만 휩싸 업고 가는 여편네를 바로 옷이 스칠 만한 거리에서 보았다. 인숙은

'어서 보던 사람 같다.'

하면서도 길 걷는 사람을 유심히 바라다볼 경황이 없어서 그대로 지나쳤다.

…어머니의 임종까지 못한 인숙의 설움은 형용할 수 없었다. 너무나 애통하던 끝에 어머니의 시체 곁에 쓰러진 채 정신을 잃고 그날 밤을 지

냈다. 외아들의 마음이 변한 탓으로 노래에 굶주리던 끝에 눈을 감겨주는 사람도 없이 혼자서 숨이 지도록 내버려둔 생각을 하니 눈물도 나오지 않았다. 다만 가슴 한복판에다가 못을 박는 듯 고꾸라진 채 넋을 잃었던 것이다.

뚝섬집의 어머니는 방안에서 쩔쩔매면서

"온 이를 어쩌. 늙은이두 쇠털 같은 날에 하필 오늘 죽는담. 그러니 핏덩이를 어떡허면 좋단 말이냐."

하고 부정이나 타면 당장에 저의 딸이 죽기나 할 듯이 소동을 한다.

경직은 생각다 못해서 이웃집에 사정사정해서 방 하나를 얻어 산모와 어린애를 데려다 눕히고 나서 명색만은 고부를 하였다.

이제까지 여러 번 초종을 치러보고 누구보다도 열싸게 일을 분별하던 인숙이건만 이번에는 얼이 빠지고 맥이 풀려서 어머니의 얼굴을 떠들어 보고는 울고 울고 하다가는 그 곁에 쓰러지고 할 뿐.

집안에 돈이라고는 새로 왔던 더부살이가 만져보지도 않고 간 삼 원밖에는 없었다. 경직은 이번에도 누이의 턱만 쳐다보는 눈치나 인숙은 모르는 체할 수밖에 없었다. 집을 그저 들어있는 것만 해도 감지덕지한데 안사돈의 장사 비용까지 시집에 기댈 수는 없을 뿐 아니라 자작이 호의는 있더래도 근자에는 그만한 여유가 없는 거야 어찌하랴.

경직은 제 발에 떨어진 불똥이 뜨거우니까 사방으로 구걸을 다녀서 몇십 원을 간신히 얻어다가 베를 끊고 입관까지는 겨우 하였다. 그러나 장삿날 쓸 비용이 없어 난감하던 차에 봉희와 복순이가 조상을 왔다. 봉희가 제가 저금한 것을 마지막 찾은 것과 어머니가 부조하는 돈을 전하였다.

그리하여 인숙의 어머니는 남편의 곁에는 눕지 못하였으나마 동대문 밖 공동묘지의 한 점 흙을 보탤 수는 있었다.

110회, 1934.07.19.

13 어머니의 장사를 지낸 지 이틀 만에 인숙은 시집으로 갔다. 과천집에서 아버지를 여의고 들어왔을 때와도 달라서 남 유달리 자애가 깊던 어머니마저 궂기고 나니 저의 몸은 무변대해에 외따로 선 나무와 같이 바람이 조금만 불어도 넘어질 듯. 의지가지없는 고단한 신세는 기대일 곳이 없어 앉으나 서나 외롭고 애달픈 심회를 금키 어려웠다.

집안 식구들이 다 잠이 든 뒤에 그는 홀로 깨어 앉아서 가느다란 초필 끝을 앞니로 자근자근 풀어 간지 두루마리에다 궁체로 꼭꼭 박아서 남편에게 편지를 썼다. 몇 줄 쓰다가는 종이 위에 떨어져 번지는 눈물 흔적을 지워가며 한 줄 두 줄 내려썼다.

세월이 여류하와 집을 떠나신 후 절기가 바뀌어도 일자 안신조차 올리지 못하였사오니 불민함을 너그러이 용서하실 줄 믿사오며 어느덧 금풍이 소슬하온데 객중 기운 강건하옵시고 침식범절이 과히 불편치나 아니하시온지 주소 경경하온 원념 침좌 간에도 잊자올 수 없사오나 몽혼이 관산 하해를 넘지 못하와 꿈에도 자시한 소식을 듣잡지 못, 깊은 탄식으로 일월을 보내오며 여기는 별당재정이 안녕하옵시고 양위분 기후 일향 만강하옵시고 대소 합내 태평하오니 다행이오며 아우님 통학 잘 하고 공부 날로 진취하오니 기쁘고 남매 의지하여 지내오던 중 이곳은 죄얼이 심중하와 그동안 편모 상사를 당하오니 일월이 무색한 듯 천지가 아득하

325

와 망극지통은 측량키 어렵사오며 삼가 시일 덧없사와 초종을 치른 지도 수일이 되오니 더욱 애닯고 서글픈 심회는 실로 일필난기이옵나이다. 선친 상사 때에 우리 내외 참사하던 생각 바로 어제런 듯 간절하옵고, 장모께서는 세상을 떠나시기 얼마 전까지도 어눌한 말씀으로 사랑하는 사위와도 사별키 쉽다 하시고 생전에 다시 한 번 보시기 소원이셨으니 자식 된 마음이 어떠하였겠습나이까. 철천에 원한 됨이 한둘이 아니오라 비감한 심사 지향키 어렵사온 중 장사 후 집에 돌아오자 양당 애휼하심이 날로 두텁사오니 종금 이후로는 더욱 효순코저 하오나 골육을 나누어 주신 부모를 쌍망하니 혈혈단신을 붙일 곳이 전혀 없사와 다만 남녘 하늘을 바라고 금의로 환향하오실 날을 기다리자니 실로 앞날이 아득하오이다. 근자에 염려하심과 양당의 처분이 바란 바에 지나 학교에 다니게 되어 소원을 이루었사오나 뒤늦은 터이라 부끄럼만 앞서고 공부도 부실한 중 봉친도 때에 미치지 못할까 보아 매양 전전긍긍하옵나이다. 오늘 밤은 동헌에 달이 유난히 밝사온데 기러기 남으로 날고 은하는 서로 기우오니 편모를 사별하고 유정군자마저 만리타방에 떠나보내어 생리사별에 눈물겨운 신세 붙일 곳 없사오나 다만 간절히 바랍는 것은 이곳의 심사 산란할 적마다 한편에서는 학업이 더욱 진취되시려니 하는 희망으로 스스로 위로하고 무색한 세월을 보내오니 천금 같으신 귀체를 삼가 보중하시고 공부 열심하오서 회환하시는 날 기쁘게 맞기를 암축하옵고 두서없는 사연을 이만 줄이어 아득히 은하 저편으로 건너보내오니 내내 객중 기운 여상하옵신 글월 반기옵기를 고대하오나 공부에 분망하신 터에 친필을 바라지 못하오니 아우님에게라도 안부나 자주 들으면 염행이겠삽나이다.

　　　　　　××년 ×월 ××일

　　　　　　　　　　　　　죄인 이인숙 소상장

　인숙은 한 발이나 되는 편지를 거의 단숨에 내려쓰듯 하고도 가슴 속
에 첩첩이 쌓인 사연을 십분의 일도 그리지 못한 것을 한탄하면서 봉투
에 접어 넣고 피봉까지 썼다. 남편에게 필적을 보이기는 처음이라 획 하
나라도 틀리면 흉을 잡힐까 하는 처녀 같은 부끄러움에 얼굴을 살짝 붉
혔다.

　어느 틈에 들어왔는지 귀뚜라미 한 마리가 쌍창 두껍닫이 틈에서 귀뚤
거리며 인숙의 베갯머리를 밤 깊도록 지켰다.

　　　　　　　　　　　　　　　　　😊 111회, 1934.07.20.

망명가의 아들

[1] 봉환에게서도 기다린 답장이 왔다. 지나치게 애통하는 끝에 몸을 하리지 않도록 하라는 것과 장모 상사에 나가지 못하니 반자(半子)의 도리가 아니라는 것과 겨울방학에는 반드시 귀가하여 반가이 만나겠다고 간곡히 위로하는 말을 늘어놓았다. 인숙은 남편의 편지를 아침저녁으로 꺼내 보며 적지 않게 위안을 받았다. 학교에 가면 상학시간에도 칠판의 백묵 글씨가 남편의 편지로 보일 때까지 있었다. 그 뒤에도 일주일에 한 번쯤은 편지 내왕이 있었고 봉환의 편지 서두에는 반드시 '나의 사랑하는 직녀성에게'라고 쓰였다.

'견우직녀처럼 정말 일 년에 한번씩밖에 만나지 못하게 되면 어쩌누.' 하면서도 인숙은

"직녀성? 직녀성!"

하고 남편이 지어준 저의 별명을 몇 번이나 입 속으로 되풀이해 보기도 하였다. 그날그날 학교 공부에나 착심을 해서 모든 설움을 잊어버리려고 애를 쓰다가도 깊이 곰겨서 응혈이 된 종기가 조금 습하기만 하여도 은근히 쑤시고 저리듯이 어머니 생각이 문득 나기만 하면 책을 보다가도

얼빠진 사람처럼 한눈을 팔고 앉았기가 일쑤였다. 그럴 때마다 인숙은 남편을 생각하고 정이 뚝뚝 듣는 듯한 편지 사연을 별당노인 염불하듯 속으로 외면은 한결 마음이 가라앉았다. 봉환의 편지는 고통이 한참 고비에 오를 때에 진통제(鎭痛劑) 주사 한 대를 맞는 것만치나 인숙의 정신상 고통을 덜어주는 효과가 있었다.

그러나 진종일 힘에 부치는 학과에 시달리고 나서 눈이 달리고 머리가 지끈지끈 아픈 것을 참고 돌아오면 집에서도 마음 편할 날이 없다. 봉환의 큰형이 잡혀 먹은 전답이 경매를 당할 지경인데 엎친 데 덮친 데로 자작이, 여러 해 전에 가장 친하게 지내던 박 남작의 아들이 역시 난봉을 부려서 파산을 당하게 될 때에 설마 어떠랴 하고 연대 보증인으로 뒷도장을 찍어, 빚을 얻어서 일시 욕을 면하게 하여 주었었다. 그 뒤로 박 남작이 뇌일혈로 세상을 떠나고 그의 맏아들은 금치산 선고(禁治産 宣告)까지 받아서 이자가 원금보다 몇 곱이나 늘은 엄청난 돈이 보증인인 자작에게로 닥쳐왔다. 그래서 자작은 뜻밖에 그 빚까지 무리꾸럭을 하느라고 방바닥을 두들기며 통곡을 하고는 나머지 부동산 전부를 '식산은행'에다 들이밀고 청산을 한 후 한 달에 겨우 삼백 원밖에 안 되는 생활비를 타 쓰게 되었다. 단 삼백 원으로야 궁가의 체면을 유지할 수 없을 뿐 아니라 그야말로 그만 돈쯤은 벌겋게 달은 화로에 눈 한 줌을 끼얹었거나 다름이 없다. 한껏 벌렸던 규모를 별안간 줄일 수가 없고 아무리 조리차를 한대도 씀씀이는 전과 같은 대중이다. 더구나 철딱서니 없는 안 여편네들은 돈 한 푼이라도 더 얻어 쓰려고 아귀다툼이라 자작은 부대끼다 못해서

"난 모르겠다. 식구들을 먹이든 굶기든 네가 다 맡아라. 인제 난 이 세상허구는 하직이다."

하고는 용환에게다 상봉하솔의 책임을 떠다 맡기고 문밖의— 별장으로 나가서 누워 버렸다.

용환은 그제야 정신을 좀 차리고 용기를 내어서 식구를 정리하였다. 연고 있는 늙은 내인들과 침모며 안잠을 내어보내고 반빗아치까지도 두엇만 남기고 내어 쫓다시피 하였다.

"인제버텀은 여편네란 하나두 놀아서는 배고플 줄 알어."

하고 상일까지 하라고 명령을 하였다.

그래서 조석 때가 되어도 마루 끝에 한번 내려서 보지 못하고, 저 먹은 밥그릇 한번 닦아 보지 못하던 귀부인들은 행주치마를 두르고 부엌에 내려서 비단결 같은 손을 개수물통에다 담그지 않을 수 없게 되었다. 그뿐 아니라, 별당마누라의 말을 빌면 조상의 산소에 화산이 비취었든지 '해주'로 피접을 가 있던 봉환의 작은형이 집으로 떠메어 온 지, 사흘만에 마지막으로 피 한 덩어리를 제 댁의 치맛자락에 토하고는 다섯 해 동안이나 앓던 폐병을 청산해 버렸다. 젊은 과부의 따라 죽는다고 몸부림하는 것은 마음 어린 사람으로는 차마 볼 수 없는 정경이었다.

😊 112회, 1934.07.21.

2 "인제 겨울 방학이 며칠 안 남았으니까 좋겠구려."

"좋은지 만지 난 되려 나오지 말았으면 좋겠어. 집안 형편이 전 같아야 말이지. 하루만 지내보면 정신 쓰라리다구 집에는 안 붙어 있을려구들 걸. 하두 난리판 같으니까 나두 학교랍시구 댕기기가 송구스러워서 못 견디겠어."

"열흘 붉은 꽃이 없단 말이 옳거든. 숱헌 사람은 피땀을 흘리구 일을 해두 굶주리는데 손 끝 맺구 앉아서 그만큼 대대로 영화를 누리구 호강스럽게 지냈으니까 인젠 배고픈 것이 얼마나 어려운지 좀들 당해 봐야 싸지요. 그래야 세상 형편이 어떻게 돌아가는 줄두 차차 알아지리다. 그럴수록 인숙 씨는 더 정신을 바짝 차려야 해요. 시집의 밥을 얻어먹는 것두 며칠 안 남았으니까…"

"학교에 간다는 핑계를 하구 하루 종일 나와 지내지 않으면 그 악다구니판에서 하루 종일 어떻게 지낼 뻔했는지 몰라요. 글쎄 작은형님은 누가 홀로 되랬는지 지금두 사람만 보면 붙잡구 통곡을 하는구려."

"남편은 폐결핵으로 죽구 아내는 히스테리로 미쳐 나는구면."

반공일날 오후였다. 인숙은 복순이가 한 달 동안이나 시골로 순회강연대에 끼어서 돌아다니다가 검속을 당했다는 소식을 듣고 그동안 풀려왔나 하고 궁금해서 여러 날 벼르던 끝에 찾아갔던 것이다. 겨울이 되어도 빈대피로 묵화를 친 흔적이 그대로 남아있는 삼 원짜리 사글세방은 불맛을 보지 못해서 뼈가 저리도록 차다. 가끔 지방으로 강연을 하러 다니면 노자 중에서 몇 원 간이고 남는 돈으로 사글세를 치르고 죽이 되나 밥이 되나 끓여 먹는 것이었다. 남녀 간 동지들도 물에 빠지면 주머니부터 뜨게 된 형편이라 전처럼 잔돈푼을 뜯어 쓸 수도 없어 가끔 유치장에를 들어가야만 얼마 동안씩 생활의 안정을 얻게 되는 것이다.

그전 날 복순은 마침 시골서 돌아왔었다. 인숙을 반가이 맞은 후 둘이 오들오들 떨고 앉아서 그동안의 지낸 일을 이야기하는 판이다.

복순은 자작의 집이 소리 없이 무너지기 시작한 것을 고소하게는 여기진 않으나마 으레 닥쳐올 운명에 부딪친 것으로 조금도 놀랄 것이 없다는 눈치다.

"아무튼 학교에는 잘 들어갔지요. 기냥 그대루 있었더면 참 정말 그 집구석에 틀어박혀서 계집종 노릇밖에 더 허겠수? 더군다나 이 앞으로는 어떻게 될는지 모르는 걸."

"내 생각에두 그렇기는 하지만, 인전 손수 밥까지 지어 먹게 되는데 나 혼자 책보를 들구 나서기는 참 정말 미안해 죽겠어. 지금 형편 같아선 앞으로 살림을 나 보기도 틀렸으니 어쩌면 좋아."

"어린애는 낳기두 전에 기저귀 장만버텀 헌다더니 어느새버텀 살림 날 궁리를 해요. 딴 생각을랑 하지두 말구서 혼자라두 살아나갈 도리나 차려야지요. 모르면 몰라두 봉환 씨가 학교를 졸업하구 온대야 아마 살림이나 허구 들어앉았지는 않으리다."

복순은 아직도 인숙이가 꿈같은 공상을 하고 있는 것을 비웃듯 하였다.

인숙은 털목도리를 두르고 앉았건만 등어리가 오슬오슬 추워서

"내 내일이라두 또 오리다. 방학이 며칠 안 남었는데 하두 어수선스러우니까 시험 공부두 헐 수가 있어야지."

하고 일어서는데

"새언니 여기 왔우?"

하고 들어서는 건 새로 짠 고동색 재킷을 입은 봉희였다.

"작은아씨가 웬일이요?"

인숙은 미닫이를 열었다.

"봉희 씨 참 오래간만이구려."

복순도 일어나

"춘데 들어오. 방이라구 바깥버덤 더 춥지만."

하고 곧 가보아야겠다는 봉희를 끌어들였다. 그동안 봉희도 인숙을 따라서 두어 번 이 집에를 찾아 왔었다. 봉희는 매우 긴장한 얼굴로

"저 장발이라는 오빠허구 같이 간 친구가 있지 않우? 아까 그이가 학교로 나를 찾아 왔겠지."

"응, 그래서요?"

인숙은 귀가 번쩍 띄는 듯이 봉희의 앞으로 바싹 다가앉았다.

③ "학교서 막 나오는데 등 뒤에서 누가 '봉희 씨' 허구 굵다란 목소리루 부르겠지."

인숙은 봉희의 말끝에 무슨 줄이라도 달렸으면 얼른 끌어올리기나 할 듯이 갑갑증이 나서

"아 그래 장발이 혼자 나왔답디까."

하고 무릎이 마주 닿도록 다가앉는다.

"아니 새언니두 퍽은 조급헌가 보"

하면서 올케의 허벅다리를 꼬집는 척하더니

"그래 깜짝 놀라서 획 돌려다보니까 바로 정거장에서 보던 장발이겠지, 나를 한 번밖에 안 봤는데 내 이름까지 어떻게 아는지 몰라. 머리는 어깨까지 내려오구."

하는데

"압다, 딴 소리는 늘어놓지 말구 봉환 씨두 같이 나왔는지 어서 시원스럽게 얘기를 허우. 궁금해서 죽을려는 사람이 있는데"

하고 곁에서 복순이가 인숙을 거들었다.

333

"가만있어요. 헐 말은 다 해야지. 그래 나두 '언제 오셨습니까' 허구 인사를 허니까 엊저녁에 나왔다구 허면서 여러 동무들이 이상스럽게 보는데 내 뒤를 자꾸만 따라 오면서 잔소리를 꺼내는구려 글쎄. 집으로 찾아갈래두 만나기가 거북해서 학교 문 앞에서 기다렸다고 허면서."

"그럼 오빠허구 같이 오지는 않았구려."

인숙은 참다못해서 재우쳐 물었다.

"겨울 방학에 꼭 나올려구 했는데 오고가는 동안을 빼면 며칠 되지도 않구. 방학 동안에두 그림 그릴 것이 밀려서 오빠는…."

하고는 올케의 눈치를 살짝 보고 나서

"못 나오신대. 너무 섭섭해 허지 마우."

한다. 인숙은 될 수 있는 대로 천연한 체를 하려고 하나 며칠 아니면 꼭 올 줄 알고 '사흘 밤만 자면 이틀 밤만 자면' 하고 어린애 명절 기다리듯 손꼽아 기리던 남편이 못 온다는 소식을 들으니 낙심하는 빛을 감출 수 없다.

"그렇게 바쁘면 장발이는 어떻게 나왔답디까."

"아이 새언니두. 길에서 그런 말까지 어떻게 물어 본단 말요. 그렇지 않아두 내 뒤를 줄줄 따라오면서 학교 다니는 재미가 어떠냐 하는 둥 정거장에서 나를 한번 본 뒤에는 입때 첫인상이 잊어지지 않는다는 둥 별소리를 다 허면서 따라와서 얼굴이 뜨거워 혼났는데. 그래 집 앞까지 가서야 개학 때 가기 전에 집으루 들를 테니 오빠헌테 전헐 게 있거든 제 편에 부치도록 허라겠지. 반가운 소식은 아니지만 새언니가 그저 안 왔길래 혹시 여기나 들렀나 허구 찾아 왔어요."

인숙은 무안을 당한 새색시처럼 눈을 내려 깔고 목도리에 달린 털보무

라지만 배비작거리다가

"그럼 어째 편지두 없수?"

하고 풀이 죽은 목소리로 묻는다.

"글쎄 오빠가 어째 편지를 안 허구 장발이헌테만 전갈 허듯 일러 보냈는지 내가 그 속을 어떻게 안단 말요."

하는데

"무엇에 반해서 직녀성을 잊어버렸남."

하고 봉환의 편지를 본 적이 있는 복순이가 인숙을 쓸까슬렀다. 인숙은 그 자리에 더 앉아서 이야기를 할 경황도 없어서

"고만 갑시다."

하고 일어서려는데

"화조월석에 기다리던 낭군을 꼭 만나려니 했다가 못 온다니까 섭섭 허구 여부가 없겠지만 몸성히 있어서 공부만 잘 헌다면 고만이지 저렇게 낙심을 헐 게 뭐요 글쎄 언제든지 개밥에 도토리 모양으로 베껴서 한평생 홀로 굴러 댕기는 나 같은 사람을 좀 생각해봐요."

하고 위로를 하는지 골을 올려 주는지 모르는 소리를 하고 복순은 저 혼자 쓸쓸한 웃음을 지어 웃는데 마당에서 구두 소리가 저벅저벅 나더니

"누님!"

하고 우렁찬 남자의 목소리가 바로 방문 앞에서 들렸다. 문 앞에 앉았던 봉희는 깜짝 놀란 듯 윗목 편으로 비켜 앉았다.

⊙ 114회, 1934.07.23.

④ "세철이냐."

복순은 벌떡 일어나 방문을 열었다.

"우린 갑시다."

봉희가 따라 일어섰다. 인숙도 잠자코 일어나 치맛자락의 구김살을 펴는데

"괜찮아요. 내 동생인데 보면 어때요 새삼스럽게 내외를 허나. 곧 갈걸."

하고 복순은 두 여자를 억지로 붙잡아 앉혔다. 방문이 하나 돼서 나간다 하더라도 마주치기는 일반이다. 인숙은

'동생이라니 내가 모르는 동생이 또 누구야.'

하고 방 한구석에 비켜섰다.

"너 웬일이냐, 춘데 들어오너라."

"이번에 또 공밥 먹었습디다그려."

"공밥이나 먹어야지 심이 되지. 그래두 물 것이 없으니까 춥긴 해두 겨울이 낫더라."

문지방을 사이로 둔 둘의 이야기를 듣고 봉희는

'누구더러 동생이라나.'

하고 약간 호기심이 움직여서 미어진 미닫이 틈으로 밖을 내어다 보았다. 복순의 동생이라는 남자는 다 찌그러진 전기학교(電機學校)의 모자표를 붙인 학생이었다. 그저 외투도 못 얻어 입은 듯. 얇고 떨어진 교복 한 벌을 입었어도 조금도 추운 기색이 없이 가슴을 펴고 굵직한 두 다리를 딱 버티고 섰다. 언뜻 보기에도 스물두어 살쯤 된 거무스름하게 생긴 청년이다.

"아 들어와."

복순은 세철의 손을 잡아끈다.

"손님…."

하고 세철은 툇마루에 나란히 벗어놓은 여자의 구두 두 켤레를 보고 눈짓을 한다.

"알구 보면 옛날 친구라구 내가 노 얘기허던 분들이다."

세철은 그러냐는 듯이 고개를 끄떡이더니

"누님 잠깐 밖에서 만납시다."

한다.

"들어오라니깐, 우리끼리 무슨 비밀이 있니."

복순은 부득부득 세철을 끌어 들였다. 두 여자는 방구석에 가서 몰려 섰다. 세철은 두 여자를 흘낏 보고 머리를 조금 숙이는 체 하고는 복순과 비스듬히 마주 앉는다. 허우대는 크지 못하나 중키는 확실한데 운동선수처럼 어깨가 벌고 가슴이 내밀었다. 팔이 굵어 그런지 교복 소매가 켕겨서 거북해 보인다.

얼굴빛은 검붉은데 큰 송충이만한 두 눈썹은 말을 하는 대로 꿈틀거리는 듯 어지간히 감때가 사나워 보인다.

"인사들 허우 서로 모르구 지낼 터가 아닌데."

하더니 복순은, 세철을 가리키며

"이 학생은 나처럼 아버지는 얼굴두 몰라요. 망명을 해서 시베리아로 간 뒤에 이십 년이나 되두 여태 소식이 없구, 어머니는 내가 댕기는 학교의 선생 노릇을 허다가 만세통에 감옥에 들어갔다 나와서 세상을 떠났어요. 나허구 성이 같으니까 외로운 사람끼리 의남매를 맺었다우."

하고 장황히 늘어놓는다. 세철은 여자들 앞에 쓸데없는 소리를 한다는

듯이 눈썹을 조금 찌푸리더니 두 여자를 들여다보며

"박세철이에요"

하고 방바닥에 두 손을 짚는다. 세철의 눈은, 비록 한 순간이나마 선 채로 마주 머리를 숙였다가 쳐드는 봉희와 서로 시선이 마주쳤다. 봉희의 얼굴 때문에 침침한 방 윗목이 달이 비친 듯 환해 보였다. 봉희도 이런 자리에서는 처음 만나는 남자를 호기심을 가지고 보며 속으로는

'아마 운동선순가 보다.'

하고 두툼한 목덜미와 뒤통수를 할금할금 흘겨보았다.

복순은 인숙과 봉희를 눈으로 가리키며

"저 분은 내가 신세를 많이 진 윤 자작의 셋째 며느님인 인숙 씨구 저 학생 아씨는 자작의 막내따님 윤봉희 양인데 피차에 만나기는 첨이지만 노 얘기를 들었으니까 소개를 안 해두 잘 알 테지."

하고 연방 '자작'을 쳐든다. 세철은 그만하면 짐작하겠다는 듯이 머리만 끄떡여 보이는데 평상시에는 사내 부럽지 않게 활발하던 봉희연만 그날은 이상스러이 부끄럼에 귀밑까지 빨개졌다.

⊙ 115회, 1934.07.24.

⑤ "누님, 오늘 저녁버텀 나허구 잡시다."

세철은 불쑥 한마디를 한다.

"왜?"

복순은 무슨 짐작을 하는 듯 하면서도 짐짓 묻는다.

"잘 데가 없으니까 같이 자잔 말이지 까닭을 물어봐야만 알겠수."

"또 하숙에서 쫓겨났구나."

"창피허게 쫓겨나긴. 날더러 나가 줍시사구 비니까 주인 대접을 해서 마지못해 나왔지."

"아무튼 뱃심은 좋다. 이번엔 몇 달이냐."

세철은 대답 대신으로 손가락 셋을 펴 보이며 씽긋 웃는다. 복순도 그런 일은 예사인 듯이 탕평으로 웃음을 지으며

"그럼 짐은 어쨌어?"

하다가 그제야 윗목에 가 앉지 않고 나가지도 못하고 선 인숙과 봉희를 보고는 더 묻기를 주저하는데

"대문간에 고리짝 하나 갖다 놨우. 들여오리까?"

세철은 서슴지 않고 묻는다.

"와 있어두 상관은 없지만 나허구 약속 한 가지는 해야 해. 내가 요새 몸이 괴로워서 꼼짝두 허기 싫은데 일찌감치 일어나서 불두 때구 밥두 지어줄 테면 발치 잠이래두 자게 헐 테구 그렇지 않으면 딱지다."

"아—니 삼 원짜리 사글세두 변변히 못 내면서 이 궁둥이가 얼어붙는 방 한 칸을 가지구 세를 쓰기요? 크나 작으나 자본가 행세는 일반이구료. 불 때구 밥 짓는 노력을 나헌테 착취하려구 드니…."

하고 세철은 쾌활하게 웃다가

"세상이 금방 거꾸루 섰수? 남자가 밥을 다 짓게."

하다가 말고

'참 처음 보는 여자들이 있는데.'

하는 듯이 두 여자의 얼굴을 흘낏 쳐다본다. 인숙은 봉환이가 안 나온다는 데 낭판이 떨어져서 남의 이야기에 귀를 기울일 마음의 여유가 없는 듯.

'그동안 동경서 편지나 오지 않았을까.'

하고 좀이 쑤셔서 얼른 가보고는 싶으나 남의 이야기를 중간을 무지르기가 어려워서 문칫거리고 섰다. 그와 반대로 봉희는 적지 않은 호기심을 가지고 세철의 일동일정을 살피고 섰다.

'아무리 남자지만 어쩌면 저렇게 숫기가 좋을까. 첨 보는 여자들 앞에서 석 달씩이나 밥값을 떼어 먹고 나온 걸 자랑허듯 허니.'

하고 제게 무슨 상관이나 되는 듯이

'이렇게 찬 구들장 위에 가서 펄썩 주저앉았으니 좀 찰까.'

하고 알따란 양말 바닥이 얼어붙는 듯 저려 오르는 발가락을 꼼지락거리며 세철의 탐스러운 목덜미를 내려다보았다.

"그럼 있다가 자러 오리다. 벌이 허러 나갈 시간이 돼서 가야겠수."

하고 세철은 벌떡 일어선다.

"저녁은 먹어야지. 오늘 저녁버텀 아까 말헌 대루 실행을 해."

하고 허리춤에서 다 떨어진 돈지갑을 꺼내서

"노자 쓰구 좀 남었다. 우선 봉지 쌀이래두 팔어 와야지. 나무두 한 서너 단 사구."

하고 지갑을 던진다.

"싫우. 여편네가 헐 일은 여편네가 헐 께지. 난 오늘부터 또 호떡 생활을 헐 테요. 만주 팔어서 호떡 사먹는 재미를 알겠수."

하고 나가더니만 이부자리와 책이 들었음직한 고리짝을 번쩍 들어다 툇마루에다 쿵 하고 내려놓고 나서 모자를 홀떡 벗더니

"실례합니다."

하고 두 여자는 거들떠보지도 않고 뚜벅뚜벅 나간다.

인숙과 봉희도 갇혀나 있었던 것처럼 그제야 풀려나 왔다.

"인젠 여기 꼭 있을 테니 누추허지만 지나댕기는 길에 가끔 들루."

복순은 봉희더러 과문불입을 하지 말라고 당부를 하였다. 인숙은 부탁을 하지 않아도 으레 올 사람이언만

"나두 궁금허니 편지가 왔거든 내일이라두 들려요. 내 기다리구 있을게."

하고 문간에서 작별을 하였다.

116회, 1934.07.26.

⑥ 황혼의 길거리에는 떡가루 같은 첫눈이 체로 치는 듯 휘날린다. 봉희는

"아이 눈 좀 봐. 벌써 눈이 오네."

하면서 길바닥에, 가로수 위에 사뿟사뿟 내려앉는 하얀 눈송이를 흰나비를 잡듯이 쫓아가서 움켜도 쥐고 손바닥에 받아서 금붕어 같은 입으로 호호 불어도 본다. 오늘 처음 대한 남자 앞에서 까닭 모를 흥분에 불그스름하게 달았던 봉희의 두 뺨과 콧등에 내려앉는 차근차근한 눈송이의 촉감은 여간 상쾌한 것이 아니었다. 봉희는 깨끗한 눈송이를 발로 짓밟기가 차마 애처로운 듯 무도를 하듯이 아스팔트 위에 구두 끝만 가벼이 제끼며 걷다가

"어서 오"

하고 뒤떨어져 오는 올케를 돌려다본다. 인숙은 등덜미가 으스스해서 털목도리로 얼굴까지 휩싸고 발등만 굽어보며 따라온다. 첫눈이야 오건 말건 신기할 것도 없는 듯 머릿속은 봉환의 생각으로 가득 차서 다른 것은

341

생각할 여유가 없는 모양이다.

눈 깜짝할 사이에 회색빛 길거리에 전등불이 와짝 들어왔다. 포도송이처럼 둘씩 셋씩 달라붙은 가등(街燈)은 무르익은 꽈리처럼 밝았다. 그 수없는 꽈리들은 풀솜 덩이를 소담하게 하나씩 이고 외투 깃을 올리고 지나가는 행인들의 머리 위에 으스름한 불빛을 던진다.

봉희는 걸음을 늦추며 뒤떨어진 인숙을 돌려다보고

"새언니, 우리 집에 가지 말구 이 길루 남산공원에나 올라갈까. 은세계 같은 설경이 좀 좋우. 난 눈 오는 날 저녁이 여간 좋지 않어. 이대루 정처 없이 가봤으면…."

하고 시름겨운 한숨을 내쉬고는

"새언니 그런데 그 세철이란 학생 말요. 밥값두 못 내구 쫓겨댕기는 사람이 어쩌면 그렇게 유산태평이유. 난 그런 사내 첨 봤어."

하고 올케의 동의를 구한다. 집이 가까워올수록 머리를 더 떨어뜨리고 걷는 인숙은 여전히 대답이 없다. 집 앞 골목으로 접어들자 봉희는 인숙의 머리 위와 어깨에 소복이 내려앉은 눈송이를 털어주며

"새언니 무슨 생각을 그렇게 허우? 남의 말은 들은 척두 안 허구서,"

하고 어깨를 건듯하고 걸어 들어간다.

"내야 무슨 생각을 허든지 상관없지만, 아마 작은아씨가 자꾸만 딴 생각을 허나 보"

하고 공연시리 마음이 들썽거려서 집에도 들어가기 싫어하는 시누이의 눈치를 보다가

'작은아씨두 벌써 열일곱이지.'

하고 동갑인 동무들보다도 뛰어나게 숙성한 시누이의 나이를 속으로 꼽

아 보았다. 집 뒷문까지 와서

　"난 동무 집에나 가서 놀다가 올 테야."

하고 돌아서려는 봉희를

　"그러다 걱정 들으리다. 벌써 저녁두 다 지냈을걸."

하고 인숙은 시누이의 소매를 억지로 끌고 들어갔다.

　기다리고 바랐던 봉환의 편지는 오지 않았다. '이인숙 씨 친전'이라고 씌어 오던 낯익은 편지 겉봉은 집안의 어느 구석에서도 인숙을 기다리고 있지 않았다. 저녁의 배달 시간도 지냈으니 전보나 아니면 체전부가 올 리도 없다.

　'내일 아침엔 꼭 오겠지. 무슨 까닭으로 못 나온다는 소식이나마 전하겠지.'

하고 저녁도 두어 술 뜨는 둥 마는 둥 하고는 별당과 산정에 (시어머니는 자작을 따라 문밖에 나가있지만) 잠깐 다녀 내려와서는 전신이 오슬오슬 추워서 일찌감치 이불을 뒤집어쓰고 누웠다.

　봉희는 오래간만에 만돌린을 꺼내서 먼지를 털고 줄을 골랐다. 추운 줄도 모르고 미닫이를 반쯤 열고는 뜰 앞 향나무와 동청나무 위에 소복이 내려 쌓이는 눈을 내려다보면서 도리고의 세레나데[小夜樂]를 탄다. 아직 음정(音程)도 똑바로 짚을 줄 모르는 서투른 만돌린이나마, 가늘게 떠는 애련한 멜로디가 끊겼다 이었다 하는 대로 인숙의 외로운 꿈도 들락날락 하는 듯. 첫겨울의 눈 밤은 소리 없이 깊어갔다.

　　　　　　　　　　　　　　　　　　　　😊 117회, 1934.07.27.

　[7] 이튿날 인숙은 일어나지를 못하였다. 앞머리가 쪼개내는 듯이 아프

고 팔다리가 쑤셔서

"가다가 쓰러져두 결석은 안 헐 테야."

하고 두어 번이나 이를 악물고 죽을힘을 다해서 팔을 짚고 일어나다가 쓰러졌다. 신열이 높아서 관자놀이가 벌떡벌떡 뛰는 것이 봉희의 눈에도 보였다.

"억지루 기동을 했다가 큰 병이 나면 어떡허우. 몸이 사뭇 펄펄 끓는 구려."

하고 봉희는 올케를 간신히 붙들어 눕히고

"괜히 내가 늦도록 문을 열어놔서 자다가 촉상이 됐남."

하고 지난밤의 센티멘털한 저의 행동을 뉘우쳤다. 약을 지어다 달여 먹이도록 분별을 하고 학교를 갔다.

인숙이가 앓아누워서 일어나지 못하기는 시집온 뒤에 처음이었다.

시증조모의 간병을 하느라고 이틀 사흘씩 밤을 새웠고, 초종을 치르느라고 뼈끝이 쑤시도록 피곤한 것도 강단으로 참고 견디어 왔었다. 생병이 나서 쓰러질 듯 쓰러질 듯한 것도 결곡한 그의 성격이 앙바티어 왔었다. 그러던 것이 이번에는 남편을 고대하다가 실망낙담한 끝에 밤늦도록 바로 머리맡에서 찬 야기를 쏘여서 감기와 몸살이 호되게 닥들였던 것이다. 늦은 아침때에야 큰동서가 탕약을 달여 가지고 들어와서

"이렇게 아파서 어떡허나."

하고 머리를 짚어 보고 나간 뒤에는 저녁때가 되도록 들여다보는 사람이 없다.

혀에 백태가 끼고 조갈이 심하건만 냉수 한 모금 얻어 마실 수가 없다. 제가 시집온 이후에 이 집 식구들 중의 누구나 어디가 뜨끔만 하대도 제

몸이 아픈 것과 다름없이 약시중을 들어 주고 단잠을 못자고 종종 걸음을 치지 않았는가. 아무리 공치사를 할 줄 모르는 인숙이건만 제 몸이 몹시 괴로우니까 시집 식구들에게 야속한 생각까지 들었다.

더구나 돌아간 어머니 생각이 걷잡을 수 없이 났다.

'단 하루를 누워 앓는데 이렇게 괴롭고 외로운 생각이 드는데 몇 해씩 그 지경으로 지내시다가 아무도 모르게 숨을 끊으셨으니…'

하고 생각만 해도 눈물이 핑그르 돌았다.

'더도 말고 일 년 동안만 뫼시고 살았더면.'

하고 저의 불효하였음을 마음 아프게 뉘우치다가

"나무는 고요코저 하나 바람이 머무르지 않고 자식은 봉양코저 하나 어버이가 기다리지 않는다."(樹欲靜而風不停, 子欲養而親不待)

라고 소녀 시대에 아버지가 들려주시던 고시의 한 구절을 몇 번이나 입 속으로 뇌어 보았다.

봉희는 하학 종이 치는 대로 집으로 달음질을 하다시피 하였다.

'나 때문에 새언니가 병이 난 셈이니 어쩌면 좋아.'

하고 마음이 죄이고 겁이 더럭 났던 것이다.

집 앞 골목의 녹다 남은 눈을 밟으며 급히 오는데 시꺼먼 것이 앞을 딱 막아서서 봉희는 "애고머니…" 하고 옴츠러들며 한 걸음 물러섰다.

"장발이에요."

머리 긴 사나이는 은근히 머리를 숙인다. 봉희는

"왜 사람을 그렇게 놀래서요?"

하고 톡 쏘아 붙이고 싶은 것을 참고 고개를 조금 숙여 아는 체를 해보였다.

"지금 학교서 나오시나요?"

"네"

"오빠헌테서 편지 안 왔지요?"

"안 왔나 봐요"

"오빠가 왜 이번 방학에 안 나오는 줄 아세요?"

"몰라요"

봉희의 대답은 쌀쌀스럽다. 장발은 놓치기나 할 듯이 더 가까이 앞을 딱 막아서서

"어디 조용히 얘기헐 데가 있으면 좋겠는데 여기서야…"

하고 장발은 봉희를 어디로 데리고 가고 싶은 눈치를 보인다.

"이 골목이 조용허지 않아요? 무슨 말씀인지 어서 허시죠"

봉희는 추근추근하게 구는 장발이가, 더구나 귀밑까지 길러 늘어뜨린 머리가 쳐다보기도 싫어서 외면한 채로 마지못해서 대꾸를 한다.

"그럼 저리로 거닐면서 얘기를 헙시다. 잠깐만… 댁에서 누가 보더래두 안됐으니까요"

하고 장발은 무슨 비밀이나 속삭이려는 듯이 봉희를 꾀여낸다.

118회, 1934.07.28.

⑧ "오빠 친구허구 얘기허는데 집안사람이 보면 어때요"

봉희는 할 말이 있거든 어서 당장에 하라는 듯이 장발의 얼굴을 깔끄러운 시선으로 쳐다본다. 장발은 같이 거닐기도 마다는 여자를 억지로 끌고 갈수도 없어

'야 이 색시 노근노근치가 않구나.'

하면서

"저— 다른 게 아니라 말허기는 거북허지만… 봉환 군의 부인헌테는 말씀허면 안 돼요."

하고 뒤를 다지더니 봉희가 고개를 조금 끄떡여 보이는 것을 보고

"윤 군이 첨 가서 한 학기 동안은 나허구 같은 하숙에 있으면서 참답게 공부를 했어요. 학교에는 한시간두 빠지지 않구 댕겼는데 그림 재주가 비상허다구 선생들헌테 칭찬을 받았어요. 그러다가 유명헌 화가에게 소개를 받아서 틈 있는 대로 그 화가의 아틀리에(화실)를 찾아 댕기면서 다른 제자들허구 그림을 그리다가."

하는데 용환이가 인력거 위에서 팔짱을 끼고 가다가 집 뒤 골목 안에 마주 서서 수군거리는 두 사람을 유심스러이 흘겨보고 지나갔다. 그는 아직도 다리가 불인한 사람처럼 동네 출입도 꼭 인력거를 잡숫는다.

"몸집은 뚱뚱허지만 속 빈 강정이 돼서 인젠 거북하겠군."

하고 가게 장수나 동네 사람들은 모발이 허연 비름 먹은 당나귀 같은 인력거꾼을 동정하며 일변 거덜이 난 윤 대감의 큰 자제를 빈정거렸다.

봉희는 밀회나 하다가 큰오라비에게 들킨 것 같아서

"그래서요? 어서 말씀허서요."

하고 자못 불쾌히 장발에게 명령하듯 하였다. 그래도 장발은 이야기를 하는 것보다도 봉희의 자색을 탐하기에 여념이 없는 듯, 잠시도 혈색 좋은 봉희의 얼굴과 불룩한 젖가슴에서 시선을 떼지 않고 다시 뜸을 들이더니

"시방 그 선생의 화실에 출입하는 모델허구… 고이(연애)를 허느라구 열중해서…"

하고 정말 말하기가 거북한 듯이 어름어름 하는데

"그럼 오빠가 일본 여자허구 연애를 허느라구 방학이 돼두 집엔 안 나오신단 말씀이죠."

봉희는 서슴지 않고 요령만 따서 들입다 묻고는

"네 그만허면 알겠어요. 집에 우환이 있어서 그만 실례합니다."

하고 장발의 잔말이 미처 나오기 전에 지쳐둔 뒷대문을 열고 들어가 버렸다. 장발은 그야말로 닭 쫓던 개 지붕 쳐다보듯 봉희가 급히 들어가는 뒷모양을 바라보다가

"흥, 내가 얼마나 쌀쌀한가 두구 보자."

하고 벼르며 기다란 머리가 뒤덮인 뒤통수를 긁으며 돌아섰다.

인숙은 아침보다도 더 한전을 심하게 하며 봉희가 손을 잡고 이마를 짚어 주는 것도 모르고 신음하는 소리만 높다.

"해열산 먹던 게 어디 있을 텐데."

하며 봉희는 올케의 이마에 김이 서리는 땀을 씻겨주고 이불 위로 다리를 주물러 주다가 눈두덩이 뜨끈하며 눈물이 쏟아지려는 것을 손등으로 눌렀다.

"오빠두 몹쓸 사람이지. 어쩌자구 유학 간 지 일년두 못 돼서 일본 계집애허구 연애를 허다니. 허구한 날 기다리다 못해서 몸살까지 난 이 새언니를 두구서."

하는 소리가 저절로 나왔다.

남편이 모델과 연애에 빠져서 방학에도 나오지 않는 줄은 꿈에도 모르고 끙끙 앓고 누운 올케가 여간 가엾어 보이지가 않았다. 더구나 어머니하고까지 영결을 하고 나서도 학교에는 하루도 빠지지 않으려고 온갖 설

움을 깃옷 속에 감추고 기를 쓰고 다니던 것이 동정에 겨웠던 것이다.

'그러니 이를 어째. 새언니헌테는 그런 말을 차마 헐 수도 없구.'

하고 큰 걱정이 되어서

'내일 복순이한테나 가서 의논을 해볼까. 뭐라나 의견이나 좀 들어보게.'

하다가

'참 그 세철이란 학생이 와 있을 걸.'

하고는 혼자서 문답을 하였다.

119회, 1934.07.29.

⑨ 이튿날 아침 봉희는 인숙이가 다니는 학교로 가서 담임선생에게 이인숙이가 병으로 결석한다는 말을 전하고 저의 학교로 갔다가 하학 종이 울리자 즉시 복순에게로 달려갔다. 그날이 소제 당번이건만 동무하고 바꾸어치고 발을 급히 옮기면서도

'그 세철이란 사람이 있으면 거북해서 그런 말을 어떻게 허나.'

하고 한걱정을 하였다. 그렇건만 또 한편으로는

'아무리 누이니 동생이니 허는 사이지만 그렇게 커다란 사람허구 한 방에서 어떻게 잔담. 남한테만 의남매를 했다구 그러는 거나 아닐까.'

하고 제게는 털끝만치도 상관없는 일까지 슬며시 걱정이 되었다. 그것은 쓸데없는 걱정이라느니보다도 복순에게 대한 일종의 시기 비슷한 감정인지도 모른다.

"복순 씨."

하고 봉희는 중문간에서 나직이 불렀다. 복순이가 쓰는 방 툇마루에는

찌그러진 여자 구두가 놓이지 않고 흙 묻은 운동화 한 켤레뿐이다.

'어디 나갔나 보다.'

하면서도 봉희는

"복순 씨 있어요?"

하고 이번에는 목소리를 조금 높였다. 그와 거진 동시에 미닫이를 열고

"어디 나갔어요."

하고 내다보는 것은 세철의 검붉은 얼굴이다. 그는 무엇을 입속에다 잔뜩 물어서 치통을 앓는 사람처럼 두 볼이 부어가지고 말을 얼버무린다. 그러다가 봉희를 보고 빙긋이 웃으며

"들어오시지요 회관에서 누가 와서 같이 나갔는데 곧 들어올걸요."

"그럼 이따가 또 오겠어요."

봉희는 금세 얼굴이 조금 붉어져서 눈으로만 인사를 하고 돌아서려는데

"잠깐만 들어와 기다리세요. 두 분 중에 오시건 꼭 기다려 달라구 부탁을 허구 나갔는데요."

세철은 그 시꺼먼 눈썹을 꿈쩍인다. 봉희는 어쩔 줄을 모르다가

"밖에서 기다리지요."

하고 발꿈치를 돌리니까

"나 혼자 있으니까 거북해서 안 들어오시는군요. 그럼 내가 나갈 테니 춘데 들어와 기다리세요."

하더니 세철은 신을 꿰고 나오려고 든다. 봉희는 정말 어쩔 줄을 몰라서 이번에는 귀밑까지 빨개졌다. 기왕 왔다가 복순을 아니 보고 가기도 안됐고 들어올 때까지 행길에서 서성거릴 수도 없는데, 그렇다고 처음 인

사한 남자를, 더구나 방 임자를 몰아내고서 들어앉을 수도 없다. 그래서 또 다시 잠깐 망설이다가 용기를 내어

"들어갈게, 나오지 마세요. 미안합니다."

하고 나오려는 세철의 앞을 막으며 방으로 들어갔다. 방 속은 여전히 침침한데 봉희는 문지방을 넘어서다가 무엇이 물큰하고 밟혀서

"애고머니!"

하고 껑충 뛰어 올랐다.

"허 이거 안됐군요"

하고 세철은 씩씩 웃으며 신문지를 들고 봉희의 발바닥을 닦아 줄듯이 덤벼든다.

세철이가 점심 겸 저녁 겸으로 사가지고 들어와서 베물어 먹다가 봉희를 보고 방구석에 치어놓은 호떡 조각을 밟았던 것이다. 봉희는 무안에 취해서 얼굴이 새빨개 가지고

"이리 주서요. 난 괜찮지만 잡숫는 걸 밟아서…."

하고 신문지를 받아 들고 끈적끈적한 양말 바닥을 닦았다.

"날더러 밥을 지라는 게 귀찮아서 몰래 군것질을 허다가 벌역이 내렸군요."

하고 봉희가 쩔쩔매는 것이 더욱 우스운 듯 세철은 껄껄껄 호걸웃음을 웃는다. 봉희는 그럴수록 잠자코 앉았으면 세철에게 더욱 미안한 생각이 들어서

"호떡만 잡수고서 어떻게 지내서요?"

하고 세철을 동정하였다.

"호인들은 돌덩이 같은 밀떡 조각에 파 마늘만 어적어적 깨물어 먹구

사는 데두 좀 튼튼해요"

하고 세철은 복순을 주려고 책상 위에 따로 싸두었던 호떡을 집어 반을 쪽 쪼개더니

"이거 좀 맛보세요"

하고 흑설탕 국물이 뚝뚝 떨어지는 것을 봉희의 앞으로 불쑥 내어민다.

120회, 1934.07.30.

⑩ "어서 잡수서요. 밥 대신 잡숫는다며."

봉희가 물러앉으며 사양하니까 세철은

"봉희 씨 같은 귀족의 영양이 호떡 먹는 걸 구경이나 하셨겠어요. 하쿠라이 초콜릿이나 잡숫는 입이 놀라게요"

하고 대뜸 화젓가락 윗마디 꼬듯 하고 싶은 것을 꿀꺽 참고

"그럴 테지요. 귀족의 영양이 호떡을 잡숫겠어요"

하고는 호떡 조각을 한입에 틀어넣고 손가락에 묻은 설탕 국물을 핥아가며 어기어기 씹는다.

봉희는 당장에 모욕을 당한 듯 슬그머니 골이 났다. 아무리 전부터 복순에게 들어서 간접으로 저를 잘 알고 있었기로서니 겨우 두 번째 대면을 한 여자에게 대해서 숙친한 사이에도 삼가야 할 말을 불쑥해서 남의 비위를 거슬러 놓고도 시침을 떼고 앉아서 저 먹을 것만 꾸역꾸역 먹는 세철의 태도가 너무나 무례하지가 않은가. 처녀답게 수줍어만 하던 봉희는 속으로

'그게 누구를 넘보는 수작야.'

하고 자존심이 상해서

"왜 내가 귀족의 영양이라구 그랬어요? 우리 아버진 귀족인지 몰라두 난 그까짓 귀족이란 말두 듣기 싫어요."

하고 한마디 여무지게 반박을 하였다. 그러고는 귀족이 아니라는 표시를 하기 위해서 세철이가 먹는 호떡을 빼앗아서라도 먹고 싶었다. 세철은

"어이 목 미어."

하고 냉수를 떠다 마시고 나서

"봉희 씨 혼자 개념적으루 귀족이 아니라면 되나요. 석 달씩 식비를 못 내서 하숙을 쫓겨나구, 한 달에 몇 원 안 되는 월사금이 밀려서 정학을 당허구 와서 꾸드러진 호떡 조각을 물어뜯구 앉은 고학생이 지금 바루 봉희 씨의 눈앞에 앉아 있지 않아요? 그런데 말씀이죠. 그와 정반대루 학비 걱정은커녕 입만 벌리면 외씨 같은 이밥에 고기반찬이 저절로 굴러들어가구 겹겹이 털옷으루 몸을 감은 장래의 귀부인이 지금 바로 내 눈앞에 앉아 있지 않아요? 그래도 봉희 씨가 부르주아가 아니라구 부인을 헐 수가 있을까요?"

하며 날카로운 시선으로 봉희의 얼굴을 뚫을 듯이 쏘아본다. 봉희는 하도 어처구니가 없어서 그만 말문이 막혔다. 그러면서도 속으로는

'어쩌면 저렇게 체면 없이 함부로 말을 헐까. 없는 게 무슨 큰 자랑인 줄 아나 봐.'

하고 입이 뾰족해서 앉았는데 복순이가

"손님 오셨군."

하고 들어왔다. 뾰로통하고 앉아서 인사도 잘하지 않는 봉희의 기색을 살피며

"혼자서 어려운 출입이구려. 그런데 왜 쌈허구 난 사람 같우?"

하고 봉희의 곁에가 앉는데 세철이가

"나허구 쌈을 헐 뻔했다우."

하고 씩 웃으며 벌떡 일어나더니

"신진대사(新陳代謝)를 해야지. 자 또 만납시다."

하고 봉희에게다 머리를 꾸벅해 보이더니 모자를 말아 쥐고 나간다. 봉희는 세철을 바로 쳐다보지도 않고 조금 고쳐 앉기만 하였다. 복순은 둘이 하는 양을 번갈아 보더니

"정말 벌써 말다툼들을 했나 보이. 세철이가 또 험구를 놀렸구먼. 저 애는 이 세상에 무서운 것이 없구, 어려운 사람두 없으니깐. 조금만 제 비위에 틀리면 첨보는 사람헌테두 막 대들거든. 당초에 이면 체면은 안 보니까. 여북해야 동무들헌테 급행열차란 별명을 듣나. 게다가 고집이 세서 여간 사람은 휘어잡지를 못해."

하고 봉희하고 무슨 사단이 있었는지도 모르면서 슬그머니 세철을 두둔해서 변명을 뿌옇게 한다.

봉희는 한참이나 입을 봉한 듯이 앉았다가

"저 의논을 좀 헐 말이 있어 왔는데…."

하고 인숙이가 대단히 앓는다는 것과 장발이가 하던 이야기를 전한 뒤에

"그러니 어쩌면 좋아요? 새언니가 가엾어 못 견디겠어. 앓는 사람헌테 그런 말을 차마 헐 수는 없구. 그렇다구 속이는 것두 죄루 갈 것— 같아요"

하고 생후 처음으로 난처한 일을 당해서 어떻게 처리했으면 좋을지 몰라 하는 것이 곁에서 보기에도 가엾을 지경이다.

121회, 1934.07.31.

[11] 복순은 고개만 끄떡이며 듣더니

"내 그럴 줄 알았어 그러길래 첨버텀 뭐랍디까. 동경처럼 번화헌 데로 유학을 가는 게 인숙 씨를 위해선 부질없다구 그랬지요. 개꼬리 삼 년을 묻어두 황모는 안 된다구 연골에 그런 짓을 몇 번 허던 사람은 어딜 가나 제 버릇을 버리지 못하는 법이거든요"

하고 입맛을 쩍쩍 다시고 나서

"기왕 일이 그렇게 됐으니 인숙 씨헌테 말을 안 헐 수두 없죠"

한다. 봉희는

"그러니 오빠만 나오기를 태산같이 믿구 있는데 차마."

"모델하구 연애를 허느라구 정신이 빠져서 새언니헌테는 편지까지 끊구 지낸단 말을 앓는 사람헌테 차마 어떻게 해요"

하고 난감해 하니까, 복순은 봉희의 얼굴을 물끄러미 보더니

"봉희 씨두 인젠 '연애'란 말을 서슴지 않구 허는구려. 아마 편지질을 허거나 뒤를 따라 댕기는 남학생두 꽤 있을 걸. 저만큼 스타일이 훌륭하니까…. 날더러 미인 투표를 허라면 봉희 씨한테 맨 먼저 헐 테야."

하고 그 어여쁘지 못한 입술을 비웃는 듯이 삐죽거린다. 봉희는

'내가 이 집에 놀림을 받으러 왔나.'

하고 자못 불쾌해서

'다시는 안 올 테야. 사람을 앉혀 놓고 번차례로 놀리는 법이 어디 있어.'

하고는 양말을 잡아당겨 팽팽히 신고는 일어섰다.

복순이가 미인이라고 놀리는 것은 그다지 불쾌할 것은 없건만 인사를 한 지 이틀밖에 아니 되는 세철이가 '귀족의 영양'이라고 한 말이나 태도가 생각할수록 불쾌해서

"난 가요."

한 마디를 하고 일어섰다.

"왜 내가 들어오자 일어서요? 내 말에 화가 났구먼. 젊은 여자헌테 미인이란 말밖에 더 듣기 좋은 말이 어디 있수. 난 '박복순이 참 미인이야' 하는 말 한마디만 들었으면 평생에 소원이 없겠습디다."

하고는 봉희의 마음을 풀어 주려고 재킷자락을 잡아당긴다. 봉희는

'누가 절더러 저렇게 못생겨 먹으랬나.'

하고 붙잡는 복순의 손을 뿌리치고는

"새언니가 더 허지나 않은지 궁금해서 가봐야 해요."

하고 나와서 구두를 신는데

"그럼 먼저 가요. 조금 있다 나두 문병을 갈 테니 그 일은 걱정 말구 내게 맡겨 두어요, 눈치를 봐서 신기가 좋은 때 내가 말을 할 테니."

하고 복순은 중문간까지 나와서 봉희를 보냈다.

봉희가 집에 돌아와 보니 인숙은 일어나 체경 앞에서 부스스하게 일어난 머리에 군빗질을 하고 앉았다.

"일어났구려. 좀 나우?"

봉희는 죽었던 사람이 살아나 앉은 듯이 눈을 커다랗게 뜨며 올케를 반겼다.

"열은 좀 내렸지만 미안해서 더 누워 있을 수가 있어야지. 참 오빠에게서 편지가 왔수."

"응? 무엇이라구? 나도 봐도 괜찮우?"

봉희는 거듭 반색을 하며 손을 내밀었다. 인숙은 머릿장 서랍에서 편지를 꺼내 주며

"작은아씨 이름으루 온 걸 궁금해서 내가 먼저 뜯어 봤수."

한다.

"옳지, 오빠한테서 편지가 왔으니까 정신이 번쩍 나서 일어나 머리를 다 빗는구료. 편지가 약버덤 낫군."

하고는 오라비의 편지를 급히 꺼내 읽었다.

방학에는 꼭 나가려 했더니 의외로 선생들과 함께 북해도 지방으로 사생여행을 떠나게 되어 겨울 방학에는 부득이 귀국하지 못하니 직녀성에게도 섭섭히 알지 말라고 전해다오.

하는 것이 편지 사연이었다.

'거짓부렁! 모델허구 신혼여행을 간 게지.'

하고 봉희는 편지를 구겨서 책상 위에다 던졌다.

아내를 속여 달라고 저에게까지 거짓말 편지를 한 오라비가 눈앞에 있으면 머리라도 꺼들리고 싶도록 미웠던 것이다.

"왜 그렇게 별안간 성내우? 몸 성히 여행을 다니신다니 좀 좋우?"

하고 쳐다보는 인숙의 눈은 몹시도 애련해 보였다.

⑫ "뭐 좀 먹었수?"

봉희는 오라비에게 대해서 분개한 티를 보이지 않으려고 말끝을 돌렸다.

"억지로 기운을 차려 보려구 아까 한술 떴는데 깔깔해 넘길 수가 있어야지. 입맛이 아주 소태 같아요."

"국물 한 그릇 끓여다 주는 사람이 없으니 된밥으로 어떻게 강다짐을 허겠수. 내 파국이라두 끓여 가지구 오리다."

"고만두. 작은아씨나 시장헐 테니 어서 가 저녁을 먹우."

봉희는 올케의 말은 들은 체 만 체하고 부엌으로 내려가서 손수 북어를 두드려 파뿌리를 많이 넣고 국을 끓이고 계란 하나까지 풀어서 쟁반에 받쳐 가지고 들어왔다. 인숙은

"미안해 이를 어쩌우."

하면서도 지루뜬 밥을 말아서 구슬 같은 땀을 흘려가며 국 한 그릇을 거진 다 마셨다. 시누의 친절이 눈물이 나도록 고마워서 무슨 맛인지도 모르며 훅훅 마셨던 것이다.

"인전 폭 뒤집어 쓰구 누워서 땀을 폭신 내우."

하고 봉희는 빈 그릇을 들고 저도 저녁을 먹으러 나가서 별당 할머니와 겸상으로 받았다.

별당노인의 조석 상에는 아직도 어육이 떠날 때가 없다. 불도를 하면서도 살생한 것이 상에 오르지 않으면

"이렇게 소(素)를 허구는 근력을 차릴 수가 없다. 너희가 몇 해나 봉양을 허겠다구 백죄 맨밥을 먹이려 드느냐."

하고 은수저를 내던진다.

봉희는 그날 체조 시간에 바스켓볼을 했기 때문에 허기가 지도록 시장하여서 밥을 폭폭 퍼먹다가 상에 놓인 맛난 냄새가 코를 찌르는 섭산적과 지글지글 끓는 생선 조치를 보고 문뜩 세철이 생각이 났다. 냉수를 마시어가며 꾸드러진 호떡을 손가락에 묻은 것까지 핥아가며 맛있게 먹고

앉았는 것이 바로 눈앞에 보이는 듯, '귀족의 영양이 이런 걸 어떻게 먹겠느냐'고 씨까스르던 말을 다시 한 번 뇌까려 보았다.

'참 정말 그런 소리를 들을 만두 해. 그걸 먹구 끼니를 에우구서 이 추운 날 밤늦도록 길거리로 딱따기를 치며 돌아다니는 사람두 있는데 이 세상에 아무짝에 소용이 없는 우리 할머니는 온종일 염주를 세구 염불을 허시느라고 손끝허구 입부리밖에 놀리는 게 없는데도 이렇게 좋은 반찬이 물려서 못 잡수니 아무튼 이 세상이 고르지는 못 해.'
하고 세철에게로 동정이 갔다. 저의 자존심을 건드린 실례의 말도, 여자 앞이라고 조금도 꾸미지 않고 일부러 체면을 차릴 줄 모른다는 세철이로서는 솔직한 고백이요, 가식이 없는 정말이었구나 하였다. 그러다가는

'주는 걸 받아서 먹는 체나 할 걸. 내가 되려 실례를 허구 왔어.'
하고 후회까지 하였다. 그러다가 연한 암소고기를 무진 난도질을 해서 구워 놓은 섭산적을 씹다가

"아이 질겨."
하고 타구에다 뱉아 내며 눈살을 찌푸리고 동자치를 부르라고 역정을 내는 할머니의 금니투성 한 입과 잔금 하나 없이 피둥피둥한 얼굴을 유심히 쳐다보았다.

그날 저녁 봉희는 세철의 말이 저의 양심을 찌르는 듯해서 좋아하는 고기는 한 점도 씹지 않고 젓가락을 놓았다. 세철이가 그 술한 눈썹을 일으켜 세고는 밥상을 노려보고 버티고 선 것 같기도 하여서 정신상으로 위협까지 느꼈던 것이다.

인숙의 방에는 복순이가 와서 머리를 짚어 주고 있었다. 자작이 문밖 별장으로 나간 뒤부터 복순은 거침없이 대문으로 드나들었다. 과부댁이

"저 너털머리는 뭘 얻어먹자구 풀방구리에 쥐 드나들 듯 허는 거야."
하고 입을 삐쭉거리건만, 과부댁을 꺼려서 행동의 구속을 받을 복순은
아니었다. 봉희는 제가 복순을 찾아갔었던 것과, 또는 인제야 겨우 취한
을 하고 누운 사람의 귀에다가 행여나 그런 말을 들려줄까 하고 복순의
맞은쪽 편에 가 앉으며 살그머니 눈짓을 해보였다. 복순은 알아들었다는
듯이 고개를 끄떡여 보이면서도
"새언니가 이렇게 앓아서 어떡허우?"
하고 딴전을 부렸다.

☻ 123회, 1934.08.02.

⑬ 그날 밤 복순은 늦도록 인숙의 다리를 주물러 주면서 시골로 강연
을 하러 돌아다니며 듣고 본 것과 될 수 있는 대로 우습고 재미있는 이
야기만 추려서 들려주고 갔다. 봉환이가 일본 여자와 연애를 하느라고
못 나온다는 말을, 무슨 반가운 소식이라고 시급히 전해줄 필요도 없거
니와, 부질없는 소리를 긴한 체하고 해서 앓는 사람의 마음을 뒤집어 주
기는 차마 어려웠던 것이다.

복순이가 간 후 인숙은 남편의 편지를 꺼내서 봉희가 구겨 던진 종이
를 엄지손으로 인두질하듯 펴가면서 두 번 세 번 되풀이를 해서 읽었다.

'그런데 이번에는 편지 글자가 왜 이렇게 황당할까? 반듯반듯하게 네
모를 지어서 글자마다 주옥같이 박아 쓰더니….'
하고는 의아해서 몇 번이나 고개를 외로 꼬았다.

'급허게 여행을 하느라고 분주해서 아무렇게나 찍찍 갈겨 쓴 게지. 아
무튼 맘 들여 쓴 편지가 아닌 것만은 분명해.'

하다가도

'아무리 바쁘기로 왜 나헌테는 한 줄도 써 보내지 않고 누이헌테만 간접으로 했을까.'

하고 조금 섭섭한 생각도 들었다.

창밖에는 바람 소리가 요란하다. 장독대의 함석뚜껑이 벗겨졌는지 왈가닥 달가닥하고 서로 부딪는 소리가 시끄러워, 인숙은 이불을 뒤집어썼다. 억지로 잠을 청하자니 이번에는 문풍지가 왕퉁이 벌이 날아드는 소리처럼 부—ㅇ 부—ㅇ하고 떨리는 것이 무섭도록 처량스러워서 몸을 일으켜 북창의 미닫이 손잡이를 붙잡아 매었다. 그래도 문틈으로 새어 인숙의 속옷 속으로 스며드는 밤바람은 칼끝처럼 차고 매웁다.

인숙은 일어선 김에 불을 끄려고 전등 손잡이를 쥐며

'작은아씬 벌써 잠이 들었겠지.'

하고 옆의 자리를 내려다보았다. 잠이 든 줄 알았던 봉희는 모로 드러누워서 두 눈을 깜박깜박하고 무슨 생각을 골똘히 하고 있다.

"작은아씨 왜 그저 안 자우? 불 끄리까?"

"끄우, 괜—히 잠이 안와서…."

하고 봉희는 시름겨운 듯 자리옷 소매로 얼굴을 가리고 돌아눕는다. 인숙은 불을 끄고 누우며

"이렇게 날이 별안간 더 극성스럽게 추워서 어떡허우? 하루 세 번이나 석탄을 지피는 방에서두 감기가 들던 오빠가 다다미방에서 어떻게 이 겨울을 지낸단 말요? 더군다나 북해도는 여름에두 눈이 녹지 않는 데가 있다는데…."

하고 혼잣말하듯 한다.

봉희는 금세 잠이 들었을 리 없는데 아무 대꾸도 아니 하고 숨소리조차 죽이고 누웠다. 그러나 어째서 오늘 저녁만은 무슨 생각을 그다지 곰곰이 하고 누웠는지 인숙은 그 까닭을 알 리 없었다.

연초공장의 첫 뚜— 소리가 들리기도 전에 인숙은 골이 앞으로 쏟아지는 것 같은 것을 이마를 짚고 간신히 일어났다. 금침도 가지고 가지 못한 남편이, 이 설한풍이 심한 밤에 써늘한 다다미방에서 새우처럼 꼬부리고 누워 우들우들 떨면서 잠을 이루지 못할 생각을 하니 자취 없이 다니는 꿈길조차 데걱데걱 얼어붙는 듯, 저 혼자 더운 방에 두꺼운 한이불을 덮고 누웠기는 큰 죄나 짓는 것 같았던 것이다.

인숙은 의장 맨 밑바닥에 넣어 두었던 이불을 꺼냈다. 그 이불을 돌아가신 어머니가 과천집에서 누에를 치실 때에 쌍고치와 명주 무거리를 몇 해를 두고 모아 손수 피어서

"이걸랑은 뒀다가 늙은 뒤에나 덮어라."

하고 두둑하게 두어주신 풀솜 이불인데, 작년 겨울 방안의 자리끼가 얼던 날 밤에 꺼내서 내외가 단 한 번밖에 아니 덮었었다.

인숙은 한 이불의 풀솜을 떼어서 삼팔 처네의 묵은 솜과 바꾸어 두었다. 큰 이불이라도 보내고 싶으나 너무 부피가 크면 장발이 편에 부치기 염의가 없을 것을 생각하고 처네를 만들었던 것이다.

'이걸 누구를 시켜 보내나 내가 장발이헌테까지 가지고 갈 수는 없고 ….'

하고 턱을 고이고 앉아서 다시 한 번 남편의 생각을 하는데, 전등불이 끔벅하고 나갔다.

124회, 1934.08.04.

혼선(混線)

1 아침이 되자 인숙은,

"학교를 사흘씩이나 빠지면 어떡허우. 더군다나 시험 땐데"

하고 책보를 싸는 것을

"설마 낙제야 시키겠수. 제발 오늘 하루만 더 조리를 해요."

하고 봉희가 쌈 싸우듯 하며 구두까지 갖다가 감추었다.

"그럼 이 이불 꾸며 논 걸 어떻게 전허면 좋다우? 장발이 집으로 갖다 줘야 헐 텐데 암만 적게 싸두 저렇게 부피가 큰 걸 복순이더러 수고를 해 달라기는 염치가 없구…."

하고 인숙은 한 걱정을 하더니

"참 장발이 집이 체부동 몇 번지랬지? 한 번 들었건만 깜박 잊어버렸구려."

하고 양미간을 찌푸리며 기를 더듬는다. 봉희는 벤또를 책보에다 싸들고 나가면서

"나도 번지수는 잊어버렸는데 저어 체부동으로 들어가자면 바른손 편짝으로 수통박이 골목이 있지 않우? 바루 그 골목 안 막다른 집인데 싸

363

전에 물어봐도 안답디다."

인숙은 웃음을 띠우며

"작은아씨 언제 그 집에 가봤우?"

한다. 봉희는

"아이 망칙해라. 내가 뭣 허러 장발이 집엘 찾아간단 말요? 접때 자꾸만 저의 집으로 놀러 오라구 두 번 세 번 일러주고 가서 생각이 나길래 가르쳐 주니깐."

하고 눈을 살짝 흘겨 보이고는 외투자락을 여미며 나갔다.

그날 저녁 인숙은 어둡기를 기다려 행랑어멈에게 이불을 이워 가지고 몰래 뒷대문으로 빠져 나갔다. 전인을 했다가는 집을 못 찾고 돌아오기가 쉽고 봉희를 앞장을 세우고 가고 싶으나 장발이라면 머리를 두를 뿐아니라, 나이 찬 색시를 그런데 데리고 다니기가 부질없었다. 그러나 인숙이가 집안사람의 눈을 피해 가며 장발의 집을 찾아가는 것은 반드시 금침을 전하기 위함이 아니었다. 봉희에게 보낸 편지만으로는 궁금증을 풀 수도 없고 앓는 중에도 밤마다 꿈자리가 사나워서 장발이를 직접 만나보면 자세한 남편의 소식을 얻어 들을 수가 있으려니 하고 하루 종일 벼른 끝에 부끄러움을 무릅쓰고 나섰던 것이다.

그러나 제 남편 이외의 외간 남자와 만나기는, 더구나 자발적으로 찾아나서기는 처음이라, 어떻게 무어라고 수작을 하다가 남편의 소식을 물었으면 좋을지 몰라서 인숙은 미리부터 가슴이 두근거렸다.

인숙이가 막 골목 밖으로 나가려는데 뿌지직 뿌지직 하고 길바닥의 살얼음을 밟는 소리가 들리더니

"저 나 좀 보세요"

하는 남자의 목소리가 들렸다. 인숙은 깜짝 놀랐으면서도 못 들은 체하고 급히 걸으려니까 등 뒤의 사나이는 인숙의 곁으로 어깨가 마주 닿도록 바짝 따라오며

"나 장발입니다. 실례지만 윤봉환 군의 부인이시지요?"

하고 앞을 막아서며 모자를 벗는다. 인숙은 마주닥뜨리기나 한 듯이 멈칫하고 물러서며

"네."

한마디를 간신히 입 속으로 하였다. 장발은 행길 좌우 쪽을 둘러보더니

"마침 잘 만났습니다. 그렇지 않아두 며칠 뒤에 떠날 텐데 한번 안 댕겨갈 수는 없구 해서 지금 막 찾아왔다가 혹시 시댁에서 어떻게 아실지 몰라서 누구나 한 분이 나오시기만 기다리다 마침…."

하고 또 행인들을 둘러보며 허둥거린다.

"저두 지금 댁으로 가는 길인데요"

인숙은 머리를 폭 숙인 채 억지로 목소리를 조금 높였다.

"네? 우리 집엘요?"

"미안허지만 이불 한 채를 전해줍시사고요"

하다가

"어멈이 어디로 저렇게 혼자 달아나."

하고 서너 간통이나 앞서서 큰길로 곧장 내려가는 어멈을 쫓아가서

"게 서서 잠깐 기다려."

하고 다시 먼저 섰던 자리로 돌아왔다.

장발은 아무 여자에게나 하는 버릇으로 인력거 병문의 외등에 비추어

인숙의 아래 위를 훑어보더니

"나도 꼭 여쭐 말씀이 있는데 잠깐 저리로 들어서시지요 온 여긴 길
바닥이 돼서…."

하고 으슥한 골목 안으로 인숙을 끌고 들어가듯 한다.

125회, 1934.08.05.

[2] '남편의 친구허구 잠깐 이야기를 하는데 누가 보기로서니 어떠랴.'
하고 인숙은 한간 통쯤 떨어져서 장발의 뒤를 따라 얼굴이 똑똑히 보이
지 않을 만치나 침침한 골목으로 들어갔다. 그러나 남이 보기에는 남녀
학생이 사람의 눈을 피해서 밀회를 하는 것 같을 것을 생각하고, 인숙은
될 수 있는 대로 남자와 멀찌감치 서서 인력거방 추녀에 달린 외등에 제
몸이 드러나지 않을 위치에서 될 수 있는 대로 태연한 태도를 지었다.

장발은 "그렇게 멀리 떨어져 계셔서 얼마나 그리우시냐"는 둥, "전람
회에 첫 번 입선이 되었던 윤 군의 작품을 눈 익게 보아서 길에서 언뜻
뵈어도 그때 모델이 되셨던 윤 군의 부인이신 줄 짐작하겠다"는 둥, "학
교에 들어가서 다니신다는 말씀은 들었지만 층층시하에 시부모 봉양하
시랴, 공부하시랴 여간 어렵지가 않으시겠다"는 둥 오지랖 넓은 쓸데없
는 소리만 늘어놓으면서 인숙이가 듣고 싶은 말은 변죽도 울리지 않는
다. 인숙은

'사내가 왜 저렇게 수다스러울까.'

하면서도 그 자리에 오래 섰기가 아무래도 재미적어서

"가지고 가시긴 어려우시겠지만 무게는 가벼우니 저걸 전해 주셨으면
고맙겠습니다."

하고 골목 밖에서 기다리고 선 어멈 편을 가리키며

"저 어멈헌테 길을 좀 가르쳐 주셨으면…."

하는데 장발은

"네. 네. 염려 마세요. 그렇지만 요즘은 같은 하숙에 있지 않는데요."

하고 귓속이나 하려는 듯이 다가선다. 인숙이가

"참 요새는 동경에 안 계시다지요?"

하니까

"네? 동경에 안 있다니요?"

장발은 조금 더 다가선다.

"북해도로 사생여행을 떠나신단 편지가…."

하는데 장발은 손을 들어 인숙의 말을 막으며

"참 봉희 씨헌테 무슨 말씀 듣지 않으셨어요?"

하고 인숙의 눈치를 살핀다.

"아—니요 봉희 씨헌테 무슨 말씀허신 게 있어요?"

하고 이번에는 인숙이가 한 걸음 다가서는데

"예. 나"

하는 새되인 여자의 목소리가 바로 인숙의 뒤통수에서 들렸다. 휘장을 씌운 인력거에서 내리는 것은 하얗게 소복을 한 작은동서였다. 며칠 전부터 남편의 졸곡날 성묘를 가겠다고 벼르던 인숙의 작은동서가 문밖에서 그제야 돌아오는 길이었다.

인력거꾼의 발에 인숙의 발등이 밟힐 만한 거리에서 작은동서는 빙판을 내려딛다가 미끄러지며

"애고머니!"

하고 무릎을 꿇는 것을 본 인숙은,

  '외나무다리에서 만났구나.'

하면서도 달려들어 작은동서의 겨드랑이를 거들어 일으켰다.

  "이게 누구야?"

  과부댁은 인력거꾼이 무람없이 제 몸에 손을 대는 줄만 알고 새되게 소리를 지르며 팔을 뿌리치더니

  "아 자네가 웬일인가? 왜 여기 나와 섰나?"

하고 무엇에 놀란 사람처럼 눈을 동그랗게 뜨고 앞뒤를 살펴본다. 인숙은 창졸간에 무어라고 대답을 할지 몰라서

  "저… 동경서…."

하는데 과부댁은, 인숙의 뒤로 문칮문칮 뒷걸음질을 해서 몸을 숨기는 장발이를 눈을 째긋하고 한참이나 노려보더니

  "난 먼저 들어가네."

하고 남이 연애를 하는데 헤살을 놀면 안 되겠다는 듯한 태도로 치마를 얼싸쥐고 들어갔다.

  인숙은 잠시 어쩔 줄을 몰랐다. 장발에게도 여러 말 부탁할 계제가 못되어서

  "미안허지만 댁으로 바로 가시거든 저 어멈을 좀 데리고 가 주십시오 듣고 싶은 말씀은 많지만… 실례헙니다."

하고 잠시도 그 자리에 더 서있을 수가 없어서 장발에게 예를 깍듯이 하고는 작은동서의 뒤를 급히 따라 들어갔다.

126회, 1934.08.06.

③ 그동안 봉희는 거의 하루도 집에 붙어 있지 않았다.

"아이 갑갑해 죽겠어. 방학을 했어두 무슨 재미있는 일이 하나나 있어 야지."

하고 낮에는 동무들하고 어울려서 한강으로 스케이트를 배운다고 나가 서는 해가 질 무렵에나 들어왔다가 저녁만 떠먹이면

"나 활동사진 구경 갔다 올 테요. 썩 좋은 게 왔다는데 새언니두 갑시 다. 그렇게 책만 들여다보구 앉았으면 뇌가 썩어요."

하고 몇 번이나 같이 가자고 인숙을 졸랐다. 봉희는 지난 학기에도 우등 을 하였지만 인숙은 하필 시험 때 며칠을 빠져서 담임선생의 호의로 추 후 시험을 보게 되어 그 준비를 하기에 한눈 팔 사이도 없었다.

"작은아씨나 다녀요. 내가 활동사진 구경이 다 뭐요. 그렇지만 혼자 댕 기진 말우."

하고 봉희가 밤에 극장 같은 데를 혼자 다니는 것을 재미적게 여겼다.

'저 작은아씨가 요새루 부쩍 마음이 달떠서 안절부절을 못허는 모양이 니 대체 웬일일까.'

하고 시누의 행동이 혹시 탈선이나 되지 않을까 하고 속으로는 적지 아 니 염려가 되었다. 실상 이 집안에서 봉희를 감독할 사람은 하나도 없다. 어머니 아버지는 문밖에 나가 있다가 이따금 손님처럼 다녀나가고 더군 다나 큰 오라비와는 학비를 타 쓰는 교섭밖에 없다.

"위인이 똑똑하니까 제 앞은 가릴 테지."

"이 학교나 졸업시키고는 곧 시집을 보내야 헐 텐데…."

하고 아직도 마땅한 자리가 나서지 않는 것과, 또는 다른 자식처럼 호사 스럽게 혼인을 시킬 수가 없게 된 것만이 나이가 차 가는 딸에게 대한

그네들의 막연한 걱정이다.

그럴수록 봉희는 자유로웠다. 무엇에나 거칠 것이 없고 마음대로 나다녀도 간섭하는 사람이 없다. 다만 인숙이가

"혼자는 나다니지 마우."

하고 정다이 타이르는 듯할 뿐이다.

그날도 봉희는 동무가 오기를 기다리다가 저 혼자 단성사로 구경을 갔다. 얼마 전까지도 인숙의 말은 무조건하고 싹싹하게 듣던 봉희였건만 요새 와서는

"새언닌 별 걱정을 다 허는구려. 누구헌테 업혀 갈까 봐 그러우."

하고 저의 행동을 조금이라도 참견하는 것을 재미적게 여겼다. 그 뿐 아니라, 외출할 때면 크림이나 조금씩 문지르던 얼굴에 코티 분을 바르고, 보일락 말락 하게 눈썹까지 그렸다.

봉희는 누가 급히 부르기나 하는 것처럼 전등불이 대낮같이 환한 단성사 앞으로 급히 걸어서 외투 깃을 세우고 목도리로 얼굴을 가리고는 표를 사가지고 위층으로 올라갔다.

사진이 처음 갈리는 날이요, 봉희가 제일 좋아하는 메리 도브라는 여배우가 주연한 영화가 상영되는 것이었다. 유명한 연애극이라고 신문에까지 선전을 굉장히 하여서 벌써 의자는 하나도 없이 꽉 찼다. 그야말로 만원의 성황을 이루어서 담배 연기와 훗훗한 운김에 가슴이 턱턱 막히는데 부인석에는 거의 송곳 하나 꽂힐 사이가 없다. 봉희는 사람의 물결에 밀려서 맨 앞줄의 가족석까지 저절로 걸어 내려왔다. 좌우에는 전문학교 학생들이 빽빽하게 서서 짓궂게 떠다밀고 일부러 몸을 들부비는 통에 봉희는 전신이 근질근질하고 남자의 손길이 제 손등을 스치는 대로 아찔아

찔하도록 상기가 되었다. 바로 귓바퀴에서 담배 냄새를 섞은 남자의 입김이 훅훅 끼쳐서 몇 번이나 고개를 돌렸다. 그래도

  '이왕 돈 내고 들어왔으니 끝꺼정 보구야 말걸.'

하고 앙버티고 섰는데 실사가 끝나고 불이 확, 켜졌다. 남자들의 수없는 시선은 군호나 한 듯이 부인석으로 몰렸다. 봉희는 목도리로 얼굴을 반이나 가리고 섰는데 바로 몇 자리 앞의 좌석에서 흘금흘금 뒤를 돌려다 보는 것은 그동안 떠난 줄 알았던 장발이었다. 친구들과 나란히 앉았던 장발은 대뜸 봉희를 알아보았다. 봉희는

  '여기서 또 만났으니 어떡해.'

하고 고개를 푹 숙이고 섰는데 장발은 벌떡 일어나 봉희의 앞으로 바싹 다가오며

  "난 누구라구요 입때 서 계셨군요 자—이리로 와 앉으세요 네 어서요"

하고 사뭇 봉희의 외투자락을 잡아당긴다.

🙂 127회, 1934.08.07.

[4] "서서 봐도 좋아요"

하고 봉희가 굳이 마다는 것을 장발은

  "아 이리 오세요 글쎄 이리와 앉아서 보시지요 온 내가 미안해서….'

하고 주위의 여러 사람이 이상한 눈초리로 저의 둘을 보는 것도 모르고 부득부득 봉희를 끌어다가 제가 앉았던 자리에다 앉히고 저는 별배처럼 등 뒤에서 봉희를 모시고 섰다. 그러자 불이 끔벅하고 꺼지며 스크린에 사진이 비치기 시작하였다. 봉희는, 장발이와 승강이를 하는 것을 혹시 선생이라도 왔다가 보면 어떡하나 하고 겁이 슬그머니 나서 장발의 자리

에 몸을 숨기듯 하였건만 남자의 궁둥이가 깔고 앉았던 자리의 체온이 배어 오르는 것이 불쾌해서 살그머니 방석을 뒤집어 깔았다. 더구나 등 뒤에 바짝 붙어 선 장발의 눈이 저의 하얀 목덜미를 자꾸만 핥아 가는 것 같아서 목도리를 칭칭 감았다.

'새언니가 가지 말라는 걸 괜히 왔어, 파해 나갈 때 또 줄줄 따라오면 어떡해.'

하고 적지 아니 걱정이 되었다. 봉희는 아직 경험은 없으면서도 어느 남자고 여자의 뒤를 추근추근히 따라다니는 것을 보기만 하여도 진데기 같이 싫어하는 성미였다.

사진은 선전보다 시시하였다. 천편일률의 미국 영화로 어떤 부잣집 얼간망둥이가 촌색시 하나를 쫓아다니다가 퇴자를 맞고 실연당한 끝에 카페에서 술을 잔뜩 먹고 눈물을 질질 흘리며 육혈포 자살을 하려고 총부리를 이마에다 대고 막 방아쇠를 잡아당기려는데 같이 술을 마시던 여급에게 구원을 받는 것이 사진의 장면이었다. 그러한 사진을 볼 때마다 봉희는 사진 속의 남녀를 저와 장발이로 바꾸어 보고는 혼자 입을 가리며 웃었다.

사진이 끝날 때쯤 해서 봉희는 불이 켜지기 전에 일어나서 층층대로 미끄럼을 타듯이 급히 내려오는데 등 뒤에서 쿵쾅쿵쾅하고 구두 소리가 시끄럽게 났다. 봉희는

'어느 틈에 쫓아 내려오는구나.'

하고 동관 큰길로 힝너케 올라가는데

"봉희 씨, 봉희 씨, 봉희 씨! 나 좀 잠깐 보세요."

하고 씨근벌떡거리며 쫓아 올라오는 것은 영락없는 장발이다.

"왜 그러세요? 전 집으로 곧 가야겠어요."

봉희는 장발의 너털머리를 힐끗 돌려다보며 싸늘하게 한 마디를 끼얹었다.

"저— 난 내일 갈 텐데 윤 군헌테 무슨 전할 말씀 없에요?"

"아무 말두 없어요. 이불이나 잘 전해주세요."

하고는 상대자의 얼굴은 보지도 않고 저 혼자 스피드를 내어 걷는데

"댁이 여기서 초간헌데 내 바래다 드리지요. 이야기 헐 것두 좀 있으니…."

하고 팔이나 낄 듯이 가까이 붙어서 걷는다. 봉희는

'여기서 아주 딱지를 시켜야지.'

하고 눈이 한 치 가량이나 쌓인 길 위에다 두 발을 모우고 우뚝 서면서

"헐 말씀이 있건 여기서 하서요."

하고 이번에는 장발을 똑바로 쳐다보았다. 장발은 너무나 냉정한 봉희의 태도에 놀란 듯, 마주 서서 어름어름 하더니

"저번에 말씀헌 걸 윤 군의 부인이 아시나요?"

"왜 날더러 말허지 말라구 그러지 않으셨어요? 오빠가 연애를 허는 게 장 선생한테 무슨 큰 상관이 되시길래 그렇게 여러 말씀을 허서요?"

하는 봉희의 말은 '남의 일에 어찌 그렇게 오지랖이 넓으냐'는 질책과 다름없다. 장발의 얼굴은 으스름한 외등 아래서도 빨개지는 것이 보이는 듯. 맞은편 골목 안에서 따—ㄱ 따—ㄱ 하고 딱따기 치는 소리가 가까이 울려온다. 장발은 그만큼 무안을 당하였건만

"그건 그렇지만 봉희 씨하구 단 십 분간 만이라두 꼭 이야기를 헐 일이 있는데요."

하고 이번에는 손목이라도 잡아당길 형세를 보인다.

봉희는 눈 위에서 발을 동동 구르며

"난 발이 시려서 더 섰을 수가 없어요, 꼭 허실 말씀이 있거든 내년 방학 때 또 나오시건 허서요."

하고 홱 돌아서 골목으로 빠져 나가려는데, 딱따기를 치며 골목을 돌아 나오는 시꺼먼 사나이와 딱 마주쳤다. 봉희는 한 걸음 물러서며 길을 비켜주는데 장작개비 같은 딱따기를 두 손에 갈라 든 사나이는, 봉희와 그의 뒤를 바짝 대어서는 머리 긴 남자의 얼굴을 무슨 범인이나 되는 듯이 노려본다.

🙂 128회, 1934.08.08.

⑤ 딱따기를 치는 사나이는 두 눈만 내놓고 방한모를 눌러 써서 얼굴은 알아볼 수가 없으나 학생복을 입은 전형은 어디서 보던 사람 같다. 그 사나이 역시 외투 깃을 목도리로 얼굴을 휩싼 봉희의 아래 위를 훑어보더니

"봉희 씨지요?"

하고 입김이 쏘일 듯한 거리에서 우뚝 서며 묻는다.

"아 세철 씨…."

봉희는 그렇지 않아도 세철이가 아닌가 하는 터이라, 죽을 자리에서 구원병이나 만난 듯이 사나이의 이름을 부르짖듯이 불렀다. 세철은, 봉희의 등 뒤에서 외투 주머니에 손을 찌르고는 가도 오도 못하고 서 있는 사나이와 봉희를 시꺼먼 눈동자를 굴려 번갈아 보더니

"헤살을 놀아서 미안허군요."

장발의 귀에까지 들리도록 한마디를 뱉어내듯 하고는 두 사람의 귀가 따갑도록 힘을 들여 딱따기를 따—ㄱ 따—ㄱ 치면서 눈 위를 저벅저벅 걸어간다.

　봉희는 잠시 어쩔 줄을 모르다가

　"나 잠깐 보세요."

하고 세철에게로 달음질을 해서 쫓아갔다. 세철은 못 들은 체하고 여전히 딱따기 소리만 유난히 크게 내면서 왼손편 좁다란 골목 안으로 들어간다.

　"세철 씨 절 좀 보서요 네."

　봉희는 달음질을 해서 따라오며 세철의 소매라도 잡아당길 것 같다.

　"왜 그러세요?"

　세철은 누구와 이야기를 하는 것이 업무에 방해나 되는 듯이 고개를 뻣뻣이 쳐들고 봉희는 거들떠보지도 않는다.

　"미안허지만 집에꺼정 날 좀 바래다주서요."

　봉희는 애원하는 조자로 보호를 청하였다.

　"왜 입때까지 아이비끼(밀회한다는 말)를 허던 남자가 있지 않아요?"

　세철의 말세는 여전히 거세고도 냉정하다.

　"애고 망측해라. '아이비끼'가 뭐야요? 온 별소릴 다 듣겠네. 우리 오빠 친군데…."

　봉희는 한번 펄쩍 뛰고는 그래도 놓치기만 하면 등 뒤의 사나이에게 업혀나 갈 듯이 앞만 보고 달아나다시피 하는 세철의 뒤를 허겁지겁 쫓아간다.

　세철은

"흥!"

하고 콧방귀를 뀌더니

"오빠 친구허구는 연애하지 말란 법이 있나요? 이렇게 밤새도록 순경을 돌구 돌아다니면 골목 속에서 마주 붙어서 속살거리는 남녀를 하루 저녁에두 몇 쌍씩 발견을 허거든요 겨울엔 별로 없지만 눈 위에서 정열을 식히는 봉희 씨 같은 여자두 간혹 있지요"

"아―니, 연애가 무슨 연애예요? 온 큰일 나겠네. 남자허구 마주 서서 얘기만 해두 연애를 허는 겐가요? 단성사 구경을 갔다 나오다가 그이를 만났는데 자꾸만 집까지 바래다 주겠다구 따라오는 걸, 벌어지니 떼어버리나요 그럼 어떡해요?"

"그렇게 변명할 게 없지요 눈이 폭신 내린 깊은 밤에 으슥한 골목 속에서 봉희 씨 같은 미인이 예술가 같은 머리 긴 청년허구 마주 서서 속삭이는 장면을 내 눈으로 본 것만은 틀림없으니까요 오빠의 친구면야 밝은 데서 정당히 이야기를 할 수가 있을 테지요"

세철은 자꾸만 이죽거리며 봉희의 비위를 긁어 준다. 봉희는 빨끈하고 악이 올라서 참다못해 세철의 앞을 딱 막아서며

"글쎄, 누구하구 연애를 한다구 그러서요? 그이가 멀린 안 갔을 테니 우리 그이한테루 가서 물어봐요 어서요 속 시원하게 가서 물어봐요!"

하며 발을 동동 구르면서 사뭇 세철의 소매를 잡아끈다.

"놓세요 남의 밥벌이를 방해해선 안돼요"

하고 세철은 슬그머니 봉희의 손을 뿌리치고 여전히 딱따기를 치면서 골목 밖으로 빠져나간다.

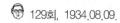 129회, 1934.08.09.

⑥ 두 사람은 ××궁 앞까지 왔다. 세철은 잘 들어가 자라는 말도 또 만나자는 인사도 아니 하고

"밤늦도록 혼자 댕기면 재미적지요. 여우헌테 홀리거나 이리 떼헌테 물려가기가 쉬우니까…."

하고 혼잣말하듯 한 마디를 던지고는 맞은쪽 골목으로 딱따기를 뚜드리며 들어가더니 그림자까지 사라져 버린다.

봉희는 우두커니 서서 세철의 뒷모양을 바라다보다가

"괜한 사람을 가지구 실컷 놀려만 먹고는 어쩌면 인사 한마디 안 허군 간담."

하고 홱 돌아서 뒷문으로 가서 개구멍에 손을 넣어 빗장에 달린 줄을 잡아당겨 대문을 소리 안 나게 열고 들어갔다.

인숙은 그때까지 잠을 안 자고 책상 앞에 앉아서 추후 시험을 볼 준비를 하기에 골몰하다가

"얼마나 추우? 그런데 구경은 벌써 파했을 텐데 왜 인제 들어오?"

하고 피곤해서 매어달린 눈으로 시누이의 심상치 않은 눈치를 본다. 봉희는 장발이가 뒤를 쫓아오며 잔소리를 퍼붓고 성가시게 굴어서 간신히 떼어놓고 길을 돌아오느라고 좀 늦었다고 바른대로 고하였다. 그러나 뜻밖에 세철이를 만나서 어떠한 말을 주고받으며 집 앞까지 같이 왔다는 말은 하지 않았다. 여느 때 같으면 '아 어디서 어떤 사내를 만나서 이러구 저러구 했다'고 풍을 떨어가며 이야기를 하던 봉희였건만 세철이와 만난 일절을 인숙에게 말을 하고 싶지가 않았다. '박세철' 석 자만은 아직 아무도 터를 닦고 들어앉지 않은 저의 가슴 속에 깊숙이 새겨 두고 싶었다. 이제까지 서로 속을 주고 무슨 일에나 피차에 통사정을 하고 지

내오던 사이에, 봉희가 인숙에게 실토를 하지 않기는 이번이 처음이다.

봉희는 장발이하고 이야기하던 동안에 꽁꽁 얼었던 발이, 세철이 하고 실랑이를 하듯이 말을 주며 받으며 걸어오는 동안에 몸에서 김이 날 만치나 후끈후끈 해졌다. 그래서 방바닥이 덥고 이불 속이 훗훗해서 자리 옷까지 벗어 버리고 드로즈 하나만 입은 채 반듯이 누워서 나른한 두 다리를 쪽 뻗으면서 진저리를 치듯 하였다.

'연애? 연애? 날더러 장발이허구 연애를 헌다구? 호호호.'
하고는

"예—끼, 이 장발 귀신!"
하고 장발이가 아닌 이불자락을 가벼이 걷어찼다.

'밤늦도록 혼자 다니면 내가 여우헌테 홀린다구? 이리 떼헌테 물려가기가 쉽다구?'

봉희는 세철이가 수수께끼처럼 던지고 돌아간 말을 다시금 생각해 보고는

"누가 나를 홀려? 어느 놈이 나를 물어가?"
하고 당장에 여우가 꼬리를 사리고 소리 없이 와서 연기 같은 독기를 내뿜어 정신을 마취시키고, 이리[狼]가 송곳 끝 같은 이빨을 드러내고 달려들어 제 살을 물어뜯기나 하는 듯. 무르익은 연시와 같이 말씬말씬한 젖통이를 움켜쥐고, 백납처럼 매끄러운 사지를 옴츠러뜨리며 가만히 어루만져도 보았다.

탁자 위에 유리 시계가 열두 시를 쳤다. 인숙이도 하품을 두어 번 연거푸 하더니, 이튿날 새벽에 일어나서 시험 준비를 마저 하려고 치마끈도 끄르지 않고 모로 쓰러져 첫 잠이 들었다.

밖에는 바람이 일어 북창이 덜덜 떨리는데 바람결을 따라 간간이 딱따기 치는 소리가 멀어졌다 가까워졌다 한다. 세철이가 먼 동네의 골목골목을 돌아다니다가 다시 내려오는 소리나 아닐까.

"아아 누구는 이불 속이 더워서 속옷까지 벗고 편안히 누워 자는데 어떤 사람은 이 바람 부는 눈 밤을 새워가며 저렇게 쏘다닌단 말이냐."

잠 못 이루는 봉희는, 바로 머리맡 창밖에서 세철이가 불평을 부르짖으며 일부로 딱따기를 힘들여 치는 것 같아서 좁쌀 같은 소름이 전신에 오싹 돋는 것 같았다.

130회, 1934.08.10.

7 봉희에게 막연하나마 연애의 개념(槪念)을 넣어준 것은 현해탄을 건너서 오는 여러 가지 부인잡지와 신문에 나는 통속소설과 요새 와서 세우 다니며 보게 된 이른바 '에로'미가 농후한 미국 영화였다. 몇 해 전에 어느 나이 더 먹은 동무와 소꿉장난하듯 동성연애를 하는 흉내를 내느라고 서로 찾아다니고 '나의 가장 사랑하는 아무개야' 하고 편지를 써서 날마다 만나면서도 책갈피에 끼워서 주고받기도 하여 보았다. 그러나 차츰차츰 나이가 차가면서 정신적으로 영향을 많이 받은 것은, 말짱 연애 타령이요 애욕 묘사 투성인 소설과 영화였다. 판매정책만 위주로 하는 천박한 신문 잡지는 수많은 처녀들로 하여금 나이가 들기도 전부터 달콤한 남녀관계를 여러 가지 형식과 방법으로 그려내고, 심지어 사진까지 찍어서 실감을 주게 하면서

'남들도 저렇게 연애를 허는데.'

하는 부러운 생각을 들게 하고, 그대로 모본을 떠서 실제로 연습을 해보

379

앉으면 하는 충동을 줄 뿐 아니라, 한 걸음 더 나아가서는 육체가 제대로 발육이 되기 전부터 성적 자극을 주사침 놓듯 한다. 그리하여 연애를 할 줄 모르는 것이 일종의 수치요, 한 사람의 애인이라는 것을 두지 못하는 여자는 병신 치부를 하게까지 된다.

어떠한 남자에게든지 사랑을 받고, 또 신비스럽고 신성한 연애의 궁전의 여왕으로 찬란한 보좌에 앉아보는 것은 여성의 자랑이요 겸하여 아무도 침범하지 못할 청춘의 특권으로 여긴다. 그러나 연애란 과연 그 본질이 어떠한 것인지, 어떻게 하는 것이 정당한 연애인지, 그 상대자를 어떻게 골라야 할 것인지는 조금도 모른다. 모른다느니 보다도 그런 것은 생각도 해보려고 들지 않는다. 더구나 연애란 오색이 혼란한 비단으로 싼 화약 같아서 한번 잘못 들추어 보거나 멋모르고 건드렸다가는 얼마나 위험할지를 모르고 장난감 다루듯 하는 용감한 여자가 얼마나 많은가. 뿐만 아니라, 사춘기에 있는 나이 어린 처녀들에게 있어서 연애란 악성의 유행 감기보다 호열자와 같이 한번 걸리기만 하면 사망률(死亡率)이 가장 높은 열병인 줄 모르고 도리어 그런 병에 한번 걸려 보았으면 하고 속으로 바라고 기다리고 자청해서 그 병균을 마시지 못해서 애를 쓴다. 다만 연애란 초콜릿 맛과 같이 달콤하고 오렌지 냄새와 같이 향기롭고 간지럼을 타는 것처럼 자릿자릿한 것으로만 상상할 뿐이다.

봉희는 모든 행동을 저의 마음대로 할 수 있는 자유가 있는 대신에, 부모나 형제간은 물론 학교의 선생까지도 정신적으로 또는 생리적으로 지도를 해주는 사람이 하나도 없다. 학교에서는 현모양처가 되라고 가사니 재봉이니 할팽(割烹)이니 하는 과목은 가르치면서도 정작 현모양처가 되는 가장 중난한 첫 걸음이요, 여자의 한평생의 운명을 좌우하는 연애나 결혼문제에 들어서는 남의 일과 같이 등한하다. 등한할 뿐 아니라 그러한 과목은 가르치지 않고, 일부러 애써 지도하지 않아도 저절로 알아지고 힘 안 들이고 터득이 되어 시집가서 아들딸 낳고 사는 줄만 안다. 방금 재학 중인 수만의 여학생과 또는 교문을 나선 이른바 신여성들이 제가끔 연애의 섶[薪]을 지고 성애의 화약을 가슴에 안고, 불 속으로 뛰어드는 것을 보면서도, 수없는 희생자의 무참한 시체를 자기네 눈으로 보고 탄식하고 비난할 줄은 안다. 그러면서도 가정과 학교와 사회는 그 결과만을 볼 뿐이요, 그 원인을 살펴 근본문제를 해결지어 주기 위해서는 너무나 무관심하다. 성교육이 필요하다고는 떠들면서도 실제로는 아무런 연구가 없고 지배해 줄 성의가 없고 설비와 기관이 없다.

그리하여 조선의 귀엽고 순진한 어린 양과 같은 딸들은, 아직도 저 역시 세상 경험이 없이 봉희에게 해 던진 세철의 말과 같이 여호와 같은 간악한 무리에게 유혹을 당해서 신세를 망치고 이리떼와 같은 남성들의 성욕의 이빨에 그 고운 살을 찢기고 물어뜯기는 것이 아닐까. 만일 봉희가 지금 이불 속에서 이런 생각을 하였으면 발가벗은 온 몸뚱이를 불안과 공포에 발발 떨었을 것이다.

📷 131회, 1934.08.11.

⑧ 이튿날 아침, 속달로 부친 편지 한 장이 봉희에게 배달되었다.

어젯밤에 실례되었음은 피차에 용서하여야만 할 줄 압니다. 나는 그 야경을 도는 고학생인 듯한 사람이 봉희 씨와 어떠한 관계가 있는지는 모르나 나에게 인사도 없이 그 남자를 따라가는 것은 나를 무시하신 것이라고 오해할 수가 있습니다. 그러나 그것은 봉희 씨가 아직 사교술이 부족한 탓이요 결코 나를 싫어하고 일부러 모욕을 주기 위한 행동이 아니라는 것을 믿습니다. 긴말은 쓰지 않거니와 오늘 저녁차로 꼭 떠나겠으니 오후 다섯 시까지 정거장 식당으로 잠시 와 주시기를 바랍니다. 봉환 군에게 관한 일도 있고 봉희 씨하고 단둘이만 의논할 중요한 일도 있으니 시간을 어기지 마시고 꼭 와주시기를 믿고 기다리겠습니다.

　봉희는 장발의 편지를 대강 훑어보고
　"장발이가 지긋지긋허게 정거장 식당에서 만나자는구려."
하고 책보를 싸는 인숙에게다 편지를 던지면서
　"오빠헌테 관헌 의논이 있다니 새언니나 나가 보구려."
하고는 학교 시간이 늦어서 허둥지둥 교복으로 갈아입는다. 인숙은
　"오늘 떠난다구 그랬수?"
하고 편지를 받아 죽 내려보더니
　"작은아씨허구 단둘이서만 꼭 의논헐 말이 있다구 그랬는데 왜 날더러 나가 보라우?"
　"글쎄 나허구 꼭 헐 얘기가 뭐란 말요. 난 다 알아. 연애를 허자는 게지 뭐. 내 뒤를 쫓아댕기면서 허는 짓을 보면 속이 빤히 들여다뵈는 걸."
하고 봉희는 세루 양복을 뒤집어쓴다.
　"아이 작은아씨두. 웃음엣소리래두 그런 얼토당토않은 말은 허지 마우. 장발이두 오빠허구 같은 해에 장가를 들어서 벌써 딸을 둘이나 낳았다는 말을 오빠헌테 들었는데 온 연애란 다 뭐요. 장난으로래두 아예 그런 말은 입 밖에두 내지 마우."

인숙은 봉희가 방금 장발이와 정말 연애나 하는 듯이 펄쩍 뛴다. 봉희는 옷을 다 갈아입고 서서 생글생글 웃으며

"참 정말 새언니두 숫배기구려. 그걸 정말루 알아들우? 누가 연애에 걸신이 들렸습디까? 장발이허구 어쩌니 허게. 난 그런 진드기 같은 사낸 꿈에두 보기 싫여."

하고 껑충껑충 무도를 하듯 하며 나가는 것을

"아무튼 눈이 까맣게 기다릴 테니 못 간다는 통지나 해주어야 허지 않겠수?"

하고 인숙이가 붙드니까

"글쎄 오빠 일루 의논헐 일두 있다니깐 새언니가 대표루 나가 보구려."

하고는 두 번이나 나가다 말고 다시 들어오더니

"참 새언니, 내가 장발이헌테 무슨 들은 말이 있는데… 저… 오빠는 동경 있구두 안 나오는 것 같으니 직접 만나서 시원허게 얘기를 들어요. 난 말 헐 수 없어."

하고 누가 쫓아나가 붙잡기나 하는 것처럼 문을 탁 닫고 달음질을 해서 나가버린다. 인숙은

'동경 있으면서두 안 나오다니 그게 무슨 소리야.'

하고 의중이 더럭 나서 학교에 갈 생각도 나지 않는 것을 간신히 일어섰다. 종일 그 생각을 하기에 추후 시험도 정신없이 치르고 집으로 오니 뜻밖에 봉환에게서 전보가 와서 기다리고 있었다. 용환이는 이틀 동안이나 첩의 집에서 오지를 않아서 사랑을 지키는 청지기가 전보를 뜯어보고 안으로 들여보냈던 것이다. 인숙은 전보를 펴 보기도 전에 가슴부터 두근

거렸다.

132회, 1934.08.12.

9 ニウインシタ 二〇〇オタレアトフミ
입원 하였으니 돈 이백 원 보내라 편지는 나중 한다.

인숙은 전보지를 떨어뜨리고 멍하니 바람벽만 바라다보다가
'입원까지 했다니 불시에 무슨 급헌 병에 걸렸나? 전차에서 떨어졌나.
자동차에 치었나. 누구허구 시단을 하다가 몸이 약헌 사람이 얻어맞았나.
다른 병으로는 그새 입원까지 했을 리는 없는데…. 어쨌든 간호해주는
사람 하나 없이 얼마나 괴롭고 외로울까.'
인숙은 어린애를 우물가에 내세운 어머니 이상으로 안심이 아니 되던
터에, 덜컥 그런 전보를 받고 보니 별안간 눈알맹이에 백태가 낀 것처럼
앞이 침침하였다. 입원해 누워 신음하는 남편이 여러 가지 모양으로 눈
앞에 떠올라서
'그래두 동경서 입원을 했으니 다행이지 북해도까지 갔더면 어쩔 뻔했
어.'
하고 우에노(上野)라고 전에도 찍혀 오던 일부인이 분명한 것을 뚫을 듯
이 들여다보았다.
'아무튼 돈을 급히 보내야 헐 텐데 어떡허면 좋아.'
하고 생각다 못해서 전보를 들고 큰동서에게로 갔다. 그래도 큰동서밖에
는 의논을 할 사람이 없었던 것이다. 큰동서도
"그러니 별안간 이백 원씩이나 어떻게 구처를 헌단 말인가. 단돈 십

원 얻어 보기가 중의 상투 보기버덤 어려운 판에…."

하고 입맛만 쩍쩍 다시더니

"서방님 학비는 청지기가 맡아 보내니간 시재가 있는지 불러서 물어나 볼까."

하고 상노를 시켜서 청지기에게 전갈을 하였다.

"지난달에도 백여 원이나 부쳤는데 학비로 보낼 예산은 없고, 큰 서방님이 꼭 맡아 두라고 맡기신 오십 원짜리 소절수 한 장밖에 없습니다."

하는 것이 세간을 맡은 청지기의 대답이었다.

"내일은 삼수갑산을 가더래두 입원을 허셨다는데 더 급헌 일이 있나."

하고 돈표를 들여오라고 해서

"엇네. 자네가 찾아다 부치게."

하고 인숙에게다 맡긴다.

'오십 원만 가지면 우선 급헌 불은 끄겠지.'

하고 인숙은 생후 처음으로 은행으로 가서 현금을 찾아가지고 그 길로 정거장으로 나갔다. 그는 아직도 전보환으로 돈을 부칠 줄을 모르고 있었기 때문에 생각건대 장발이가 오늘 저녁차로 떠난다니까 그 편에 부치는 것이 제일 속할 듯싶었던 것이다.

장발이가 봉희에게 한 편지에 오후 다섯 시에 정거장 식당에서 만나자고 했건만 인숙은 두 시간 전부터 대합실에 가 앉아서 들고 나는 사람을 살폈다. 머리가 길고 키가 멀쑥한 사나이는 눈이 빠지도록 기다려도 나타나지를 않는다.

'왜 그저 안 올까. 벌써 다섯 시가 지났는데.'

하고 대합실의 전기 시계만 고개가 아프도록 쳐다보다가

"참, 정거장 식당에서 기다린다구 그랬던 걸."

하고 깜짝 놀라 일어나서 이층의 식당으로 허위단심하고 찾아 올라갔다. 서양식으로 으리으리하게 꾸며 놓은 널따란 식당에는 손들이 한 오십 명 가량이나 식탁을 격해서 죽 늘어앉았는데 대그락 대그락하고 양식접시에 나이프 부딪는 소리와 여러 사람의 이야기하는 소리가 웅성웅성한다. 인숙이가 막 들어서자 박수하는 소리가 우레같이 일어나서 가뜩이나 보이에게 안내를 받으면서도 말 한마디 못하고 촌계관청이라 어리둥절하던 인숙은 눈이 휘둥그레졌다. 멀리서 온 손들의 환영회 같은 것이 열린 모양이다. 인숙은 머리를 폭 숙이고는 무작정하고 식당 모퉁이로 비슬비슬 걸어 들어가는데 맨 구석에 놓인 테이블에 앉았던 머리 긴 청년이 인숙의 앞으로 뚜벅뚜벅 걸어온다. 인숙은 장발인 줄 알자 여학생 식으로 공손히 허리를 굽혔다. 장발은 목을 늘이고 인숙의 뒤를 기웃거리더니

"혼자 오세요?"

하고 봉희가 인숙의 뒤를 따라 들어오는가 보아 연방 출입구만 건너다본다.

😊 133회, 1934.08.13.

⑩ "봉희 씨는 아직 이런데 나다니질 못허게 허셔서 기다리실까 봐 내가 대신 왔어요"

하고 인숙은 장발이가 마시던 커피 잔만 내려다보았다. 장발은 자못 실망한 듯이

"네—."

하고 고개를 끄떡여 보이더니 왼팔에 휘건을 걸고선 보이에게 차 두 잔

을 가져오라고 하고 나서

"나오시기 어려운 줄은 알았지만 떠나올 때 두 분 중에 만나구 오지를 않았다면 윤군이 섭섭허게 알 듯도 싶구, 또 봉희 씨헌테 오라버니 대신으로 좀 타이르고 싶은 말도 있어서 잠깐 나와 달라고 헌 건데…"

하고 말끝을 맺지 못하는 것을 보고 인숙은

"봉희 씨헌테 타이를 말씀이라니요?"

하고 묻지 않을 수 없었다.

"혼자만 들어 두세요 일전에두 밤중까지 어느 고학생 비슷한 사람허구 어깨를 걷다시피 허구서 다니는 걸 봤는데 아직 혼자 구경을 다니거나 아무 남자 허구나 교제를 하는 게 여간 위험해 보이지가 않단 말씀이에요 그래서 당자를 보구 주의를 시켜 주려구 했더니 못 만나구 떠나게 됐군요"

하고 친오라비나 되는 듯이 간접으로 봉희에게 주의를 시킨다. 인숙은

'제가 줄창 따라댕기며 성가시게 굴구는 남의 말 허듯 허네. 고학생이 누군지는 모르지만.'

하고 일부러 점잖을 빼는 장발의 얼굴만 할낏 쳐다보았다.

"봉희 씨가 그만큼 숙성헌데 어디 약혼헌 데나 있나요?"

장발은 꿩 대신에 닭이나 쓴다는 격으로 봉희에게 직접 물어보고 싶던 말을 인숙에게다 묻는다.

"몰라요 어른들이 알아 허실 일이니까요"

인숙의 대답은 자연 냉정해졌다. 그러자 등 뒤 연회석에서는 또다시 박수소리가 일어났다. 조금 있자

"에— 오늘 여러분과 같은 귀빈을 맞이해서 이 사람이 ××일보를 대표

해서 환영의 말씀을 드리게 된 것은 몸에 넘치는 영광으로…"
하는 굵다란 목소리를 듣고 인숙은 소스라치듯 놀라서 저도 모르는 겨를
에 뒤를 돌려다 보았다. 아니나 다를까 귀에 익은 목소리의 주인공은 모
닝을 입은 용환이가 틀림없다. 인숙은

　'이를 어쩌나. 큰 아주버님이 나를 보셨겠네.'
하고 사지가 불에 덴 것처럼 오그라드는 것 같다.

　장발은, 인숙이가 권하는 차는 거들떠보지도 않고 바늘방석에 가 앉은
것처럼 안절부절을 못하는 것을 보고 피워 물었던 담배를 끄면서 연방
팔뚝시계를 들여다본다. 사실 봉희가 아닌 인숙이하고야 길게 말을 주고
받을 흥미가 없는 눈치다.

　인숙은 제가 어릿어릿하고 사람을 찾으며 들어 올 때에 유표한 제 모
양이 시아주버니의 눈에 띄었을 것이 틀림없었을 것을 생각하니 단 몇
초 동안이라도 장발이와 마주 앉았을 용기가 나지를 않아서 남편이 동경
서 입원을 하였다는 전보가 왔다는 것을 말한 후

　"오십 원밖에 변통이 못됐는데 가시는 대로 즉시 전해주시면 곧 또 부
치겠다구요. 그러구 무슨 병이 급작스레 나서 입원까지 했는지 궁금허니
돈 받는 대루 자세헌 기별을 해달라구 전해주셨으면 고맙겠습니다."
하고 십 원짜리 지전 다섯 장을 꺼내서 식탁 위에 놓고는 일변 일어나
공손히 예를 하였다. 장발은 손길을 펴서 긴 머리만 쓰다듬어 넘기면서
한 쪽 입귀만 찡긋 거리며 비웃는 웃음을 웃더니

　"돈은 전허지요. 허지만 젊은 사람은 다 한 번씩 걸리는 열병이기가
쉬우니 너무 염려는 마세요. 그렇지만 입원까지는 너무 과헌 걸요."
하고는 따라 일어서며

"나두 아래층으로 내려가서 짐을 부쳐야겠군."

하고 동부인이나 한 것처럼 인숙과 나란히 서서 나오면서

"봉희 씨헌테 못 만나고 가서 대단히 섭섭해 허더라구 말씀이나 전해 주세요"

하고 여러 사람이 주목을 하는 데도 귓속을 하듯 한다.

인숙은 어떻게 하면 용환의 시선을 피할까 하고 거기에만 정신이 쏠려서 장발의 말에는 대답도 아니 하고 연회석 맞은편 벽으로 바짝 붙어서 도망하듯이 식당을 나왔다.

134회, 1934.08.14.

⑪ 그런 지 며칠 후 복순은 일부러 인숙을 찾아와서 봉희에게서 들은 말을 전하였다.

남편이 일본 여자에게 빠져서 방학에도 오지 않았다는 이야기를 듣는 동안 인숙의 얼굴빛은 몇 번이나 붉으락푸르락하였다. 그런 말을 듣는 대로 즉시 저에게 전해주지를 않고 저의 눈치만 살금살금 보는 시누이까지 섭섭히 여기는 눈치가 역력히 보였다. 그런 일을 번연히 알면서 저 하나만 싸고 도는 주위의 여러 사람이 원망도스러운 모양이다.

인숙은 너무도 기가 막힌 듯 아무 말도 못하고 입을 벌린 채 복순의 얼굴만 쳐다보더니 책상 위에다 두 팔을 얹고는 폭 엎드려 버린다. 눈물도 흘릴 만치 흘려서 이제는 그런 놀라운 소식을 들어도 두 눈이 뽀송뽀송한 듯. 그러나 소리 없이 가슴 속으로 흐르는 눈물을 뉘라서 알 것이랴. 복순도 말도 못하도록 인숙이가 낙심을 하는 것이 차마 보기에 딱해서

"내가 괜시리 안 허려다 그런 말을 했구려. 너무 속상해 허지 마우."

하고 인숙의 들먹거리는 등을 어루만져준다. 인숙은 얼굴을 파묻은 채

"그러니 난 인제버텀 어떡허면 좋단 말요?"

실낱같은 목소리는 오장에서부터 떨려 나오는 듯. 복순은 인숙의 어깨에 팔을 얹으며

"기왕 그렇게 된 일을 애를 태우면 무슨 소용이 있어요. 몇 천 리 밖에서 맘대루 허는 짓인데다가 더군다나 상대자가 조선 여자두 아니니, 쫓아가서 멱살을 잡구 매달려서 몸부림을 쳐본다는 수두 없구 또 그렇게 상스러운 숭내를 내기로서니 속 시원헐 게 뭐요? 지금 둘이 맞붙어서 하늘이 무너지는지 땅이 깨지는지 모르구 죽자 사자 허는 판일 텐데 섣불리 건드리면 되려 인숙 씨헌테 해가 돌아올게 분명허니까요."

입술만 깨물며 복순의 말을 듣던 인숙은

"연애야 허든 말든 입때까지 감쪽같이 속은 게 분해 죽겠어. 여행을 간다는 것두 입원을 했으니 돈을 보내라는 것도 멀쩡헌 거짓말인줄 모르구…."

인숙의 목소리는 그예 울음으로 변했다.

"하기야 분허구 여부가 없겠지만 첫 번 당하는 일두 아니니 이번 한번만 더 꿀꺽 참아요. 그 모델 노릇 허는 계집애 눈에두 드물게 보는 미남잔데다가 조선 귀족의 아들이라니까 홀딱 반해서 갖은 애교를 다 부린 게지. 처음으로 객지에서 쓸쓸허게 지내던 봉환 씨가 깜빡헌 게 보지 않아두 환허지 뭐요. 게다가 학생으로는 아직까진 돈을 흔전만전허게 쓰겠다, 압따 그만헌 남자면야 나래두 이 파닥지만 예쁘게 생겼더면 한번 죽자꾸나 허구 달려들어 볼 테요 허울 잘 쓴 사내가 길에 지나가면 정절

부인두 한번은 처다봅디다, 호호호."

하며 복순은 인숙의 마음을 풀어주려고 일부러 우스운 소리를 한다. 인숙은 그런 말은 귀에도 들어가지 않는 듯

"그이마저 맘이 변해서 나를 모른 체허면 부모 동기두 남과 같지 못헌 내가 누구를 의지허구 산단 말요? 난 죽으면 죽었지 또 다시 그런 꼴은 안 볼 테야."

하고 머리를 내젓는다.

"아 그까짓 남편 없으면 못 산답디까? 싫다면 고만이지, 비릿비릿허게 의지헐 데가 없는 건 다 뭐요? 인숙 씨버텀두 남편이 없으면 못 살줄 알구 남자헌테 기대려구만 드니까 틀렸단 말야요. 인제 조선 여자들두 남편이 있으나 없으나 간에 혼자라두 살아갈 수 있다는 각오를 해야 돼요. 그만헌 준비를 언제든지 허구 있어야만 우리 여자들두 코 큰 소리를 허구 살아볼 날이 오지, 육신이 멀쩡허니 사내 덕만 처다보고 기생충 노릇을 못하는 걸 되려 큰 변으로 아니 사내들헌테 한평생 문서 없는 종노릇을 해두 싸지요."

복순은 저 혼자 분개해서 말이 연설조로 나가며 언성이 높아졌다. 그러다가는

"어쨌든 이런 경우에는 아내 되는 사람이 알고도 모르는 체 허는 게 상책입니다. 강짜를 허구 바가지를 긁는댔자 이편만 점잖지 못헌 사람이 되니까…. 그저 시간이 모든 문제를 해결지어줄 때까지 허는 꼴이나 두고 보면 자연히 인숙 씨헌테로 맘이 다시 돌아올 걸요."

하고 다시금 인숙을 위로해 주었다.

인간지옥

1 그 후 며칠 동안 인숙은 넋을 잃은 사람처럼 아무 경이 없이 지냈다. 만사가 도시 귀찮아서

'학교엔 기를 쓰고 다니면 뭘 해.'

하면서도 전과 같이 가지 않을 수는 없었다. 공부를 계속할 생각보다도 학교에 가서 여러 학생이 북적거리고 떠드는 틈에 끼어 수업 시간에 칠판을 쳐다보고 필기를 하는 동안만은 모든 생각과 고통을 잊을 수가 있기 때문이다.

봉환에게는 복순의 말대로 아무것도 모르는 체하기 위해서 편지도 하지 않았다.

그러나 장발이란 위인이 술덤벙물덤벙으로 주책이 하나도 없어 보이는데, 그 사람이 귀둥대둥 전한 말만 듣고 철석같이 믿어야 할 남편을 의심하는 것은 너무나 경솔한 것도 같고

'정말 입원을 헌 걸 가지고 그렇게 지레짐작을 했으면 마른 날 벼락을 맞아두 싸지.'

하는 생각에 더욱이 마음이 괴로웠다.

용환은 저의 승낙이 없이 소절수를 내어놓았다고 청지기를 몰아세웠다.

"병이 무슨 병이야. 딴짓을 허느라구 그러는 게지. 제가 나까지 속일려구."

하고는 저 역시 동경 유학 시대에 카페의 여급에게 홀딱 반해서 그때도 겨울인데 침구와 외투까지 말끔 도둑을 맞았다고 전보질을 해서 한몫 삼백 원이나 들여다가 그 계집을 데리고 하코네(箱根) 어느 온천에서 열흘이나 묵고 온 경험이 있었다. 그래서 아우가 입원을 했다는 것이 새빨간 거짓말인 줄 알아차리고

"내가 보내라기 전엔 한 푼이라두 보내선 안 돼."

하고 청지기에게 단단히 일렀다.

그러나 막내아들이 수천 리 타향에서 입원까지 하였다는 놀라운 소식을 며칠 뒤에야 청지기에게 듣고 문밖에서 황급히 들어온 자작 내외는

"어째서 진작 내게 알리질 않았느냐? 입원까지 헌걸 그대루 내버려 뒀다가는 사고무친헌 객지에서 죽어두 모르겠구나."

하고 펄쩍 뛰고는 사면으로 전화질을 해서 큰아들을 불러다 세우고 웬만하건

"오늘 밤차로 떠나서 봉환이를 데리구 나오너라."

하고 당장에 청지기를 부르더니 마누라가 감추어 두었던 저금통장을 내던지며

"냉큼 가서 삼백 원만 찾아 오너라."

하고 호령하듯 서두는 폼이 대단하다. 종가가 망해도 향로 향합은 남는다고 그다지 꿀려 지내는 중에도 봉희 혼인 때 쓰려고 돈 천 원이나 아

무도 몰래 유념해 두었던 것을 급한 김에 내놓은 것이다.

봉환의 어머니는

"아이고— 봉환아— 너마저 죽으면 어떡헌단 말이냐. 아이고 이를 어쩌나. 병원에선 사뭇 얼음찜질을 해서 죽인다는데."

하고는 부처님에게 절을 하듯이 방바닥을 두드리며 통곡을 한다. 자라 보고 놀란 가슴이 소댕 보고 놀란다고, 작은 아들을 잃은 지 일 년도 못 되어서 제일 귀여하는 막내아들이 무슨 병에 걸린 지도 모르면서 꼭 죽 어 나오는 줄만 알고 대판으로 소동을 한다.

용환은, 거짓말 전보 같으니 편지를 기다려 보고 떠나도 떠나겠다고 하려다가 형세를 보니 도리어 야단을 만날 것 같은데, 때마침 연말이라 명월관 본점을 위시로 각처 요릿집에서 요리 값 독촉이 성화같건만 이제 는 앞뒤가 절벽이라, 사원들이 보는데 졸리기가 창피해서 신문사에는 얼 굴을 내놓지 못하던 판이었다. 그래서 '마침 잘 됐구나' 하고는 아버지의 분부대로 금방 시행을 할 듯이

"네. 네. 오늘 밤에라두 떠나야지요."

하다가 청지기가 돈을 찾으러 급한 걸음으로 나가는 걸 보고

"잠깐 게 있어."

하고 불러 세우고는

"앓는 애를 데리고 나오려면 병원에는 일등에 입원했기가 쉬운데, 그 동안에 쓴 것허구 이등 침대라두 태워가지고 나오려면 내왕 노자하구 부 비가 적지 않겠어요 삼백 원을 가지고는 모자라겠는 걸요 만일에 불행 한 일이 생긴다면 그걸루 어림이나 있나요"

하고 아버지의 얼굴을 쳐다보며

"한 이백 원만 더 가지구 가 보지요."

하고 덧거리질을 하였다.

용환은 그 돈 오백 원을 받아 가지고 손가방 하나를 들고는 그날 저녁 특급으로 청지기가 보는데 경성역을 떠났다. 그러나 용산역에서 내려서 한 시간도 못 되어 도착한 곳은 동경이 아닌, 동대문 밖 첩의 집이었다.

136회, 1934.08.18.

② 시부모들이 서두르는 사품에 인숙은 정신만 더 빠졌다. 봉환이가 객사를 해서 형이 시체를 가지러 가기나 한 듯 집안이 뒤숭숭하다. 인숙은 저 역시 청상과부가 된 것 같은 방수끄러운 생각까지 슬그머니 들어서

'계집을랑 열씩 스물씩 보더래두 제발 병이 나았다는 기별이나 왔으면.'

하고 동경서 편지가 오기만 눈이 빠지도록 기다렸다. 그러다가도

'일본 계집애허구 지내는 걸 큰 형님헌테 들킬 테니 저를 어째.'

하고 형제가 마주칠 장면을 눈앞에 그려보니 제가 직접 하는 거나 진배 없이 조마조마하였다. 더구나 멀쩡한 거짓말 병보인 것이 탄로가 나서 평지에 풍파를 일으킬 것은 둘째요 부모나 장형에게 신용을 잃어서 학교에도 못 다니게 되어 집으로 꺼둘려 오면 아주 발록구니가 되어 술이나 마시고 돌아다닐 것이 미리부터 큰 걱정거리였다.

봉희는, 부모들이 너무 유난스럽게 구는 것을 보고

'흥 연극이 정말이 되는군.'

하고는 집안일은 도무지 모른다는 듯이 학교로 가서는 어두울 때까지 스

케이트를 하다가 돌아왔다. 작은동서는 그날 성묘를 다녀온 뒤로 독감 차례가 가서 집안에서는 굿을 하는지 떡을 하는지 모르고 머리를 싸매고 누웠다.

'장발이허구 골목에서 만나 이야기헌 것을 어른들헌테 여쭈면 어떡허나.'

하고 인숙은 적지 아니 겁이 나던 터이라 작은동서가 정신없이 앓아누운 것이 도리어 다행하기도 하였다.

그러나 제 남편 때문에 별당노인까지 밤을 새우며 야단들인데 학교에 가겠다고 책보를 들고 나설 수가 없어서 시부모가 들어오던 이튿날은 결석을 하였다.

오정 때에야 시아버지의 아침상을 들여다 바치고 시중을 드는데 자작은 밥을 숭늉에 말아 몇 술 뜨다가

"온, 입이 깔깔해서…."

하고 상을 물렸다. 곁에 앉았던 시어머니는 상을 들고 나간 끝의 며느리를

"애 이리 좀 오너라."

하고 불러 들였다. 시아버지가 지난 밤 내외간에 의논한 결과를 며느리에게 전달하려는 것이다.

"너 내일버텀 학교는 고만둬라. 궁가의 며느리로 더군다나 남편이 없는 동안에 머리를 들구서 시체 공부를 헌답시구 소 갈 데 말 갈 데 없이 나다니는 게 원체 강 마땅치가 않건만, 그 애가 하두 학교엘 들여보내라길래 네 시어머니두 보내는 체나 허자구 허락을 하신 게다."

하고 나서 담배만 퍽퍽 빨고 앉은 마누라를 돌아다본다. 시어머니는 남

편의 말을 받아

"그것두 남편이 가까이 있구 집안 형편이 전 같으면 모르겠다만 너 보다시피 우리는 문밖으로 피해 나간 터에 학교란 다 뭐냐. 큰형은 포병객이라 노상 골골허지, 작은형은 제 남편 따라가지 못허구 살어있는 것만 다행한데 이 헤벌어진 집안에 그래두 노인 모시구 살림 헐 사람이 하나나 있어야 허지 않겠니? 그만허면 바람은 시원하게 쏘였으니 인젠 들어앉어라 그 애가 나와서 조섭을 하더래두 네가 곁에 있어 약 시중이라두 해야 도리에 옳지."

하고는 법정에서 재판장에게 무슨 선고나 받는— 여죄수처럼 두 손길을 마주 잡고 버선등만 내려다보고 선 며느리를 유심히 쳐다보더니

"더군다나 꽃같이 젊은 여편네가 남편 없는 동안에 나다니면 없는 소문두 나기가 쉬우니라. 혹시 그 애의 귀에 무슨 말이라두 들어가면 큰일날 장본이니 정신 차려라."

하고 준절히 타이른다. 인숙은 얼굴이 확확 부닳듯 해서

'없는 소문이 나기 쉽다? 남편의 귀에 무슨 말이 들어간단 말씀인가.'

하고 의심이 더럭 나서

"누가 뭐라는 말을 들으셨습니까?"

하고 당장에 질문이라도 하고 싶었다. 아무튼 시어머니의 말 속에는 바로 대고 하기에 거북한 말이 들어 있어 무엇을 암시하는 것만은 확실하였다.

137회, 1934.08.19.

③ 한번 간신히 놓여나갔던 새는, 다시금 붙잡혀 들어왔다. 허물어진

397

조롱 속의 어수선스러운 보금자리에 갇혀서, 햇볕도 쏘이지 못하던 지난 날의 신세로 돌아오고 말았다.

인숙은 그것이 타고난 운명인 듯이 말 한마디 없이 시부모의 뜻에 순종하지 않을 수 없었던 것이다.

'그나마 학교에두 못 댕기구 들어앉아서 나 혼자 어떻게 난장판 같은 집의 살림을 도맡아 허나.'
하니 공부를 중도에 폐해서 분한 것보다도 말썽 많은 식구들의 뒤를 거두어 줄 생각을 하니 참으로 난감하였다. 처음에는 이왕 나선 김에

"앞으로 일 년 남짓이 댕기면 명색 졸업이라구 헐 텐데 동경서 나오면 뭐라구 헐지 모르니 기다려 봐서 작정을 허는 게 좋겠습니다."
하고 한마디 하고 싶었다. 학교에 들어가기도 남편의 간청이었으니 퇴학을 하는 것도 남편의 의향을 물어서 결정하는 것이 옳을 듯하였다. 그러나 시어머니가 말하는 눈치를 보면 반드시 들은 말이 있고 무슨 곡절이 있는 것이 분명하다.

'시아주버니가 정거장 식당에서 어느 학생과 몰래 만나서 이야기를 하더라는 말이 시부모의 귀에 들어가지나 않았을까. 더군다나 작은동서가 장발이와 골목 속에서 밀회하듯 한 것을 몇 곱절 불려서 고해 바치지나 않았나.'
하는 의문이 생기지 않을 수 없었다. 작은동서는 아직 고자질을 할 경황이 없이 앓는 중이라 하더라도 시아주버니가 빗대어 놓고 부모에게 주의를 시킨 것만은 사실인가 싶다. 그래서 인숙은 정말 그런 아름답지 못한 행동이나 한 것처럼 시부모 앞에서 고개를 쳐들 수가 없었다.

'속으로는 나를 행실이 그르다고 단단히 치부를 하고 있거니.'

하는 생각이 문득 나기만 하면 기가 줄어들었다. 그래서 실상은 아무 죄도 없으면서도 얼마 동안 근신을 하는 의미로라도 문밖에는 나다니지 않는 것이 무언의 변명이 되리라는 생각도 들었던 것이다.

"어디서 누구헌테 무슨 말씀을 들으셨길래 소문이 나쁘다고 그러십니까."

하고 재우쳐 물어서 흑백 간에 항변을 해보고 싶은 생각은 간절하였지만 전부터 똑똑히 알지도 못하는 일을 섣불리 말을 내었다가는 도리어 긁어 부스럼이 될 것 같아서 그저 벙어리 구실을 하려고 입을 다물어 버렸다.

인숙이가 학교를 그만 두었다는 말을 듣고 분개한 것은 복순이었다. 복순은 자작의 내외가 들어와 있는 줄 모르고 찾아왔다가 그 말을 듣고 사내처럼 얼굴에 핏대를 올려가며

"시부모가 고만두란다구 퇴학을 했단 말요? 내가 밤낮 뭐랍디까? 앞으루 무슨 일이 생기든지 자립해 살 준비를 허려면 눈 딱 감구 공부를 해야 된다구 그러지 않습디까? 새삼스레 살림을 맡어 허는 건 다 뭐요. 다시 한 번 발목을 붙잡히면 좀체루 이 '도깨비굴' 속을 벗어나지 못헐 테니 딱해 죽겠구려. 왜 그렇게 결단성이 없어요? 내가 먼저 학교에 소개를 했으니깐 책임상 교장이라두 끌구 와서 다시 댕기게 하구야 말 테야요. 조선 여자가 다 인숙 씨처럼 맘이 약하니까 아무것두 못해요."

하고 분연히 일어선다.

인숙은 복순의 손에 매어달리 듯하고 붙잡아 앉히면서

"그럼 어떡허우? 영영 이 집을 버리고 나가기 전엔…."

하고 흐느끼기만 하였다.

138회, 1934.08.21.

④ 용환이가 첩의 집에 가 숨어 앉은 지 나흘 만에 동경서 편지가 왔다. 그동안 병이 나아서 퇴원을 하였다는 것과 장발의 편에 돈 오십 원과 이불을 받았다는 것과 추후로 큰 형이 부쳐준 오십 원으로 급한 불은 껐다는 간단한 사연이었다.

용환이는 그 돈 오백 원을 통으로 집어 쓰기는 양심에 찔리던지 그 중에서 십 분지 일만 말막음으로 부쳐 주었던 것이다.

용환이가 아우를 데리고 나올 줄만 알고 초조히 기다리던 자작 내외는 무사히 퇴원을 하였다는 소식을 반기고 우선 안심은 하였으나

"아 그럼 큰 애는 어떻게 된 셈이냐. 저는 가지두 않구서 돈은 오십 원밖에 안 부쳤다니 그 나머지는 떼어 먹은 게로구나. 천하에 죽일 놈 같으니."

하고 노발대발하는 것을

"천금을 주구두 사지 못할 자식이 살아났다는데 그까짓 돈 몇 백 원쯤 가지구 뭘 그러슈. 연말이 되니까 저두 옹색해서 돌려쓴 게로구려. 그보덤 더한 것두 속구 살어 왔는데 소요스러우니 한 번만 더 눈 감어 두십시다."

하고 마누라가 큰아들 대신으로 손이 발이 되도록 빌었다. 그리고는 끝의 며느리를 불러 세우고

"우린 문밖으루 나갈 테니 살림살인 네가 다 맡어 보아라."

하고 이르고는 빚쟁이들을 피해서 밤 되기를 기다려 자동차를 타고 별장으로 나가 버렸다.

수십 년 거래를 해오던 싸전 포목전 나무장이며, 고깃간에서는 몇 달씩 셈이 밀려도 체면상 직접 와서 조르는 법은 없더니 근자에는 양력 연

말이 되었다는 핑계로 아침저녁 뒤를 이어 와서는 한바탕씩 청지기를 조르고 갔다.

"나두 도망을 가든지 해야지 사뭇 안 나오는 기름을 짜려고 드니 사람이 배겨낼 수가 있어야지."

하고 청지기 역시 피해 다니니까 장사치들은 악에 받쳐서 나중에는 지밀로 통한 안중문으로 들이대고

"이리 오너라."

"이 댁 청지기까지 어디루 도망을 갔느냐구 여쭤라."

하고 소리를 지르게까지 되었다. 인숙은 그 소리를 들을 때마다 경풍이나 하는 것처럼 깜짝깜짝 놀랐다. 어떤 때에는 무지막지한 장사치들이 일제히 몽둥이를 들고 우르르 달려드는 것 같아서 가슴이 울렁울렁하건만 누구 하나 나가서 말막음이라도 해줄 사람이 없다.

'이러군 어떻게 살어. 그 만가허던 집안이 어쩌면 일 년 남짓해서 이 지경이 될까.'

하고 인숙이 역시 송구해서 하루도 이 집에 붙어 있고 싶지가 않았다.

'진작 같이 가자구 헐 때 동경으로나 따러가 봤더면 그런 일두 안 생겼을 걸.'

하고 후회도 하여 보았다.

'돈만 보면 낫는 병을 가지구 그렇게 애절초절을 했지.'

하고 남편에게 속은 것이 한껏 분하기도 하건만, 지금 당장에 있어서는 남편의 일보다도 하루바삐 살림살이를 수습해서 창피한 빚쟁이나 달려들지 않았으면 하는 것이 가장 급한 문제였다. 재산을 전부 정리를 당한 후 은행에서 한 달에 삼백 원씩 생활비를 타다가 쓴다는 것도 말뿐이지,

월말만 되면 그 돈은 벌써 어느 틈에 용환의 수중으로 들어가서 녹아 버리기 때문에, 식량까지 외상질을 하다가 그 지경을 당하는 것이라, 도저히 인숙의 힘으로는 어찌할 수 없는 노릇이었다.

그뿐 아니라 양대 째나 살림을 보아 내려와서 반석같이 믿던 청지기는 정말로 종적을 감추어 버리고 말았다. 여러 십 년을 두고 각처의 사음과 부동을 해서 야금야금 돈과 토지를 빼어 돌려, 다른 사람의 명의로 증명을 내둔 것이 적어도 삼사백 석지기나 되고, 서울 안에 세를 놓아먹는 집만 해도 십여 채나 된다는 소문이 들렸다. 그것도 뜬소문이 아니요 사실이었던 것이다.

🏃 139회, 1934.08.22.

⑤ 봉희는 올케가 다시 들어앉게 된 것을 복순이만 못지않게 분개하였다.

"그렇게 애를 쓰고 간신히 들어갔는데 어떻게든지 끝을 맞춰야지 셋째며느리가 살림이 다 뭐요? 아무튼 또 어떻게 되는지 모르니 아직 퇴학을랑 허지 말구 집에서 전처럼 같이 공부를 헙시다. 오빠헌테 기다랗게 편지를 해서 학교에 다시 들어가도록 허구는 싫지만, 오빠가 새언니 생각할 겨를이 있겠수. 연애허는 데만 정신이 빠졌는데…"

하고 집에서 공부를 계속하면 다음 학기에라도 다시 들어갈 수가 있다고 전과 같이 공부를 같이 하자고 약속을 하였다. 그러나 봉희는 오라비더러 연애에만 정신이 빠졌다고 하면서도, 저 자신이 요사이는 공부에나 집안일에는 마음이 없고, 다른 생각에만 정신이 홀려서 지내는 것이 사실이다.

"내가 왜 이럴까? 당최 아무것두 손에 잡히지를 않으니 어떡허면 좋아."

하다가는

"오늘 해두 벌써 다 갔구나."

하고 가벼이 한숨을 쉬고 나서 마음을 가라앉히려고 새로 난 잡지를 뒤적거리다가

"참 오늘 저녁에 '배화', '이화', '정신' 할 것 없이 죄다 나오는 현상음악대회가 있는데 거기나 갈까?"

하고 지난 봄 저의 학교 코러스에 소프라노로 뽑혀서 공회당의 무대를 밟던 생각을 하였다. 그러다가는 금방

"음악회 구경은 밤낮 그렇구 그렇지. 그러질 말구 연극 구경이나 갈까?"

하고 연말 대흥행이라고 굉장하게 광고가 난 신문을 찾아보다가 방바닥에다 칙 내던지며

"그까짓 신파연극. 껄렁껄렁허더라."

하고 책상머리에 턱을 고이고 앉아서 고개를 이리저리 비꼬아가며 혼자 묻고 혼자 대답을 한다. 저녁만 먹으면 공연히 들쑤성거려서 집에는 들어앉아 있기가 싫은데. 그렇다고 놀러 갈 데도 마땅하지 않았다.

"아이 갑갑해 죽겠네. 무작정허구 아무데루나 막 쏘다닐까 보다. 본정이나 가서 한 바퀴 돌까? 그렇지만 돈이 있어야 '미스코시'나 '정자옥' 같은 데 가서 사구 싶은 걸 만져나 보지. 아이 속상해."

하고 발부림을 하다가는

"그렇게 혼자 쏘댕기다가 그이를 또 만나면 어떡허게."

하고 세철이를 만날 것이 겁이 나서 방 속이건만 움찔해졌다. 봉희는 세철에게 지남철 기운이 있는 것처럼 저도 모르는 겨를에 끌려가기는 하면서도 어쩐지 가까이 하기가 어려웠다. 저 혼자 아직도 의식이 부드럽게 지내는 것이 세철에게 무슨 죄나 짓는 것 같이, 미안한 것을 지나쳐, 마주 대하기가 무서웠다. 그러다가

'다시 한 번 어디서든지 만났으면.'

하면서도 일없이 찾아가 만날 용기는 나지 않았다.

"요새두 호떡만 먹구 사나? 밤중까지 귀를 기울여두 왜 딱따기 지나가는 소리가 나지를 않을까? 어디를 갔나? 감기가 들어서 앓어 눕지나 않았을까? 온 복순이를 보구두 물어볼 수가 있어야지."

하고 창밖 추녀 끝에 고드름이 녹아서 뚜―ㄱ 뚜―ㄱ하고 떨어지는 소리를 들으며 두 눈을 깜박깜박하고 앉았는데 멀리 담 밖에서

"두부― 사려. 두부―나 비지 사려."

하고 외치는 소리가 어쩐지 몹시 처량하게 들려서 봉희의 눈에는 까닭 모를 눈물이 고였다.

'글쎄 내가 왜 괜히 이렇게 쓸쓸헌 생각이 들까.'

하고 봉희는 한숨 섞어 입 속으로 한 마디를 하고는

'참 심심헌데 동무들헌테 연하장이나 할까.'

하고 밥 짓는 동자치를 불러서 엽서를 한 이십 장이나 사왔다. 그러나 맨 첫 장에는 '박세철' 석 자가 먼저 씌어졌다.

새해에는 많은 복을 받으십시오. 더한층 건강하시고 소원 성취하십시오

일월 일일

xx동—아실 듯 모르실 듯.

⑥ 봉희는 장난삼아서 한 연하장이건만 세철에게서는 봉서로 답장이
왔다.

나는 엽서 한 장으로 봉희 씨에게 사교적 인사를 받은 것을 매우 불쾌
하게 생각합니다. 새해가 온다고 태양이 서쪽에서 돋는 것도 아니요 무
슨 복이 비처럼 쏟아질 것도 아니겠지요. 더구나 행복이라는 것이 저절
로 걸어오기를 바라고 믿는 것처럼 어리석은 생각은 없습니다. 제 손으
로 행복이라는 것을 올가미를 씌워서 끌어다 앉히기를 위해서 노력을 해
야 할 줄 알아야지요. 새해가 왔다 해도 일력 한 장이 떨어져 달아난 것
밖에 온 세계에는 아무런 새로운 사실이 나타나지 않는 거와 마찬가지
로, 악한 세상을 뒤덮은 시꺼먼 구름도 불시에 걷히지는 않겠지요. 봉희
씨처럼 따뜻하고 보드라운 자리 위에서 무지개와 같은 공상이나 하고 누
워서 잠꼬대하듯이 행복을 찾고 저 한 몸의 안락만을 꿈꾸는 사람과 계
급이 있는 동안, 당신이 나를 축복해 주신 연하장은 한낱 장난에 지나지
못할 뿐 아니라, 인생은 영원히 캄캄한 밤을 벗어나지 못할 것입니다!
나는 그동안 야경 도는 구역이 갈려서 밤마다 봉희 씨의 꿈을 깨뜨리
지 못하게 되었소이다. 밤 열 시부터 이튿날 새벽 세 시까지 장충단 근처
구역을 맡았기 때문입니다.

편지에는 이름을 쓰지 않고 방한모자를 쓴 머리를 그리고 딱따기를 ×표 모양으로 받쳐 놓아서 언뜻 보기에는 해골바가지에다가 뼈다귀 둘을 엇걸어 놓은 것 같아서 숭하고 끔찍해 보였다.

봉희는 얼굴이 석양판의 단풍잎같이 빨개지고 두 번 세 번, 또 네 번 다섯 번 세철의 편지를 내려 보고 끝에서부터 치올려 보고 하였다.

'연하장을 했다가 또 양코를 뗐구나.'

하고 처음에는 편지로까지 골을 올리는 것 같아서 편지를 동댕이를 쳤다가 뒷딱지에 그린 방한모자 속에서 세철이가 눈을 딱 부릅뜨는 것 같아서 다시금 손이 편지로 달려가곤 하였다. 뭉툭한 철필 끝으로 꾹꾹 눌러 쓴 글씨는 획마다 살아서 꿈틀거리는 듯 봉희는 세철의 글발에서도 일종의 위압을 느끼는 것 같았다.

봉희는 그날 저녁 자리 속에서 남자에게서 처음 받은 편지를 인숙이 몰래 꺼내어 보면서 달콤한 맛이라고는 약에 쓸려도 없는 편지 사연을 보며 곰곰 생각을 해보았다.

'연하장이 장난이라고? 저 한 몸의 안락만 꿈꾸는 사람과 계급이 있는 동안 인생은 영원히 캄캄하다고?'

하면서 몇 번이나 생각을 거듭하는 동안에 어쩐지 세철의 편지를 드러누워서 읽기가 죄송하리만큼 엄숙한 기분에 눌리는 것을 깨달았다. '계급'이란 말은 복순이가 인숙이와 이야기를 할 때면 '자본주의' '무산계급'이니 하는 문자와 함께 귀에 젖도록 들었다. 그러나 정말 '계급'이라는 두 글자를 새겨 보고 골똘히 생각해 본 적은 없었다. 그러나 세철이가 저더러 '귀족의 영양'이라고 쓸까스르던 말은 끄집어내려도 끄집어낼 수 없을 만큼 뇌에 가 꼭 박혔던 것이다.

"귀족— 양반— 놀고먹는 사람들."

하고 뇌어보다가 그 '귀족'이라는 것이 무시무시한 물건의 이름 같아져서 제 몸 어느 귀퉁이에 달라붙은 것이 보이기만 하면 잡아 떼어버리고 싶었다. 시꺼먼 털이 숭숭 돋은 그 물건을 징그러운 줄도 모르고 발꿈치로 밟아 으깨어 버리고 싶었다.

그날 밤 봉희는 세철의 편지를 가슴에 품고 잤다. 그 편지만 부적처럼 끼고 있으면 '귀족'이라는 물건이 제 몸을 범하지 못할 듯이. 밤새도록 길거리로 돌아다녀 꽁꽁 얼은 세철의 몸을 녹여나 주는 듯이.

141회, 1934.08.24.

⑦ 밤 깊어 진종일 잔걸음을 치던 인숙이는 잠이 들었는데 봉희는 쥐 죽은 듯이 고요할 때를 기다려 살그머니 이불을 걷어차고 일어났다.

전깃불을 끌어내려 인숙의 자는 편은 책보로 가리어 놓고 책상머리에 앉아서, 흐트러진 귓머리를 쓰다듬어 올렸다. 화초로 은은하게 무늬를 놓은 편전지를 펴 놓고 철필촉을 새 것으로 갈아 끼웠다. 남의 편지를 처음으로 받고 답장을 안 할 수가 없어 펜을 들기는 했어도, 또 숭을 잡히거나 우박을 맞을까 보아 서두부터 무어라고 썼으면 좋을지 몰랐다. 세철의 편지에 대해서 변명할 말과 반박하고 싶은 구절이 많고 저의 속생각을 솔직하게 표현하고는 싶건만 글자를 죄다 잊어버린 것처럼 한 줄도 써지지는 않는다. 머릿속에 찬 듯한 사연이 두서없이 들끓으면서도 어느 대문을 붙잡다가 종이 위에 옮겨야 할지 거진 반시간 동안이나 붓방아만 찧었다.

이윽고 편전지는 낙서투성이가 되었다. '박세철' 석 자를 한문자로 써

보고 한글로 또는 영자로도 수십 개나 작고 크게 써 보다가 나중에는 세
철의 편지를 내놓고 뒷딱지에 그린 방한모자와 딱따기를 본을 떠서 그려
보다가

　　"아이 왜 이렇게 안 써져."

하고는 짜증을 더럭 내며 종이를 박박 찢어 버렸다. 그리고는 책상 위에
꽂아 놓은 책들을 쭉 훑어보다가 얼마 전에 동무에게서 빌려다 두고 떠
들어 보지도 않은 『주요한 시집』을 뽑아 들고 작은 제목을 훑어보다가 「사
랑」이란 자유시를 몇 번이나 되풀이를 해서 읽어 보았다. 열정에 타는
듯한 시의 구절구절은 제가 세철에게 보여주고 싶은 생각과 꼭 부합이
되는 구절이 많음을 발견하자 봉희는 책상 모서리를 탁 치며

　　"이 시를 편지 대신 베껴 보내야지."

하고는 종이에 구멍이 뚫리도록 꼭꼭 박아서 쓰기를 시작하였다.

　◇…◇
　나는 사랑의 사도외다
　사랑은 비 뒤에 무지개처럼
　사람의 이상을
　무한히 끌어 올리는
　가장 아름다운 목표외다
　사랑은 마치
　물고기를 번식케 하며
　기이한 풀과 바위를
　감추어 두며
　크고 작은 배를 띄우는

깊이 모르는
바다와도 같사외다
그처럼 넓고 그처럼 깊사외다.
◇

그러나 사랑은 또
바위를 차고
모래를 깨물며
천 길을 내려치는 폭포외다.
그 나가는 길에
거침이 없사외다.
사랑은 튀어오르는
화산과도 같이
잔인한 세상을 향하여
뜨거운 분노를
폭발케 하옵니다.
◇

사랑은 모든 것의 통일,
사랑은 무한히 참으며
사랑은 가장 용감하외다.
사랑은 평화를 위하여
땅 위에 싸움을 펼치며
사랑은 의를 위하여
붉은 피로 역사를
물들였사외다.
나는 사랑의 사도외다.

◇

사랑하기 때문에

나는 싸우지 않으면

아니 되겠사외다.

사랑하기 때문에

나는 피를 뿜지 않으면

아니 되겠사외다.

학대받고 짓밟힌

인류가 있는 동안

사랑은 나를 명령합니다.

××의 깃발을

앞세우라고— [下略]

◇…◇

봉희는 신앙의 대상자에게 기도를 올리는 것과 같은 경건한 마음으로 시를 옮겨 쓰기를 마치고 펜을 닦았다. 자못 흥분된 봉희의 눈앞에는 세철과 저 두 사람이 한데 뭉쳐서 깃발을 앞세우고 용감히 나아가는 광경이 나타났다. 막연하게나마 새롭고 자유로운 세계가 전개되는 것 같았다.

142회, 1934.08.25.

⑧ 세철에게서는 답장이 오지 않았다. 하루 세 번 우편이 배달되는 시간이 되면, 오늘은 오겠지 있다가는 오겠지 하고 봉희는 대문 밖까지 나가서 세철의 편지를 기다리건만 야속하게도 체전부는 하루 세 번 문 앞을 그대로 지나가고 말았다. 그럴 때마다 봉희는

"나헌테 오는 편지 이리 내요"

하고 쫓아 나가서 편지가 수백 통이나 들어, 배가 불룩 한 체전부의 가방을 빼앗아 가지고는 깡그리 뒤져 보고 싶었다.

'암만해두 내가 괜히 편지를 했어. 더군다나 「사랑」이란 시의 제목을 그대로 적어 보내서 나를 오해헌 거야.'

하고 봉희는 저의 경솔하였음을 여간 후회하지 않았다.

'그 무뚝뚝헌 사람이 내가 장난으로 그런 편지를 헌 줄 알면 어떡허나. 아무 남자헌테나 사랑이니 연애니 하는 글발을 함부로 날리는 여자로 알지나 않을까?'

하니 입맛이 떨어질 지경이었다. 밤에도 잠을 못 자며 며칠 동안을 여간 초조하고 안타깝게 가슴을 조리며 지낸 것이 아니었다. 더구나 인숙에게 저의 속생각을 시원하게 하소연이라도 하고는 싶건만 그도 차마 할 수 없다.

그래서 골김에 세철에게로 쫓아가서

"여보 남의 편지를 떼어 먹고 왜 답장을 안 허는 거요?"

하고 대들어 멱살을 추켜잡고 한바탕 분풀이라도 하고 싶었다. 그야말로 벙어리 냉가슴 앓듯 하며 지내는 동안에 겨울 방학도 다 지나가고 말았다. 밤중에도 딱따기 소리만 들리면 이불을 걷어차고 뛰어 나가서 골목 속에서라도 만나보고 싶건만, 그동안 야경을 도는 구역이 갈려서 집 근처로는 오지를 않는 모양이니 그것도 마음대로 할 수가 없는데, 복순이조차 인숙이가 학교를 그만 둔 것을 분개하고 너털머리를 뒤흔들고 간 뒤에는 소식이 끊어졌다. 봉희는 학교에 갔다 오는 길거리에서도 세철이 비슷한 사람만 지나가도 유심히 쳐다보건만, 막벌이꾼같이 검붉은 얼굴

과 골격이 우락하게 생긴 남자는 눈에 띄지 않았다. 그럭저럭 거진 한 달 동안이나 엽서 한 장이 없으니까

'고만 둬. 누가 제까짓 사내허구 어쩌겠나. 참나무 장작처럼 뻣뻣허기만 허면 제일의 강산인가.'

하고 고만 반심이 생겼다.

'그이는 아무렇지두 않은 걸 나 혼자 몸이 달아서 편지질을 헌 모양이 됐으니 어쩌면 좋담.'

'내 어서든지 만나면 인사두 안 헐 걸. 딱따기나 치구 호떡이나 먹구 댕기는 주제에 모처럼 헌 여자의 편지를 무쪽같이 잘라 먹는 법이 어디 있어.'

하고 생으로 짜증이 나고, 세철의 말마따나 귀족의 영양으로서의 자존심이 상해서 올케를 보고 몇 번이나

"왜 복순이는 요새 한 번두 안온다우? 또 잡혀 가서 콩밥을 먹는 거야. 밤낮 그깐 놈의 ××운동은 다 뭐야."

하고 보던 책을 동댕이를 치며 간접으로 복순의 욕까지 하였다. 인숙은 속으로

'작은아씨가 왜 저렇게 신경질이 돼갈까.'

하면서도

"낸들 아우. 저한테 말두 없이 학교를 고만뒀다구 나허구두 단단히 틀렸나 보. 한 번 가 봐야 헐 텐데 당최 나갈 수가 없구료"

하고 근자에는 버릇이 된 것처럼 앉으나 서나 한숨만 내쉰다. 그러다가 하루는 봉희가 하학을 하고 나온 뒤에 책상 위에가 걸터앉아서

'오늘이 반공일인데….'

하고 어디로 놀러나 나갈 궁리를 하고 앉았노라니까 행랑어멈이 큰일이나 난 듯이 한걸음으로 들어오더니

"저 큰 대문 밖에 웬 학생이 찾어 왔는뎁쇼. 작은아씨를 뵙자구 그러나 봐요."

하고 귓속 하듯 고한다.

"뭐? 학생이 날 찾어?"

봉희는 눈이 휘둥그레져서 누가 바늘로나 찌른 듯이 발딱 일어섰다.

143회, 1934.08.26.

⑨ 봉희는 즉각적으로

'세철이가 아닐까.'

하는 짐작이 번개같이 머리에 떠올랐다. 그러나 해도 지기 전에 더구나 정문으로 찾아와서 집안사람이 다 알아들을만한 커다란 소리로

"윤봉희 씨!"

하고 제 이름을 불렀으리라고 상상도 할 수 없는 일이었다. 그렇건만 외투도 안 입고 너절한 학생복에 얼굴은 이글이글 타는 듯이 검붉은 사나이라는 행랑어멈의 말을 듣고 본즉 세철임에 틀림이 없다.

봉희는 기계방아가 찧듯 하는 가슴을 붙잡고

"누가 찾아 왔다우?"

하고 찬마루 끝에서 저의 눈치를 보는 인숙의 말에는 우물쭈물 대답도 똑똑히 하지 않고 사랑채로 뛰어나가다시피 하였다. 사랑 앞마당에 심어 놓은 노간주나무에 몸을 가리고 서서 상노아이더러

"너 대문간으로 나가서 나를 찾는 학생더러 성함이 누구시냐구 물어

보고 들어오너라."

하고 살그머니 일렀다.

　상노아이가 나가서 무어라고 한 마디를 하자마자

　"나 박세철이란 사람이다."

하는 우렁찬 목소리가 바로 사랑 중문턱에서 들렸다. 봉희는 주저할 사이도 없이 중문간으로 나갔다. 그날 마침 봉희는 학교에서 나오자 새색시처럼 연두저고리에 하부다이 분홍치마를 곱다랗게 갈아입고 앉았다가 별안간 나가게 되어서 더 한층 수줍었다. 잘잘 끌리는 치맛자락을 휩싸 쥐고 몸을 반쯤 가리고 문밖을 갸웃이 내어다 보자, 세철의 커다란 몸뚱이가 바로 눈앞을 딱 막아섰다. 세철은 반달같이 내어미는 봉희의 얼굴을 보자, 찢어진 모자를 훌떡 벗고 머리를 끔벅해 보이더니

　"만나 뵙는 데 어지간히 수속이 복잡허군요"

하고 씽긋 웃더니 고개만 조금 숙여 보인 채 부끄러움을 얼굴 가득히 머금고 선, 봉희의 색스러운 치마저고리를 유심히 훑어본다. 이왕 이렇게 정면으로 만난 다음에야 큰사랑 응접실로 불러들여서 남의 눈을 가리지 않고 탁 터놓고서 이야기를 하고도 싶건만, 봉희는 큰오라비에게나 들킬까 보아 거기까지 용기는 나지 않았다. 세철은 다시 한 번 안팎채를 휘휘 둘러보더니

　"그동안 복순 씨가 원산으로 붙잡혀 갔는데 후림길에 나두 걸려들어서 한 달이 넘두록 벤또 밥을 먹다가 왔어요. 어저께 와 보니까 봉희 씨 편지가 왔더군요. 그래서 즉시 답장을 못헌 게지만…. 아무튼 미안하게 됐어요"

하고는 집안 식구나 행랑사람들까지 이 구석 저 구석에서 기웃거리며 저

를 주목하는 것이 자못 불쾌한 듯이 흘겨본다.

"그러신 줄은 까맣게 모르구 퍽 궁금허게 지냈어요. 그래 얼마나 고생을 허셨어요?"

봉희의 말씨는, 만나면 멱살이라도 잡을 듯이 벼르던 때와는 딴판으로 보드랍고 싹싹하였다. 그러나 집안 식구들의 시선이 총부리처럼 한 몸을 겨냥하고 있는 것 같아서 어찌 켕기는지 사지가 굳어 오르는 것 같았다.

"들어오시지두 못허구… 대문간에서 미안합니다."

하고 머리를 숙여 보이고 나서

"그럼 복순 씨허구 같이 올라오셨어요?"

봉희는 조금 떨리기까지 하는 목소리로 간신히 한마디를 더 물었다. 세철이 역시 거북한 듯이 구두 뿌리로 문턱의 하방 밑을 허비면서

"복순 씨는 그저 원산에 있에요. 이번엔 단단히 걸린 모양인데 좀체루 나오기가 어려울 걸요."

하고 얼굴조차 치마 빛으로 물이 든 것 같은 봉희의 앞으로 한 걸음 다가서며

"저… 편지 답장은 길게 쓸 새가 없으니, 내일 저녁 일곱 시에 나헌테루 잠깐 와 주세요."

하고 명령하듯이 한마디를 남기고는 또 다시 머리를 끔뻑 해 보이더니, 봉희의 대답은 들을 필요도 없다는 듯이 발꿈치를 홱 돌렸다.

144회, 1934.08.27.

⑩ "그게 누구요?"

"그 학생이 뭣 허러 작은아씨를 찾어 왔다우?"

"꼬락서니는 만주 장수 같아두 떡 버티구 서서 이야기를 허는 게 뱃심은 꽤 좋던 걸."

세철이가 간 뒤에 여편네들은 안마당에서 봉희를 에워싸고 다투어가며 물었다. 문밖에는 얼굴도 내어 놓지 않는 과부댁까지 마루로 나오며

"아 어떤 사내가 작은아씨를 찾어 왔어?"

하고 말참례를 한다. 그네들은 무슨 큰 구경거리나 생긴 듯이, 정탐이나 하는 듯이 둘이 마주서서 이야기하는 정경을 엿보기까지 한 모양이다. 봉희는 성을 빨끈 내며

"누가 찾어 왔든지 알지 못해 애들을 쓸 게 뭐야."

하고 쏘가리 쏘듯 하고는 급히 제 방으로 피해 들어갔다. 집안 식구야 무어라도 쑥떡거리며 뒷공론을 하거나 그런 것은 생각할 여유가 없을 만큼 봉희는 흥분이 되었던 것이다.

인숙은 처음부터 잠자코 시누이의 눈치만 보아오다가 저녁을 먹은 뒤에 단 둘이 마주앉게 되었을 때 목소리를 낮추어 가지고

"아까 세철이가 찾어왔습디까?"

하고 물었다. 봉희는, 그렇지 않아도 인숙에게만은 속 이야기를 하고 싶던 차에 먼저 물으니까

"복순이가 원산으로 잡혀 갔는데 세철이까지 옭혀갔다가 엊그저께 저만 놓여나왔대."

하고 세철이가 편지 조건 때문에 다녀갔다고 실토를 하려다가

'아직 그런 말까지 헐 건 없어.'

하고는

"그래서 새언니헌테 소식을 전해 달라는 부탁을 받구 찾어온 걸 괜—

히 날 가지구둘 그래. 아이 속상해 죽겠네."

하고 혼잣말하듯 하고는 아랫목에 가 쓰러지더니 돌아누워 버린다. 인숙
은 얼마 전부터 시누이의 행동이 심상치 않은 눈치를 채고 있는 터이라

"그럼 세철이가 직접 나를 찾지 않구서 왜 작은아씨를 불러냈단 말
요?"

하고 봉희가 대답하기 거북한 구석을 찔러보려다가, 성미를 덧들여 놓으
면 저에게도 속을 주지 않을 것 같아서 그의 남편에게 편지 한 장도 안
하고 지내는 것과 마찬가지로 당분간 시누이의 일도 모르는 체하고 눈감
아 두리라 하였다.

그날 저녁 봉희는 누웠다 앉았다, 불을 껐다 켰다 하면서 거의 한잠도
이루지 못하였다. 새벽녘에야 간신히 잠이 들었는데도 열병에 걸린 사람
처럼 이불을 걷어차고 벌떡 일어났다가는 그대로 쓰러지곤 하여서, 인숙
은 몇 번이나 슬그머니 이불을 끌어올려 덮어 주었다.

이튿날 저녁 뒤에 봉희는 팔뚝시계를 자꾸만 들여다보다가 벌떡 일어
났다. 학교에 다녀와서 벗어 걸었던 교복을 내려 입고는 툇마루로 나가
서 구두를 신는 것을 보고, 인숙은 그 뒤를 쫓아 나갔다.

봉희의 어깨에다 손을 얹으며 간신히 알아들을만한 목소리로

"어딜 가우?"

하고 정다이 물었다.

"세철이헌테 갔다 올 텐데, 좀 늦더래두 기다리지 말어요"

하고는 뒤도 안 돌아다보고 뚜벅뚜벅 걸어 나가는 봉희의 뒷모양은 사내
처럼 활발하다. 인숙은 신짝을 바꾸어 꿰이는 줄도 모르고 그 뒤를 쫓아
나가며

"그럼 작은아씨두 문간에서 잠깐만 만나 보구 오"

하고 신신당부를 하니까

"걱정 말어요. 내가 어린앤 줄 아우?"

하고는 인숙의 손을 뿌리치며 나갔다.

실상 봉희는 밤새도록 번민을 하던 끝에 기적과 같이 용기가 솟았다.

'대낮에 정문으로 정정당당히 찾아온 사람을, 나도 약속한 시간을 어기지 않고 정정당당 찾어가리라.'

하고 인숙에게 버젓이 가는 곳을 가르쳐 주고 나선 것이다.

😊 145회, 1934.08.28.

[11] 봉희가, 세철의 유숙하는 집 문간에 이르렀을 때는 일 분도 틀리지 않는 일곱 시였다.

그러나

"세철 씨!"

하고 부른 봉희의 목소리는 세철이가 그의 집 대문간에서 제 이름을 부른 것만큼 크지는 못하였다.

"들어오세요."

세철은 툇마루 끝에서 밥을 지어 먹고 사발과 밥풀이 붙은 공기를 벌려 놓고 휘파람을 불어가며 설거지를 하는 중이었다. 봉희는 인사 대신으로

"어떻게 밥을 다 지어 잡술 줄 아세요?"

하니까 세철은 행주를 던지고 손을 씻으며

"사람 허는 것치군 뭐든지 다 헐 줄 알어야 해요. 봉희 씨는 아마 밥

짓는 구경밖에 못했지요?"

하고 대뜸 한마디를 비꼰다.

"왜 그렇게 나를 보면 히니쿠만 하세요?"

봉희는 세철을 살짝 흘겨보았다.

"두구 보세요 히니쿠두 약이 될 때가 있을 테니. 자— 어서 들어가십
시다."

세철은 전기불도 안 켠 방 속으로 머리를 들여 민다. 봉희는

'어쩌면 불두 안 켜구 살어.'

하면서도 따라 들어가지 않을 수가 없어서 남자의 뒤를 따라 들어갔다.
성냥불이 확하고 켜지더니 방 한구석에 붙여 놓은 가느다란 양초에가 불
이 켜졌다. 가뜩이나 쓸쓸해 보이는 방 안은 빈소방같이 음침하다.

"전깃불을 안 켜서 퍽 갑갑허지요. 그렇지만 나 같은 사람은 전등을
달 필요가 없어요. 밤새도록 길거리루 쏘댕기니까 서울 장안의 수 없는
전등이 다 내가 켜 논 셈이거든요."

하고 세철은 껄껄껄 웃는다. 봉희도 소매로 입을 가리고 따라 웃는다.

"참 어저께는 퍽 미안했어요. 아마 그 너절헌 학생이 뭘 허러 찾아왔
느냐구 야단들이었을걸요?"

"아—니요."

봉희는 고개를 흔들어 보였다.

"봉희 씨가 거북헐 줄을 알았지만 나는 무슨 일이든지 어둑침침헌 뒷
골목에서 사람의 눈을 기어가며 허기는 싫어하는 성미예요. 모든 죄악은
어둔 구석에서 꾸며내는 게니까요. 무슨 일이든지 정면으로 부딪쳐야 통
쾌허지요."

봉희는 차디찬 구들 위에 쪼그리고 앉아서 세철의 말을 귀담아 들으면서도, 제가 지내오는 것과는 너무나 엄청난 세철의 생활을, 바로 그 속에 들어앉아서 가만히 생각해 보았다. 처음에는 일종의 호기심으로 세철을 대하였건만 차츰차츰 세철이가 생활하는 분위기 속으로 그의 몸과 생각이 젖어들어 가는 것을 느꼈다. 제 손으로 밥을 지어 먹으면서도 휘파람을 불어가며 행주질까지 하고, 새끼손가락만한 촛불 밑에서 이야기를 하고 앉은 세철이가 조금도 궁상스러워 보이지가 않는다. 도리어 그의 남성적인 명랑한 웃음소리를 들을 때 봉희의 가슴 속에는 감격의 물결이 달밤의 여울과 같이 뛰노는 듯, 저의 기분도 모르는 겨를에 세철에게로 녹아 들어가는 것을 깨달았다. 그러는 한편으로

'그래도 요즘은 호떡을 안 먹고 쌀밥을 먹고 지내는고나.'
하고 매우 다행히 여겨도 졌다. 또 한편으로는

'기왕 이렇게 단둘이 만난 김에….'
하고 이것저것 물어도 보고 저 역시 활발하게 이야기를 끄집어내고도 싶건만 어쩐지 세철이 앞에서는 잘못한 것이 없으면서도 기가 눌려서 자발적으로 말을 시킬 수는 없다. 다만 촛불이 흔들리는 대로 붉어졌다 검어졌다 하는 세철의 얼굴을 정열에 타는 듯이 빛나는 두 눈을 바라다볼 뿐….

세철이도 그믐밤의 별빛같이 반짝이는 봉희의 눈을 유심히 바라다보더니

"자— 인제버텀 그 편지 답장을 허겠어요"
그는 봉희 앞으로 버썩 다가앉는다.

146회, 1934.08.29.

⑫ 봉희는 저도 모르는 겨를에 조금 물러앉았다. 세철이가 달려들어 저에게 폭행이나 하려는 것처럼 겁이 더럭 나서 손끝 발끝까지 조금씩 떨렸다. 세철의 입에서 어떠한 말이 떨어질까 또 우박이나 맞지 않을까 하고 전신의 신경을 귀로 모으고 있으려니까, 세철은 한 오 분 동안이나 두 눈만 끔벅끔벅하고 무엇을 꿍꿍거리고 생각해 보더니 목소리를 가라앉혀

"그 대답은 다음 날 차차 허지요"

하고 봉희의 앞으로 버썩 다가앉았던 것을 후회나 한 듯이, 뒤로 물러앉는다. 봉희는 뜻밖에 기대하던 바와 어그러져서 잠자코 세철의 얼굴만 바라다보았다.

"왜 대답을 헌다구 그러다가 싱겁게 물러앉으세요?"

하고 싶건만 세철의 표정이 무겁도록 침통하여서 입을 벌리기가 어려웠다.

그러나 세철이가 폭풍우같이 뒤설레는 가슴 속의 정열이 봉희에게 맹목적인 행동으로 폭발되려는 그 순간에, 비상한 이지(理智)의 힘으로 꽉 누르고 참느라고 무진 애를 쓰다가 어떠한 결심을 한 끝에 저의 곁에서 물러난 줄은 봉희가 알 리 없었다.

세철은 씨근씨근하고 숨소리만 거칠게 쉬고 앉았더니

"그 편지 대답을 허기 전에 내가 지내온 얘기를 먼저 허지요"

하고 잠시 말을 끊더니 길게 내쉬는 한숨과 함께

"나는 이 천지간에 단 하나뿐인 외로운 사람이에요. 부모의 자애두 형제의 우애두 아무것도 모르구서 이를테면 물결 거칠은 바닷가의 이름 없는 풀처럼 자라난 사람이에요. 여덟 살 때부텀 만주 목판을 메구 다니다

421

가 얼음 구덩이에 가 빠져서 얼어 죽을 뻔두 했구요 이틀 사흘씩 굶어서 까무러쳐 보기를 몇 번이나 했어요 고학당에 다섯 해나 다니는 동안에 매약 행상, 세탁 주문, 겐마이 빵장수 할 것 없이 못해 본 게 없지요 주린 창자를 부둥켜 쥐구 주인 없는 개처럼 길거리루 쏘다니는 동안에 잔뼈가 굵었어요."

하더니 세철은 입술을 깨물며 고개를 폭 숙인다. 그 순간에 봉희는 의외로 세철이가 눈물을 깨물어 삼키는 것을 발견하였다. 그와 거진 동시에 봉희의 눈에도 눈물이 갈쌍갈쌍하게 고였다.

"그래서요? 그렇게 고생을 허시면서 지금 다니시는 학교에는 어떻게 다니셨어요"

이번에는 부지중에 봉희가 세철의 앞으로 다가앉았다.

"죽기 기를 쓰구 댕겼지요 올봄에 졸업인데 월사금을 못 내서 정학을 당하기를 이번까지 네 번째나 했으니까요. 이년급 적에는 동무 집에 가서 사전 두 권을 훔쳐다가 잡힌 것이 탄로가 나서 붙잡혀가서는 뼈다귀가 튕겨지도록 주리를 틀리구, 거꾸로 매달리기까지 했어요. 그때 벌써 퇴학을 당헐 건데 요행 학교에선 몰랐었어요. 근대문명은 과학이, 더구나 전기가 지배하는 것이니까 전기공학을 전문으로 배울 작정으로 전기학교에 들어가긴 했지만 그것두 댕기다 말다 해서 이태에 한 번씩 진급이 되니까 여태까지 졸업을 못 했지요"

"아이 어쩌면 책 몇 권 집어다 잡혔다구 그렇게 고생 허는 사람을 붙잡어다가 그런 악형을 해요?"

봉희는 다른 말보다도 세철이가 경찰서에서 당하던 광경을 눈앞에 그려보고는 눈살을 찌푸리며 두 번 몸서리를 쳤다.

"작으나 크나 도적은 마찬가지니까요. 털끝만헌 것이래두 남의 것을 훔치거나 빼앗는 것을 제재허기 위해서 법률이라는 게 있지 않어요?"

하더니 세철은 목소리를 높여 세상의 공평치 못한 점과 여러 가지 모순된 사실을 들어 이를 갈며 저주하였다.

"죄를 입는 건 좀도적뿐이지요. 큰 도적은 길거리로 네 활개를 펴구 다녀두 이 세상 사람은 양심이 마비돼서 조금도 이상히 여기지를 않거든요"

하고는 주먹을 쥐고 부르르 떨었다.

147회, 1934.08.30.

[13] 봉희 씨는 집허구 학교 밖에 정말 세상 구경은 못했지요? 모순(矛盾)덩어리요 죄악 투성인 현실(現實)과 암흑한 사회의 이면을 들여다 볼 기회가 없었겠지요?"

"난 정말 우물 안 개구리야요. 고작해야 한강으로 스케이트 허러 댕긴 것허구 활동사진 구경 댕긴 것밖에… 그렇지만 작년엔 금강산 구경을 다 했는데요, 올해두 오월에 동경으로 한 삼주일 동안이나 수학여행을 갈 테구요"

수학여행을 간다는 것을 큰 자랑처럼 여기는 봉희의 말을 듣자 세철은 씽긋 웃으면서

"학교에선 기껏해야 경치 좋은 데로 끌고 다니거나 학부형들의 주머니를 털어서 수학여행을 시키지만, 견문이 좀 늘는지는 몰라두 우리가 발을 붙이고 있는 현실이 알아지는 것은 아니에요. 귀한 돈을 낭비허구서 담밖에 바람을 쐬일 뿐이니까 실제로는 아무 유익이 없지요"

423

"참 그래요 금강산 구경을 허구 왔대야 그림엽서 몇 장밖에 소득이 없어요"

봉희는 세철의 말에 동의를 표하였다. 세철은 잠시 무엇을 생각하더니

"자— 우리 산보를 나갑시다. 나두 야경을 돌 시간이 됐으니까 내가 맡은 구역으로 가야겠어요 무슨 일이 있든지 내가 맡은 책임은 다 해야 허니까요"

하고 벌떡 일어선다.

"벌써 아홉시나 됐는데 어디루 산보를 가요?"

하면서 봉희는 따라 일어섰다.

"나만 따러 오세요. 꿈에두 생각 못허는 구경을 시켜 드릴께요 아무튼 방이 너무 차서 몸이 후끈후끈 허도록 돌아댕겨야겠어요"

하고 먼저 나가서 구두를 신는다. 봉희는

'꿈에두 생각 못하던 구경이 무얼까.'

하고 호기심이 앞을 섰다. 두 사람은 큰길로 나섰다. 누가 보거나 말거나 어깨를 걷듯이 나란히 서서 걸으며 이런 이야기 저런 이야기를 주고받았다.

"이렇게 남자허고 늦도록 돌아다녀두 괜찮아요?"

"그럼 괜찮지 어때요? 오늘밤엔 언제까지든지 세철 씨 뒤를 따라 댕길 걸요"

"활동사진 구경 가는 샘만 치구 따라 오세요. 그렇지만 딱따기를 치는 사람허구 댕기기는 좀 창피헐 걸요"

"아이 글쎄 그런 히니쿠는 제발 하지 마세요. 난 그럼 안 갈 테야요"

하면서도 봉희는, 세철을 놓치기나 할 듯이 바짝 따라섰다. 길바닥을 휩

쓰는 밤바람은 차다. 그러나 발을 맞추어 저벅저벅 걸어가는 두 사람은 조금도 추운 줄을 몰랐다. 행인들이야 흘금흘금 쳐다보거나 말거나 세철과 봉희는 저이 둘만이 사는 세상인 듯이 종로 큰길을 걸어서 우미관 앞까지 왔다.

"여긴 내가 댕기는 구역이 아니지만 우선 한 군데 들려갑시다. 그렇지만 거북허다구 중간에 나오지 않을 것만 약속해 주서야 해요."

하더니 고구마 장수와 군밤 장수가 짝을 지어 외치는 소리가 요란한 뒷골목으로 들어간다.

"이 골목 속에 뭐 구경헐 게 있어요?"

하고 봉희는 궁금증이 나서 세철의 어깨를 조금 떠밀며 물었다. 그러자 별안간 눈이 부시도록 네온사인이 휘광한 어느 커다란 카페 앞에 다다랐다. 전기 축음기에서 흘러나오는 재즈가 요란한데, 세철은 색색이 유리를 아롱아롱하게 오려붙인 카페의 정문을 떠다밀고 들어섰다.

"이랏샤이마세."[어서 오십시오]

"오갹상 고만나이ー" [손님, 미안합니다]

금단추를 곰뱅이 별같이 달고 둥그란 고깔 같은 모자를 비뚜스름하게 쓴 안내 보이가 계우의 멱을 따는 듯한 소리를 질렀다. 봉희는 눈이 동그래져서 멈칫 하고 발을 멈추었다.

148회, 1934.08.31.

14 "어서 들어오세요"

세철은 문밖에서 주춤주춤 뒷걸음을 치는 봉희를 내다보고 명령하였다. 봉희는 고개를 폭 숙이고 들어섰다. 타는 듯이 새빨간 양장을, 젖가슴과 방둥이의 곡선이 또렷이 들어나게 살이 비치도록 얄따랗게 입은 웨이트리스가 하느적거리며 영접을 나오다가 두 남녀를 말끄러미 쳐다본다. 제가 맡은 테이블에 손을 안내하고 팁 한 푼이라도 더 알구어내려고 애교를 떠는 것이 습관이 된 여급이건만, 너절하게 차린 학생이 웬 여학생을 데리고 들어온 것을 보기는 처음이라는 듯한 표정을 짓다가 마지못해서

"도─소 오가케 나사이"

하며 맨 구석 소파에 손을 펴내어 보인다. 봉희는 어리둥절해 섰다가 여급과 첫 번 인사나 하는 듯이 마주 허리를 굽히면서 답례를 하다가 세철의 곁에 가 앉았다.

"홍차 두 잔."

하고 세철은 손가락 둘을 여급에게 펴보였다. 여급은 재수가 없다는 듯이, 다른 여급에게 피 묻은 여우의 주둥이 같은 입을 삐죽해 보이며 굽 높은 칠피 구두 부리를 제끼고 돌아섰다. 봉희는 그제야 머리를 들어 사면을 살폈다. 전등은 으스름달밤같이 화분에 힘이 죽 늘어놓은 시푸른 나뭇잎 사이로 음식한 빛이 새어 내린다. 담배 연기가 흰 구름처럼 서리어 올라서 눈이 아프고 숨이 막히도록 자욱한데, 수십 개나 되는, 가방 속 같은 소파에는 술이 취해서 얼굴이 원숭이 볼기짝 같은 남자들이 여급 하나씩을 끼고 앉았다. 세철은 팔짱을 끼고 입을 딱 다물고 그 광경을 바라보고 앉았다.

일본옷 양복 조선옷의 가지각색의 괴상스런 복색을 차린 여급들이 술병을 받쳐 들고 봉희를 힐끗 보며 왔다 갔다 한다. 라디오 유성기의 잡음과

"요시코 상 고신키—"

"아이코 상— 고아이소—"

하고 무명을 찢는 듯한 목소리, 아래층 위층으로 우당퉁탕거리며 오르내리는 소리, 주정꾼들이 고래고래 지르는 소리가 뒤섞여서 도무지 정신을 차릴 수가 없다.

새빨간 양복을 정강마루까지 입은 여급은, 홍차 두 잔을 갖다놓고는 맞은편 쪽으로 가서 한 사십이나 되어 보이는 신사의 무릎 위에 가 비스듬히 누워서 온갖 교태를 다 부리며 술을 권한다. 봉희는 차마 마주볼 수가 없어서 눈을 돌렸다. 여급이 가져온 찻잔에는 뭇 사나이의 더러운 입술이 닿았을 것을 생각하니 제 입에다 대일 용기가 나지 않았다. 세철도 차는 마실 생각도 아니 하고

"어때요? 구경헐 만허지요? 지금 서울 안에 늘어가는 것은 전당포와 이런 카페뿐이에요"

하고 곁눈으로 봉희의 눈치를 흘금흘금 본다. 봉희는 잠자코 다시 한 번 눈앞에서, 새빨간 계집을 무릎 위에다 올려 앉히고 눈이 개개 풀려가지고 앉아 있는 남자를 보았다.

'우리 큰오빠두 요릿집이나 이런 데를 다니느라구 허구한 날 새벽녘에나 들어오는구나.'

하였다. 그러자 전문학교 교복에 교모를 삐딱하게 쓴 학생들이 한 떼가 「사케와 나미다카 다마이키카」[술은 눈물인가 한숨인가]를 합창을 하며 와르르 몰려들었다. 봉희는 움찔하고 세철의 등 뒤로 숨어서 눈만 내어놓고 보려니까, 학생들은 다짜고짜 여급 하나씩을 강제로 끌어안고 축음기의 재즈 음악에 맞추어 엉덩이를 내두르며 지랄춤을 춘다. 먼지가 뿌

옇게 풍겨 올라서 봉희는 얼굴을 가릴 겸 목도리로 코를 막았다.

학생들은 정종 병을 거꾸로 들고 병나발을 불며 곁에는 사람이 없는 듯이 소리를 하며 식탁을 뚜드리며 사뭇 발광을 한다. 별안간 으슥한 구석에서

"애개개 애개개!"

하고 모가지를 비틀어 우는 듯한 비명이 들렸다. 안경을 콧등에다 걸은 학생 하나가 조선옷을 입고 분을 횟박같이 뒤집어 쓴 여급의 허리를 껴안고 억지로 입을 맞추려다가 위쪽에서 떨어졌다. 봉희는 또 다시 눈을 돌렸다. 금세 제 얼굴이 새빨개졌다. 그러면서도 다시 한 번 양팔 기운에 미친 듯이 날뛰는 학생들을 유심히 바라보았다. 그 학생들이 저의 작은 오라비와 그의 친구들로 보였다. 동경서 지내는 봉환의 생활이 바로 눈앞에서 보는 생경과 틀림없을 것 같았다.

149회, 1934.09.01.

⑮ 봉희는 하도 눈에 거칠고 그야말로 꿈에도 상상하지 못하던 광경에, 창피스럽고 면구스러워서 잠시도 더 앉아 있을 수가 없었다. 눈망울이 뻑뻑하고 머릿골치가 나서

"고만 나가세요 네?"

하고 몇 번이나 팔꿈치로 세철의 옆구리를 찔렀다. 그래도 세철은, 아무 설명도 할 필요가 없다는 듯이 여전히 입을 딱 다물고 앉았다.

학생들과 신사 축들이 한데 어울려서 벅적대는데 뒷문으로 많아야 열 살쯤 되어 보이는 소년이 껌과 캐러멜 등속을 담은 조그만 목판을 메고 물에 빠진 생쥐처럼 오르르 떨면서 들어왔다. 그의 등 뒤에는 열다섯 살

쯤 되어 보이는 고학생이 인단 같은 매약 봉지를 들고 테이블마다 들고 돌아다니며 사주기를 애걸한다. 작은 학생은 봉희의 앞으로 비슬비슬 오더니 사흘에 피죽 한 그릇도 못 얻어먹은 소리로

"저 이거 하나만 사줍쇼. 아버지허구 이 추운 날 먹을 게 없어서 이걸 팔러 다닙니다."

하며 목판을 내어 민다. 그 정기 없는 눈동자! 핏기 없이 여윈 두 뺨은, 이슬을 받지 못해서 펴기도 전에 시들은 튤립 같다고나 할까.

봉희는 십 전짜리 한 푼을 꺼내서

"이것밖에 돈이 없으니 가지구 가 응."

하고 어린 동생에게나 하듯이 그 소년의 손에 쥐어주었다.

세철은

"자선을 허는 것두 좋겠지만, 근본적으로 해결을 짓기 전에는 저런 소년이 점점 늘어만 갈 뿐이지요."

하고 쓸데없는 짓을 한다는 듯이 봉희를 돌려다본다. 조금 있자 나중에 들어온 고학생이, 돈 주는 싹수를 보고 봉희의 앞으로 다가오더니, 모자를 벗고 무슨 종이쪽을 내어 민다. 그것은 고학당의 재학증명서였다. 봉희는 어쩔 줄을 몰라서 뒤로 돌려 앉는데, 고학생은 여자 곁에 앉은 세철을 뜻밖이라는 듯이 쳐다보더니 고개를 끄덕하며 선배에게 의미 깊은 웃음을 끼얹고 돌아선다. 두 사람은 서로 아는 사이인 모양이다. 세철은 몸을 일으켜 그 학생과 악수를 하고 봉희에게 들리지 않도록 무어라고 두어 마디를 해 보냈다.

"저 학생은 내가 아는 사람인데 칠십이 넘은 눈먼 어머니를 먹여 살리느라구 저러구 당겨요."

하고 세철은 저도 얼마 전까지 저 학생과 같이 돌아다녔다는 듯이 씁쓸한 웃음을 띄우고, 자꾸만 가자고 조르는 봉희를 돌려다 본다. 봉희도 저에게까지 구걸을 온 소년과 큰 학생에게서 바로 세철의 과거를 보는 듯, 불시에 여러 가지로 강렬한 자극을 받아 형용키 어려운 깊은 감상이 머릿속에 가득히 찼다.

"자 그럼 갑시다. 겉으로만 잠깐 보아서 저 남자들이나 저런 종류의 여자들의 이면 생활은 알 수 없겠지만, 한 번 보구서 당장에 알아지는 것두 아니니까요."

하고 십 전짜리 두 푼을 꺼내서 테이블 위에다 던지고 벌떡 일어선다. 그러자 맞은편 테이블에서 싸움이 벌어졌다. 학생들과 신사들이 여급 하나를 가운데다 놓고 두 팔을 찢어져라 하고 서로 잡아당긴다. 피차에 이놈 저놈하고 핏대를 올리고 욕지거리를 하면서 하이칼라 머리를 꺼둘러가며 계집싸움을 한다. 다른 여급들이 십여 명이나 아래위층에서 우르르 몰려와서 싸움을 말리느라고 야단법석인데, 술병과 술잔이 봉희의 머리 위까지 풀풀 날아온다. 세철은 딱 버티고 방패와 같이 봉희의 앞을 막아섰다. 봉희는 겁이 나서 오들오들 떨면서도 앞이 막혀서 빠져 나가지를 못 한다. 세철은 앞장을 서서 싸움패들 사이를 어깨로 헤치고 나갔다. 봉희가 뒤에 따라 나오려나 하고 문간까지 급히 나가다가

"애고머니 세철 씨!"

하고 여자의 부르짖는 소리에, 깜짝 놀라서 뒤를 돌려다 보았다. 봉희가 뒤떨어져 나오다가 여급인지 누군지 분간을 못하리만치 엉망진창으로 취한 학생들에게 붙들리었다.

"재수 없게 계집년이 왜 남의 발등을 밟구 댕겨?"

하고 아까 조선옷을 입은 여급에게 입을 맞추려다가 코를 떼운 학생이, 송장같이 해쓱한 얼굴에 눈을 홉뜨고 봉희의 팔을 잡아끈다. 그것을 본 세철은 눈꼬리가 실쭉해지더니 비호같이 달려들었다.

"이놈아!"

하는 호통소리와 함께 돌멩이 같은 세철의 주먹이 봉희를 끌어당기는 학생의 턱주가리를 치받았다. 그와 동시에 뒤에 쭉 늘어섰던 학생들과 여급들이며, 싸움하는 소리를 듣고 쫓아나온 '쿡'들까지 한꺼번에 골패 짝 쓰러지듯 하였다. 식탁 위에 술병이며 요리접시가 와르르 엎어지며 쨍그렁쨍그렁 깨졌다.

150회, 1934.09.02.

16 세철의 보호로 간신히 카페에서 빠져나온 봉희는, 마굴(魔窟) 속에서나 구원을 받은 듯이 휘유— 하고 막혔던 숨을 길게 내쉬었다.

"어때요? 금강산 경치만 못허지 않지요? 그렇지만 카페나 색주가집 같은 것은 일테면 인간지옥의 초입이에요."

하고 세철은 앞을 서서 큰길로 나간다. 봉희는 너무나 뜻밖에 흥분과 자극을 받아

'아이 골치가 아픈데 또 어디로 끌구 갈 셈이야.'

하고 얼른 집으로 가서 눕고 싶었다. 그러나 오늘밤에는 어디까지든지 따라 다니겠다는 약속을 제 입으로 한 터이라, 먼저 떨어져 가겠다는 말을 입 밖에 낼 수는 없다. 그 눈치를 채인 세철은

"내친걸음이니, 집에 가서 뜨뜻한 자리 속에 누울 생각만 허지 말구 나를 따라오세요. 하루저녁 잠을 못 자는 것쯤 문제가 아니니까요. 갑자

431

기 수학여행을 허려니까 다리두 좀 아플 테지만…."

하고 그림자와 같이 잠자코 따라오는 봉희를 돌려다본다.

"또 어디루 가세요?"

봉희는 세철의 곁으로 바짝 붙어서며 기신없이 물었다.

"그저 따라만 오시라니까요"

하고 세철은 역시 명령하듯 하는데 두 사람은 명월관 앞에 이르렀다. 조바위를 쓰고 망토를 입은 기생 둘이 인력거를 타고 나오는데 그 뒤에는 털외투 앞자락을 풀어헤친 중년신사가 술이 취해서 앞을 가누지 못하면서도 단장을 휘두르며 쫓아 나온다. 그 뒤로도 안경을 쓰고 금시곗줄을 늘인 오십이나 되어 보이는 뚱뚱한 남자가 허겁지겁 쫓아 나오며

"이년, 산홍아!"

"난 방이 저년, 주 쥑일 년 같으니 날 버리구 어 어디루 달아나느냐."

하고 혀 꼬부라진 소리를 버럭버럭 지르면서 엎드러지며 곱드러지며 기생의 인력거를 쫓아가느라고 길바닥을 휩쓸다가 발을 접질렀는지 더위먹은 마차 말처럼 무릎을 꿇고 폭 꼬꾸라진다. 세철은

"저게 유명한 변호사예요. 먼저 나온 자는 ××여학교 이사구요"

하고 길가의 쓰레기통 곁으로 비켜 선 봉희에게, 장안의 유명한 신사는 얼굴 모르는 사람이 없다는 듯이 가르쳐 준다. 그러자 ××여학교 이사는 행길 복판에가 쩍 벌리고 서더니 머리를 곤드레만드레 내저어 가며 오줌을 갈긴다. 봉희는 고개를 홱 돌리어 달음질을 해서 길을 건너갔다. 변호사와 여학교 이사는 지나가는 택시를 잡아타고 비스듬히 맞은편 골목으로 들어간다.

"국일관으로 이차회를 하러 가는군. 저자들은 큰길 하나를 건너는 데

두 자동차를 타거든요."

하고 세철은 동대문 편으로 뚜벅뚜벅 걸어간다. 봉희는 저의 큰 오라비나 만날까 보아 조마조마 하여서 빈지를 단 가게 추녀 밑으로 바짝 붙어서 걸었다.

"다리 아프시지요? 그렇지만 밤마다 쏘댕기는 사람도 있으니 한 시간 동안만 더 참으세요."

세철은, 봉희를 달래듯 한다.

"괜찮아요. 고걸 걷구 다리가 아파요?"

하고 봉희는 급한 볼일이나 보러가는 것처럼 세철의 뒤를 따랐다. 어느덧 장춘단 근처까지 오자, 세철은 허리에 꽂았던 딱따기를 무슨 무기처럼 빼어들며 따—ㄱ 따—ㄱ 치기를 시작한다. 바싹 마른 나무때기가 마주 부딪는 소리는, 귀가 따갑다. 인적이 그친 길거리의 정적을 찢는데 추녀를 나란히 한 좌우의 집들은 그 소리를 짜랑짜랑하게 반향한다. 한 사십분 동안이나 이 골목 저 골목으로 치고 드나들더니

"오늘밤엔 대강 댕겨 두지요. 봉희 씨가 모처럼 동행을 허시는데…."

하고 세철은 서울 장안이 환하게 내려다보이는 장충단 마루터기 위로 올라간다. 동녘 하늘에는 새파랗게 벼른 낫과 같은 하현달이, 마른 나무삭정이에 가 걸렸다. 유리조각을 부수어서 뿌린 듯 무수한 별들이 깜빡인다. 그 달에서, 별에서 찬바람이 쏟아져 내리는 듯 봉희는 전신에 소름이 끼쳤다. 세철은 남쪽 하늘 아래에 전등불이 쭉 깔린 불야성(不夜城)을 가리키며

"저기가 어딘 줄 아세요? 저기 언덕 너머로 붉은 전등이 쭉 달린 게 뵈지요?"

한다.

😊 151회, 1934.09.04.

17 "모르겠어요. 어딘지… 저 너머가 조선 신사가 아니야요? 축일 날 저기는 몇 번 가봤지요."

봉희는 발꿈치를 들며 남산 저편을 넘겨다본다.

"조선 신사는 여기서 뵈지도 않아요."

하고 세철은 다시 한 번 눈앞에 불야성을 가리키며

"저기가 '신마찌'라는 유곽이에요. 일테면 인간 지옥의 일정목쯤 되는 덴데 서울에는 인육시장이 저렇게 높다란 데 있거든요."

하더니

"차차 걸어가면서 얘기를 헙시다."

하고는 언덕을 내려간다. 봉희는 '신마찌'니 유곽이니 하는 말을 누구에게 듣고 어느 청년이 창기하고 쥐 잡는 약을 먹고 정사를 하였다는 신문 기사는 읽어본 기억이 어렴풋하건만 유곽이란 기생이나 색주가 같은 계집들이 모여서 술을 파는 데거나 하고 짐작할 뿐이었다. 장충단 연못가를 돌아 '서사헌정'을 지나서 신정으로 넘어가는 마루태기를 넘으면서 세철은,

"여자의 생명이라는 정조를 불과 일 원 이 원이란 돈에 공공연하게 파는 것을 허가해 준, 유곽이라는 것이 전 조선의 도회지치구 없는 데가 없지만, 이 서울만 해두 신정 병목정 구용산 '모모야마'라는 데 헐 것 없이 서너 군데나 있어요. 일전에 어느 신문에 난 통계를 보니까, 소위 예기니 창기니 작부니 하는 매음녀가 조선 안에 만 명도 훨씬 넘더군요. 게다가

아까 카페에서 보던 여급, 댄싱걸, 안마허는 계집애, 더구나 우동집 간판을 걸고 살을 파는 갈보 등속까지 치면 적어두 몇 만 명이나 될 게에요."

하고 설명을 한다. 봉희는 세철의 말에 귀를 기울이면서도,

'나를 또 그런 데로 끌구 가면 어떡허나.'

하고 겁이 더럭 나서

"그런데 지금 어디루 가시는 심이야요?"

하고 고개를 뻣뻣이 세우고 걷는 세철을 힐끔 쳐다보았다.

"발 내키는 데루 가지요. 아무튼 어디까지든지 따라오겠다고 헌 약속은 봉희 씨가 먼저 했지요?"

하고 봉희의 팔을 버쩍 끼고 언덕길을 올라간다.

"들어보세요. 이것두 신문에서 본 건데 똑똑히 기억은 못 해두 작년 일월 일일버텀 엿새 동안에 신정 유곽에만 다녀나간 사람이 2천 2백여 명인데, 그 사람들이 소비헌 돈이 놀라지 마세요. 2만 2천여 원이었대요."

"아이고 어쩌문. 단 엿새 동안에 2만 원이나 벌어요?"

봉희는 혀를 내두른다.

"그뿐인가요. 재작년에는 남조선 일대에 가뭄이 들어서 모두 굶어 죽겠다구 온통 야단들인데, 평양 화류계만은 대번창을 했더래요. 그것도 자세헌 통계는 잊어버렸지만 창기집에 다닌 남자가 1만 7천여 명인데 그 유흥비가 6만 몇 천 원이나 됐더래요. 그나 그뿐인가요, 일 년 동안 기생을 불러 논 시간수가 10만 시간에 그 화대가 5만 원두 넘드라니 평양 인구를 10만 명을 잡으면 한 사람 앞에 1원 50전씩 매음녀헌테 추념을 낸 셈이지요."

봉희는 거짓말 같아서

"아 정말 평양 한군데만 노는 사람이 그렇게 엄청나게 많아요?"

하고 세철이가 허풍이나 떠는 것처럼 쳐다본다.

"나는 사실이 아닌 것은 말허지 않는 사람이에요 물론 정밀헌 통계를 뽑을 수는 없는 일이지만, 그 현상대루만 있는 것두 아니구 년년이 몇 할씩 자꾸만 늘어가는 것이 사실이니까요. 그 비율로 조선 각지에서 소비되는 금액을 따져 본다면 정말 거짓말 같을 게지요"

하고 세철은 잠깐 발을 멈추고 고개를 비꼬더니

"총독부에서 조사헌 걸 보면, 전 조선의 밭 한 떼기도 없는 무산자가 구백만 명이나 된다는데 경제생활이 그처럼 말헐 수 없이 빈약헌 조선 사람이 과연 얼마나 엄청난 돈을 유흥비로 없애는지 단단히 생각을 좀 해보세요 그 밖에두 술값 담뱃값은 그보다도 몇 십 곱절이나 되는 것을 기억허지 않으면 안 돼요"

😊 152회, 1934.09.05.

18 붉은 전등이 수없이 달린 드높은 이층집이 언덕길 좌우에 촘촘히 늘어섰는데 사미셴(三味線)을 뜯는 소리와 남녀가 뒤섞여서 손뼉을 쳐가며 웃고 떠드는 소리가 집집마다 들린다.

"오하이리 오하이리."

"단나상, 조또 조또"

귀신이 다된 늙은 나카이(仲居)들이 문간에 죽 늘어서서 게다짝을 끌고 지나가며 이집 저집 기웃거리는 손들의 소매를 잡아당기면서 애가 말라 "조또 조또"를 연방 부른다. 대개 알코올 기운이 얼근하게 돈 손들은,

백화점으로 물물이나 사러 오듯이 자동차를 몰아가지고 오거나 혹은 어슬렁거리고 걸어와서 음침한 '홀' 속으로 끌려들어간다. 유두분면을 한 계집들은 새빨간 고시마키를 펄렁거리며 우르르 쏟아져 나와서 해죽거리면서 손들을 에워싸고 우중으로 떠메어 올라간다. 그와 교대를 해서 먼저 올라갔던 자들은 모자를 푹 숙여 쓰고 내려와서는 도적놈처럼 흘금흘금 좌우를 돌려다 보며 어두침침한 골목 속으로 몸뚱이를 감춘다.

"얼른 가세요. 네? 어서요"

목도리로 온통 얼굴을 싸매고 따라오던 봉희는, 세철이가 '나카이'들에게 붙들려 들어가기나 하는 듯이 겁이 더럭 나서 어서 가자고 성화를 한다.

"자꾸 가자구만 허질 말구 저 여자들도 다 같은 사람인데 무엇 때문에 저런 영업까지 해야만 허는지 그 까닭을 좀 생각해보세요 사람으로서, 더구나 여자로서 가장 추악헌 짓을 허지 않을 수 없게 만들어 놓은 이 문명허다는 사회가 어떻다는 것두 실지로 보면서 연구를 해 보세요 이런 게 무슨 좋은 구경이라구 일부러 봉희 씨를 보여드리는 게 아니니까요"

하고 세철은 넓은 길 한복판을 뚜벅뚜벅 걸으며 그네들이 창기가 된 원인과 동기를 설명해 들려준다.

"그뿐인가요, 이런 유곽이란 데가 온갖 화류병의 근원지예요 저런 계집들이 말짱한 청년들한테 종신지질인 병균을 퍼트리거든요 아무튼 도회지의 남자치구 임질이나 매독 같은 병을 앓지 않는 사람이 별로 없다구 해도 과언이 아니에요 그런 흉한 병을 제 아내헌테까지 옮겨줘서 더헐 수 없는 고통을 주는 건 외려 둘째요, 자식까지 병신을 낳아서 비극의 씨를 대대손손이 뿌리게 되는 것두 사실이지요."

봉희는 그런 말을 듣기만 해도 끔찍스러워서

"고만 듣기 싫어요. 인젠 제발 집으루 가요. 난 참 정말 이런 데까지 끌구 다니실 줄은 몰랐어요"

하고 발을 동동 구르며 짜증을 더럭 낸다.

"글쎄 누군 이런 데를 오구 싶어서 온 줄 아세요? 그렇지만 이왕 발을 들여놓은 김이니 이 근처에 있는 동포들을 안 찾아보구 갈 수가 있나요"

하더니 병목정(並木町) 초입으로 쑥 들어간다. 미인각(美人閣)이니 만월루(滿月樓)니 하는 붉은 글씨로 써 붙인 전등이 닥지닥지 달렸는데, 인조견 노랑저고리에 남치마를 입고 머리를 징글맞게 땋아 붙인 봉희만큼씩 한 계집애들과, 삼십이나 가까워 보이는 푸르르둥둥한 쪽진 머리와 트레머리에 여학생복색을 차린 계집들이 좌우편에서 밥찌꺼기를 본 오리 떼처럼 달려 나와서

"여보세요 여보세요 날 좀 보세요. 이리 들어오세요 네— 네."

"여보세요, 이 학생, 우리 집으루 들어갑세다. 어서 어서 잠깐만 놀다 갑세다그려."

하고 남도 말인지 북도 말인지 모를 괴상한 악센트로 짓거리면서 세철의 소매를 잡아당기며 등을 떠다밀며 야단법석이다. 세철은

"왜 이래, 저리 가!"

하고 옷만 스쳐도 무서운 병균이 옮기나 한 듯이, 눈썹을 시커멓게 그리고 뺨에다 가는 왼통 연지로 뒤발을 한 계집들을 뿌리쳤다. 무안을 당한 계집들은

"흥 학생 녀석이 비싸게 구는구나."

하고 제일이 입을 비죽거리며 돌아선다.

병목정 중턱쯤 들어서니까, 갈 지(之) 자 걸음을 걷는 양복쟁이에, 옹구바지를 질질 끌고 비틀거리는 두루마기에, 노동복을 입은 직공 비슷한 애송이 할 것 없이 야시만큼이나 숫한 사람들이 이 골목 저 골목으로 유성기에서 배운 잡된 노래를 부르며 드나든다. 술이 진흙같이 취해서 문간에가 쓰러진 자에, 계집의 손목을 붙잡고 실랑이를 하다가 일 원 이 원을 다투어가며 방금 흥정을 하는 자에,

"또 오십쇼. 고맙습니다."

하는 계집의 인사소리와 함께 풀이 죽어서 두 어깨를 축 늘어트리고 나오는 자에, 차마 바로 볼 수 없는 광경이 세철의 시선이 달리는 데마다 벌어진다. 세철은 좁은 골목 속에서 아귀들과 같이 덤벼드는 계집들을 이리저리 피하다가 전문학교의 교모 교복을 입은 학생들 한패가 "마보론 시노 가게오 시다이데"를 합창하면서 몰려드는 것과 마주쳤다. 가까이 보니, 초저녁에 카페에서 저에게 주먹세례를 받던 학생들이다. 그 찰나에 세철은

'봉희가 또 봉변을 하면 어쩌나.'

하고 뒤를 돌려다 보았다. 으레 뒤를 따라 오려니 하던 봉희는 금세 어디로 갔는지 눈에 띄우지를 않는다.

'이게 웬일인가?'

하고 세철은 눈이 휘둥그레져서 전후좌우를 휘휘 둘러보았다. 그러나 봉희는 그림자조차 찾을 수가 없다.

153회, 1934.09.06.

19 세철은 허둥지둥 봉희를 찾기 시작하였다. 들어오던 길로 되짚어 달려가 보아도 두 주먹을 불끈 쥐고 이 골목 저 골목을 샅샅이 뒤져도 봉희는 눈에 띠지 않는다.

'이거 큰일 났군. 술 취헌 부랑자들헌테 붙들려 갔으면 어쩌나.'

하고 세철은 전신의 피를 끓이며 아무 집이나 닥치는 대로 뛰어 들어가서 남녀가 들어 있는 방문을 활짝 열어보다가, 너무나 창피한 꼴을 보고는 얼굴을 붉히며 뛰어 나왔다. 계집들에게 욕을 먹어가며 한 오 분 동안이나 갈팡질팡하다가

'나를 찾다가 잊어버리고 먼저 가지나 않았을까.'

하고 한 달음에 전찻길로 달려 나갔다. 세철의 눈은 탐조등과 같이 어두침침한 길거리를 휘둘러 재킷에 목도리를 두른 여학생을 찾았다.

"오, 저기 있구나!"

하고 세철은 부르짖으며 전차 종점의 전신주를 붙안듯 하고 서있는 봉희에게로 뛰어 갔다.

"아 웬일이에요? 아무 말두 없이 혼자만 빠져 나오면…."

하고 세철은 헐떡거리면서 화풀이를 하려는데, 봉희의 흐느껴 우는 소리가 들렸다. 봉희는 전신주에다 이마를 부비며 흑흑 흐느낀다. 세철은 울먹거리는 봉희의 어깨를 흔들며

"울긴 왜 울어요? 누가 어쨌길래 길바닥에서 울어요?"

하고 나무라듯 하니까

"그 학생 녀석들이 막 나를 끌구…."

하면서 봉희는 사뭇 소리를 내여 운다. 세철은 봉희의 등어리를 끌어안으며

"학생들헌테 잠깐 창피를 당했다구 울지를 말구 울려거든 무수헌 조선의 딸들이 밥 한 술을 얻어먹기 위해서 살을 뜯기는 생각을 허구 우세요!"

하고 세철은 점점 어조에 열을 띠우며

"아까 봉희 씨만큼씩 헌 계집애들이 술 취한 사내를 끌구 들어가는 걸 보셨지요? 그 여자들은 대개 농촌에서 아무것두 모르구 자라나다가 부모의 빚에 팔려오거나 계집장사의 꼬임에 빠져서 고작해야 몇 백 원, 그렇지 않으면 단 몇 십 원에 자유를 잃구서 짐승 같은 뭇 사내들에게 짓밟히구 있는 거에요! 꽃다운 청춘에 지옥살이를 허구 있는 거에요! 그런데 봉희 씨는 잠깐 창피헌 꼴을 당했다구 어린애처럼 길바닥에서 우니, 그게 되려 얼마나 창피헌가 생각을 좀 해보세요."

하고 세철은 봉화의 겨드랑이를 떠받들듯 하고 걷는다. 봉희는 아직도 훌쩍훌쩍하며 세철에게 몸을 실리고 걸어간다.

세철은 곁에 지나가는 사람들이 듣건 말건 더 한층 목소리를 높이어

"한 가지 더 유심히 들어두실 말이 남았어요. 비단 그런 창기들뿐 아니라 소위 일껏 신사요 명망이 높다고 꺼떡대는 인물들이 조그만 이(利)를 탐해서 변절을 허기 일쑤요, 저 한 몸이 편하기 위해서는 신의를 헌신짝 내버리듯 허는 자가 수두룩허단 말씀이에요. 그런 자들은 다 남작(男爵)같은 놈들이지요."

하고 주먹을 쥐더니 봉희의 팔을 번쩍 끌어당기며

"그뿐인가요 고등 교육을 받은 신여성 중에는, 서로 인격을 존중허구 영육이 합치된 연애의 정당헌 길을 찾기보다, 먼저 돈이니 지위니 허는 배경에 눈이 어두워서 아낌없이 정조를 팔지를 않아요? 요새는 돈 있는

놈의 첩이 되는 걸 예사로 알기는커녕, 되려 무슨 영광으루 아는 신여성들까지 있더군요 그러니 창기들은 부모를 위허거나 남에게 속아서 인육시장으루 끌려와 상품이 되었으니까, 동정할 여지나 있지만, 저 혼자 잘 먹고 잘 입기 위해서 살을 파는 그따위 신여성들은 지옥불의 세례를 받아도 싸지요!"

하고 길바닥에다 침을 탁 뱉더니 시커먼 눈초리로 봉희의 얼굴을 돌려다보며

"봉희 씨! 봉희 씨헌테는, 대대로 놀고먹은 귀족의 피가 흐르지 않겠지요? 봉희 씨만은 돈이나 지위와 정조를 바꾸는 매음녀가 되지 않겠지요?"

하고 봉희의 손을 으스러져라 하고 쥐면서 대답을 독촉한다.

154회, 1934.09.07.

⟨20⟩ 봉희는, 열정에 넘치는 세철의 말에 매우 감동이 되어서 울음을 그쳤다. 일찍이 느껴보지 못했던 사회에 대한 정의감(正義感)은, 추악하기 비길 데 없는 현실의 이면을 제 눈으로 보았음으로 말미암아서 눈을 뜨기 시작한 듯, 조금 전에 훌쩍이며 울던 때와는 딴판으로 엄숙한 기분의 지배를 받았다. 그러나 '너의 혈관 속에서는 귀족의 피가 흐르지 않느냐? 허물 좋은 매음녀가 되려는 욕망이 과연 없느냐' 하고 달려들며 대답을 독촉하는 데는, 당장에 무어라고 대답할 말이 나오지 않았다. 막연하나마 오늘 저녁까지의 저의 소망은, 과연 세철이가 침을 배앝고 꾸짖은 안일한 생활에 있었고 물질적으로 호강을 할 수 있는 남자에게 시집을 가는 것을, 엄지손가락을 꼽지 않았어도 결혼하는 조건의 하나로는 생각하여

왔었던 것이 사실이기 때문이었다. 그러나 불타듯 하는 세철의 정열이 자기 몸에까지 옮겨들어, 잘못된 관념과 깨끗지 못하였던 희망이 일시에 녹아버렸다 손치더라도 '네 옳습니다. 인제부터 회개를 하겠습니다' 하고 경솔히 대꾸를 할 수는 없었다.

"그 말씀 대답은 다음날 편지로 헐게요. 머리가 아픈데 오늘밤엔 얼른 가서 쉬게 해주세요."

하고는 다음 정류장으로 가서 마지막 전차가 오는 것을 기다렸다. 세철도 잠자코 고개만 끄덕여 보이더니 입을 꽉 다물어 버렸다.

두 사람은 전차를 탔다. 전차 속에는 차장과 승강이를 하는 주정꾼이 하나 있을 뿐. 전차는 깊은 밤 잠든 거리의 바람을 좌우로 가르며 전속력으로 달렸다.

전차에서 내려서 ××궁 골목까지 오자, 세철은

"시장하지 않으세요?"

하고 물었다. 봉희는

"아—니요."

하고 고개를 흔들어 보이면서

"세철 씨야 말루 퍽 시장하실 텐데요…."

하고 동정에 겨워서 근처의 우동집으로라도 들어갔으면 하는 눈치를 보이니까

"사람은 음식만 먹구 사는 게 아니에요. 정열만 깨물구두 배가 부를 때가 있군요 나는 오늘저녁처럼 값있게, 행복헌 시간을 보내본 적이 없어요. 그건 봉희 씨가 내 곁에 있었던 까닭이겠지요."

하더니 봉희의 집 소슬대문 앞에 이르자, 세철은 봉희의 손을 굳게 쥐고

흔들며

"자 그럼 들어가 편안히 쉬세요 그리구 인숙 씨헌테나 어른들헌테 나 허구 입때 산보를 다녔다구 바른대로 말씀을 허세요 어떤 경우에든지 거짓말을 허는 것은 저버텀 속는 거니까요"

하고 여자의 손을 놓으며 돌아 서려는 것을, 봉희는

"지금 그 찬 방에 가서 혼자 어떻게 주무세요? 괜—히 나 때문에….여간 미안하지가 않아요"

하고 악수하던 손에 힘을 주며 그대로 돌려보내기가 차마 애처로워서 부지중에 따끈한 눈물이 속눈썹을 적시었다.

"자 어서 돌아가세요. 미안하다면 내가 미안하지요"

세철은 한마디를 남기고는 다음 만날 날도 기약하지 않고 휙 돌아서 골목 밖으로 나갔다.

인숙은 그저 잠을 자지 않고 학교에서 배우던 교과서를 들고 앉아서 봉희를 기다리고 있었다.

"이게 웬일이요? 눈이 빠지도록 기다리게 허구 어디서 이렇게 늦게까지 있었수?"

하고 몹시 피곤해 보이는 시누이의 눈치를 보며 이번에는 친형과 같은 태도로 책망 비슷이 한다. 봉희는 옷을 훌훌 벗어던지고 이불 속으로 들어가며

"세철 씨허구 여태 길거리를 돌아 다녔다우. 그동안이 한 일 년이나 지난 것 같구려!"

하고 실토를 하였다.

😊 155회, 1934.09.08.

부 록

1901년(1세) 9월 12일(양력 10월 23일) 현 서울 동작구 노량진과 흑석동 부
　　근(어릴 때 본적지는 경기도 시흥군 신북면 흑석리 176)에서 아버지
　　심상정(沈相珽)과 어머니 해평 윤씨(海平尹氏)의 3남 1녀 중 막내로
　　태어났다. 본명은 대섭(大燮)이며, 아명(兒名)은 '삼준', '삼보', 호(號)
　　는 소년 시절 '금강생', 중국 항주 유학시절의 '백랑(白浪)' 등이 있다.
　　'훈(熏)'이라는 이름은 1926년 ≪동아일보≫에 영화소설 「탈춤」을 연
　　재하면서 사용했다(이후 많은 글에서 필자명이 '沈薰'으로 기록된 경
　　우가 있는데 이는 편집자의 실수로 보인다).
　　　심훈의 본관은 청송(靑松)으로 소현왕후를 배출한 명문가였다. 부
　　친은 당시 '신북면장'을 지냈으며, 충남 당진에서 추수를 해 올리는 3
　　백석 지주로서 넉넉한 살림이었다. 어머니 윤씨는 기억력이 탁월했으
　　며 글재주가 있었고 친척모임에는 그의 시조 읊기가 반드시 들어갔
　　을 정도였다고 한다. 4남매 가운데 맏형 우섭(友燮)은 ≪매일신보≫
　　에서 '심천풍(沈天風)'이란 필명으로 기자활동을 했으며 이광수『무정』
　　(1917)에서 신우선의 모델로 알려져 있다. 누님 원섭(元燮)은 크리스
　　천이었다고 하며, 작은 형 설송(雪松) 명섭(明燮)은 기독교 목사로 활
　　동했으며 심훈의 미완 장편『불사조』를 완성(『심훈전집 (6): 불사조』
　　(한성도서주식회사, 1952)한 것으로 알려져 있는데 한국전쟁 중에 납
　　북되었다.
1915년(15세) 교동보통학교를 거쳐 같은 해에 경성 제일고등보통학교(현 경
　　기고등학교)에 입학했다. 졸업 후의 지망은 의학교였으며, 당시 급우
　　(級友)로는 고종사촌인 동요 작가 윤극영, 교육가 조재호, 운동가 박

열과 박헌영 등이 있었다. 보통학교 재학 시 소격동 고모댁에서 기숙했으며, 고보에 입학하면서부터 노량진에서 기차로 통학하고 이듬해부터는 자전거로 통학했다.

1917년(17세) 3월에 왕족인 후작(侯爵) 이해승(李海昇)의 누이이며 2살 연상인 전주 이 씨와 결혼했다. 심훈의 부친과 이해승은 함께 자란 죽마지우라고 한다. 심훈은 나중에 집안 어른들을 설득하여 아내 전주 이 씨를 진명(進明)학교에 진학시키면서 '해영(海英)'이라는 이름을 지어 주었다. 학교에서 일본인 수학선생과의 알력으로 시험 때 백지를 제출하여 과목낙제로 유급되었다.

1919년(19세) 경성보통고등학고 4학년 재학 시에 3·1운동에 가담하여 3월 5일에 별궁(현 덕수궁) 앞 해명여관 앞에서 일본 헌병대에 체포되었고 서대문형무소에 투옥되어 11월에 집행유예로 출옥했다. 이 사건으로 학교에서 퇴학을 당했다. 서대문형무소에서 목사, 학생, 천도교 서울대교구장 장기렴 등 9명과 함께 지냈는데, 이때 장기렴의 옥사를 둘러싼 경험을 반영하여 「찬미가에 싸인 원혼」(≪신청년≫, 1920.08)이라는 소설을 창작했다. 그리고 옥중에서 몰래 「감옥에서 어머님께 올린 글월」의 일부를 써서 어머니에게 보냈다고 한다. 당시 학적부 성적 사항은 수신, 국어(일본어), 조어(조선어), 한문, 창가, 음악, 체조 등이 평균점보다 상위를, 수학·이과(理科) 등에서 평균점보다 하위를 차지하고 있다.

1920년(20세) 흑석동 집과 가회동 장형 우섭의 집에 머물면서 문학수업을 하는 한편, 선배 이희승으로부터 한글 맞춤법에 대해 배웠다. 이 해의 1월부터 4월까지의 일기가 ≪사상계≫(1963.12)에 공개된 바 있으며, 이후 『심훈문학전집(3)』(탐구당, 1966)에 수록되었다. 그해 겨울 일본 유학을 바랐으나 집안의 반대로 중국으로 갔고 거기서 미국이나 프랑스로 연극 공부를 하고자 희망했다.

1921년(21세) 북경에서 상해, 남경 등을 거쳐 항주 지강(之江)대학에 입학하
여 수학하였으나 졸업은 하지 못했다. 이 시기 석오(石吾) 이동녕, 성
제(省齊) 이시영, 단재(丹齋) 신채호 등과의 교류를 통해 많은 감화를
받았으며, 일파(一派) 엄항섭(嚴恒燮), 추정(秋汀) 염온동(廉溫東), 유
우상(劉禹相), 정진국(鄭鎭國) 등의 임시정부의 청년들과 교류하였다.
(이 당시의 경험을 소재로 하여 장편『동방의 애인』과『불사조』를 창
작함)

1922년(22세) 9월 이적효, 이호, 김홍파, 김두수, 최승일, 김영팔, 송영 등과
함께 '염군사(焰群社)'를 조직하였다.(이듬해에 귀국한 심훈이 염군사
의 조직단계에서부터 동참을 한 것인지 귀국 후 가입한 것인지 불분
명함)

1923년(23세) 중국에서 귀국. 귀국 후 최승일 등과 '극문회(劇文會)'를 조직
하였으며, 조직구성원으로 고한승, 최승일, 김영팔, 안석주, 화가 이승
만 등이 있었다.

1924년(24세) 부인 이해영과 이혼했다. ≪동아일보≫ 학예부 기자로 입사하
였고 당시 이 신문에 연재되고 있던 번안소설『미인의 한』의 후반부
를 이어서 번안한 것으로 알려져 있다. 그리고 윤극영이 운영하는 소
녀합창단 '따리아회' 후원회원으로 활동하면서 신문에 합창단을 홍보
하는 활동을 하였다. 이 시기 후에 둘째 부인이 되는, 당시 12세의
따리아회원이었던 안정옥(安貞玉)을 만났다.

1925년(25세) 정확한 시기는 확인할 수 없으나 ≪동아일보≫ 학예부에서 사
회부로 옮긴 심훈은 5월 22일 이른바 '철필구락부 사건'으로 24일 김
동환·임원근·유완희·안석주 등과 함께 해임되었다. 그리고 조선
프롤레타리아예술동맹(KAPF)에 가담하였다. 그리고 조일제가 번안
한『장한몽』을 영화화할 때 이수일 역의 후반부를 대역(代役)했다고
한다.

1926년(26세) 근육염으로 8개월간 대학병원에서 병상생활을 했다. 8월에 문
　　　　단과 극단의 관계자들인 김영팔·이경손·고한승·최승일 등과 함께
　　　　라디오방송에 적합한 각본 연구 활동을 위하여 '라디오드라마 연구
　　　　회'를 조직하여 이듬해까지 활발하게 활동하였다. 11월부터 ≪동아일
　　　　보≫에 필명 '沈熏'으로 영화소설 「탈춤」을 연재하였으며 이듬해 영
　　　　화화를 위해 윤석중이 각색까지 마쳤으나 영화화되지는 못했다.

1927년(27세) 2월 중순 영화공부를 위해 도일(渡日)하여 경도(京都)의 '일활
　　　　(日活)촬영소'에서 무라타(村田實) 감독의 지도를 받으며 같은 회사의
　　　　영화 <춘희>에 엑스트라로 출현했다. 5월 8일에 귀국(≪조선일보≫,
　　　　1927.05.13.기사)하고 7월에 연구와 합평 목적으로 이구영·안종화·
　　　　나운규·최승일·김영팔·김기진·이익상 등과 함께 '영화인회'를
　　　　창립하고 간사를 맡았다. '계림영화협회 제3회 작품'으로 심훈(원작·
　　　　감독)이 7월말부터 10월초까지 촬영한 영화 <먼동이 틀 때>를 10
　　　　월 26일 단성사에서 개봉했다.

1928년(28세) ≪조선일보≫ 기자로 입사하였다. 영화 <먼동이 틀 때>에 대
　　　　한 한설야의 비판에 장문의 「우리 민중은 어떤 영화를 요구하는가」
　　　　로 반론을 펼치는 등 영화예술 논쟁을 벌였다. 11월 찬영회 주최 '영
　　　　화감상강연회'에서 「영화의 사회적 의의」로 강연하기도 했으며 미완
　　　　에 그쳤지만 시나리오 <대경성광상곡>, 소년영화소설 「기남의 모험」
　　　　등을 연재하는 등 영화예술 활동에 적극적이었다. 1926년 12월 24일
　　　　개최된 카프 임시 총회 명부에 심훈의 이름이 보이지 않는 것으로 미
　　　　루어 이 시기 이전에 카프를 탈퇴했거나 거리를 둔 것으로 보인다.

1929년(29세) 이 시기 스무 편 가까운 시를 썼다.

1930년(30세) 10월부터 소설 『동방의 애인』을 ≪조선일보≫에 연재하지만
　　　　불온하다는 이유로 검열에 걸려 2개월 만에 중단되었다. 12월 24일
　　　　안정옥과 재혼하였다.

1931년(31세) ≪조선일보≫를 퇴직하고 경성방송국 조선어 아나운서 모집에 1위로 합격 문예담당으로 입국(入局)하였다. 거기서 문예물 낭독 등을 맡아하다가 '황태자 폐하' 등을 발음할 때 아니꼽고 역겨워 우물쭈물 넘기곤 해서 3개월 만에 추방되었다. 8월부터 『불사조』를 ≪조선일보≫에 연재하지만 검열에 걸려 중단되었다.

1932년(32세) 4월에 평동(平洞) 집에서 장남 재건(在健)을 낳았다. 경제생활의 불안정으로 전 해에 낙향한 부모와 장조카인 심재영이 살고 있는 충남 당진군 송악면 부곡리로 내려가서 본가의 사랑채에서 1년 반 동안 머물렀다. 9월에 『심훈 시가집』을 출판하려 했으나 검열에 걸려 무산되었다.

1933년(33세) 5월에 당진 본가에서 『영원의 미소』 탈고하고 7월부터 ≪조선중앙일보≫에 연재했으며, 8월에 여운형이 사장인 ≪조선중앙일보≫ 학예부장으로 부임했다. 같은 신문사 자매지인 ≪중앙≫(11월) 창간의 편집에 간여했다.

1934년(34세) 1월 ≪조선중앙일보≫ 학예부장을 그만두었으며, 장편 『직녀성』을 ≪조선중앙일보≫에 3월부터 이듬해 2월까지 연재하였다. 그 원고료로 4월초 '필경사(筆耕舍)'라는 집을 직접 설계하여 짓고 본가에서 나갔다. '필경사'에서 차남 재광(在光)을 낳았고, 이 시기 장조카 심재영을 중심으로 한 부곡리의 '공동경작회' 회원과 어울려 지냈다.

1935년(35세) 1월에 『영원의 미소』(한성도서주식회사) 단행본을 간행하였으며, ≪동아일보≫ 창간 15주년 특별 공모에 6월에 탈고한 『상록수』를 응모하여 8월에 당선되었다. 이 작품은 ≪동아일보≫에 9월부터 이듬해 2월까지 연재되었다. 상금으로 받은 500원 가운데 100원을 '상록학원' 설립에 기부하였다.

1936년(36세) 『상록수』를 영화화할 준비를 거의 마쳤으나 일제의 방해로 실현되지 못했다. 4월에 3남 재호(在昊)를 낳았다. 4월부터 펄벅의 『대지』를 ≪사해공론≫에 번역 연재하기 시작했다. 8월에 베를린 올림픽 마라톤 우승 소식을 듣고 신문 호외 뒷면에 즉흥시 「오오, 조선의 남아여—마라톤에 우승한 손·남 양 군에게」를 썼다. 『상록수』를 출판하는 일로 상경하여 한성도서주식회사 2층에서 기거하다가 장티푸스에 걸려 9월 16일 경성제국대학병원에서 별세했다.

⊙ 심재호가 작성한 『심훈문학전집(3)』(탐구당, 1966)의 '작가 연보', 이어령의 『한국작가전기연구(上)』(동화출판공사, 1975)의 '심훈' 부분, 신경림의 『심훈의 문학과 생애 : 그날이 오면, 그날이 오며는』(지문사, 1982)의 '심훈의 연보' 그리고 『탄생 100주년 문학인 기념문학제 2001』(대산재단/민족문학작가회의)에 문영진이 작성한 '심훈—작가 연보' 등을 참고하여 편자가 수정—보완하였음.

1. 시

『심훈 시가집』(1932) 수록 작품			
제목	발표매체	발표시기	비고(창작일)
밤―서시	―	―	1923.겨울.
봄의 서곡	―	―	1931.02.23.
피리	―	―	1929.04.
봄비	조선일보	1928.04.24.	1924.04.
영춘삼수(咏春三首)	조선일보	1929.04.20	1929.04.18.
거리의 봄	조선일보	1929.04.23.	1929.04.19.
나의 강산이여	삼천리	1929.07.	1926.05.
어린이날	조선일보	1929.05.07.	1929.05.05.
그날이 오면	-	-	1930.03.01.
도라가지이다	신문예	1924.03.	1922.02.
필경(筆耕)	철필	1930.07.	1930.07.
명사십리	신여성	1933.08.	1932.08.19.
해당화	신여성	1933.08.	1932.08.19.
송도원(松濤園)	신여성	1933.08.	1932.08.02
총석정(叢石亭)	신여성	1933.08.	1933.08.10.
통곡 속에서	시대일보	1926.05.16.	1926.04.29.
생명의 한 토막	중앙	1933.11.	1932.10.08.
너에게 무엇을 주랴	―	―	1927.03.
박군(朴君)의 얼굴	조선일보	1927.12.02.	1927.12.02.
조선은 술을 먹인다.	―	―	1929.12.10.

독백(獨白)	—	—	1929.06.13.
조선의 자매여	동아일보	1932.04.12	1931.04.09.
짝 잃은 기러기	조선일보	1928.11.11.	1926.02..
고독	조선일보	1929.10.15.	1929.10.10.
한강의 달밤	—	—	1930.08.
풀밭에 누어서	—	—	1930.09.18.
가배절(嘉俳節)	조선일보	1929.09.18.	1929.09.17.
내 고향	신가정	1933.03	1932.10.06.
추야장(秋夜長)	—	—	1932.10.09.
소야악(小夜樂)	—	—	1930.09.
첫눈	—	—	1930.11.
눈 밤	신문예	1924.04.	1929.12.23.
패성(浿城)의 가인(佳人)	중앙	1934.01.	1925.02.14.
동우(冬雨)	조선일보	1929.12.17.	1929.12.14.
선생님 생각	조선일보	1930.01.07.	1930.01.05.
태양의 임종	중외일보	1928.10.26~29.	1928.10.
광란의 꿈	—	—	1923.10.
마음의 낙인	대중공론	1930.06.	1930.05.24.
토막생각—생활시	동방평론	1932.05	1932.04.24.
어린 것에게	—	—	1932.09.04.
R씨(氏)의 초상	—	—	1932.09.05.
만가(輓歌)	계명	1926.11.	1926.08.
곡(哭) 서해(曙海)	매일신보	1931.07.13.	1932.07.10.
잘 있거라 나의 서울이여	중외일보	1927.03.06	1927.02.
현해탄(玄海灘)	—	—	1926.02.
무장야(武藏野)에서	—	—	1927.02.
북경(北京)의 걸인	—	—	1919.12.
고루(鼓樓)의 삼경(三更)	—	—	1919.12.19.

심야파황하(深夜過黃河)	—	—	1920.02.
상해(上海)의 밤	—	—	1920.11.
평호추월(平湖秋月)	삼천리	1931.06.	
삼담인월(三潭印月)	—	—	
채련곡(採蓮曲)	삼천리	1931.06.	
소제춘효(蘇堤春曉)	삼천리	1931.06.	
남병만종(南屛晚鐘)	삼천리	1931.06.	
누외루(樓外樓)	삼천리	1931.06.	
방학정(放鶴亭)	—	—	
악왕분(岳王墳)	삼천리	1931.06.	
고려사(高麗寺)	—	—	
항성(杭城)의 밤	삼천리	1931.06.	
전당강반(錢塘江畔)에서	삼천리	1931.06.	
목동(牧童)	삼천리	1931.06.	
칠현금(七絃琴)	삼천리	1931.06.	

『심훈 시가집』(1932) 미수록 작품			
제목	발표매체	발표시기	비고(창작일)
새벽빛	근화	1920.06.	
노동의 노래	공제	1920.10.	
나의 가장 친한 유형식 군을 보고	동아일보	1921.07.30.	
야시(夜市)	계명	1926.11.	1925.07.
일 년 후	계명	1926.11.	
밤거리에 서서	조선일보	1929.01.23.	
산에 오르라	학생	1929.08.	1929.07.01.
제야(除夜)	중외일보	1928.01.07.	1927.12.31.
춘영집(春詠集)	조선일보	1928.04.08.	
가을의 노래	조선일보	1928.09.25	
비 오는 밤	새벗	1928.12.	
원단잡음(元旦雜吟)	조선일보	1929.01.02.	1929.01.01.
저음수행(低吟數行)	조선일보	1929.04.20.	1929.04.18.
야구	조선일보	1929.06.13.	1929.06.10.
가을	조선일보	1929.08.28.	1929.08.27.
서울의 야경	—	—	1929.12.10.
3행일지	신소설	1930.01.	
농촌의 봄	중앙	1933.04.	1933.04.08.
봄의 마음	조선일보	1930.04.23.	1930.04.20.
'웅'의 무덤에서	—	—	1932.03.06.
근음삼수(近吟三首)	조선중앙일보	1934.11.02.	12.11

漢詩	사해공론	1936.05.	
오오 조선의 남아여!(마라톤에 우승한 孫 南 兩君에게)	조선중앙일보	1936.08.11.	1936.08.10.
전당강 위의 봄 밤	심훈문학전집3	탐구당, 1966	04.08.
겨울밤에 내리는 비	심훈문학전집3	탐구당, 1966	01.05.
기적	심훈문학전집3	탐구당, 1966	02.16
뻐꾹새가 운다	심훈문학전집3	탐구당, 1966	05.05.

2. 소설 및 시나리오

제목	발표매체	발표시기
찬미가에 싸인 원혼	신청년	1920.08.
기남(奇男)의 모험 [소년영화소설]	새벗	1928.11.
여우목도리	동아일보	1936.01.25.
황공(黃公)의 최후	신동아	1936.01.
탈춤 [영화소설]	동아일보	1926.11.09~12.16.
대경성광상곡 [시나리오]	중외일보	1928.10.29~30.
5월 비상(飛霜) [掌篇小說]	조선일보	1929.03.20~21.
동방의 애인	조선일보	1930.10.21~12.10.
불사조	조선일보	1931.08.16~ 1932.02.29.
피안기영(怪眼奇影) [번안]	조선일보	1933.03.01~03.03
영원의 미소	조선중앙일보	1933.07.10~ 1934.01.10.
직녀성	조선중앙일보	1934.03.24~ 1935.02.26.
상록수	동아일보	1935.09.10~ 1936.02.15.
대지 [번역]	사해공론	1936.04~09.

3. 영화평론

제목	발표매체	발표시기
매력 있는 작품: 영화 〈발명영관(發明榮冠)〉 평	시대일보	1926.05.23.
영화계의 일년: 조선영화를 중심으로	중외일보	1927.01.04~10
조선영화계의 현재와 장래	조선일보	1928.01.01~?
〈최후의 인〉 내용 가치	조선일보	1928.01.14~17
영화비평에 대하여	별건곤	1928.02.
영화독어(獨語)	조선일보	1928.04.18~24.
아직 숨겨가진 자랑 갓 자라나는 조선영화계 (여명기의 방화)	별건곤	1928.05.
아동극과 소년 영화: 어린이의 예술교육은 어떤 방법으로 할까	조선일보	1928.05.06~05.09.
〈서커스〉에 나타난 채플린의 인생관	중외일보	1928.05.29~30.
우리 민중은 어떤 영화를 요구하는가—를 논하여 '만년설 군'에게	중외일보	1928.07.11~07.27.
관중의 한 사람으로: 흥행업자에게	조선일보	1928.11.17.
관중의 한 사람으로: 해설자 제군에게	조선일보	1928.11.18.
관중의 한 사람으로: 영화계에 제의함	조선일보	1928.11.20.
〈암흑의 거리〉와 밴크로프의 연기	조선일보	1928.11.27.
조선 영화 총관	조선일보	1929.01.01~?
발성영화론	조선지광	1929.01.
영화화한 〈약혼〉을 보고	중외일보	1929.02.22.
젊은 여자들과 활동사진의 영향	조선일보	1929.04.05
프리츠 랑의 역작 〈메트로폴리스〉	조선일보	1929.04.30.

문예작품의 영화화 문제	문예공론	1929.01.
내가 좋아하는 작품, 작가, 영화, 배우	문예공론	1929.01.
백설같이 순결한 〈거리의 천사〉	조선일보	1929.06.14.
성숙의 가을과 조선의 영화계	조선일보	1929.09.08.
영화 단편어(斷片語)	신소설	1929.12
소비에트 영화, 〈산송장〉 시사평	조선일보	1930.02.14.
영화평을 문제 삼은 효성(曉星) 군에게 일언함	동아일보	1930.03.18.
상해 영화인의 〈양자강〉 인상기	조선일보	1931.05.05.
조선 영화인 언파레드	동광	1931.07
1932년의 조선 영화—시원치 않은 예상기	문예월간	1932.01
연예계 산보:「홍염(紅焰)」영화화 기타	동광	1932.10
영화가 산보: 연예에 관한 수상(隨想) 수제(數題)	중앙	1933.11
영화소개: 〈영원의 미소〉	조선중앙일보	1933.12.22
민중교화에 위대한 임무와 연극과 영화사업을 하라	조선일보	1934.05.30~31
다시금 본질을 구명하고 영화의 상도에로: 단편적인 우감수제(偶感數題)	조선일보	1935.07.13~17
영화평: 박기채 씨 제1회 작품 〈춘풍〉을 보고서	조선일보	1935.12.07.
조선서 토키는 시기상조다.	조선영화	1936.11.
〈먼동이 틀 때〉의 회고〔遺稿〕	조선영화	1936.11.
10년 후의 영화계	영화시대	1947.05.

4. 문학 및 기타 평론

제목	발표매체	발표시기
『무정』, 『재생』, 『환희』, 「탈춤」 기타	별건곤	1927.01.
프로문학에 직언 1,2,3	동아일보	1932.1.15~16.
『불사조』의 모델	신여성	1932.04.
모윤숙 양의 시집 『빛나는 地域』 독후감	조선중앙일보	1933.10.16.
무딘 연장과 녹이 슬은 무기 —언어와 문장에 관한 우감	동아일보	1934.6.15.
삼위일체를 주장: 조선문학의 주류론	삼천리	1935.10.
진정한 독자의 소리가 듣고 싶다 —『상록수』의 작자로서	삼천리	1935.11.
경성보육학교의 아동극 공연을 보고	조선일보	1927.12.16~18.
입센의 문제극	조선일보	1928.03.20~21.
토월회(土月會)에 일언함	조선일보	1929.11.05~06.
극예술연구회 제5회 공연관극기	조선중앙일보	1933.12.02~07.
총독부 제9회 미전화랑(美展畫廊)에서	신민	1929.08.
새로운 무용의 길로: 배구자(裵龜子)의 1회 공연을 보고	조선일보	1929.09.22~25.

5. 수필 및 기타

제목	발표매체	발표시기
편상(片想): 결혼의 예술화	동아일보	1925.01.26.
몽유병자의 일기	문예시대	1927.01.
남가일몽(南柯一夢)	별건곤	1927.08.
춘소산필(春宵散筆)	조선일보	1928.03.14~15.
하야단상(夏夜短想)	중외일보	1928.6.28~29.
수상록	조선일보	1929.04.28.
연애와 결혼의 측면관	삼천리	1929.12.
피기비밀결사 상해 청홍방(青紅幇)	삼천리	1930.01.
새해의 선언	조선일보	1930.01.03.
현대 미인관: 미인의 절종(絶種)	삼천리	1930.04.
도망을 하지 말고 사실주의로 나가라(기사)	조선일보	1931.01.28
신랑신부의 신혼공동일기	삼천리	1931.02.
재옥중(在獄中) 성욕문제: 원시적 본능과 청년수(靑年囚)	삼천리	1931.03
천하의 절승: 소항주유기(蘇杭州遊記)	삼천리	1931.06.01.
경도(京都)의 일활촬영소(日活撮影所)	신동아	1933.05.
문인서한집: 심훈 씨로부터 안석주(安碩柱) 씨에게	삼천리	1933.03.
낙화	신가정	1933.06.
나의 아호(雅號)—나의 이명(異名)	동아일보	1934.04.06
산도, 강도 바다도 다	신동아	1934.07.

7월의 바다에서	조선중앙일보	1934.07.16~18.
필경사잡기: 최근의 심경을 적어서 ―K군에게	개벽	1935.01.
여우목도리	동아일보	1936.01.25.
문인끽연실	중앙	1936.02
필경사잡기	동아일보	1936.03.12~18.
무전여행기: 북경에서 상해까지	심훈문학전집3	탐구당, 1966.
독서욕(讀書慾)	심훈문학전집3	탐구당, 1966.
1920년 일기	심훈문학전집3	탐구당, 1966.
서간문	심훈문학전집3	탐구당, 1966.

1. 작품집

『영원의 미소』, 한성도서주식회사, 1935.
『상록수』, 한성도서주식회사, 1936.
『직녀성 (상), (하)』, 한성도서주식회사, 1937.
『상록수』, 한성도서주식회사, 1948.
『영원의 미소 (상), (하)』, 한성도서주식회사, 1949.
『직녀성 (상), (하)』, 한성도서주식회사, 1949.
『심훈전집 (1): 상록수』, 한성도서주식회사, 1953.
『심훈전집 (2): 영원의 미소 (상)』, 한성도서주식회사, 1953.
『심훈전집 (3): 영원의 미소 (하)』, 한성도서주식회사, 1953.
『심훈전집 (4): 직녀성 (상)』, 한성도서주식회사, 1953.
『심훈전집 (5): 직녀성 (하)』, 한성도서주식회사, 1953.
『심훈전집 (6): 불사조』, 한성도서주식회사, 1953.
『심훈전집 (7): (시가 수필) 그날이 오면』, 한성도서주식회사, 1953.
『심훈문학전집 (1~3)』, 탐구당, 1966.
신경림 편저, 『그날이 오면, 그날이 오며는: 심훈의 생애와 문학』, 지문사, 1982.
백승구 편저, 『심훈의 재발견』, 미문출판사, 1985.
정종진 편, 『그날이 오면 (외)』, 범우사, 2005.
심재호, 『심훈을 찾아서』, 문화의 힘, 2016.

2. 평론 및 연구논문

1) 작가론

서광제·최영수·김억·김태오·이기영·김유영·이태준·엄흥섭, 「애도 심훈」, ≪사해
　　공론≫, 1936.10.

김문집, 「심훈 통야현장(通夜現場)에서의 수기」, ≪사해공론≫, 1936.10.

이석훈, 「잊히지 않는 문인들」, ≪삼천리≫, 1949.12.

최영수, 「고사우(故思友): 심훈과 『상록수』」, ≪국도신문≫, 1949.11.12.

윤병로, 「심훈과 그의 문학」, 성균관대 『성균』16, 1962.10.

윤석중, 「고향에서의 객사: 심훈」, ≪사상계≫128, 1963.12.

이희승, 「심훈의 일기에 부치는 글」, ≪사상계≫128, 1963.12.

심재화, 「심훈론」, 중앙대, 『어문논집』4, 1966.

유병석, 「심훈의 생애 연구」, 『국어교육』14, 1968.

이어령, 「심훈」, 『한국작가전기연구 (上)』, 동화출판공사, 1975.

윤병로, 「심훈론: 계몽의 선각자」, 『현대작가론』, 이우출판사, 1978.

유병석, 「심훈론」, 서정주 외, 『현대작가론』, 형설출판사, 1979.

백남상, 「심훈 연구」, 중앙대 『어문논집』15, 1980.

류양선, 「심훈론: 작가의식의 성장과정을 중심으로」, 『관악어문연구』5, 1980.

한점돌, 「심훈의 시와 소설을 통해 본 작가의식의 변모과정」, 『국어교육』41, 1982.

유병석, 「심훈의 작품세계」, 전광용 외, 『한국현대소설사연구』, 민음사, 1984.

노재찬, 「심훈의 <그날이 오면>」, 부산대 『교사교육연구』11, 1985.

전영태, 「진보주의적 정열과 계몽주의적 이성: 심훈론」, 김용성·우한용, 『한국근대작가연
　　구』, 삼지원, 1985.

최원식, 「심훈 연구 서설」, 김학성·최원식 외, 『한국근대문학사의 쟁점』, 창작과비평사,
　　1990.

임헌영, 「심훈의 인간과 문학」, 『한국문학전집』, 삼성당, 1994.

강진호, 「『상록수』의 산실, 필경사」, 『한국문학, 그 현장을 찾아서』, 계몽사, 1997.

윤병로, 「식민지 현실과 자유주의자의 만남: 심훈론」, ≪동양문학≫2, 1998.08.

류양선, 「광복을 선취한 늘푸른 빛: 심훈의 생애와 문학 재조명」, ≪문학사상≫30(9), 2001.
　　09.

한기형, 「습작기(1919~1920)의 심훈」, 『민족문학사연구』22, 2003.

정종진, 「'그 날'을 위한 비분강개」, 정종진 편, 『그날이 오면(외)』, 범우사, 2005.

주　인, 「'심훈' 문학연구 방법에 대한 서설」, 중앙대 『어문논집』34, 2006.

한기형, 「'백랑(白浪)'의 잠행 혹은 만유: 중국에서의 심훈」, 『민족문학사연구』35, 2007.
권영민, 「심훈 시집 『그날이 오면』의 친필 원고들」, 『권영민의 문학콘서트』, 2013.03.19.
  (http://muncon.net)
권보드래, 「심훈의 시와 희곡, 그 밖에 극(劇)과 아동문학 자료」, 『근대서지』10, 2014.
하상일, 「심훈과 중국」, 『비평문학』(55), 2015.
박정희, 「심훈 문학과 3·1운동의 '기억학'」, 명지대 『인문과학연구논총』37(1), 2016.

2) 시

M. C. Bowra, 「한국 저항시의 특성: 슈타이너와 심훈」, ≪문학사상≫, 1972.10.
김윤식, 「박두진과 심훈: 황홀경의 환각에 관하여」, ≪시문학≫, 1983.08.
김이상, 「심훈 시의 연구」, 『어문학교육』7, 1984.
노재찬, 「심훈의 「그날이 오면」, 이 시에 충만한 항일민족정신의 소유 攷」, 『부산대 사대
  논문집』, 1985.12.
김재홍, 「심훈: 저항의식과 예언자적 지성」, ≪소설문학≫, 1986.08.
김동수, 「일제침략기 항일 민족시가 연구」, 원광대 『한국학연구』2, 1987.
진영일, 「심훈 시 연구(1)」, 동국대 『동국어문논집』3, 1989.
김형필, 「식민지 시대의 시정신 연구: 심훈」, 한국외국어대 『논문집』24, 1991.
이 탄, 「조명희와 심훈」, ≪현대시학≫276, 1992.03.
김 선, 「객혈처럼 쏟아낸 저항의 노래: 심훈의 작가적 모랄과 고뇌에 관하여」, ≪문예운
  동≫, 1992.08.
조두섭, 「심훈 시의 다성성 의미」, 대구대 『외국어교육연구』, 1994.
박경수, 「현대시에 나타난 현해탄체험의 형상화 양상과 의미」, 『한국문학논총』48, 2008.
김경복, 「한국현대시에 나타난 관부연락선의 의미」, 경성대 『인문학논총』13(1), 2008.
윤기미, 「심훈의 중국생활과 시세계」, 『한중인문학연구』28, 2009.
신웅순, 「심훈 시조고(考)」, 『한국문예비평연구』36, 2011.
장인수, 「제국의 절취된 공공성: 베를린올림픽 행사 '시'와 일장기 말소사건」, 『반교어문
  연구』40, 2015.
하상일, 「심훈의 중국체류기 시 연구」, 『한민족문화연구』51, 2015.

3) 소설

정래동, 「三大新聞 長篇小說評」, ≪개벽≫, 1935.03.
홍기문, 「故 심훈씨의 유작 『직녀성』을 읽고」, ≪조선일보≫, 1937.10.10.
김 현, 「위선과 패배의 인간상: 『흙』과 『상록수』를 중심으로」, ≪세대≫, 1964.10.

유병석, 「심훈의 생애 연구」, 『국어교육』14, 1968.

홍효민, 「『상록수』와 심훈과」, 《현대문학》, 1968.01.

천승준, 「심훈 작품해설」, 『한국대표문학전집6』, 삼중당, 1971.

홍이섭, 「30년대 초의 심훈문학: 『상록수』를 중심으로」, 《창작과비평》, 1972.가을.

정한숙, 「농민소설의 변용과정: 춘원·심훈·무영·영준의 작품을 중심으로」, 고려대 『아
　　세아연구』15(4), 1972.

신경림, 「농촌현실과 농민문학」, 《창작과비평》, 1972.여름.

김우종, 「심훈편」, 『신한국문학전집9』, 어문각, 1976.

이국원, 「농민문학의 전개과정: 농민문학의 새로운 방향을 위하여」, 서울대 『선청어문』7,
　　1976.

이두성, 「심훈의 『상록수』를 중심으로 한 계몽주의문학 연구」, 명지대 『명지어문학』9,
　　1977.

조진기, 「농촌소설과 귀종의 지식인」, 영남대 『국어국문학연구』, 1978.

최홍규, 「30년대 정신사의 한 불꽃: 심훈의 작품세계」, 『한국문학대전집7』, 태극출판사,
　　1979.

백남상, 「심훈 연구」, 중앙대 『어문논집』, 1980.

송백헌, 「심훈의 『상록수』: 희생양의 이미지」, 《심상》, 1981.07.

전광용, 「『상록수』고」, 『한국근대문학사론』, 한길사, 1982.

김봉구, 「심훈: '인텔리 노동인간'의 농민운동」, 『작가와 사회』, 일조각, 1982.

김현자, 「『상록수』고」, 서울여대 『태릉어문연구』2, 1983.

오양호, 「『상록수』에 나타난 계몽의식의 성격고찰」, 『한민족어문학』10, 1983.

이인복, 「심훈과 기독교 사상―『상록수』를 중심으로」, 《월간문학》, 1985.07.

송백헌, 「심훈의 『상록수』」, 충남대 『언어·문학연구』5, 1985.

최희연, 「심훈의 『직녀성』에서의 인물의 전형성과 역사적 전망의 문제」, 『연세어문학』21,
　　1988.

구수경, 「심훈의 『상록수』고」, 충남대 『어문연구』19, 1989.

조남현, 「심훈의 『직녀성』에 보인 갈등상」, 『한국소설과 갈등상』, 문학과비평사, 1990.

김영선, 「심훈 장편소설 연구」, 대구교대 『국어교육논지』16, 1990.

신헌재, 「1930년대 로망스의 소설 기법」, 구인환 외, 『한국현대장편소설연구』, 삼지원,
　　1990.

윤병로, 「심훈의 『상록수』론」, 《동양문학》39, 1991.

유문선, 「나로드니키의 로망스: 심훈의 『상록수』에 대하여」, 《문학정신》58, 1991.

김윤식, 「상록수를 위한 5개의 주석」, 『환각을 찾아서』, 세계사, 1992.

송지현, 「심훈 『직녀성』고: 그 드라마적 특성을 중심으로」, 『한국언어문학』31, 1993.

오현주, 「심훈의 리얼리즘 문학 연구: 『직녀성』과 『상록수』를 중심으로」, 한국문학연구회

편, 『1930년대 문학연구』, 평민사, 1993.

오현주, 「심훈의 리얼리즘문학 연구」, 『현대문학의 연구』4, 1993.

류양선, 「『상록수』론」, 『한국문학과 리얼리즘』, 한양출판, 1995.

류양선, 「좌우익 한계 넘은 독자의 농민문학: 심훈의 삶과 『상록수』의 의미망」, 『상록수·
휴화산』, 동아출판사, 1995.

김구중, 「『상록수』의 배경연구」, 『한국언어문학』42, 1995.

조남현, 「『상록수』 연구」, 조남현 편, 『상록수』, 서울대출판부, 1996.

윤병로, 「심훈의 『상록수』」, ≪한국인≫16(6), 1997.

곽 근, 「한국 항일문학 연구: 심훈 소설을 중심으로」, 동국대 『동국어문논집』7, 1997.

민현기, 「심훈의 『동방의 애인』」, 『한국현대소설연구』, 계명대출판부, 1998.

장윤영, 「심훈의 『영원의 미소』 연구」, 상명대, 『상명논집』5, 1998.

김구중, 「『상록수』, 허구/역사가 교접하는 서사의 자아 변화 연구」, 『한국문학이론과 비평』
6, 1999.

신춘자, 「심훈의 기독교소설 연구」, 『한몽경제연구』4, 1999.

심진경, 「여성 성장 소설의 플롯: 심훈의 『직녀성』」, 『현대소설 플롯의 시학』, 태학사,
1999.

임영천, 「근대한국문학과 심훈의 농촌소설: 『상록수』 기독교소설적 특성을 중심으로」, 채
수영 외, 『탄생 100주년 한국작가 재조명』, 국학자료원, 2001.

박소은, 「새로운 여성상과 사랑의 이념: 심훈의 『직녀성』」, 동국대 『한국문학연구』24,
2001.

진선정, 「『상록수』에 나타난 여성인식 양상」, 『한남어문학』25, 2001.

채상우, 「청춘과 연애, 그리고 결백의 수사학」, 동국대 한국학연구소 엮음, 『한국문학과 근
대의식』, 이회, 2001.

이상경, 「근대소설과 구여성」, 『민족문학사연구』19, 2001.

김윤식, 「문화계몽주의의 유형과 그 성격: 『상록수』의 문제점」, 1993. 경원대 편, 『언어와
문학』 역락, 2001.

박상준, 「현실성과 소설의 양상: 박종화, 심훈, 최서해의 1930년대 장편소설을 중심으로」,
≪작가≫, 2001.

최원식, 「서구 근대소설 대 동아시아 서사: 심훈 『직녀성』의 계보」, 성균관대 『대동문화연
구』40, 2002.

임영천, 「심훈 『상록수』 연구: 『여자의 일생』과의 대비적 고찰을 겸하여」, 『한국문예비평
연구』11, 2002.

문광영, 「심훈의 장편 『직녀성』의 소설기법」, 인천교대, 『교육논총』20, 2002.

권희선, 「중세서사체의 계승 혹은 애도: 심훈의 『직녀성』 연구」, 『민족문학사연구』20, 2002.

이인복, 「심훈의 傍外的 비판의식」, 『우리 작가들의 번뇌와 해탈』, 국학자료원, 2002.

류양선, 「심훈의『상록수』모델론: '상록수'로 살아있는 '사랑'의 여인상」,『한국현대문학연구』13, 2003.

박헌호, 「'늘 푸르름'을 기리기 위한 몇 가지 성찰:『상록수』단상」, 박헌호 편,『상록수』, 문학과지성사, 2005.

이진경, 「수행적 민족성: 1930년대 식민지 한국에서의 문화와 계급」, 동국대『한국문학연구』28, 2005.

김화선, 「한글보급과 민족형성의 양상: 심훈의『상록수』를 중심으로」,『어문연구』51, 2006.

이혜령, 「신문·브나로드·소설」,『한국근대문학연구』15, 2007.

남상권, 「『직녀성』연구:『직녀성의 가족사 소설의 성격」,『우리말글』39, 2007.

김화선, 「심훈의『영원의 미소』에 나타난 근대적 글쓰기의 양상」,『비평문학』26, 2007.

이혜령, 「지식인의 자기정의와 '계급'」,『상허학보』22, 2008.

김경연, 「1930년대 농촌·민족·소설로의 회유(回遊): 심훈의『상록수』론」,『한국문학논총』48, 2008.

한기형, 「심훈의 중국체험과『동방의 애인』」, 성균관대『대동문화연구』63, 2008.

강진호, 「현대성에 맞서는 농민적 가치와 삶」,『국제어문』43, 2008.

장영은, 「금지된 표상, 허용된 표상」,『상허학보』22, 2008.

송효정, 「비국가와 월경(越境)의 모험」,『대중서사연구』24, 2010.

정호웅, 「푸르른 생명의 기운」, 정호웅 엮음,『상록수』, 현대문학, 2010.

정홍섭, 「원본비평을 통해 본『상록수』의 텍스트 문제」,『한국문학이론과 비평』47, 2010.

조윤정, 「식민지 조선의 교육적 실천, 소설 속 야학의 의미」, 고려대『민족문화연구』52, 2010.

노형남, 「브라질의 꼬엘류와 우리나라의 심훈에 의한 저항의식에 기반한 대안사회」,『포르투갈—브라질 연구』8, 2011.

박연옥, 「희망과 긍정의 열린 결말: 심훈의『상록수』」, 박연옥 편,『상록수』, 지식을만드는지식, 2012.

권철호, 「심훈의 장편소설에 나타나는 '사랑의 공동체': 무로후세코신[室伏高信]의 수용양상을 중심으로」,『민족문학사연구』55, 2014.

강지윤, 「한국문학의 금욕주의자들: 자율성을 둘러싼 사랑과 자본의 경쟁」,『사이』16, 2014.

엄상희, 「심훈 장편소설의 '동지적 사랑'이 지닌 의의와 한계」, 대구가톨릭대『인문과학연구』22, 2014.

박정희, 「'家出한 노라'의 행방과 식민지 남성작가의 정치적 욕망:『인형의 집을 나와서』와『직녀성』을 중심으로」, 명지대『인문과학연구논총』35(3), 2014.

권철호, 「심훈의 장편소설『직녀성』재고」,『어문연구』43(2), 2015.

4) 영화

만년설, 「영화예술에 대한 관견」, ≪중외일보≫, 1928.07.01~07.09.

임 화, 「조선영화가 가진 반동적 소시민성의 말살: 심훈 등의 도량(跳梁)에 항(抗)하여」, ≪중외일보≫, 1928.07.28~08.04.

G. 생, 「<먼동이 틀 때>를 보고」, ≪동아일보≫, 1927.11.02.

윤기정, 「최근문예잡감(其3): 영화에 대하야」, ≪조선지광≫, 1927.12.

최승일, 「1927년의 조선영화계: 국외자가 본(3)」, ≪조선일보≫, 1928.01.10.

서광제, 「조선영화 소평(小評)(2)」, ≪조선일보≫, 1929.01.30.

오영진, 「중대한 문헌적 가치: 심훈 30주기 추모(미발표)유고특집」, ≪사상계≫152, 1965. 10.

김종욱, 「『상록수』의 '통속성'과 영화적 구성원리」, ≪외국문학≫, 1993. 봄.

김경수, 「한국근대소설과 영화의 교섭양상 연구: 근대소설의 형성과 영화체험」, 『서강어문』15, 1999.

전홍남, 「심훈의 영화소설 「탈춤」과 문화사적 의미」, 『한국언어문학』52, 2004.

강옥희, 「식민지시기 영화소설 연구」, 『민족문학사연구』32, 2006.

주 인, 「영화소설 정립을 위한 일고」, 『어문연구』34(2), 2006.

조혜정, 「심훈의 영화적 지향성과 현실인식 연구」, 『영화연구』(31), 2007.

박정희, 「영화감독 심훈의 소설 『상록수』 연구」, 『한국현대문학연구』21, 2007.

김외곤, 「심훈 문학과 영화의 상호텍스트성」, 『한국현대문학연구』31, 2010.

전우형, 「심훈 영화비평의 전문성과 보편성 지향의 의미」, 『대중서사연구』28, 2012.

3. 학위논문

유병석, 「심훈 연구: 생애와 작품」, 서울대 석사논문, 1965.

류창목, 「심훈작품에서의 인간과제: 주로『상록수』를 중심으로」, 경북대 석사논문, 1973.

임영환, 「일제 강점기 한국 농민소설 연구」, 서울대 석사논문, 1976.

이주형, 「1930년대 장편소설연구」, 서울대 박사논문, 1977.

오경, 「1930년대 한국농촌문학의 성격 연구: 이광수, 심훈, 이무영의 작품을 중심으로」, 이화여대 석사논문, 1974.

심재홍, 「심훈 소설 연구」, 연세대 석사논문, 1979.

신상식, 「『흙』과『상록수』의 계몽주의적 성격」, 고려대 석사논문, 1982.

오양호, 「한국농민소설연구」, 영남대 박사논문, 1982.

이경진, 「심훈의『상록수』연구: 작품 분석을 중심으로」, 고려대 석사논문, 1982.

정대재, 「한국농민문학 연구: 춘원, 심훈, 김유정, 박영준, 이무영의 작품을 중심으로」, 중앙대 석사논문, 1982.

이정미, 「심훈 연구: 「탈춤」,『영원의 미소』,『상록수』를 중심으로」, 충북대 석사논문, 1982.

김성환, 「심훈 연구」, 충남대 석사논문, 1983.

이정미, 「심훈 연구」, 충북대 석사논문, 1983.

이항재, 「뚜르게네프의『처녀지』와 심훈의『상록수』간의 비교문학적 연구: Parallel study 에 의한 시도」, 고려대 석사논문, 1983.

임무출, 「심훈 소설 연구: 작품 속에 나타난 작가의식을 중심으로」, 영남대 석사논문, 1983.

심재복, 「『흙』과『상록수』의 비교연구」, 충남대 석사논문, 1984.

이병문, 「한국 항일시에 관한 연구: 심훈, 윤동주, 이육사를 중심으로, 공주사대 석사논문, 1984

오종주, 「『흙』과『상록수』의 비교 고찰」, 조선대 석사논문, 1984.

고광헌, 「심훈의 시 연구: 그의 생애와 관련하여」, 경희대 석사논문, 1984.

조남철, 「일제하 한국 농민소설 연구」, 연세대 박사논문, 1985.

정경훈, 「심훈의 장편소설 연구: 인물과 배경을 중심으로」, 충남대 석사논문, 1985.

이재권, 「심훈 소설연구」, 전북대 석사논문, 1985.

임영환, 「1930년대 한국 농촌사회소설 연구」, 서울대 박사논문, 1986.

하호근, 「소설 작중인물의 행위양식 연구: 심훈의『상록수』와 채만식의『탁류』를 대상으로」, 부산대 석사논문, 1986.

한양숙, 「심훈 연구: 작가의식을 중심으로」, 계명대 석사논문, 1986.

백인식, 「심훈 연구: 작품에 나타난 현실인식의 변모양상을 중심으로」, 경북대 석사논문, 1987.

유인경, 「심훈소설의 연구」, 건국대 대학원, 1987.

이중원, 「심훈 소설연구:『동방의 애인』,『불사조』,『직녀성』을 중심으로」, 계명대 석사논문, 1988.

박종휘, 「심훈 소설 연구」, 서울대 석사논문, 1989.

신순자, 「심훈 농촌소설의 재조명: 그의 문학적 성숙과정을 중심으로」, 경희대 석사논문, 1989.

김 준, 「한국 농민소설 연구: 광복 이전의 작품을 중심으로」, 경희대 박사논문, 1990

최희연, 「심훈 소설 연구」, 연세대 박사논문, 1991.

백원일, 「1930년대 한국농민소설의 성격연구: 이광수, 심훈, 이무영 작품을 중심으로」, 동국대 석사논문, 1991.

신승혜, 「심훈 소설 연구」, 고려대 석사논문, 1992.

최갑진, 「1930년대 귀농소설 연구」, 동아대 박사논문, 1993.

장재선, 「1930년대 농민소설 연구: 이광수의『흙』, 이기영의『고향』, 심훈의『상록수』를 중심으로」, 동국대 석사논문, 1993.

백운주, 「1930년대 대중소설의 독자 공감요소에 관한 연구:『흙』,『상록수』,『찔레꽃』,『순애보』를 중심으로」, 제주대 석사논문, 1996.

박명순, 「심훈 시 연구」, 한국외국어대 석사논문, 1997.

이영원, 「심훈 장편소설 연구」, 경북대 석사논문, 1999.

이정옥, 「대중소설의 시학적 연구: 1930년대를 중심으로」, 서강대 박사논문, 1999.

김종성, 「심훈 소설 연구: 인물의 갈등과 주제의 형상화 구도를 중심으로」, 성균관대 석사논문, 2002.

김성욱, 「심훈의『상록수』연구」, 한양대 석사논문, 2003.

박정희, 「심훈 소설 연구」, 서울대 석사논문, 2003.

최지현, 「근대소설에 나타난 학교: 이태준, 김남천, 심훈의 장편소설을 중심으로」, 동국대 석사논문, 2004.

이호림, 「1930년대 소설과 영화의 관련양상 연구」, 성균관대 박사논문, 2004.

조제웅, 「심훈 시 연구」, 영남대 박사논문, 2006.

김 선, 「한국 현대시에 나타난 '밤' 이미지 연구: 이상화, 심훈, 윤동주의 시를 중심으로」, 경희대 석사논문, 2008.

조윤정, 「한국 근대소설에 나타난 교육장과 계몽의 논리」, 서울대 박사논문, 2010.

양국화, 「한국작가의 상해지역 체험과 그 문학적 형상화: 주요한, 주요섭, 심훈을 중심으로」, 인하대 석사논문, 2011.

박재익, 「1930년대 농촌계몽서사 연구:『고향』,『흙』,『상록수』를 중심으로」, 연세대 석사논문, 2013.